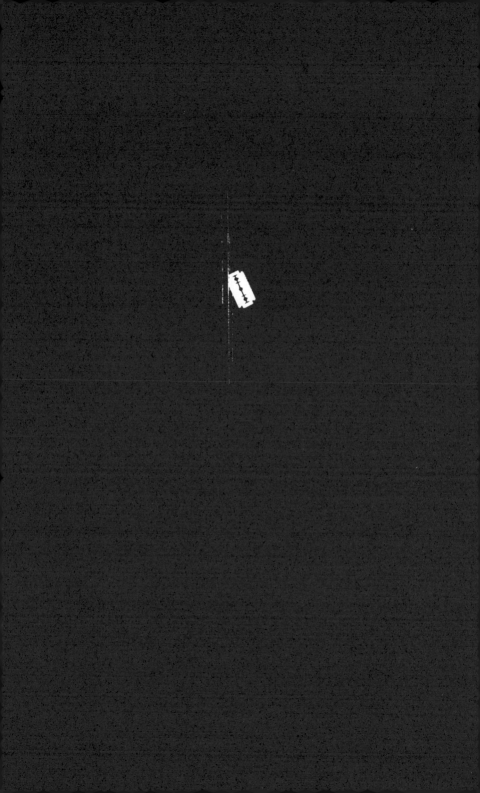

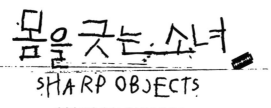

# 몸을 긋는 소녀

# SHARP OBJECTS

길리언 플린 장편소설 | 문은실 옮김

푸른숲

"예쁜 여자아이는 잘만 행동하면
어떤 곤경도 피할 수 있어."

## 1장

새로 산 스웨터는 눈이 멀도록 새빨갰다. 그리고 흉측했다. 그날은 5월 12일이었음에도 기온이 5도 아래로 내려가는 바람에, 남방 하나로 나흘을 벌벌 떨며 버티던 끝에 일찌감치 넣어둔 겨울옷 상자를 파헤치는 대신 세일 재고품 사이에서 스웨터 한 장을 집어 들었다. 시카고의 봄.

나는 황마포를 씌운 파티션 안쪽에 앉아 컴퓨터 모니터를 뚫어져라 들여다보고 있었다. 그날 내가 쓴 기사는 약간 어설프게 사악한 사연을 담고 있었다. 두 살에서 여섯 살에 이르는 어린아이 네 명이 시카고 남부의 어느 집 방 안에서 갇힌 채 발견되었다. 방에는 참치 샌드위치 두어 개와 우유 1리터짜리가 있었다고 했다. 아이들은 그 상태로 사흘 동안 방치돼 있었으며, 닭처럼 놀란 상태로 음식을 쪼아 먹고 카펫 위에 볼일을 보았다. 아이들 엄마는 대마초를 한 모금 빨고 나서는 아이들을 까맣게 잊어버렸다. 세상에는 때로 이런 일도 일어난다. 아이들이 담뱃불에 화상을 입거나 뼈가 부러지거나 한 것은 아니었다. 그저 돌이킬 수 없는 실수였을 뿐. 나는 체포된 엄마를 보았다. 금발에 몸집이 뚱뚱한 스물두 살의 태미 데이비스는 양 볼에 분홍색 립스틱을 바르고 있었다. 스트레이트 잔 주둥이 크기만한, 완벽한 동그라미 모양이었다. 그녀가 다 부서져가는 소파에 앉아, 쇠파이프를 입에 물고 후욱 한 모금 빨아들였다가 내뿜는 모습이 선명히 그려졌다. 온갖 상상이 재빠르고 정처 없이 번져 나갔다. 그 상상 속에서 아이들은 안중에 없어진 지 오래였다. 그녀의 중학교 시절로 휭 하니 가본다. 소년들이 아직 그녀를 의식할 때다. 학교에서 가장 예쁘며 입술에는 윤기가 반지르르하고, 키스하기 전에는 꼭 계피막대를 입에 넣었다 빼는, 열세 살의 그녀.

불룩한 배. 고약한 냄새. 담배와 오래된 커피. 음울한 프랭크 커리 씨라 불리는 나의 편집장 프랭크 커리가 너덜너덜한 허시퍼피를 어기적어기적 발에 끼워 넣는다. 그의 치아는 담배 때문에 갈색이 된 침에 절어 있다.

"이봐, 기사 어떻게 됐나?" 내 책상에 핀을 위로 하고 누운 은빛 압정이 놓여 있었다. 그가 압정을 보고 누런 엄지손톱으로 지그시 눌렀다.

"거의 다 돼가요." 칼럼에 넣으면 고작 7.5센티미터 정도 찰 양이다. 25센티미터 정도는 채워야 될 판에 말이다.

"좋아, 얼른 해치워버리고 퇴고해서 내 사무실로 가지고 와."

"지금 가도 돼요."

"끝내고 퇴고해서 사무실로 와."

"알았어요. 10분이요." 나는 압정을 돌려받고 싶었다.

그가 내 파티션 안을 휘저으며 나갔다. 넥타이가 그의 바짓가랑이께에서 이리저리 흔들렸다.

"프리커?"

"네, 국장님?"

"해치워버리란 말이야."

프랭크 커리는 내가 여물지 못하다고 생각한다. 내가 여자라서 그럴 것이다. 내가 정말로 여물지 못해서 그럴 것이다.


커리의 사무실은 3층에 있었다. 그는 창밖을 내다보며 나무줄기를 볼 때마다 불같이 화를 낼 것이 확실하다. 실력 있는 편집장들은 나무 둥치의 껍질을 볼 일이 없다. 그들의 사무실 창밖으로 보이는 것은 나뭇잎이다. 뭐 그것도 20층이나 30층 높이에서 내려다봐도 나뭇잎이 제대로 보일 만큼 시력이 좋을 경우의 얘기다. 하지만 시카고에서 네 번째 가는 신문인 〈데일리 포스트〉로 말할 것 같으면, 한적한 교외에 처박혀 있다. 이 교외에는 건물을 지을 공간이 남아돌았다. 쏟아진 물이 번져나가듯 한껏 널찍하게 지어놓으면 3층만으로도 공간은 충분했고, 주위의 낮은 카펫가게나 조명가게들 사이에서도 딱히 두드러지지 않았다. 한 개발업자가 3년(1961∼1964년)을 알토란처럼 실속 있게 보낸 끝에 우리의 이 마을을 세상에 선보이고는, 일이 마무리되기 한 달 전 심각한 낙마 사고를 당해 힘들어하던 딸의 이름을 이 마을에 붙였다. 그는 오로라스프링스라 명명한, 새로 세운 도시의 표지판 옆에 서서 포즈를 취하고 사진을 찍었다. 그러고 나서는 가족을 데리고 이 도시를 떠났다. 이제 50대가 된 그의 딸은 가끔 여기저기 쑤시는 것만 빼고는 비교적 잘 지내고 있는데, 플로리다에 살면서 몇 년에 한 번씩 제 이름이 붙은 표지판 옆에서 사진을 찍으러 온다. 꼭 자기 아버지가 그랬던 것처럼.

나는 그녀가 최근에 이곳을 방문한 일을 기사로 썼다. 커리는 그 기사를 몹시 못마땅하게 여겼다. 그는 일상의 소소한 단면을 그린 기사를 싫어했다. 그가 내 기사를 읽다가 샹보르 병을 넘어뜨리는 바람에 사무실에 라즈베리 냄새가 진동했다. 커리는 취해도 얌전한 편이지만 취하는 횟수는 잦다. 하지만 그것이 그가 저층 사무실에 앉아 아늑한 전망이나 마주하고 있게 된 이유는 아니었다. 항로가 어긋나버린 불운 때문이었다.

나는 그의 사무실로 들어가 문을 닫았다. 그곳은 내가 상상해온 편집장의 사무실과는 거리가 멀었다. 나는 참나무 벽널을 둘러친 벽과, '편집국장'이라고 새겨진 유리창이 있는 문을 한없이 갈망했다. 국장들이 수정헌법 제1조(종교, 언론, 집회 등의 자유에 관한 조항으로, 주로 언론의 자유와 관련해서 언급되는 경우가 많다 - 옮긴이)의 권리에 대해 격론을 벌이는 모습을 신참 기자들이 들여다볼 수 있게 말이다. 커리의 사무실은 이 건물의 나머지 부분과 다를 바 없이 밋밋하고 빤한 구조로 돼 있었다. 저널리즘에 대해 토론을 벌이는 곳이라 해도 이상할 것 없고, 자궁경부 세포진검사를 받는 곳이라 해도 이상할 것이 없을 정도였다. 딱히 신경을 쓰는 사람도 없었다.

"윈드 갭이라는 곳에 대해 얘기 좀 해봐." 커리가 반백의 수염으로 덮인 턱에 볼펜을 대고 말했다. 수염 사이로 찍혀 있을 작고 푸른 점이 눈에 선했다.

"미주리 주 최남단의 남북전쟁 무연고 묘지 구역에 있는 곳이에요. 테네시 주와 아칸소에서는 엎어지면 코 닿을 거리고요." 나는 알고 있는 대로 말했다. 커리는 어떤 주제가 되었든 자신이 판단하기에 이거다 싶은 게 있으면 그것으로 기자들을 훈련시키기를 아주 좋아했다. 지난해에 시카고에서 일어난 여러 살인사건, 쿡 카운티의 인구통계학, 혹은 내가 그저 피했으면 싶었던 내 고향 소식 같은 것 말이다. "남북전쟁 전부터 있던 마을이고요." 내가 말을 이었다. "미시시피 강 근처에 있으니 한때는 항구도시였나 봐요. 지금 가장 잘되는 산업은 돼지 잡는 일이에요. 인구는 2,000명쯤 되고 주민들은 조상 돈 빌어먹고 사는 부류와 인간쓰레기로 나뉘죠."

"넌 어느 쪽이지?"

"전 인간쓰레기예요. 조상 돈 빌어먹고 사는 집안 출신의." 나는 미소를 지어 보였다. 그가 얼굴을 찌푸렸다.

"그러니까 거기가 대체 어떻게 돌아가고 있는 거냐고?"

나는 윈드 갭에 쏟아져 내릴 법한 여러 가지 재앙의 종류를 머릿속으로 이리저리 나누면서 입을 다문 채 앉아 있었다. 그곳은 버스 충돌이나 트위스터(토네이도가 일으키는 회오리 바람-옮긴이) 같은 재앙으로 서서히 비참하게 기울어가는, 시답지 않은 마을 가운데 하나였다. 지하저장고에서 폭발이 일어나거나 걸음마를 갓 뗀 아기가 우물에 빠지는 일도 있었다. 그러고 보니 나도 약간 샐쭉해졌다. 커리의 사무실에 들어갈 때면 늘 그렇지만, 나는 그날도 그가 내 최신 기사에 대해 칭찬해주고 더 잘해보라고 어깨를 토닥여주고, 빌어먹을, 1퍼센트라도 인상된 급여를 휘갈겨 쓴 재계약서 쪼가리를 내밀어주었으면 하고 바랐다. 윈드 갭이 요즘 어떻게 돌아가는지 수다를 떨 준비는 되어 있지 않았다.

"어머님이 아직 거기 사시지, 프리커?"

"엄마랑 새아버지요." 아버지가 다른 여동생은 내가 대학에 다닐 때 태어났다. 나는 그 아이의 존재가 도저히 현실적으로 와 닿지 않아서 종종 그 애의 이름을 까먹었다. 앰마. 그리고 메리언도 있었다. 영영 떠나버린 메리언.

"이런. 그러니까 내 말은 말이야. 어떻게 연락은 좀 하고 살아?" 연락이라면 지난 크리스마스 이후로 한 번도 해본 적 없다. 버번 세 잔을 걸치고 나서 걸었던 전화. 서로 예의를 차리는 가운데 찬바람이 돌았다. 어머니가 전화선을 통해 술 냄새를 맡지는 않을까 조마조마했다.

"최근에는 안 했어요."

"세상에나 프리커. 전화란 물건도 좀 쓰면서 살아봐. 작년 8월인가 그곳에서 살인사건이 있었지? 어린 여자아이가 목이 졸려 죽었다던데?"

나는 마치 알고 있었다는 듯 고개를 끄덕였다. 한정적이기는 하지만 그나마 윈드 갭과 나를 연결해주는 유일한 사람은 어머니였다. 그리고 어머니는 아무 말도 하지 않았다. 왜였을까.

"지금 또 다른 소녀가 실종됐다는군. 연쇄범의 소행인 것 같아. 거기 내려가서 기사 좀 물어와. 서둘러. 내일 아침에는 도착할 수 있게."

안 될 말이었다. "국장님, 무시무시한 사건은 이곳에도 차고 넘쳐요."

"그렇지. 그리고 우리보다 인원도, 돈도 두 배나 많은 경쟁지가 세 개나 되고." 그가 쓸어내린 머리카락이 닳아빠진 스파이크슈즈 위로 떨어졌다. "뉴스도 못 잡고 두들겨 맞기만 하니까 아주 질려버렸어. 이번이 뭔가 터뜨릴 기회야. 그것도 대박으로."

커리는 그저 딱 맞는 기사만 한 건 터뜨리면 된다고 여겼다. 그러면 우리 신문이 하루아침에 시카고의 주목을 받게 될 것이며 전국적으로 명성도 얻을 것이라 믿었다. 작년에 다른 신문사에서 기자 하나를 텍사스 어딘가에 있는 그의 고향으로 보낸 적이 있다. 봄에 일어난 홍수로 십대 무리가 익사한 곳이었다. 그는 약간 청승맞지만 물의 본성과 회한 같은 것을 잘 취재해서 기사를 썼다. 가장 우수한 선수를 셋이나 잃은 남학생 농구 팀부터 해당 지역의 장례식장까지 꼼꼼히 다룬 기사였다. 그 장례식장은 익사한 시신들을 씻겨내는 데 처절하리만큼 서툴렀다고 했다. 이 기사는 퓰리처상을 받았다.

그래도 나는 가고 싶지 않았다. 얼마나 가기 싫었던지 있는 힘껏 의자의 팔걸이를 꼭 붙들고 앉아 있었다. 마치 커리 국장이 나를 팔걸이에서 억지로 떼어내기라도 할 것처럼. 그는 물기 많은 개암나무색 눈으로 나를 잠시 바라보더니 목소리를 가다듬고 아내의 사진을 들여다본 다음, 이제 막 나쁜 소식을 전하려는 의사라도 된 것처럼 미소를 지었다. 커리는 구식 편집장답게 사람을 들들 볶기를 좋아했다. 하지만 그는 내가 아는 가장 훌륭한 사람 중 하나이기도 했다.

"자네가 정 못하겠다면 할 수 없지. 하지만 내 생각에는 자네한테도 좋은 계기가 될 거야. 한 건 잘 터뜨려봐. 본인의 입지를 좀 세워보라고. 얼마나 기막힌 기사거리야. 우리는 이런 기사가 필요해. 자네한테 필요하다고."

커리는 언제나 내 뒤를 살펴주었다. 그는 내가 자신이 거느린 최고의 기자가 될 거라 생각했고, 나더러 놀라운 정신의 소유자라고 말하기도 했다. 기자 노릇을 하는 2년 동안 나는 그 기대에 한 번도 부응하지 못했다. 때로는 입이 떡 벌어질 만큼 황당하게. 이번에야말로 믿을 만할 '꺼리'를 보여 달라고 그가 책상을 가로질러 재촉하는 것이 느껴졌다. 나는 자신감 있게 보이고 싶어 고개를 끄덕였다.

"짐 싸러 갈게요." 내 손에서 배어나온 땀자국이 의자에 남았다.

걱정되는 애완동물이나 이웃에게 맡기고 갈 화분 따위는 없었다. 그래서 더플백에 닷새 동안 입을 옷을 쑤셔 넣었다. 그 주가 끝나기 전까지 윈드 갭을 벗어나겠다는 나름의 다짐 같은 것이었다. 마지막으로 집을 훑어보니 집은 집대로 당장 보수가 필요했다. 무슨 대학생 방 같았다. 얼마 못 쓰는 싸구려 물건으로 채운, 대체로 별 감흥이 생기지 않는 공간이었다. 돌아오면 쓸 만한 소파를 구입하겠다고 나 자신과 약속했다. 끝내주는 기사를 쓴 선물로 나 자신에게 주는 상이 될 터였다. 나는 끝내주는 기사를 캐내리라 자신했다.

문 옆 탁자 위에는 십대 초반의 내가 일곱 살쯤 된 메리언을 안고 있는 사진이 놓여 있다. 우리 둘 다 웃고 있다. 메리언은 놀라서 눈을 동그랗게 뜨고 있고, 나는 눈을 질끈 감고 있다. 나는 메리언을 꼭 끌어안고 있고 메리언의 짧고 야윈 다리가 내 무릎 위로 늘어뜨려져 있다. 언제 찍은 건지도, 왜 그렇게 웃고 있는지도 기억나지 않는다. 세월이 흐르는 동안 그것은 하나의 기분 좋은 신비가 되어버렸다. 나는 모르는 편이 더 좋다고 생각한다.

나는 목욕만 한다. 샤워는 할 수가 없다. 샤워기가 내뿜는 물은 잘 견딜 수가 없다. 누군가 전기 스위치라도 올린 것처럼 피부가 지지직거리는 느낌이 들어서다. 나는 모텔의 싸구려 수건으로 하수구를 틀어막고 샤워기 주둥이를 벽으로 조준한 다음, 7~8센티미터나 찼을까 싶은 샤워 부스의 차가운 물속에 앉았다. 누군가 흘리고 간 머리카락이 물 위에 떠 있었다.

샤워 부스에서 나오니 남는 수건이 없어서, 침대로 달려가 싸구려 스펀지 담요로 몸을 문질러 닦아야 했다. 그러고 나서 뜨뜻미지근한 버번을 마시며 고장 나버린 얼음 기계에 대고 한바탕 욕을 퍼부었다.

윈드 갭은 시카고에서 약 11시간 거리에 있다. 커리는 은혜롭게도 모텔에서 하룻밤 묵고 다음 날 아침까지 해결할 수 있는 경비를 허락해주었다. 주유소에서 간단히 끼니를 때울 정도의 금액이었다. 일단 윈드 갭에 도착하면 어머니의 집에 머물러야 했다. 그가 그렇게 결정했다. 어머니의 집 앞에 당도했을 때 어떤 반응을 마주할지는 이미 짐작이 가고도 남았다. 어머니는 일순 놀라고 당황해서 머리에 손을 얹었다가, 몹시 어색하게 포옹해줄 것이다. 그러면 나는 엉거주춤 몸을 기울여 어머니를 안아주어야 한다. 집은 마치 더럽다는 단어는 존재하지 않는다는 듯 깔끔하게 정리되어 있을 것이다. 그다음 정중한 톤으로 얼마나 머무를 건지 질문이 뒤따른다.

"애야, 우리가 이곳에서 너를 얼마 동안 볼 수 있을까?" 어머니의 말에 숨겨진 뜻은 이렇다. "언제 갈 거니?"

가장 진저리나는 것이 바로 그 깍듯함이었다.

질문할 내용을 적으려면 노트부터 펼쳐야 한다는 것을 모르는 바 아니었다. 하지만 나는 질문을 준비하는 대신 버번을 좀 더 마시고 아스피린을 몇 알 삼킨 후 불을 껐다. 눅눅하게 윙윙거리는 에어컨 소리와 옆방의 비디오 게임에서 흘러나오는 전자음 총소리를 자장가 삼아 잠이 들었다. 고향까지는 약 50킬로미터밖에 남지 않았다. 하지만 나는 마지막 하룻밤을 유예시킬 필요가 있었다.

아침이 되자 묵은 젤리도넛 하나를 집어삼키고 남쪽으로 향했다. 기온이 치솟았고, 도로 양쪽으로 무성한 숲이 달려들 듯 일제히 펼쳐졌다. 미주리의 이 지역은 기분 나쁠 정도로 납작했다. 내가 달리는 좁은 고속도로 양편으로 웅장함과는 거리가 먼 나무들만이 숱하게 이어졌다. 2분마다 똑같은 풍경이 반복됐다.

어지간한 거리에서는 윈드 갭을 알아볼 수 없다. 그곳에서 가장 높은 건물은 3층짜리다. 하지만 20분을 더 달리면 그곳에 도착한다는 것을 나는 알고 있었다. 먼저 주유소가 보였다, 주유소 앞에 바싹 곯은 십대 소년 몇 명이 웃통을 벗고 하품이 난다는 모습으로 앉아 있었다. 낡은 픽업트럭 옆으로 기저귀를 차고 아장아장 걷던 아이가 제 엄마가 주유 탱크에 휘발유를 넣는 동안 잔돌을 한 움큼 집어 공중에 던졌다. 아이 엄마는 머리칼을 금색으로 염색하고 있었는데 갈색 뿌리가 이미 귀까지 뻗어 나와 있었다. 그녀가 앉아 있는 소년들에게 뭐라고 외쳤지만 그 옆을 지나던 나는 무슨 소리인지 알아듣지 못했다. 얼마 지나지 않아 삼림이 성겨지기 시작했다. 선탠 침대 상점과 총기류 상점, 커튼 가게가 들어선 일층짜리 스트립몰을 지나치자 오래된 집들이 외따로 모여 있는 지역이 나타났다. 원래 개발지역에 속해 있었지만 영영 개발되지 못한 곳이었다. 그리고 마침내 마을에 당도했다.

윈드 갭에 오신 것을 환영한다는 표지판을 지나칠 때는 별다른 이유도 없이 숨을 죽였다. 어린아이들을 묻은 공동묘지를 지나칠 때처럼 숨이 멈춰졌다. 이곳에 돌아온 것은 8년 만이지만, 눈앞에 펼쳐지는 광경은 마치 어제 본 듯 생생했다. 이 길로 향하다 보면 초등학생 때 나에게 피아노를 가르쳐주었던 교사의 집과 입에서 달걀 냄새를 풍기던 전직 수녀의 집이 나올 것이다. 더 가다 보면 어느 끈적끈적했던 여름날 난생처음 담배를 피웠던 자그마한 공원을 지나치게 된다. 그 길로 계속 가면 우드베리와 병원이 나온다.

마을에 들어서서 곧장 경찰서부터 가기로 했다. 경찰서는 메인 스트리트 가장 끝부분에 우두커니 있었다. 메인 스트리트는 말 그대로 윈드 갭의 주 도로다. 그곳에는 미용실과 철물점, 5센트, 10센트짜리 물건들을 파는 가게인 파이브-앤드-다임, 책 선반이 고작 열두 개인 도서관이 자리하고 있다. 점퍼와 터틀넥, 오리와 학교 건물 따위가 그려진 스웨터를 파는 옷가게 '캔디의 캐주얼'도 있다. 윈드 갭에서 가장 멋을 부리는 여자들은 교사나 엄마, 또는 캔디의 캐주얼 같은 곳에서 일하는 사람들이다. 아마 몇 년 지나지 않아 스타벅스가 들어설지도 모른다. 그러면 이 마을은 그토록 동경하던 것을 마침내 얻게 되는 셈이다. 바로 즉석인 것, 이미 이름 난 주류 세계의 세련됨 같은 것이라고나 할까. 하지만 지금은 이름조차 기억나지 않는 어떤 가족이 운영하는 지저분한 식당만 있을 뿐이었다.

메인 스트리트는 텅 비어 있었다. 차도, 사람도 없었다. 주인 없는 개한 마리가 인도에서 깡충거리며 뛰어가고 있었다. 가로등마다 어린 소녀의 사진을 실은 골지 복사지가 노란 리본과 함께 붙어 있었다. 차를 세우고 전단지 한 장을 뜯어냈다. 어린아이 키만한 정지표시판에 테이프로 구깃구깃 붙어 있던 전단은 집에서 손으로 쓴 것을 복사한 것이었다. '실종.' 맨 위에 굵게 쓰인 글씨는 매직으로 칠했을 것이다. 사진 속

여자아이는 짙은 눈동자에 짓궂은 미소를 머금었고, 과하다 싶을 만큼
머리숱이 많았다. 교사들이 감당하기 버겁다고 털어놓을 만한 인상을
가진 소녀. 나는 아이가 마음에 들었다.

이름 | 내털리 제인 킨

나이 | 10세

실종일 | 5월 11일

실종 장소 | 제이컵 J. 개릿 공원에서 마지막으로 목격됨

인상착의 | 청 반바지에 티셔츠를 입고 있었음

제보 | 555-7377

나는 경찰서에 들어서면서 내털리 제인을 이미 찾았다는 소식을 듣
고 싶었다. 아무 피해도 입지 않고 발견되었다고. 숲에서 길을 잃거나
발목을 접질렸거나 가출했다가 마음을 고쳐먹고 돌아왔다는 식으로
말이다. 그러면 다시 차를 타고 시카고로 간 다음, 아무에게도 아무 말
도 하지 않으면 될 일이었다.

알고 보니 거리가 버려진 듯 휑했던 것은 마을 사람들 절반이 북쪽
숲으로 수색작업을 나갔기 때문이었다. 경찰서 접수계원은 나에게 좋
을 대로 하라며 기다리라고 했다. 빌 비커리 서장은 점심을 먹으러 갔
는데 곧 돌아온다고 했다. 대기실은 어울리지 않게 편안한 분위기를
연출한 치과 같은 인상을 풍겼다. 나는 오렌지색 의자에 앉아서 광고
책자 하나를 펼쳐 들었다. 근처 콘센트에 꽂힌 공기정화기에서 시골
의 미풍을 떠올리게 하는 바람이 플라스틱 냄새를 풍기며 쉭쉭 흘러나

왔다. 30분쯤 지났을 무렵 나는 잡지 세 권을 훑어보았으며, 정화기 냄새로 속이 메슥거리기 시작했다. 마침내 서장이 돌아오자 접수계원이 내 쪽으로 고갯짓을 하며 경멸해 마지않는다는 듯한 말투로 속삭였다. "신문사에서 왔대요."

50대 초반의 홀쭉한 사내 비커리의 유니폼은 이미 땀으로 흠뻑 젖어 있었다. 셔츠는 가슴에 달라붙고, 엉덩이가 있어야 할 바지 부분은 쭈글쭈글 구겨진 채 불거져 있었다.

"신문?" 그가 원근시 겸용 안경 너머로 나를 쳐다보았다. "어떤 신문사?"

"비커리 서장님. 저는 카밀 프리커라고 합니다. 시카고의 〈데일리 포스트〉에서 왔어요."

"시카고? 시카고에서 여기까지 무슨 일로 온 겁니까?"

"그 소녀들에 관한 말씀을 듣고 싶어서요. 내털리 킨 양과 작년에 살해당한 소녀요."

"오 마이 갓. 이 사건을 거기서 무슨 수로 들었답니까? 세상에나."

그는 접수계원을 보더니 다시 나에게 시선을 돌렸다. 마치 우리가 무슨 짓을 꾸미고 있기라도 하다는 듯한 눈빛이었다. 그가 따라오라고 손짓했다. "전화 연결하지 말게, 루스."

접수계원이 눈알을 굴렸다.

빌 비커리는 나를 앞장서서 복도를 지나 자신의 사무실로 들어갔다. 나무판자로 된 복도 벽에는 송어와 말 사진을 담은 싸구려 액자가 걸려 있었다. 그의 방은 창문이 하나도 없고 철제 서류철이 늘어선 아주 조그만 네모 칸막이에 불과했다. 그가 자리에 앉아서 담배에 불을 붙였다. 나에게는 담배를 권하지 않았다.

"이 얘기가 밖으로 새는 걸 바라지 않습니다. 외부에 알릴 생각이 없어요."

"유감입니다만 비커리 서장님, 이 문제는 별다른 방도가 없습니다. 어린아이들이 타깃이 되고 있어요. 사람들이 알아야 해요." 차를 몰고 오면서 미리 생각해둔 대사였다. 곧바로 면박이 돌아왔다.

"무슨 상관이랍니까? 그 아이들이 무슨 시카고 애들도 아니고, 그 아이들은 윈드 갭 아이들이에요." 그는 일어섰다가 다시 앉더니 몇몇 서류를 다시 정돈했다. "시카고에서 윈드 갭 아이들에게 언제 한 번이라도 신경 쓴 적이 있다면 손에 장을 지지죠." 그의 목소리가 말끝에서 갈라졌다. 비커리는 담배 한 모금을 빨아들이고, 연분홍빛이 나는 두툼한 금반지를 돌리다가 빠르게 눈을 깜박였다. 그가 혹시 울음을 터뜨리는 것은 아닐까, 갑자기 당황스러웠다.

"서장님 말씀이 맞습니다. 아마 그런 적이 없었겠지요. 제 말을 들어보세요. 단물이나 빼먹자고 기사를 쓰려는 게 아닙니다. 이건 중요한 일이지 않습니까. 이 말을 들으시면 혹시 마음이 좀 바뀌실지는 모르겠지만, 저도 윈드 갭 출신이에요." *봐요. 커리 국장님, 나도 애쓰고 있다고요.*

그가 나를 다시 바라보았다. 이번에는 뚫어질 듯한 눈길이었다.

"이름이?"

"카밀 프리커입니다."

"내가 왜 기자님을 모를까요?"

"저란 사람으로 말씀드릴 것 같으면 아무 말썽에도 휘말린 적이 없거든요, 서장님." 나는 살짝 미소를 내비치며 말했다.

"성이 프리커란 말이지요?"

"저희 어머니는 25년 전에 결혼하면서 처녀적 성을 버리셨습니다. 지금은 아도라와 앨런 크렐린 부부죠."

"아, 그분들은 알지요." 그들을 모를 사람이 어디 있겠는가. 윈드 갭에서 돈이란 흔한 것이 아니다. 돈이라고 부를 만한 액수는 말이다. "그렇다 해도 프리커 양이 이곳에 있는 게 여전히 걸리는군요. 기자님이 이 기사를 쓰면, 이제부터 사람들은 우리를, 그러니까 이 일로만 알 테니까요."

"약간 알려지는 것도 도움이 될 수 있어요." 내가 설득했다. "다른 사건도 그런 경우가 있었습니다."

비커리는 잠시 입을 다문 채 책상 구석에 덩그러니 놓여 있는 점심 봉투를 바라보았다. 봉투에서 볼로냐 냄새가 풍겨 나왔다. 그는 존 베넷(1996년 미국 콜로라도 주에서 실종된 지 여덟 시간 만에 자신의 집 지하실에서 사망한 채 발견된 여섯 살 아이의 이름-옮긴이)과 시답지 않은 무엇인가에 대해 웅얼거렸다.

"고맙지만 안 되겠습니다, 프리커 양. 그리고 노코멘트 하겠습니다. 진행 중인 수사에 대해서는 노코멘트예요. 내가 그렇게 말했다고 써도 됩니다."

"이것 보세요. 저는 이곳에 있을 권리가 있어요. 괜히 일을 어렵게 만들지 말자고요. 무엇이라도 좋으니 정보를 좀 주세요. 무엇이든 좋아요. 그러면 당분간 서장님을 괴롭히지 않고 빠져 있을게요. 서장님을 지금보다 더 힘들게 만들 생각은 없어요. 저도 일을 하지 않을 수는 없거든요." 이 말도 세인트루이스 언저리 어딘가에서 미리 생각해둔 것이다.

나는 윈드 갭의 지도를 들고 경찰서를 떠났다. 비커리 서장이 지도 위에 작년에 살해당한 소녀가 발견된 곳을 X자로 작게 표시해주었다.

아홉 살이었던 앤 내시는 지난해 8월 27일 폴스 강에서 발견되었다. 북쪽 숲 한가운데를 가로지르는 폴스 강은 물살의 기복이 심하고 소리가 요란한 수로다. 수색대는 아이가 실종된 26일 해질녘부터 숲을 이 잡듯 뒤졌지만, 이튿날 새벽 5시가 조금 넘은 시각에 사냥꾼 몇 명이 우연히 아이를 발견했다. 아이는 흔한 빨랫줄로 목이 두 번 감긴 채 숨져 있었다. 사망 추정 시간은 자정쯤으로, 살해당한 후 강에 던져진 모양이었다. 여름 동안 긴 가뭄으로 강 수위가 낮아져 있었던 데다 빨랫줄이 육중한 바위에 걸리는 바람에, 아이는 밤새 조용히 흐르는 개울 위를 표류했다. 아이 시신은 관에 넣어 매장되었다. 이것이 비커리가 내게 알려준 전부였다. 이 정도 정보를 얻어내기까지 한 시간 동안 질문을 해야 했다.

나는 도서관에 있는 공중전화를 이용해 전단에 나와 있는 연락처로 전화를 걸었다. 나이 지긋한 여자의 목소리가 이 번호가 내털리 킨 사건을 위한 긴급 전용번호임을 알려주었다. 수화기 너머로 식기세척기 돌아가는 소리가 들렸다. 여자는 자신이 알고 있는 바로는 북쪽 숲에서 여전히 수색이 진행되고 있다고 했다. 손을 보태고 싶은 사람은 숲으로 통하는 주 도로에 가서 보고하고, 마실 물은 손수 챙겨야 했다. 기록적인 폭염이 예보되고 있었다.

수색 장소에 가보니, 금발 소녀 네 명이 내리쬐는 태양 아래 소풍용 수건을 깔고 서로 바짝 붙어 앉아 있었다. 그들은 여러 갈래의 길 중 하나를 가리키며 수색대를 찾을 때까지 계속 걸어가라고 말해주었다.

"여긴 뭐 하러 왔어?" 그들 가운데 가장 예쁘장하게 생긴 아이가 내게 물었다. 홍조 띤 얼굴은 이제 겨우 십대가 된 아이답게 동글동글하고 젖살이 채 빠지지 않았다. 아이는 양 갈래 머리를 리본으로 묶고 있었지만 자랑스럽게 내민 가슴은 성인 여자 같았다. 그것도 억세게 운 좋은 여자. 아이는 마치 나를 알아보겠다는 듯한 미소를 지었다. 불가능한 일이었다. 내가 윈드 갭에 마지막으로 왔을 때 이 아이는 유치원에나 겨우 다니고 있었을 테니까. 하지만 눈에는 익었다. 어쩌면 내 동창의 딸일지도 모른다. 고등학교를 졸업하자마자 임신했다면 아이의 나이가 얼추 그 정도는 될 것이다. 전혀 없을 일은 아니었다.

"그냥 조금이나마 보탬이 될까 싶어서." 내가 말했다.

"그렇겠지요." 아이가 억지웃음을 내보였다. 그러고는 발톱에 바른 매니큐어를 벗겨내는 데 온 신경을 집중하느라, 나는 그녀의 안중에서 사라졌다.

나는 자갈밭을 자박자박 걸으며 숲 속을 헤치고 갔다. 더위가 점점 심해지는 느낌이었다. 대기가 밀림처럼 습했다. 골든로드와 야생 옻나무 관목이 발목을 쓸었고 보풀 같은 하얀 양버들 씨가 사방에 떠다니면서 입 속으로 들어오거나 팔에 들러붙었다. 문득 어렸을 때 나와 친구들이 그것을 요정의 옷이라고 불렀던 기억이 났다.

멀리서 사람들이 내털리를 부르는 소리가 들렸다. 아이 이름의 세 음절이 노래를 부르는 것처럼 올라갔다가 내려갔다. 다시 10분을 힘겹게 걸어간 끝에 그들을 만날 수 있었다. 50명쯤 되는 사람들이 길게 늘어서서 막대기로 덤불 앞쪽을 헤치며 걷고 있었다.

"안녕하세요! 어떻게, 무슨 소식이라도 있나요?" 나는 가장 가까운 곳에 있는 배불뚝이 사내에게 외치며, 나무들을 헤치고 다가갔다.

"뭐 좀 도와드릴 일 없을까요?" 아직은 불쑥 노트를 꺼낼 때가 아니라고 생각했다.

"내 옆에 서서 함께 갑시다." 그가 말했다. "돕는 손이야 얼마든지 필요하지요. 더 많은 곳을 찾아볼 수 있으니까요." 우리는 몇 분간 잠자코 걸었고, 사내는 가끔 걸음을 멈추고 축축하고 거친 기침으로 목을 가다듬었다.

"가끔은 이 숲을 태워 없애버리든가 해야지, 생각한다니까요." 그가 느닷없이 말문을 열었다. "이 숲에서 좋은 일이 일어난 적이 한 번도 없었던 것 같아서요. 댁은 킨 씨 친구인가요?"

"아…… 전 사실 기자예요. 〈데일리 포스트〉에서 왔어요."

"헉, 이게 웬일이랍니까? 이 일들을 기사로 쓰고 있다는 거예요?"

갑작스러운 울부짖음이 나무 사이를 쓸고 지나갔다. 한 여자아이가 외치고 있었다. "내털리!" 소리가 들리는 쪽으로 달려가는 동안 손에 땀이 배기 시작했다. 우리 눈앞으로 몸부림을 치고 있는 형체들이 보였다. 거의 하얗다 싶을 만큼 밝은 금발을 한 십대 소녀가 뛰쳐나와 우리 곁을 지나치더니 숲 안쪽으로 들어가고 있었다. 소녀의 얼굴은 붉게 물들어 있었고, 다급해 보였다. 그녀는 정신 나간 주정뱅이처럼 휘청거리면서 하늘에 대고 내털리의 이름을 고래고래 불렀다. 그녀의 아버지로 보이는 늙수그레한 남자가 뒤쫓아가 아이의 팔을 감싸 안고 숲에서 데리고 나왔다.

"찾았답니까?" 내 짝이 사람들에게 외쳤다.

사람들이 일제히 고개를 저었다. "그냥 겁을 먹은 모양이에요." 어떤 남자가 큰 소리로 대답해주었다. "저 애한테는 너무 버거운 일이지 않겠어요? 어쨌거나 이런 일이 생겼을 때 여자아이들은 여기에 오면 안 된다니까요." 남자가 나를 날카롭게 쳐다보더니 야구 모자를 벗어 이마께를 닦고는 다시 풀숲을 헤치며 걷기 시작했다.

"슬픈 일이에요." 내 짝이 말했다. "슬픈 날이고요." 우리는 앞으로 천천히 움직였다. 나는 길을 걷는 동안, 녹슨 맥주 캔 하나를 따고 이어 하나를 더 땄다. 새 한 마리가 눈앞에서 어른거리나 싶더니 나무 꼭대기로 날아 올라갔다. 순간, 메뚜기 한 마리가 내 손목 위에 내려앉았다. 으스스하고 마법 같았다.

"이 일을 어떻게 생각하시는지 여쭈어도 될까요?" 나는 노트를 꺼내 보였다.

"말해줄 수 있을 만큼 아는 게 별로 없어요."

"어떤 생각을 하고 계시는지만 알고 싶습니다. 작은 마을에서 소녀가 둘씩이나……."

"그거야 두 사건이 관련이 있는 것인지는 아무도 모르죠, 안 그래요? 내가 모르는 걸 댁이 알고 있다면 모를까. 우리가 아는 건 오로지 내털리가 안전하고 건강하게 돌아올 거라는 것뿐이에요. 아직 이틀도 안 지났는데."

"앤의 사건에 대해서는 어떤 추측들을 하고 있나요?"

"틀림없이 어떤 정신 나간 미치광이가 저지른 짓이겠지요. 어떤 미친 놈이 마을을 지나가다가 약 먹는 걸 깜빡했다, 그런데 그때 어떤 목소리인가 환청인가가 그런 짓을 하라고 꾀었다, 뭐 그런 얘기죠."

"왜 그런 얘기가 나왔을까요?"

그가 걸음을 멈추고 뒷주머니에서 씹는담배를 꺼내 잇몸으로 쑤셔 넣더니, 작은 조각이 될 때까지 잘근잘근 씹었다. 그 모습을 보고 있자니 나도 같이 담배를 씹고 있는 듯 입 안이 얼얼해졌다.

"정신병자가 한 짓이 아니라면 그 조그만 여자아이의 치아를 왜 죄다 뽑아갔겠소?"

"그자가 아이 이를 빼 갔다고요?"

"뒤쪽 어금니 유치 하나만 빼놓고 전부 다 빼갔어요."


한 시간이 지나도록 수색은 별다른 성과를 올리지 못했고 나 역시 별다른 정보를 얻지 못하자 나는 짝이 되어준 로널드 카멘스("기사로 쓰려거든 내 중간 이름의 첫 글자 J도 써주시오")에게 안녕을 고했다. 그러고는 작년에 앤의 시신이 발견되었다는 곳을 찾기 위해 남쪽으로 발길을 돌렸다. 내털리의 이름을 부르는 소리가 더 이상 들리지 않기까지는 족히 15분이 걸렸다. 10분이 더 흐른 후에야 폴스 강의 소리가 들렸다. 물의 눈부신 외침이었다.

아이를 데리고 이 숲을 지나가기란 쉽지 않았을 것이다. 가지와 나뭇잎들이 길목을 막고, 나무뿌리가 땅을 뚫고 여기저기 튀어나와 있었다. 만약 앤이 진정한 윈드 갭의 딸이었다면, 그러니까 자기 성별에 걸맞게 더할 나위 없이 여자답기를 요구하는 윈드 갭의 진정한 딸이었다면 허리까지 내려오는 긴 머리를 하고 있었을 것이다. 긴 머리카락은 덤불숲에서 서로 엉겼을 것이다. 걷다가 마주치는 거미줄이 자꾸만 희미하게 빛나는 머리카락인 것 같다는 착각이 들었다.

시체가 발견된 자리의 풀은 아직도 납작하게 누워 있었다. 바로 이곳이 그곳이라고 알려주는 듯했다. 그 자리에는 할 일 없이 호기심만 많은 사람들이 왔다가 버리고 간 담배꽁초 몇 개가 널려 있었다. 할 일 없는 아이들은 미치광이가 피 묻은 이를 뽑는 모습을 흉내 내며 서로를 놀리느라 여념이 없었으리라.

아이 몸이 강에 떠내려가지 않고 밤새 물 위에 떠 있게 만들었던 바위는 온데간데없었다. 지금은 아무런 장애물 없이 모래로 유유히 밀려드는 물살만 있을 뿐이었다. 로널드 J. 카멘스는 마을 사람들이 바위들을 캐내어 픽업트럭 뒤에 싣고 마을 외곽으로 나가 산산이 부숴버리기까지의 사연을 들려주면서 뿌듯해했다. 액땜을 하려는 듯, 절박한 믿음에서 한 일이었다. 지금 일어난 일을 보니 효과는 없었던 모양이지만.

나는 강가에 앉아 잔돌이 섞인 흙을 손바닥으로 문질렀다. 그러고는 보들보들하고 뜨거운 돌 하나를 집어 올려 볼에 대고 꾹 눌러보았다. 앤이 살아생전 이곳에 와본 일이 있을지 궁금했다. 새로운 세대의 윈드 갭 아이들은 여름을 좀 더 재미나게 보낼 방법을 찾았을지도 모른다. 내가 어렸을 때는 커다란 너럭바위 틈에서 헤엄을 치고 바위들 사이에 생긴 얕은 웅덩이에서 물장구를 치며 놀았다. 그곳은 이곳보다 약간 하류에 있었다. 우리는 민물가재가 발 옆을 스쳐 갈 때면 깡충깡충 튀어 올랐고 가재가 정말 발에 닿기라도 한 듯 고래고래 소리를 질러댔다. 번거로운 게 싫어서 아무도 수영복을 입지 않았다. 그저 흠뻑 젖은 반바지와 원피스를 입은 채 자전거를 타고 집에 가면서 물에 빠진 개처럼 머리를 흔들어대곤 했다.

때로 몇 살 많은 남자아이들이 산탄총과 훔친 맥주를 가지고 무법자처럼 나타나서 날다람쥐나 산토끼에게 총을 쏘아대곤 했다. 피를 뚝뚝 흘리는 고깃덩어리가 그들의 허리춤에서 흔들렸다. 그 아이들, 거들먹거리고 잔뜩 화가 나 있으며 땀 냄새로 진동하는 소년들. 적의에 차서 우리를 무시하던 그 아이들에게 나는 언제나 마음이 끌렸다. 세상에는 다른 종류의 사냥도 많다는 것을 나는 이제는 안다. 테디(시어도어의 애칭—옮긴이) 루스벨트와 큰 사냥감을 가슴에 품은 채 들판을 휘젓다가도 사냥터에서 돌아오면 산뜻한 진토닉을 즐기는 신사들은 나와 함께 자란 사냥꾼들이 아니다. 내가 아는 소년들, 어려서부터 일찌감치 사냥을 시작한 그들은 피의 사냥꾼이었다. 그들은 총에 맞은 동물들이 죽어가면서 보이는 최후의 몸부림, 흐르는 물처럼 덧없는 그 모습을 보고 총알로 몸통을 두 조각 내줄 길을 찾고 있었다.

아마 열두 살 때쯤인가, 아직 초등학교에 다닐 때 동네 남자아이의 포획물 저장소인 나무 널빤지로 만든 오두막에 간 적이 있다. 그는 그곳에서 동물의 털을 벗겨내고 몸을 가르고 있었다. 축축한 분홍색 살점들이 줄에 대롱대롱 매달려 육포가 되기를 기다리고 있었고 흙바닥은 피가 배어 적갈색이 되어 있었다. 벽에는 여자들의 알몸 사진이 가득했다. 일부 여자들은 가랑이를 활짝 벌리고 있었고, 다른 여자들은 바닥에 깔린 채 삽입을 당하고 있었다. 묶여 있던 여자를 어떤 남자가 뒤에서 붙잡고 있었는데, 여자의 눈은 유리를 낀 듯 반질반질하고 가슴은 활짝 열려 있었으며 피부에는 포도덩굴 같은 혈관이 엉켜 있었다. 둔탁하고 피비린내 나는 공기 속에서 그 모든 냄새가 맡아졌다.

그날 밤 집에 들어온 나는 팬티 속에 손가락을 넣고 처음으로 자위를 했다. 숨 막히고 역겨운 순간이었다.

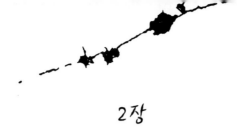

## 2장

해피 아워. 나는 수색을 그만두고 푸스라는 시시껄렁한 시골 술집에 들어갔다. 그로브 스트리트 1665번지에 있는 벳시와 로버트 내시의 집에 들렀다가 간 곳이었다. 그들은 열두 살 애슐리, 열한 살 티파니, 영원히 아홉 살로 남을 죽은 앤, 그리고 여섯 살짜리 사내아이 바비 주니어의 부모였다.

세 딸을 본 끝에 얻은 사내아이. 버번을 홀짝이고 땅콩 껍데기를 깨면서 고추가 달리지 않은 아이가 나올 때마다 내시 부부가 느꼈을 당연한 절망감을 머릿속에 차근차근 그려보았다. 첫 번째로 애슐리가 있었다. 사내아이는 아니지만 순하고 건강했다. 어쨌거나 그들은 아이를 둘은 낳아야겠다고 생각했을 것이다. 애슐리Ashleigh라는 요란한 철자만큼이나 근사한 이름과 공주 같은 옷으로 가득 찬 옷장을 받는다. 부부는 손가락을 걸며 다시 애써보기로 하지만, 이번에 나온 아이는 티파니였다. 그들은 점점 초조해진다. 이제 아기를 맞이하는 집은 승리의 기색이 바랬다. 내시 부인이 또다시 아이를 가졌을 때, 남편은 조그만 야구글러브를 사 와서 아내의 부풀어 오른 배에 대며 아들로 태어나라고 종용한다. 앤이 세상에 나왔을 때 그들이 마땅히 느꼈을 실의를 상상해보라. 아이에게는 가족 중 누군가의 이름을 대충 붙여준다. 예쁜 이름을 위해 따로 'e'를 추가하는 식의 번거로운 수고는 사서 하지 않는다.

그러다가 바비가 이 세상에 나왔으니, 신의 가호에 경배를! 앤을 낳고 낙담한 지 3년 후, 부부가 최후의 정기를 발휘한 건지 마침내 바비가 태어난다. 바비는 아빠의 이름을 물려받았다(로버트의 애칭이 바비임-옮긴이). 사내아이는 맹목적인 사랑을 받고, 어린 소녀들은 자신들이 얼마나 별 볼 일 없는 존재인지 문득 깨닫는다. 특히 앤이 그랬다. 아무도 셋째 딸을 원하지 않았다. 그 아이는 이제 와서야 약간의 관심을 받게되었다.

나는 두 번째 버번 잔을 부드럽게 비우고 나서 어깨를 한 번 펴고 술값을 탁 내려놓았다. 그리고 술집 밖으로 나가 내 커다란 파란색 뷰익에 올라탔다. 그제야 한 잔 더 마시고 싶다는 생각이 들었다. 나는 사람들의 사생활이나 캐서 기사를 쓰는 그런 기자가 아니다. 이런 생각이 내가 이류 저널리스트로 남아 있는 이유일 것이다. 적어도 한 가지 이유는 될 것이다.

그로브 스트리트로 가는 길은 여전히 기억이 났다. 그곳은 내가 다닌 고등학교에서 두 블록 뒤에 있었다. 반경 112킬로미터 안에 있는 모든 아이들이 그 고등학교를 다녔다. 밀라드 칼훈 고등학교는 1930년에 세워졌는데, 이 학교의 창립은 대공황으로 망하기 전 윈드 갭 최후의 몸부림이었다. 학교 이름은 윈드 갭의 초대 시장이자 남북전쟁 영웅의 이름을 따서 지었다. 남부군의 영웅. 사람들은 그런 것 따위는 조금도 상관하지 않았지만, 어쨌든 그들에게 그는 영웅이었다. 칼훈 씨는 남북전쟁이 터진 첫해에 렉싱턴에서 한 양키(미국 북동부 뉴잉글랜드 지역 사람들을 비하하는 말로 여기서는 북부연합 사람들을 지칭한다-옮긴이) 부대를 모조리 총으로 쏴 죽인 전적이 있다. 한 손으로 미주리의 작은 마을을 구해낸 것이다. 혹은 학교 입구의 장식판에 쓰인 바에 따르면 그렇다고 한다. 그는 농가들을 가로질러 돌진했고, 통나무 울타리를 친 집들을 뚫고 지나가다가 속닥거리고 있는 아낙들에게도 친절하게 총을 갈겨주었다. 그녀들이 양키들의 손에 더럽혀지지 않게 하려는 뜻이었다. 오늘날까지도 렉싱턴에는 칼훈 하우스가 남아 있다. 당대의 훌륭한 건축물인데, 그곳 장식판에는 지금도 북부군의 총알이 박혀 있다. 사람들은 칼훈의 남부군 총알이 그 총알에 희생된 사람들과 함께 묻혀 있다고 생각한다.

칼훈은 1929년 백 번째 생일을 앞두고 죽었다. 그는 마을 광장의 망루에 앉아 있다가 52세인 아내에게 갑자기 몸을 기대며 "사방이 시끄러워서 견딜 수가 없네"라고 말했다. 이제는 길이 닦여 사라진 그 광장에서 당시 브라스 밴드를 동원한 축제가 열리고 있었는데, 칼훈은 그 말을 남기고 극심한 심장마비로 인해 앞으로 고꾸라졌다. 그 바람에 남북전쟁을 주제로 장식한 케이크가 엉망이 되었다. 케이크는 오직 그만을 위한 남부 연맹기로 장식되어 있었다.

나는 칼훈에게 특별한 애정을 느낀다. 때로는 모든 것이 정말로 너무

시끄럽기만 하다.

내시의 집은 내가 예상한 모습과 대체로 비슷했다. 마을 서쪽에 있는 여느 집들처럼, 1970년대 후반의 특징을 그대로 담고 있었다. 차고를 주택 중앙에 배치하는 흔한 목장 집의 구조도 그중 하나였다. 차를 몰고 집 진입로에 들어서자 헝클어진 금발머리를 한 사내아이가 몸에 비해 너무 작은 빅휠 세발자전거에 앉아 있는 것이 보였다. 바퀴는 아이의 무게에 눌려 제자리만 맴돌고 있었다.

"밀어줄까?" 차에서 내리며 내가 말했다. 나는 아이들과 잘 어울리지 못하는 편이지만, 그때는 시도해도 밑질 게 없어 보였다. 아이는 말없이 나를 잠깐 올려다보더니, 손가락을 입에 넣고 다물어버렸다. 위로 말려 올라간 러닝셔츠 아래로 동그랗게 튀어나온 배가 나를 반겨주었다. 멍청하고 겁이 많아 보였다. 내시의 집안에 보내진 아들, 하지만 실망스러웠을 아이.

나는 아이를 향해 걸음을 옮겼다. 아이는 세발자전거에서 뛰어내렸지만 자전거는 그가 몇 걸음 걷는 동안에도 그의 몸에 꼭 끼어 있었다. 아이는 보도를 따라 덜거덕거리면서 걸어갔다.

"아빠!" 아이가 나에게 꼬집히기라도 한 듯 울부짖었다.

내가 현관문에 다다랐을 무렵 한 남자가 나타났다. 시선이 그의 뒤쪽으로 향했다. 복도에 놓인 작은 분수에서 졸졸졸 물 흐르는 소리가 났다. 조개껍데기 모양으로 생긴 물받이 세 개가 이어져 있었고, 꼭대기에는 어린 소년 조각이 있는 분수였다. 스크린도어 바깥에 서 있는데도 물에서 오래된 냄새가 나는 것이 느껴졌다.

"무슨 일이시죠?"

"선생님이 로버트 내시 씨인가요?"

그가 불현듯 경계하는 기색을 보였다. 딸이 죽었을 때 경찰이 던진 첫 질문도 그것이었을 테지.

"제가 밥 내시인데요."

"집에 계신데 성가시게 해드려서 몹시 죄송합니다. 저는 카밀 프리커 라고 합니다. 저도 윈드 갭 출신이에요."

"흠……."

"지금은 시카고의 〈데일리 포스트〉에서 일하고 있습니다. 저희가, 그 러니까 이 사건을 다루고 있는 중인데……. 내털리 킨의 일로 이곳에 와 있습니다. 그리고 선생님 따님의 살해사건도 취재하고 있어요."

고함이 날아오거나 문이 쾅 닫히거나 욕설 혹은 주먹이 날아올 것을 대비해 마음의 준비를 단단히 해두고 있었다. 밥 내시는 양손을 앞주 머니에 깊숙이 찔러 넣은 채 발꿈치로 기대 섰다.

"들어와서 얘기하십시다."

그가 문을 열어주고는 이내 난장판인 거실과 구겨진 침대보와 조그 만 티셔츠들이 삐죽삐죽 나와 있는 빨래바구니를 지나쳤다. 다 쓴 두루 마리 화장지 심이 주요 장식품처럼 바닥에 널브러져 있는 욕실과, 지저 분한 코팅지 아래에서 색이 바래가는 사진으로 대충 꾸민 복도를 지나 쳤다. 어린 금발 소녀들이 무한한 사랑을 퍼줄 것 같은 자세로 남자 아 이 주변을 둘러싸고 있는 사진과, 젊은 내시가 신부를 두 팔로 뻣뻣하 게 안고 있는 사진이 있었다. 두 사람은 케이크 칼의 손잡이 끝부분을 잡고 있었다. 세트로 맞춘 커튼과 침대보, 정돈된 서랍장 하나가 놓여 있는 방에 들어서면서 내시가 인터뷰 장소로 왜 이곳을 선택했는지 알게 되었다. 이곳은 이 집에서 유일하게 문명의 잔재를 간직하고 있는 곳이었다. 한없이 깊은 밀림의 가장자리에 있는 전초기지 같은 곳.

내시가 침대 가장자리에 걸터앉았고, 나는 건너편에 앉았다. 의자는 없었다. 그러자 대낮에 포르노를 찍는다 해도 믿을 만한 장면이 연출되었다. 그가 가져온 체리주스를 한 잔씩 들고 앉은 모습만 빼면 제격이었다. 내시는 단정했다. 손질한 콧수염과 젤을 발라 뒤로 넘긴 금발 머리에, 화려한 폴로셔츠를 청바지 안으로 넣고 있었다. 나는 이 방을 정돈하는 사람이 그일 것이라고 짐작했다. 이곳은 꾸민 티가 나지 않으면서도 깔끔함을 유지하느라 몹시 애쓰는 독신남의 방 같았다.

그에게는 인터뷰를 하기 전에 따로 전희할 필요가 없었다. 나로서는 감지덕지할 노릇이었다. 두 당사자가 이제 곧 잠자리를 함께하게 될 것임을 잘 알고 있을 때 나누는 순조로운 대화와 비슷했다.

"앤은 지난여름 내내 자전거를 타고 쏘다녔어요." 그가 느닷없이 말을 꺼냈다. "여름 내내 동네를 돌고, 돌고, 또 돌아다녔지요. 아내와 제가 동네 밖으로는 못 나가게 했거든요. 아이가 고작 아홉 살이었으니까요. 우리는 열성을 다해 아이들을 보호하는 부모입니다. 하지만 아이가 초등학교에 막 들어가기 전에, 아내가 결국 손을 들고 자전거를 타도 좋다고 허락했지요. 그리고 앤은 그날 계속 볼멘소리를 했어요. 그래서 아내가 친구 에밀리의 집까지 자전거를 타고 가도 좋다고 말했어요. 하지만 앤은 결국 에밀리의 집에 가지 못했어요. 8시가 조금 못되었을 때 그 사실을 알았습니다."

"아이가 몇 시에 집을 나섰나요?"

"7시쯤 됐어요. 에밀리네 집에서 열 블록쯤 떨어진 곳에서 놈들이 아이를 붙잡은 거예요. 아내는 자신을 용서하지 못할 겁니다. 영원히요."

"놈들이 아이를 붙잡았다니, 무슨 말씀이신지요?"

"놈들이든, 한 놈이든, 뭐든 간에요. 짐승 같은 놈들이 그랬단 말입니다. 아이들을 잡아 죽이는 정신병자죠. 우리 가족이 자고 있는 동안, 기자님이 취재를 하려고 차를 타고 돌아다니는 동안 살해할 아이를 찾아다니는 놈이 있다는 겁니다. 기자님도 나도, 어린 내털리가 그저 단순히 길을 잃은 것이 아니라는 것쯤은 알고 있지요."

그는 남아 있던 주스를 단숨에 들이키고는 입을 훔쳤다. 좀 과하게 포장한 감은 있지만, 그의 대답은 훌륭했다. 이런 일은 흔했다. 말하자면 사람들은 텔레비전을 얼마나 많이 보는지와 같은 질문에 청산유수처럼 대답한다. 얼마 전 남자친구에게 살해당한 스물두 살 딸의 어머니와 인터뷰를 한 적이 있다. 그녀는 내가 전날 밤에 우연히 보았던 법정 드라마의 대사를 토씨 하나 틀리지 않고 답변으로 내놓았다. *말로는 그가 참 안됐다고 하고 싶지요. 하지만 지금은 누구라도 안됐다고 생각할 일이 다시 있을지 걱정이 돼요.*

"그러니까 내시 씨, 앤을 해쳐서 선생님이나 선생님 가족에게 피해를 주길 바라는 사람이 혹시 있을까요?"

"기자님, 저는 의자를 팝니다. 인체공학 의자를 팔아서 먹고 살지요. 그리고 주로 전화로 일해요. 가끔 헤이티에 있는 사무실에 가서 두 동료와 운동을 하고요. 저는 사람들과 여기저기 어울려 다니는 스타일이 아니에요. 아내는 초등학교에서 시간제 사무직으로 일하고 있고요. 뭐 끌어댈 만한 게 없어요. 누군가 우리 딸을 그냥 죽이기로 마음먹은 것뿐이라고 할 밖에요." 그는 마지막 부분에서 그런 생각을 하는 것이 몹시 괴로운 듯 가까스로 말을 이었다.

밥 내시가 침실 한쪽에 있는 유리 미닫이문 쪽으로 걸어갔다. 아주 자그마한 덱(집 후면에 마루처럼 달아내어 앉아서 쉴 수 있게 만들어놓은 곳)으로 이어지는 문이었다. 그는 문을 열었지만, 밖으로 나가지는 않았다. "호모가 한 짓일지도 모릅니다." 그가 말했다. 상황을 감안하면 그가 선택한 단어는 오히려 완곡하다고 할 만했다.

"왜 그렇게 생각하시죠?"

"아이가 강간을 당하지 않았거든요. 이런 살인에서는 그런 경우가 흔치 않다고 사람들이 입을 모아 말하고 있어요. 그나마 천만다행이라고 할까요. 강간을 당하느니 죽임을 당하는 게 낫다고 생각하거든요."

"성추행을 당한 흔적이 전혀 없다는 말씀인가요?" 내 말투가 그의 기분을 상하게 하지 않기를 바라며 기어들어가는 목소리로 물었다.

"전혀요. 멍도, 베인 상처도, 어떤 식으로도……. 고문을 당한 흔적은 전혀 없었습니다. 그저 목이 졸린 게 다예요. 그리고 이를 뽑아갔어요. 참, 아까 한 말은 진심이 아닙니다. 아이가 강간을 당하느니 죽임을 당하는 게 낫다는 말이요. 어리석은 말이었어요. 하지만 왜 그런 말을 했는지는 아시겠지요."

나는 아무 말도 하지 않았다. 그동안 녹음기에는 내 숨소리만 녹음되고 있었다. 내시가 마신 주스 잔에서 얼음이 쩽강거렸고, 옆집에서는 해가 지기 전까지 배구를 하느라 공을 탕탕 때리는 소리가 들려왔다.

"아빠?" 허리까지 내려오는 금발을 뒤로 묶은 예쁘장한 여자 아이가 열린 침실 문틈으로 고개를 빼꼼 내밀었다.

"아가야, 지금은 안 돼."

"배고파요."

"네가 좀 찾아서 먹으렴." 내시가 말했다. "냉동실에 와플이 있단다. 바비도 꼭 챙겨 먹이고."

아이는 바닥에 깔린 카펫을 내려다보며 잠시 더 꾸물거리다가 조용히 문을 닫았다. 아이들의 엄마가 어디에 있는지 궁금해졌다.

"앤이 마지막으로 집을 나서던 시간에 집에 계셨습니까?"

그는 나를 보고 고개를 저으며 이 사이로 침을 빨아들였다. "아니오. 헤이티에서 집으로 돌아오는 중이었습니다. 한 시간 거리예요. 나는 딸을 해치지 않았습니다."

"그런 뜻으로 드린 질문이 아닙니다." 나는 거짓말을 했다. "저는 그저 그날 밤에 선생님이 앤을 보셨는지 궁금했을 뿐이에요."

"그날 아침에는 봤습니다." 그가 말했다. "앤과 얘기를 했는지 안 했는지는 기억이 안 납니다. 아마 안 했을 거예요. 아침에 아이 넷을 상대한다는 게 보통 일은 아니거든요. 짐작하시겠지만."

내시는 이제 녹아서 한 덩어리로 뭉쳐진 얼음을 빙빙 돌렸다. 그는 빳빳한 콧수염 밑으로 손가락을 가져가 만지작거렸다. "지금까지 아무도 도움이 되지 않았어요." 그가 말했다. "비커리 서장은 사람 말을 통 안 들어요. 캔자스시티에서 잘 나간다는 형사가 왔는데, 그 사람은 아직 애송이예요. 자기 잘난 줄 알기로는 비커리와 마찬가지죠. 그저 이곳에서 떠날 날만 달력에 표시하며 살 거예요. 앤의 사진을 보여드릴까요?"

그는 사진picture을 피처pitcher라고 발음했다. 사진을 안 볼 수 있다면 나도 맥주 피처를 마시고 싶었다. 그는 지갑에서 한 소녀의 학교 사진을 꺼냈다. 한껏 빼딱하게 지은 미소, 아이의 옅은 갈색 머리칼이 뺨 근처에서 삐쭉삐쭉 잘려 있었다.

"앤이 학교에서 이 사진을 찍기 전날 밤에 아내가 펌로트를 해주려고 했어요. 그런데 앤이 이렇게 싹둑 쳐냈죠. 고집이 센 아이였어요. 톰보이였죠. 나는 사실 그놈들이 아이를 데려갔다는 게 놀라웠어요. 예쁘다는 소리를 듣는 건 늘 애슐리였거든요. 사람들이 쳐다보는 쪽은 애슐리라는 거죠." 그는 한 번 더 사진을 들여다보았다. "앤은 고약하게 말썽을 피우는 쪽이었고요."

내가 집을 나설 때 내시는 앤이 실종되던 날 놀러가려고 했다는 친구의 집 주소를 알려주었다. 나는 일직선으로 곧게 난 도로 몇 블록을 천천히 운전했다. 이 도시의 서쪽은 비교적 새로 조성된 구역이었다. 잔디가 더 밝은 초록색인 것을 보면 알 수 있었다. 겨우 30년쯤 전에 깐 것일 터이다. 어머니의 집 앞에서 자라는 칙칙하고 뻣뻣하고 거친 잔디와는 달랐다. 그런 잔디로 풀피리를 불면 더 잘 불 수 있다. 가운데를 접어서 불면 입술이 가려워질 때까지 삑삑 소리를 낼 수 있다.

앤은 페달을 5분만 더 밟으면 친구의 집에 도착했을 것이다. 그 여름, 자전거의 진정한 재미를 만끽해볼 기회를 잡았으니 제대로 한번 달려보고 싶은 마음이 들었다면, 좀 더 멀리 돌아가는 길을 택했을 수도 있다. 그랬다면 10분 정도 더 걸렸을 것이다. 아홉 살이면 동네 안에서만 뱅뱅 돌기에는 너무 지루할 나이다. 그런데 자전거는 어떻게 되었을까?

나는 에밀리 스톤의 집을 천천히 지나쳤다. 밤이 푸른색으로 번져갈 무렵, 불이 환하게 밝혀진 창문 안쪽으로 한 소녀가 뛰어가는 것이 보였다. 나는 그녀의 부모가 자기 친구들에게 할 것 같은 말을, 듣지 않고도 알 수 있었다. "우린 매일 밤마다 아이를 좀 더 꼭 안아주고 있어." 에밀리가 앤이 어디로 끌려가 죽었는지 궁금해할 거라는 점도 안 봐도 빤했다.

보지 않고도 알 일이었다. 아무리 작아도 스무 개가 넘는 치아를 뽑는 것, 아무리 시신이라 해도 치아를 다 뽑아내는 것은 매우 힘든 작업이다. 그 일은 어떤 특별한 장소에서 이루어져야 했을 것이다. 지난한 작업 사이사이에 몇 분씩 숨을 골라도 안전한 장소 말이다.

나는 앤의 사진을 들여다보았다. 그녀를 보호해주듯 사진 가장자리가 안으로 말려 있었다. 반항적인 머리와 웃음이 내털리를 연상시켰다. 이 소녀도 마음에 들었다. 나는 글러브 박스에 사진을 집어넣었다. 그리고 셔츠 자락을 걷어 올리고 아이의 이름 전체를 파란색 볼펜으로 팔뚝에 적어보았다. 앤 마리 내시.

어느 집 진입로에도 차를 대면 안 될 것 같았다. 그렇지 않아도 낯선 차가 돌아다니는 걸 보면 사람들이 안절부절못할 것이기 때문이다. 어쩔까 하다가 그 동네에서 멈추지 않고 블록 끝까지 가서 왼쪽으로 차를 돌린 다음, 어머니 집으로 가는 기다란 길로 들어섰다. 나는 미리 전화를 걸지 말지 고민하다가, 집까지 세 블록이 남았을 무렵 걸지 않기로 마음먹었다. 전화를 걸기에는 너무 늦은 시각이었다. 쓸데없는 환대를 준비하느라 법석을 부릴 것이 분명했다. 일단 주 경계선을 넘어 이곳까지 온 마당에, 집에 들러도 괜찮겠냐고 전화로 묻는 것은 소용없는 일이다.

어머니의 웅장한 집은 윈드 갭 최남단의 부유한 구역에 있었다. 세 블록 크기의 지역을 시의 한 구역으로 부를 수 있다면 말이다. 어머니가 그곳에 살고 있었고, 나도 한때는 그곳에 살았다. 창문의 세밀한 장식, 둥근 베란다, 뒤쪽으로 툭 나와 있는 여름용 덱, 꼭대기의 둥근 지붕 등 빅토리아 시대의 요소가 세련되게 녹아 있는 집이었다. 이 집은 온갖 방과 구석구석마다 신기한 공간으로 가득 차 있었다. 빅토리아주의자, 특히 미국 남부의 빅토리아주의자들에게는 서로 떨어져 있기 위해, 결핵과 독감이 옮는 것을 막기 위해, 탐욕스러운 욕정을 피하기 위해, 끈적거리는 감정과 벽을 쌓고 살기 위해 아주 많은 방이 필요했다. 그들은 여분의 공간을 언제든지 환영했다.

집은 경사가 매우 심한 언덕 꼭대기에 있다. 기어를 1단에 놓고 꼭대기의 땅이 쩍쩍 갈라진 진입로로 차를 몰고 가면, 현관지붕 밑에 주차하는 곳이 있다. 차가 비에 젖지 않도록 막아주는 곳이다. 아니면 언덕 아래에 차를 세우고 63개의 계단을 올라가는 방법도 있다. 왼편에 설치된 담배개비만한 난간을 붙잡고 올라가는데, 어렸을 때는 언제나 계단을 올라가서 자동차 진입로 쪽으로 달려갔다. 나는 난간을 올라가는 방향이 왼쪽으로 되어 있는 이유는 내가 왼손잡이여서라고, 누군가 내가 좋아할 거라 생각해서 난간을 그렇게 설치해놓은 것이라고 지레 짐작했다. 내가 그런 추측을 좋다고 했다는 것 자체가 나로서는 야릇한 일이었다.

나는 아래쪽에 차를 댔다. 그래야 무작정 쳐들어간다는 느낌을 주지 않을 것 같았다. 꼭대기에 다다르자 몸이 땀으로 흠뻑 젖었다. 나는 머리칼을 들어 올리고 손으로 목 뒤를 부채질한 다음, 셔츠를 몇 번 펄럭거렸다. 프렌치블라우스의 겨드랑이에 보기 싫게 땀자국이 패였다. 겨드랑이 냄새를 맡아보았다. 어머니가 천박하다고 말할 행동이었다.

초인종을 눌렀다. 내가 어렸을 때는 고양이를 부르는 휘파람 소리처럼 길게 이어지는 소리가 났는데 이제는 '빙' 하는 짧은 소리로 바뀌었다. 어린아이가 듣는 학습 테이프에서 페이지를 넘기라고 지시할 때 나는 것 같은 소리였다. 9시 15분. 식구들이 잠자리에 들고도 남았을 시간이었다.

"누구신지요?" 어머니의 가냘프고 새된 목소리가 문 안쪽에서 들려왔다.

"안녕, 엄마. 카밀이에요." 목소리에 평정을 유지하려고 애쓰며 대답했다.

"카밀이라고?" 어머니가 문을 열어주었다. 현관 입구에 서 있는 어머니는 놀란 것 같지는 않았다. 내가 예상했던 그 괴상한 포즈로도 포옹할 생각은 없는 듯했다. "무슨 일 있니?"

"아니에요, 엄마. 그런 거 전혀 없어요. 일 때문에 온 거예요."

"일이라, 일? 아, 그렇구나. 아휴, 내 정신 좀 봐. 미안하다, 애야. 들어와, 어서 들어와. 집이 손님맞이를 할 꼴이 아니라서 걱정이구나."

집은 완벽했다. 다듬어놓은 튤립 여남은 송이가 현관 안쪽 복도에 놓인 꽃병에 꽂혀 있었다. 낮에 꽃가루로 애를 먹은 내 눈에 눈물이 고였다. 역시 어머니는 내가 대관절 무슨 일 때문에 이곳에 오게 됐는지 따위는 묻지 않았다. 여간해서는 무슨 일에 대해서도 질문하는 일이 없는 사람이었다. 다른 사람들의 사적인 문제에 과하다 싶을 만큼 배려하는 쪽이거나, 아니면 그 어떤 일에도 관심이 없거나 둘 중 하나였다.

내가 어떤 쪽으로 기우는지는 당신의 추측에 맡기겠다.

"카밀, 뭐 마실 것 좀 가져다줄까? 앨런하고 방금 전에 아마레토 사우어를 마시고 있었어." 엄마가 손에 든 잔을 가리켰다. "더 달콤하게 마셔보고 싶어서 사이다를 아주 조금 넣었지. 망고 주스도 있고, 와인, 홍차, 얼음물도 있어. 탄산음료도 있고. 묵을 곳은 있니?"

"그런 질문을 하시다니 재밌네요. 전 이곳에서 묵으면 어떨까 했어요. 한 며칠만."

잠깐 망설이는 시간. 어머니의 긴 손톱, 투명한 분홍빛 손톱이 잔을 톡톡 두드렸다. "흠, 당연히 괜찮을 것 같구나. 미리 전화를 해주었다면 좋았을 텐데. 네가 오는 걸 미리 알았으면 저녁을 차려준다든지, 뭘 좀 준비하지 않았겠니. 가서 앨런한테 인사하렴. 저 뒤에 있어."

어머니는 나에게서 몸을 돌려 복도를 지나쳤다. 환하게 불을 밝힌 하얀색 거실과 응접실, 서재 등 모든 곳에서 빛이 쏟아져 나왔다. 나는 어머니의 기색을 살폈다. 거의 1년 만의 재회였다. 내 머리칼이 빨간색에서 갈색으로 바뀌었지만 그녀는 눈치 채지 못한 것 같았다. 어머니는 예전과 다름없는 모습이었다. 40대 후반임에도 나보다 나이가 아주 많이 들어 보이지 않았다. 혈색 좋은 흰 피부와 긴 금발머리, 그리고 창백한 기운이 도는 푸른 눈동자. 어머니는 어린 소녀가 가장 좋아하는, 그래서 아끼느라 갖고 놀지 않는 인형처럼 보였다. 그녀는 분홍색 긴 면 드레스를 입고 조그맣고 하얀 슬리퍼를 신고 있었다. 그녀는 아마레토 사우어 잔을 용케 한 방울도 떨어뜨리지 않고 빙글빙글 돌렸다.

"앨런, 카밀이 왔네요." 어머니가 뒤쪽 작은 주방으로 모습을 감추었고, 철제 얼음 통이 달그락거리는 소리가 들려왔다.

"누구?"

내가 고개를 내밀고 미소를 지어 보였다. "카밀이요. 이렇게 불쑥 찾아와서 정말로 죄송해요."

즐거운 상상의 나래를 펼쳐보자면, 어머니는 왕년의 풋볼 스타와 함께할 운명처럼 보였다. 콧수염을 기른 우람한 거구와 함께하면 정말 잘 어울렸을 것이다. 앨런은 엄마보다 말랐고, 얼굴 위의 광대뼈는 어찌나 높고 날카롭게 솟았는지, 눈동자가 거의 아몬드색이 깃든 은색처럼 보였다. 그를 보고 있으면 링거라도 한 병 맞혀주고 싶은 마음이 들었다. 그는 항상 지나치게 차려입는 편이었는데, 엄마와 달콤한 음료 한 잔을 나누는 한밤에도 예외는 아니었다. 사냥용 반바지 아래로 바늘같이 가느다란 다리를 드러내고, 선명한 색의 남방셔츠 위에 하늘색 스웨터를 두른 그는 땀 한 방울 흘리지 않고 앉아 있었다. 앨런은 물하고는 상극인 사람이었다.

"카밀이구나. 어서 와라. 정말 반갑구나." 단조롭고 느린 말투로 그가 중얼거렸다. "윈드 갭까지 이 먼 길을 오다니. 일리노이 남쪽으로는 더 이상 올 일이 없을 줄 알았는데."

"사실 일 때문에 온 거예요."

"일이라." 그가 미소를 지었다. 이것이 그가 질문이라는 것을 받았을 때 가장 친근하게 보이는 반응이었다. 어머니가 다시 나타났다. 이번에는 옅은 푸른색 리본으로 머리를 묶어 올렸다. 《피터팬》의 웬디 달링이 다 자란 모습이라고나 할까. 그녀는 거품이 이는 차가운 아마레토 잔을 내 손에 쥐어주더니, 내 등을 두어 번 토닥이고는 앨런 옆에 가서 앉았다.

"그 어린 여자아이들 있잖아요. 앤 내시와 내털리 킨이요." 나는 대뜸 말을 꺼냈다. "그 얘기를 기사로 쓰려고요."

"오, 카밀." 어머니가 내 말을 자르고 눈길을 돌렸다. 어머니가 기분이 언짢을 때 하는 특유의 행동이 있었다. 속눈썹을 잡아당기는 것인데, 그러다가 속눈썹이 빠져버리는 경우도 있었다. 내가 어렸을 때, 특히 몇 년 동안 힘들었던 시기에는 그녀의 속눈썹이 아예 하나도 없을 때도 있었다. 그때 어머니의 눈은 온종일 분홍색 아교풀이 들러붙은 것처럼, 상처받기 쉬운 동물처럼 보였다. 마치 실험실의 토끼처럼. 겨울에 바깥에 나가면 그녀의 눈에서는 쉴 새 없이 눈물이 흘러내렸다. 나가는 일이 자주 있지는 않았지만 말이다.

"저한테 떨어진 일이에요."

"세상에, 누가 그런 일을 시키니." 어머니가 손가락으로 눈 밑을 긁다가 손을 무릎 위로 슬며시 내려놓았다. "네가 그렇게 죄다 써서 세상에 퍼뜨리지 않아도, 그렇게까지 하지 않아도 그 애들 부모가 충분히 괴로워할 거라고 생각하지 않니? '윈드 갭이 자신의 아이들을 살해하다!' 사람들이 그렇게 생각하면 좋겠냐고."

"어린 여자아이가 죽었고, 다른 한 명은 실종됐어요. 사람들이 알게 하는 거, 그게 제 일이에요. 그러니까 엄마 말이 맞네요."

"나도 아는 아이들이었어. 너도 상상할 수 있겠지만 나 역시 아주 힘겨운 시간을 보내고 있단다. 그 어린 꼬맹이들을 죽이다니, 도대체 누가 그런 짓을 하는 걸까?"

나는 잔에 든 음료를 한 모금 마셨다. 설탕 알갱이가 혀에 들러붙었다. 어머니와 얘기를 나눌 준비가 되어 있지 않았다. 살갗이 들썩들썩

춤을 추려는 듯했다.

"오래 있진 않을 거예요. 정말이에요."

앨런이 스웨터의 소맷부리를 다시 접고는 손을 내려 반바지의 주름을 매만졌다. 그가 우리의 대화에 참여하는 방법은 주로 뭔가를 매만지는 식으로 이루어졌다. 셔츠의 옷깃을 스웨터 안에 집어넣거나, 다리를 다른 방향으로 꼬거나 하는 식으로.

"그냥 내 주위에서 그런 얘기를 하는 걸 견딜 수가 없어." 어머니가 말했다. "아이들을 해치는 것과 관련된 얘기 말이다. 네가 무슨 일을 하고 다니는지도, 알고 있는 것도, 나한텐 아무것도 말하지 마. 나는 그냥 네가 여름휴가를 온 걸로 칠게." 어머니가 손가락 끝으로 앨런이 앉아 있는 의자의 꼰 가지를 만지작거렸다.

"앰마는 잘 지내요?" 화제를 바꾸려고 질문을 던졌다.

"앰마?" 엄마는 갑자기 아이를 어딘가에 내버려두고 왔다는 사실이 기억난 것처럼 놀란 모양을 했다. "잘 지내지. 지금 위층에서 자고 있어. 그건 왜 묻니?"

나는 놀이방과 재봉실을 지나, 뒤뜰을 엿보기에 가장 좋은 복도 창으로 위층을 오르락내리락 하는 발자국 소리를 듣고 있었다. 앰마는 분명 잠자리에 들지 않았다. 하지만 앰마가 나를 피하는 것이 기분 상할 일은 아니었다.

"그냥 예의상 묻는 거예요, 엄마. 북쪽에서도 예의는 차리거든요." 나는 어머니를 놀리려고 한 말이라는 뜻으로 미소를 지어 보였지만, 그녀는 잔에 얼굴을 묻었다. 얼굴은 다시 분홍색으로, 단호한 모습으로 돌아와 있었다.

"있고 싶은 만큼 있으렴, 카밀, 진심이야." 어머니가 말했다. "하지만 네 동생한테는 잘해주어야 해. 그 아이들은 네 동생의 학교 친구들이 었어."

"앰마에 대해서는 정말 잘 알고 싶어요." 내가 우물우물 말했다. "그 아이가 친구들을 잃은 일을 생각하면 진심으로 마음이 아파요." 마지막 말은 하지 않고는 배길 수가 없었다. 하지만 어머니는 그 말에 숨어 있는 뼈아픈 다른 의미를 눈치 채지 못했다.

"응접실 옆 침실에 네 잠자리를 마련하마. 네가 예전에 쓰던 방이고 욕조도 있으니. 내일 신선한 과일과 치약을 사야겠구나. 스테이크도 사야겠지. 스테이크는 먹니?"

귀가 반쯤 잠긴 채 욕조에 누워 있는 것처럼, 네 시간의 선잠이 이어졌다. 20분마다 침대에서 벌떡벌떡 일어났는데, 심장이 어찌나 방망이질을 치던지 심장박동이 나를 자꾸 깨우는 것이 아닌가 싶을 정도였다. 꿈을 꾸었다. 여행을 가려고 짐을 싸는데 옷을 전부 잘못 고르는 꿈이었다. 여름휴가에 스웨터를 가져가는 식이었다. 이곳으로 오기 전에 커리에게 엉뚱한 기사를 보내는 꿈도 꾸었다. 비참한 태미 데이비스와 그녀의 갇힌 네 아이들에 관한 이야기 대신 피부관리에 관한 요란한 기사를 보내는 식이었다.

어머니가 사과를 잘라 두툼한 고기조각 위에 얹어 그걸 천천히, 그리고 달콤하게 내게 먹이는 꿈도 꾸었다. 내가 죽어가자 어머니가 그걸 내게 먹이는 것이었다.

5시가 좀 넘자 결국 이불을 걷어치우고 말았다. 나는 팔에 적어놓은 앤의 이름을 씻어서 지웠다. 하지만 머리를 감고 옷을 입고 립스틱을 바르는 와중에, 어느새 내털리 킨의 이름을 그 자리에 써놓았다. 바깥에는 이제 막 해가 뜨고 있었지만 차 안 핸들은 이미 뜨겁게 달궈져 있었다. 잠을 제대로 못 잔 탓에 얼굴 감각이 사라진 것 같았다. 나는 B급 영화에 나오는 비명을 지르는 여주인공처럼 눈을 크게 떠보고 입도 쫙 벌려보았다. 수색대는 계속 숲을 뒤지기 위해 오전 6시에 집합하기로 되어 있었다. 일과가 시작되기 전에 비커리의 얘기를 듣고 싶었다. 경찰서를 맴도는 것이 좋은 노림수가 될 것 같았다.

메인 스트리트는 처음에는 텅 비어 있는 것 같았지만, 차에서 내리니 두어 블록 아래에 두 사람이 있는 것이 보였다. 조금 기이했다. 나이든 여자가 보도 한가운데에 다리를 벌리고 앉은 채 어떤 건물의 옆면을 쳐다보고 있었고, 한 남자가 그녀를 향해 몸을 굽히고 있었다. 여자는 밥을 안 먹겠다고 몸부림치는 아이처럼 미친 듯이 머리를 흔들어댔다. 여자의 다리가 비스듬하게 뻗어 나와 있어서 고통스럽지 않을까 싶었다. 심한 낙상? 심장발작일지도 모른다. 그들 쪽으로 휘적휘적 다가가니, 뚝뚝 끊어지게 중얼거리는 소리가 들려왔다.

몹시 초췌한 얼굴을 한 백발의 사내가 우윳빛 눈을 들고 내게 말했다. "경찰 좀 불러주시오." 쥐어짜듯 나오는 목소리였다. "구급차도 불러줘요."

"어디가 잘못되신 거죠?"라고 물으려는 찰나, 그것이 보였다.

철물점과 미용실 사이의 30센티미터쯤 될까 싶은 틈새에, 자그마한 몸이 보도 쪽으로 놓여 있었다. 마치 앉아서 우리를 기다리고 있었다는 듯 아이의 갈색 눈은 커다랗게 벌어져 있었다. 나는 그 억센 곱슬머리를 알아보았다. 하지만 그 얼굴에 미소는 사라지고 없었다. 내털리 킨의 입술은 잇몸을 따라 조그마한 동그라미 모양으로 함몰되어 있었다. 꼭 플라스틱으로 만든 아기 인형 같았다. 우윳병으로 음식을 먹일 수 있도록 입에 구멍이 나 있는 인형. 내털리는 치아가 없었다.

피비린내가 얼굴로 확 몰려왔고, 식은땀이 흐른 다음 오한이 재빨리 살갗을 뒤덮었다. 팔다리에 힘이 빠져 축 늘어지는 바람에, 순간 나도 여인 옆에 고꾸라지는 게 아닐까 하는 기분이 들었다. 여인은 이제 조용히 기도를 하고 있었다. 나는 뒤로 물러서서 옆에 주차된 차에 기대어, 쿵쾅거리는 맥박이 느려지기를 간절히 바라며 손가락을 목에 갖다 댔다. 내 눈은 의미 없이 번뜩번뜩 스치는 광경들을 아무렇게나 응시하고 있었다. 옆에 있던 늙은 남자의 지팡이 끝에 달린 더럽기 그지없는 고무, 여인의 등에 난 분홍색 사마귀, 내털리 킨의 무릎에 붙은 반창고, 내 셔츠 소매 아래서 뜨겁게 달궈지고 있는 그 아이의 이름이 느껴졌다.

그러고 나서 또 다른 목소리가 들렸다. 비커리 서장이 우리 쪽으로 달려왔다.

"이런 빌어먹을!" 아이를 보면서 비커리가 씩씩거렸다. "제길, 빌어먹을!" 그는 미용실 벽에 박힌 벽돌에 얼굴을 대고 숨을 몰아쉬었다. 내 또래로 보이는 다른 남자가 내털리 위로 몸을 굽혔다. 올가미로 묶였던 자리에 보라색 멍이 둥그렇게 나 있었다. 남자가 거기 손을 대어 맥박이 뛰는지 확인했다. 냉정을 되찾기 위해 시간을 벌려는 것이었다. 이것저것 알아볼 필요도 없이 아이는 분명 죽어 있었다. 나는 그가 캔자스시티에서 왔다는 그 잘나가는 형사, 잘난 체하는 애송이일 거라

48

고 짐작했다.

하지만 그는 솜씨가 좋았다. 그는 늙은 여인이 기도를 멈추고 자기가 발견한 것을 침착하게 얘기하도록 유도했다. 둘은 부부인데, 내가 어제는 상호를 기억하지 못했던 바로 그 싸구려 식당 브루사드의 주인이었다. 그들은 아침장사를 준비하려고 가게 문을 열러 가다가 아이를 발견했다. 내가 오기까지 대략 5분쯤 그 자리에 있었던 것 같았다.

제복을 입은 경찰관 한 명이 도착해서 자기가 호출된 이유를 깨닫고는 손으로 얼굴을 감쌌다.

"여러분, 경찰관과 함께 서에 가서 진술을 좀 해주셔야겠습니다." 캔자스시티 남자가 말했다. "빌." 그는 꼭 아이를 대하는 부모처럼 근엄한 목소리로 말했다. 비커리는 시신 옆에 무릎을 꿇고 앉아 꼼짝하지 않고 있었다. 그 역시 기도를 하듯 입술을 움직였다. 제 이름이 두 번 더 불리고 나서야 그가 날카롭게 맞받아쳤다.

"들었소, 리처드. 한순간이라도 좀 인간답게 굴어보시오." 빌 비커리는 브루사드 여사의 몸에 팔을 두르고, 그녀가 자신의 손을 톡톡 두드릴 때까지 뭐라고 중얼거렸다.

나는 경찰이 내 이야기를 받아 적을 때까지 계란 노른자 색의 방에 두 시간 동안 앉아 있었다. 나는 온종일 내털리의 시신이 부검에 들어가리라는 것과, 어떻게 거기 잠입해서 내털리의 무릎에 새 반창고를 붙여줄까 하는 것만 생각했다.

# 3장

나의 어머니는 장례식에 푸른색 옷을 입고 왔다. 검은색은 너무 암담해 보이고 다른 색은 경박하다는 이유에서였다. 어머니는 메리언의 장례식 때도 푸른색 옷을 입었다. 메리언의 수의 역시 푸른색이었다. 어머니는 내가 그 사실을 기억하지 못한다고 경악했다. 나는 메리언이 옅은 분홍색 드레스를 입고 묻혔다고 기억하고 있었다. 놀랄 일도 아니었다. 죽은 여동생에 대한 어머니와 나의 기억은 거의 모든 면에서 달랐다.

장례식이 있던 날 아침, 나의 어머니 아도라는 힐을 신고 이 방 저 방 드나들며 여기서는 향수를 뿌리고 저기서는 귀걸이를 달았다. 나는 이미 데어버린 혀로 계속 뜨거운 블랙커피를 마시며 그 모습을 지켜보았다.

"나는 그 아이들을 잘 알지는 못했어." 어머니가 말했다. "워낙 얌전한 아이들이었거든. 하지만 우리 사회가 그 아이들을 전적으로 지지

해주어야 한다고 생각해. 내털리는 그렇게 사랑스러울 수가 없는 아이였어. 사람들이 내게 너무나 따뜻하게 대해주었지. 그 일이 있었을 때……." 수심에 잠겨 눈길을 아래로 떨어뜨리는 어머니. 아마 그건 진실한 모습이었을지도 모른다.

윈드 갭에 머문 지 닷새가 되었지만, 앰마는 아직 만나지 못했다. 엄마는 앰마에 대해서는 아무 얘기도 하지 않았다. 킨의 가족에게서 얘기를 들어보려는 시도도 성과가 없었다. 장례식에 참석해도 좋다는 허락조차 얻어내지 못한 판국에 커리는 이 기사를 그 어느 때보다, 그 무엇보다 원하고 있었다. 그리고 나는 내가 이 일을 해낼 수 있다는 점을 증명해 보이고 싶었다. 내가 보기 좋게 증명해 보인다고 해서 킨의 가족이 이 사실을 알게 될 리도 없다. 우리 신문을 읽는 사람은 아무도 없다.

애도의 성모성당에서 사람들이 소곤거리며 인사를 나누고 향수 냄새를 풍기며 서로를 포옹하는 동안, 몇몇 여인이 어머니에게 구구거리며(이곳에 올 생각을 하다니 엄마도 참 용감하지) 다가가기에 앞서 나에게 깍듯하게 목례를 했다. 그녀들은 사람들을 밀어내며 어머니가 숨통을 틔울 공간을 마련해주었다. 애도의 성모성당은 빛나는 1970년대의 가톨릭교회로, 청동빛이 도는 금색 공간을 싸구려 반지처럼 치장한 곳이었다. 윈드 갭은 침례교가 위세를 떨치는 남부지역에서 그나마 천주교가 명맥을 유지하는 지역으로 아일랜드인들이 세운 도시였다. 모든 맥멀론과 말론(아일랜드인들에게 흔한 성-옮긴이)들은 감자 대기근 때 뉴욕 땅에 발을 디뎠고, 대부분은 혹사당했으며 영리한 일부 사람들은 서부로 향했다. 세인트루이스는 프랑스인들이 이미 차지하고 있었기에 서부로 향하던 아일랜드인들은 남쪽으로 방향을 틀어 자신들만의 마을을 만들기 시작했다. 그러나 그들은 '재건사업'(남북전쟁 후 1855년부터 1877년 사이에 미국 남부의 모든 주를 재건하고 재편입한 일-옮긴이) 기간에 이리저리 떠밀려 다녔다. 그 당시 언제나 문제의 요충지였던 미주리 주는 남부라는 뿌리와 결별하고 노예 없는 바람직한 주로 거듭나기 위해 무던히 애를 썼다. 그리고 처치 곤란의 아일랜드인들은 다른 탐탁지 않은 사람들과 함께 싹 청소가 되었다. 그들은 자신들의 종교를 내버렸다.

식이 시작되기까지 10분이 남아 있었고, 입구에서부터 성당 안까지 줄이 늘어섰다. 나는 성당 안 북적이는 문상객들을 둘러보았다. 어딘가 이상했다. 성당 안에는 어린아이가 단 한 명도 없었다. 진한 바지를 입고 엄마 다리에 장난감 트럭을 굴리고 있는 사내아이도, 인형을 어르며 재우는 여자아이도 없었다. 적어도 열다섯 살 이하로 보이는 얼굴은 어디에도 없었다. 피해자의 부모를 배려하는 마음 때문인지 공포로 인한 자기방어인지는 알 수 없었다. 자기 자녀들이 다음 사냥감으로 채택되는 사태를 막으려는 본능이었을까. 나는 어두운 거실에 갇혀 텔레비전을 보든 뭘 하든 그저 눈에 띄지 않게 감추어져 있는 동안 손등을 빨고 있을 윈드 갭의 아이들을 머릿속에 그려보았다.

아이들이 없다 보니 이 열성 신자들은 마치 사람을 대신해 종이판에서 오려진 인형처럼 움직임이 없었다. 교회 뒤쪽에 어두운 색 양복을 입은 밥 내시가 보였다. 그의 아내는 이번에도 보이지 않았다. 그는 나에게 고개를 끄덕여 보이더니 인상을 찌푸렸다.

파이프오르간이 성가 〈두려워 말라〉를 웅웅대는 톤으로 토해내고 있

었고, 내털리 킨의 가족들은 울음을 터뜨리고 서로 포옹한 다음, 성전
문 부근에서 심부전을 앓는 심장덩어리처럼 곡을 하더니 서로 바짝 붙
어 줄지어 걸어갔다. 광택이 나는 하얀색 관을 드는 데는 남자 두 명으
로 충분했다. 더 많은 사람들이 거들겠다고 붙었다가는 서로 부딪치느
라 정신이 없었을 것이다.

내털리의 부모가 대열에서 앞장을 섰다. 내털리의 엄마는 남편보다
7~8센티미터 더 컸는데, 몸집이 크고 따뜻한 인상에 모래색 머리카락
은 머리띠를 해서 뒤로 넘겼다. 낯선 사람이 지나가다가 길이나 시간을
묻게 되는, 선뜻 다가서기 쉬운 얼굴이었다. 킨 씨는 작고 말랐는데, 금
색 자전거 바퀴처럼 생긴 철사 안경 덕분에 아이같이 동그란 얼굴이 더
동그랗게 보였다. 열여덟 살이나 열아홉 살쯤 됐을 법한 미소년이 그들
의 뒤를 따르고 있었다. 그는 검은 머리를 가슴 쪽으로 푹 숙인 채 흐느
끼고 있었다. 내 뒤에 있던 여자가 내털리의 오빠라고 속삭여주었다.

어머니의 뺨에서 눈물이 뚝뚝 흐르더니 무릎 위에 올려둔 가죽 핸드
백 위로 떨어졌다. 옆에 있던 여인이 어머니의 손을 어루만져주었다.
나는 재킷 주머니에서 수첩을 슬쩍 꺼내 어머니가 내 손을 후려칠 때까
지 한쪽 면에 글을 휘갈겼다. 어머니가 낮은 소리로 나무랐다. "무례하
고 망신스러운 짓 그만둬. 그만두지 않으면 내쫓을 거야."

나는 펜을 멈추었지만 속이 쓰릴 만큼 반발감이 생겨서 수첩은 도로
집어넣지 않고 그대로 쥐고 있었다.

장례 행렬이 우리 곁을 지나갔다. 관은 우스꽝스럽게 느껴질 만큼 작
았다. 그 안에 들어 있는 내털리를 그려보자 아이의 다리가 눈 앞에 선
하게 떠올랐다. 모습을 상상했다. 솜털 같은 머리칼과 울퉁불퉁한 무

룰, 그 반창고. 순간 마음이 아려왔다. 강하게, 문장 끝에 찍는 마침표 같은 아픔이 밀려들었다.

신부가 가장 좋은 제의를 입고 시작기도를 외우는 동안 문상객들은 일어났다가 앉았다가를 반복했다. 기도 카드는 미리 받았다. 카드 앞면에는 성모마리아의 빛나는 심장이 아기 예수에게 쏟아져 내리고 있었다. 뒷면에는 다음과 같은 문구가 인쇄되어 있었다.

내털리 제인 킨

사랑스러운 딸이자 자매이자 친구

천국이 새로운 천사를 맞이합니다

관 옆에 내털리의 사진이 커다랗게 걸려 있었다. 전단에서 보던 것보다 좀 더 격식을 차린 사진이었다. 사진 속 아이는 순하고 평범하고 어렸다. 뾰족한 턱에 방울 같은 눈, 어렸을 때보다는 자라면서 두드러지게 눈에 띌 만한 모습이었다. 이 아이는 실존하는 미운 오리 새끼로, 남자들을 기쁘게 해줄 수 있을 것이었다. 아니면 그저 순하고 평범하고 작은 존재로 남아 있었을지도 모른다. 소녀의 나이 열 살, 어떻게 자랄지 알 수 없는 일이었다.

내털리의 엄마가 종이 한 장을 손에 꼭 쥐고 제단으로 걸어갔다. 그녀의 얼굴은 흠뻑 젖어 있었지만, 말할 때의 목소리는 흔들리지 않았다.

"이것은 내털리, 내 하나밖에 없는 딸에게 보내는 편지입니다." 그녀는 떨리는 호흡을 가다듬고 말을 쏟아냈다. "내털리, 내 가장 귀중한 딸아. 너를 빼앗겼다는 사실을 믿을 수가 없구나. 네가 잘 때 침대 머리맡에서 다시는 노래를 불러줄 수 없고 다시는 네 등을 간질일 수 없다니. 다시는 네 오빠가 땋아 내린 머리를 빙글빙글 돌릴 수도, 네 아빠가 너를 무릎에 앉힐 수도 없다니. 네 아빠가 네 손을 잡고 결혼식장을 걸을 수도 없고, 네 오빠가 삼촌이 될 일도 영영 없다니. 일요일 저녁식사와 여름휴가 때 얼마나 네가 그리울까. 네 웃음소리가 그리울 거야. 네 눈물이 그리울 거야. 세상을 떠난 내 딸아, 우리는 언제나 네가 그리울 거란다. 사랑한다, 내털리."

자리로 돌아가는 킨 부인에게 그녀의 남편이 황급히 다가갔다. 하지만 그녀는 어떤 도움도 없이 침착함을 유지할 수 있을 것 같았다. 그녀가 자리에 앉자마자 뒤에 앉은 소년이 그녀의 품에 안겨 목에 얼굴을 파묻고 울었다. 킨 씨는 두들겨 팰 사람이라도 찾듯 아들 뒤에 앉은 사람들을 향해 분노에 찬 눈길을 껌벅였다.

"아이를 잃는다는 것은 끔찍한 비극입니다." 신부가 사제 특유의 말투로 입을 열었다. "더구나 사악한 행위로 잃는다면 비극은 두 배가 됩니다. 그들은 악마가 맞습니다. 성경에서도 '눈에는 눈, 이에는 이'라고 말했습니다. 하지만 복수심에 우리를 가두지는 맙시다. 대신 예수님이 우리에게 역설했던 뜻을 생각해봅시다. 네 이웃을 사랑하라. 이 힘겨운 시기에 우리 모두 이웃에게 잘 대해줍시다. 가슴을 들어 신에게."

"눈에는 눈 같은 게 더 좋겠는데 말이야." 내 뒤에 앉아 있던 남자가 으르렁거렸다.

나는 이에는 이라는 말도 누군가를 심란하게 하지는 않았을까 생각했다.

대낮의 눈부신 태양 아래로 성당을 빠져나왔을 때, 길 건너 야트막

한 담장 위에 네 명의 소녀가 줄 지어 앉아 있는 것이 보였다. 풋 익은 다리들이 담장 아래로 달랑거렸다. 가슴을 올려주는 브래지어에 감싸인 가슴들. 숲 언저리에서 마주쳤던 아이들이었다. 그들은 찧고 까불고 웃다가 넷 중 가장 예쁘장한 아이가 나에게 아는 체를 하자 하던 짓을 멈추었다. 그러고 나서 일제히 목을 매는 시늉을 했다. 그러는 동안에도 그들은 배를 들썩이며 깔깔대고 웃었다.

　내털리는 가족 묘지에 묻혔다. 이미 부모의 이름이 새겨진 묘석 바로 옆에. 삶의 교의라는 것이 있다. 어떤 부모도 자식의 죽음을 보아서는 안 된다는 것이다. 그것은 자연의 이치를 거스르는 셈이나 다름없다. 하지만 그것이 아이를 영원히 간직하는 유일한 길이기도 하다. 아이들은 자라면서 부모가 아닌 다른 전념할 것을 찾는다. 배우자 혹은 연인. 그들은 부모와 함께 묻히지 않는다. 하지만 킨 씨의 가족은 가장 순수한 가족의 형태를 유지할 것이다. 바로 땅 밑에서.

　장례식이 끝난 후 사람들은 킨의 집에 모였다. 묵직한 돌로 지은 농가, 목가적 미국의 비전에서 자산을 조달받은 그런 집이었다. 미주리의 돈은 그런 목가적인 분위기, 시골스러운 아취와는 거리가 멀었다. 보라. 식민지 시대의 미국에서 촌스러운 신세계의 이미지를 거스른답시고 푸른색, 회색의 은은한 옷을 두른 부유한 여인들을. 잉글랜드에 살던 비슷한 형편의 여인들은 이국적 취향의 새들을 음미하고 있던 와중에 말이다. 킨의 집은 진짜 미주리 사람들이 살기에는 너무 미주리같아 보였다.

뷔페 메뉴는 고기가 주를 이루고 있었다. 칠면조와 햄, 소고기, 사슴 고기 등. 피클과 올리브, 매운 양념을 뿌린 계란, 윤기가 좔좔 흐르는 단단한 롤, 겉이 굳어버린 캐서롤(오븐에 천천히 익혀 만드는 요리-옮긴이) 도 있었다. 문상객들은 눈물을 짓는 무리와 덤덤한 무리로 갈려 있었 다. 감정을 드러내지 않는 쪽은 주방에 서서 커피나 술을 마시며 다가 올 시의회 선거나 학교의 미래에 대해 이야기하다가, 잠시 말을 끊었 다가, 살인사건 수사가 진전될 기미를 보이지 않는 것에 분노하며 속 닥거리곤 했다.

"내가 모르는 사람이 내 딸 근처에 오기라도 하면 그 개자식 입에서 '안녕'이라는 말이 튀어 나오기도 전에 총으로 갈겨주겠어. 하늘에 대 고 맹세하지." 부리부리하게 생긴 남자가 로스트비프 샌드위치를 낚아 채며 말했다. 그의 친구들은 동의한다는 뜻으로 고개를 끄덕였다.

"비커리가 왜 숲을 싹 베지 않는지 이해가 안 돼. 젠장, 그 빌어먹을 걸 다 망가뜨려 없애란 말이야. 놈이 거기 있을 게 빤하잖아." 오렌지색 머리에 비교적 젊어 보이는 남자가 말했다.

"도니, 나도 내일 자네가 가는 데 따라가겠네." 부리부리하게 생긴 남 자가 말했다. "에이커 단위로 그냥 뒤지는 거야. 우리가 그 개자식을 찾 아내자고. 같이 갈 건가?" 남자들은 그러겠다며 웅얼웅얼 화난 소리를 내고는, 플라스틱 컵에 담긴 술을 더 마셨다. 나는 다음 날 아침 숲 근 처를 차로 천천히 지나치며, 그들이 숙취를 이겨내고 행동에 나서는지 확인하기로 마음먹었다. 하지만 다음 날 아침에 주고받을 겸연쩍은 통 화 내용이 이미 머릿속에 그려졌다.

*갈 건가?*

*그게, 잘 모르겠어. 아마도. 자네는?*

*그게, 방풍창을 수리해주기로 매기랑 약속을 해둬서 말이야…….*

전화를 받은 사람은 나중에 맥주나 한 잔 하자는 데 동의하면서, 죄의식을 지그시 누르며 수화기를 내려놓을 것이다.

눈물을 흘리는 부류, 대부분이 여자인 그들도 앞쪽 방의 벨벳 소파와 발받침 의자에 앉아서 같은 장면을 연출하고 있었다. 내털리의 오빠가 그곳에 있었다. 어머니가 조용히 눈물을 흘리며 아들을 팔로 감싸 안고는 짙은 머리칼을 쓰다듬으면서 달래고 있었다. 사람들이 모두 있는 곳에서 대놓고 눈물을 보이다니, 마음이 약한 소년이었다. 나는 다 큰 남자아이가 사람들이 가득 모인 곳에서 눈물을 감추지 않고 흐느끼는 모습을 한 번도 본 적이 없다. 여자들이 음식을 담은 종이접시를 들고 와서 들라고 권했지만, 어머니와 아들은 그저 고개를 저으며 먹지 않겠다는 뜻을 보였다. 나의 어머니는 조증 걸린 어치처럼 그들 주위를 왔다 갔다 했다. 하지만 그들은 눈치 채지 못했고, 어머니는 다시 친구들 틈으로 들어갔다. 킨 씨와 내시 씨는 저쪽 구석에 서서 말없이 담배만 태우고 있었다.

내털리가 최근까지 집안을 휘젓고 다닌 흔적이 아직 여기저기 남아 있었다. 조그만 회색 스웨터가 접힌 채 의자 등받이에 걸쳐져 있었고, 밝은 파란색 끈이 달린 테니스화가 현관문 옆에 놓여 있었다. 책꽂이에는 유니콘이 그려진 표지에 스프링이 달린 공책이, 잡지꽂이에는 〈시간의 주름 Wrinkle in Time〉이 꽂혀 있었다.

나는 너덜너덜해지도록 피곤했다. 나는 킨 가족에게 다가가지도, 내 소개를 하지도 않았다. 그저 집 안을 돌아다니며 톡톡히 망신을 당한 유령처럼 맥주잔에 머리를 박고 염탐했다. 칼훈 고등학교에 다닐 때 가장 친했던 친구 케이티 레이시도 있었다. 그녀는 어머니 무리에 끼일 만한 거울 이미지에서 스무 살만 빼면 되었다. 내가 다가가자 그녀가 내 뺨에 입을 맞추었다.

"여기 왔다는 얘기는 들었어. 전화라도 해주지 그랬니." 그녀가 털을 뽑아서 가느다랗게 정리한 눈썹을 찡그리며 말하더니, 나를 지나쳐 다른 세 명의 여자들에게 갔다. 세 사람은 북적대며 나를 둘러싸고는 살짝 포옹해주었다. 내 기억으로는 세 사람 모두 언젠가 내 친구였다. 우리는 서로 애도의 뜻을 나누며 얼마나 슬픈 일인지 모르겠다고 소곤거렸다. 결혼 전 성이 나이틀리였던 앤지 페이퍼메이커는 고등학생 때 그녀를 고통으로 몰아넣었던 신경성 다식증으로 여전히 고생하고 있는 것 같았다. 그녀의 목은 늙은 여인처럼 가늘고 탄력이 없었다. 나를 한 번도 마음에 들어 하지 않았던 부잣집 철부지 딸 미미(그녀의 아버지는 아칸소 주에 땅 몇 평과 양계장을 가지고 있다)는 시카고 소식을 묻더니, 바로 작디작은 티시에게 말을 걸었다. 티시는 그녀 특유의 위안을 주는 방식으로 내 손을 잡아주었다.

앤지는 다섯 살짜리 딸이 있다며, 남편이 집에서 총을 들고 딸을 지키고 있다고 알려주었다.

"꼬맹이들한테는 여름이 길 거야." 티시가 속삭였다. "사람들이 자물쇠와 열쇠로 아이들을 꽁꽁 가둬놓지 않을까 싶어." 나는 장례식장 바깥에 앉아 있던 소녀들을 생각했다. 내털리보다 그다지 나이가 많아 보이지 않았다. 그들의 부모는 왜 아이들을 걱정하지 않을까 궁금했다.

"카밀, 너도 아이들이 있지?" 앤지가 자기 몸만큼이나 가느다란 목소리로 물었다. "참, 나는 네가 결혼을 했는지 안 했는지도 모르네."

"아이는 없고, 결혼도 안 했어." 맥주를 쭉 들이키며 내가 말했다. 방과 후에 우리 집에 왔다가 구토를 하고 분홍색 얼굴로 개선장군처럼 욕실을 빠져 나오던 앤지의 모습이 떠올랐다. 커리가 틀렸다. 내가 이곳 사람이라는 것은 쓸모 있기는커녕 정신만 사납게 만든다.

"숙녀분들, 외지인을 이렇게 밤새 독차지하고 있으면 안 되지." 몸을 돌려보니 어머니의 친구인 재키 오닐(결혼 전 성은 오키프)이 서 있었다. 딱 보니 주름제거술을 받은 얼굴이었다. 눈은 퉁퉁 붓고, 얼굴은 빨갛게 젖은 채 바짝 조여 있었다. 이제 막 자궁을 비집고 세상에 나온 화난 얼굴의 아기 같았다. 선탠한 손가락은 다이아몬드로 번쩍였고, 나를 안을 때 과일 향 껌과 활석 같은 냄새가 났다. 그날 밤은 꼭 동창회라도 하는 것처럼 감당하기 힘든 감정으로 넘쳐났다. 나는 다시 어린 시절로 돌아간 것 같은 느낌에 강하게 사로잡혔다. 어머니가 경고의 눈빛을 쏘아 보내는 그 자리에서 감히 수첩을 꺼낼 엄두를 내지 못했다.

"아가, 정말로 예뻐졌구나." 재키가 가르랑거렸다. 그녀의 참외만한 머리는 심하게 탈색한 머리칼로 덮여 있고, 얼굴에는 짓궂은 미소가 떠올라 있었다. 재키는 고양이 같고 얄팍했지만 언제나 자기 자신을 있는 그대로 완벽하게 드러냈다. 그녀는 어머니보다 함께 있기 더 편안한 사람이었다. 내게 첫 탐폰 상자를 안겨준 사람도 내 어머니 아도라가 아닌 재키였다. 그녀는 사용법을 모르면 전화하라며 윙크를 보냈다. 재키는 남자 아이들 문제에서도 재미있어 죽겠다는 듯 항상 나를 놀려댔다. 몸은 작지만 마음 씀씀이는 바다처럼 넓었다. "어떻게 지내니? 너희 엄마가 네가 여기 와 있다는 얘기를 해주지 않더구나. 이제 너희 엄마는 나한테는 말도 붙이지 않으니까. 내가 또 뭔가 실망을 시켰나봐. 어떻게 그런 일이 생기는지는 너도 알겠지. 네가 아는 건 나도 다 알아!" 그녀는 담배를 피우는 사람처럼 거친 목소리로 웃음을 터뜨리며 내 팔을 잡았다. 취한 것 같았다.

"아마 무슨 일이었는지 카드 보내는 걸 깜빡했나봐." 재키가 조잘거렸다. 와인 잔을 든 손놀림이 과하게 컸다. "아니면 내가 추천해준 정원사가 마음에 들지 않았을 수도 있고. 네가 그 소녀들에 대해 취재하고 있다는 얘기는 들었어. 그저 대단하다는 말밖에 할 게 없구나." 그녀의 대화는 너무나 중구난방이고 난데없어서 한마디, 한마디를 알아듣는 데만 1분 정도는 걸렸다. 내가 입을 열려는 차에 그녀가 내 팔을 쓰다듬으며 젖은 눈으로 나를 바라보았다. "카밀, 아가야. 너를 본 지가 이렇게나 오래되다니. 지금 너를 보고 있자니 그 아이들 나이였을 때의 네가 보이는구나. 너무나 슬퍼. 너무도 많은 것이 잘못되었어. 그냥, 도무지 이해할 수가 없구나." 눈물 한 줄기가 그녀의 뺨을 타고 흘러내렸다. "언제 한번 나를 보러 오렴, 알았지? 얘기나 좀 하게."

나는 어떤 기삿거리도 건지지 못한 채 허탕만 치고는 킨의 집을 나섰다. 얘기를 나눈다는 건 벌써부터 진저리가 났다. 그리고 나는 정말 조금밖에 말을 하지 않은 터였다.


나는 킨의 집에서 챙겨온 보드카를 한 잔 더 마신 뒤 전화선이라는 안전한 차단막 뒤에 숨어서 킨의 집에 전화를 걸었다. 내 소개를 하고 내가 쓰려고 하는 기사에 대해 설명했다. 또 허탕을 쳤다.

내가 그날 밤에 제출한 기사는 다음과 같다.

미주리 주의 작은 마을 윈드 갭에는 열 살짜리 소녀 내털리 제인 킨의 귀가를 간절히 바라는 포스터가 지난 화요일 이 소녀의 장례를 치르던 순간에도 여전히 걸려 있었다. 신부가 용서와 속죄를 언급하던 장례식, 숨죽이고 치러졌던 장례식은 사람들의 곤두선 신경을 가라앉히고 상처를 치유하기에는 역부족이었다. 건강하고 착한 어린 소녀가 경찰이 연쇄살인범으로 추정하는 자의 두 번째 피해자가 되었기 때문이다. 어린아이들을 노리는 연쇄살인범의 희생자가 된 것이다.

"이곳 아이들은 모두 사랑스럽고 착하기만 합니다. 우리에게 왜 이런 일이 일어나는지 도대체 모르겠어요." 내털리를 찾는 일을 돕던 농부 로널드 J. 카멘스가 말했다.

목이 졸린 내털리 킨의 시신은 5월 14일 윈드 갭 메인 스트리트의 두 건물 사이에서 발견되었다. "우리는 그 아이의 웃음을 그리워할 것입니다." 내털리의 엄마인 지니 킨(52세)이 말했다. "우리는 딸의 눈물을 그리워할 것입니다. 무엇보다도 우리는 내털리를 그리워할 것입니다."

하지만 이 사건은 미주리의 무연고 묘지 구역 내에 자리 잡고 있는 윈드 갭에서 처음으로 일어난 비극이 아니다. 윈드 갭은 또 다른 비극을 견뎌내야 했다. 지난해 8월 27일, 아홉 살 앤 내시가 강 유역에서 목이 졸린 채 발견되었다. 아이는 전날 밤 유괴당하기 전에 자전거를 타고 집에서 고작 몇 블록 떨어져 있는 친구의 집에 가고 있었다. 두 피해자 모두 살인자에게 치아를 거의 다 뽑혔다고 한다.

이 사건 때문에 다섯 명이 소속된 윈드 갭 경찰당국은 당혹스러운 상황에 빠졌다. 일찍이 이런 잔혹한 범죄를 경험한 적 없는 이들은 캔자스시티 경찰서 강력계로부터 도움의 손길을 줄 사람을 불러들였고, 살인자들의 심리 프로파일링을 담당하는 경찰관이 윈드 갭에 특파되었다. 하지만 인구 2,120명인 마을 주민들은 한 가지만큼은 확신하고 있었다. 범인에게 특별한 동기가 없다는 점이다.

"지금도 죽일 아이들을 찾고 있는 자가 저 바깥을 활보하고 있습니다. 여기엔 숨겨진 드라마고 뭐고 할 게 없습니다. 비밀이란 없어요. 누군가 우리의 어린 딸을 죽인 것입니다." 밥 내시(41세)가 말했다.

이를 뽑은 것이 미스터리의 핵심으로 남아 있고, 지금까지는 단서가 극히 미흡한 상황이다. 해당 지역 경찰은 취재에 응하기를 거부했다. 이 살인사건이 해결될 때까지 윈드 갭은 스스로를 보호할 것이고, 통행금지가 발효된다. 한때 조용하던 이 마을에서는 이웃들이 서로를 감시하게 되고 말았다.

또한 주민들은 스스로를 치유하려고 애쓰고 있다. "누구와도 말하고 싶지 않습니다." 지니 킨이 말했다. "그냥 날 내버려두었으면 좋겠어요. 우리 가족을 내버려두세요."

형편없는 기사였다. 누가 말해주지 않아도 알 일이었다. 커리에게 파일을 보내면서도 기사의 거의 모든 부분이 후회스러웠다. 경찰이 두 살인사건을 연쇄살인범이 저지른 것으로 추정하고 있다고 쓴 것은 확대해석이었다. 비커리는 어떤 식으로도 그런 말을 한 적이 없다. 앞부분에 인용한 지니 킨의 말은 추도사에서 훔쳐온 것이다. 두 번째 인용은 그녀가 나의 애도가 명목상으로 한 말이었음을 깨닫고 퍼부은 독설에서 가져온 것이다. 그녀는 내가 딸의 살인사건을 파헤치고 낯선 사람들이 씹어대기 좋도록 백정 같은 신문에 실을 것임을 간파했다. "우리 가족을 내버려두라고요." 그녀가 날카롭게 쏘아붙였다. "아이를 땅에 묻고 온 게 바로 오늘 일입니다. 부끄러운 줄 아세요." 하지만 비커리가 빗장을 걸어 잠근 마당에, 나는 킨 가족의 코멘트가 필요했다.

커리는 이 기사에 빈틈은 없다고 생각했다. 훌륭하지는 않지만 안정

된 출발이라며, 과하게 부풀린 '어린아이들을 노리는 연쇄살인범' 같은 문구도 그대로 두었다. 그 문구는 편집해야 했다는 점을 나부터가 알고 있었지만, 드라마틱한 사족이 절실하게 필요했다. 이 기사를 읽을 때, 커리는 틀림없이 취해 있었을 것이다.

그는 사정이 허락하는 대로 두 가족에 대해 더 많은 이야기를 다루라고 지시했다. 나 스스로 만회할 또 한 번의 기회였다. 나는 운이 좋았다. 〈시카고 데일리 포스트〉는 윈드 갭을 조금 더 오래 다룰 작정인 듯했다. 마침 반갑게도 하원의원들의 성추문 사건이 제기되면서, 점잖은 하원의원을 한 사람도 아닌 세 사람이나 파멸에 빠뜨렸다. 그중 두 명은 여자였다. 이런 것이 선정적이고 구미를 당기는 재료다. 더 중요하게는 윈드 갭보다 한층 매혹적인 도시인 시애틀의 연쇄살인마를 물고 늘어지는 방법이 있었다. 안개와 커피하우스(시애틀은 비와 안개가 많기로 유명하고, 커피도 유명하다 - 옮긴이)들 사이에서 누군가 임부들의 배를 가르고, 오락거리 삼아 태아를 충격적인 모습으로 재정리하고 있었다. 이런 부류의 사건을 다루는 기자들이 한쪽으로 몰려 있다는 점이 지금 우리 신문이 누리는 행운이었다. 이 사건을 맡을 기자라고는 오로지 나, 내 어린 시절의 침대에 가련하게 남겨진 나밖에 없었다.

수요일 아침에는 땀에 젖은 시트 위에 누워 담요를 머리까지 덮고 늦게까지 잤다. 전화벨이 울리는 소리와 방문 밖에서 가정부가 진공청소기를 돌리는 소리, 잔디 깎는 소리에 몇 번 깨긴 했지만 적당히 계속 잤다. 어떻게든 더 자고 싶었지만 시간은 째깍째깍 흘러갔고, 나는 눈을 감은 채 시카고로 돌아간 모습을 상상했다. 내 원룸 아파트의 부서질 듯 삐걱거리는 침대, 어느 슈퍼마켓 뒤편의 벽돌 벽을 마주하고 있는 내 보금자리. 그곳에는 4년 전 이사하면서 바로 그 슈퍼마켓에서 구입한 마분지 서랍장과 밥상으로 쓰는 플라스틱 식탁, 한없이 가벼운 노란색 접시들과 휘어진 주석 접시들이 있었다. 문득 달랑 하나 있는 화분에 물을 주지 않고 온 것은 아닌가 하는 걱정이 들었다. 이웃집 쓰레기통 옆에서 주워온 화분이었는데, 약간 노란색이 감도는 양치류 식물이 심겨져 있었다. 그러고는 죽어버린 그 화분을 두 달 전에 버렸다는 사실을 기억해냈다. 나는 시카고에서 보냈던 내 삶의 다른 장면들을 떠올려보려고 애썼다. 회사의 파티션 안쪽, 아직도 내 이름을 모르는 아파트 관리인, 지금까지도 걷어내지 않은 슈퍼마켓의 시시한 초록색 크리스마스 조명. 아마도 내가 사라진 것을 눈치 채지 못했을, 얼마 되지도 않는 우호적인 지인들.

나는 윈드 갭에 있기 싫었다. 집에 있는 것도 편치 않기는 마찬가지였다.

나는 더플백에서 보드카를 담은 휴대용 술병을 꺼내 침대로 돌아왔다. 그러고는 술을 홀짝거리면서 방 안을 둘러보았다. 내가 집을 떠나자마자 어머니가 내 방을 싹 엎어버릴 거라 생각했지만, 10년도 더 지난 방은 그때와 정확히 똑같았다. 내가 청소년기에 얼마나 상태가 심각했는지 떠올리며 뉘우칠 생각까지 들었다. 방에는 좋아하는 팝스타나 영화포스터 한 장 붙어 있지 않고, 소녀 취향의 사진이나 코르사주조차 없었다. 대신 항해선 그림과 파스텔풍의 적당한 시골 풍경화, 엘리노어 루스벨트의 초상화가 걸려 있었다. 마지막 것이 특이했다. 선한 사람이었다는 것을 빼고는 엘리노어 루스벨트에 대해 아는 것이 거의 없었기 때문이다. 그 당시에는 선한 품성 정도면 충분하다고 생각했지만 말이다. 지금의 취향으로는 워렌 하딩Warren Harding의 부인, '공작부인'의 스냅 사진을 걸어놓았을 것이다. 작고 빨간 노트에 하찮기 그지없는 악행들을 기록하고 그에 따라 스스로를 벌주었던 여인. 오늘은 약간 신랄한 기분으로 나의 영부인들을 아껴주고 싶었다.

보드카를 좀 더 마셨다. 다시 무의식 상태가 되는 것보다 더 바랄 것은 없었다. 암흑에 둘러싸여 다시 잠에 빠져들고 싶었다. 나는 무방비 상태였다. 당장이라도 흘러내릴 듯 눈물샘이 부풀어 오르는 것이 느껴졌다. 가득 차서 터져버릴 물 풍선 같았다. 바늘로 살짝 찔러주기만 하면 돼, 하고 간절히 바라는 심정. 윈드 갭은 나에게 해롭다. 이 집은 나에게 해롭다.

바람에 달그락거리는 소리보다 약간 큰, 작은 노크 소리가 문 쪽에서 들려왔다.

"네?" 나는 침대 한구석에 보드카를 숨겼다.

"카밀, 엄마다."

"그런데요?"

"로션 좀 가져왔어."

나는 약간 몽롱한 상태로 문을 향해 걸어갔다. 보드카는 이 특정한 날, 특정한 장소에 대처하기 위해 반드시 필요한 최고의 수단이다. 지난 6개월은 술을 잘 참았지만 이곳에서는 아무 소용이 없었다. 어머니는 흐린 색 커다란 튜브 용기를 들고, 영광스럽게 죽은 자식의 방이라도 되는 듯 조심스레 방 안을 살펴며 문 밖에서 서성이고 있었다.

"비타민 E가 들어 있단다. 오늘 아침에 사 왔어."

어머니는 자극을 완화한다는 비타민 E의 효과를 믿었다. 비타민 E가 든 로션을 듬뿍 바르면 내가 다시 부드럽고 결점 없는 상태가 되기라도 할 듯이 말이다. 아직까지는 이 처방이 효과가 없었다.

"고마워요."

어머니의 시선이 티셔츠 한 장만 달랑 걸치고 잠자리에 드느라 맨살이 다 드러난 내 어깨와 팔다리를 훑었다. 그리고 눈살을 찌푸리며 내 얼굴로 눈길을 돌렸다. 그녀는 한숨을 내쉬며 머리를 살짝 흔들었다.

"엄마, 장례식 때 정말 힘들었죠?" 지금까지도 나는, 어색함을 지우기 위해 사소한 대화를 시도하는 습관을 버리지 못했다.

"그랬지. 비슷한 점이 너무 많았어. 그 작은 관하며."

"나도 무척 힘들었어요." 덩달아 나도 한탄을 늘어놓았다. "그렇게까지 힘들 줄 몰랐는데, 놀랄 정도였어요. 메리언이 보고 싶어. 아직까지도. 희한한 일이지요?"

"보고 싶지 않은 게 희한한 일이지. 네 동생이잖니. 동생을 잃는 건 자기 자식을 잃는 것만큼이나 고통스러운 일이야. 네가 아무리 어렸다 해도." 아래층에서 앨런이 멋들어지게 휘파람을 불고 있었다. 하지만 어머니는 그 소리를 듣지 못하는 것 같았다. "지니 킨이 읽은 공개편지는 별로더라." 어머니가 말을 이었다. "그게 장례식이지, 무슨 정치 집회가 아니었잖니. 그리고 옷은 또 왜 그렇게 아무렇게나 입었다니?"

"편지는 좋았던 것 같은데. 가슴속에서 뭉클하게 우러나오는 말처럼 느껴졌거든요." 내가 말했다. "메리언의 장례식 때 엄마는 아무것도 읽지 않았어요?"

"그래. 서 있기도 버거울 지경이었는데, 무슨 말을 하겠니? 턱도 없지. 그게 기억나지 않는다니 기가 막히는구나, 카밀. 나 같으면 그 일을 잊었다는 게 부끄러울 텐데."

"걔가 죽었을 때 난 겨우 열세 살이었어요, 엄마. 내가 어린아이였다는 것도 기억해주세요. 거의 20년 전 일을 어떻게 다 기억할 수 있을지."

"그래, 그래, 됐다. 오늘은 뭐 하고 싶은 일 없어? 혹시 산책이라도 할 생각이 있다면, 댈리 공원에 장미꽃이 피었다고 하더구나."

"경찰서에 가봐야 해요."

"여기 머무는 동안 그런 말은 입에 담지 마라." 엄마가 탁 말을 끊었다. "할 일이 있다거나, 만날 친구가 있다고 말하렴."

"할 일이 있어요."

"좋아, 잘하고 오렴."

엄마는 벨벳 천을 붙인 복도를 무겁고 느리게 걸어갔다. 계단이 아래쪽으로 빠르게 삐걱거리는 소리가 들려왔다.

나는 불을 끈 채 얕게 채운 차가운 물속에 들어가, 보드카 한 잔을 욕조 가장자리에 세워놓고 몸을 씻었다. 다 씻고 나서 옷을 주워 입고 복도로 나갔다. 집에는 100년 된 구조물이 아니면 있을 수 없을 법한 적막감이 흐르고 있었다. 주방에서 팬 돌아가는 소리가 들려 밖에 서서 동정을 살폈다. 나는 주방에 아무도 없다는 것을 확인하고 살그머니 들어가 연두색 사과 하나를 집어 들고는 집을 나서며 한 입 베어 물었다. 하늘에는 구름 한 점 없었다.


현관문 바깥에 한 소녀가 있었다. 아이는 다리가 네 개 달린 인형의 집, 내 어머니의 집과 정확하게 똑같이 생긴 거대한 인형의 집에 얼굴을 들이댄 채 열심히 안을 들여다보고 있었다. 긴 금발이 잘 정돈된 실 개천처럼 아이의 등을 타고 흘러내리고 있었다. 그녀가 등을 돌렸을 때 나는 숲 초입에서 내게 말을 걸던 소녀, 내털리의 장례식장 밖에 서 깔깔거리고 웃던 그 소녀를 알아보았다. 가장 예쁘장한 아이.

"앰마?" 내가 묻자 소녀가 웃었다.

"당연하지. 나 아니면 누가 아도라네 현관문 앞에서 작은 아도라의 집을 가지고 놀겠어?"

소녀는 체크무늬 어린이용 선드레스를 입고 있었는데, 옆에 놓인 밀 짚모자와 짝을 맞춘 것이었다. 소녀는 내가 그녀를 본 이래 처음으로 완전히 제 나이인 열세 살처럼 보였다. 아니, 그렇지 않았다. 지금은 그 보다 더 어려 보였으니까. 내가 찬찬히 살펴보려니 소녀가 언짢은 기 색을 보였다.

"아도라를 위해서 입은 거야. 난 집에 있을 때는 작은 인형이거든."

"집에 있지 않을 때는?"

"인형이 아닌 이것 저것. 언니가 카밀이지? 나랑 아빠가 다른 언니. 메리언보다 먼저 태어난, 아도라 아줌마의 장녀. 언니는 전기고 나는 후기야. 언닌 날 못 알아봤지?"

"너무 오랫동안 떨어져 있었으니까. 그리고 어머니가 5년 전부터는 크리스마스 때 찍은 사진도 보내주지 않았거든."

"언니한테 보내는 것만 그만둔 거지. 그 빌어먹을 사진은 아직도 찍 고 있어. 아도라 아줌마는 한 해도 빼놓지 않고 빨간색, 초록색 체크무 늬 드레스를 사와. 오직 사진을 찍기 위해서. 그러면 나는 사진을 찍자 마자 그 옷을 불 속으로 던져버려."

그녀는 인형의 집 거실에 있는 귤만한 발받침을 뜯어내어 나에게 들어 보였다. "이제는 이걸 바꿔줄 필요가 있어. 아도라 아줌마가 색깔 방침을 복숭아 색에서 노란색으로 바꿨거든. 천 가게에 데려가서 어울리는 커버를 만들 천을 사주겠다고 약속했어. 이 인형의 집은 내 판타지니까." 앰마는 '내 판타지'라는 말을 매우 자연스럽게 내뱉었다. 그 단어들은 머리를 살짝 옆으로 숙인 앰마의 입에서 버터스카치처럼 매끄럽고 둥글둥글하게 흘러나왔다. 하지만 그 단어들은 분명 내 어머니가 사용하는 것이었다. 아도라의 작은 인형이 딱 아도라처럼 말하는 법을 배워가고 있었다.

"인형의 집 꾸미는 솜씨가 보통이 아닌 것 같구나." 나는 말하고 나서 손을 살짝 흔들며 작별인사를 했다.

"고마워." 앰마가 말했다. 아이의 눈이 인형의 집에 있는 내 방을 향하고 있었다. 작은 손가락이 내 방 침대를 콕콕 찔렀다. "여기서 지내는 동안 즐겁길 바라." 아이는 아무도 볼 수 없는 조그만 카밀에게 말하듯 방을 들여다보며 중얼거렸다.

비커리 서장이 세컨드 스트리트와 일라이 스트리트가 만나는 코너의 정지표시판을 두들기고 있었다. 경찰서와 몇 블록 떨어져 있는 그곳은 작은 집들이 옹기종기 모여 있는 조용한 거리였다. 그는 망치로 양철 두드리는 소리를 내며 조심스럽게 표지판을 두드렸다. 그의 등은 땀으로 흠뻑 젖어 있었고 안경이 코끝에 걸려 있었다.

"할 말 없습니다, 프리커 양." 탕.

"당연히 불쾌한 일인 거 압니다, 서장님. 사실 저도 애초부터 이 기사를 쓰고 싶지 않았어요. 제가 이곳 출신이라 억지로 맡게 된 거죠."

"들리는 얘기로는 이곳에 발길을 끊은 지 몇 년은 됐다면서요." 탕.

나는 보도의 갈라진 틈에서 삐죽삐죽 솟아나온 왕바랭이를 바라보며 아무 말도 하지 않았다. 양이라고 불리는 게 약간 씁쓸했다. 그 호칭이 친하지 않은 사람을 정중하게 대하는 표현인지 내가 결혼하지 않은데 대한 공격인지 알 수 없었다. 이 동네에서 서른이 넘은 여자가 미혼이라는 것은 기묘한 일이었다.

"양심이 조금이라도 있는 사람이라면 죽은 아이들에 대해 펜을 들기도 전에 그만뒀을 거요." 탕. "그건 기회주의란 말이오, 프리커 양."

길 건너에 나이 많은 노인이 우유 통 하나를 옆에 끼고 떡갈나무 널을 댄 하얀 집 쪽을 향해 반보씩 발을 끌며 걸어가고 있었다.

"저도 지금으로서는 제가 양심이 있다는 생각은 들지 않아요. 서장님 말씀이 맞아요." 잘 어울리기 위해 그의 의견에 맞장구를 치는 것은 문제가 없었다. 그가 나를 좋아해주기를 바랐다. 일이 더 수월해지기도 하지만 그의 야멸찬 반응이 어쩐지 커리를 연상시켰기 때문이다. 나는 커리가 그리웠다. "하지만 이 사건이 사람들에게 약간이라도 알려지면 어느 정도나마 관심을 불러일으켜서 범인을 찾는 데 도움이 될 거예요. 예전에도 그런 일이 있었고요."

"이런, 제길." 그가 땅바닥으로 망치를 내던지며 나와 마주섰다. "그렇잖아도 도움은 요청해두었소. 캔자스시티에서 어떤 특별수사관을 여기까지 불러들였단 말이오. 그가 이곳을 몇 달 동안 왔다 갔다 했지. 그런데 아직까지 빌어먹을 단서 하나도 찾아내지 못했단 말이오. 어떤 발정 난 히치하이커가 이곳을 지나가다가 풍경이 좋다고 내려서는 1년 가까이 머물다가 일을 저질렀다는 소리나 하고. 그런데 말이오. 이 동네는 그리 크지가 않아서 이 동네 주민이 아니라면 그게 누구든 확실히 알 수 있단 말이오." 그가 날카롭게 나를 훑어보았다.

"이곳에는 꽤 크고 울창한 숲이 있지요." 내가 슬며시 지적했다.

"이건 뜨내기의 짓이 아니오. 당신도 그 정도는 알 거라고 생각하는데."

"하지만 차라리 뜨내기의 짓이길 바라실 것 같다는 생각도 드네요."

비커리가 한숨을 내쉬며 담배에 불을 붙인 다음 표지판에 손을 대고 기댔다. "그걸 말이라고, 당연히 그랬으면 좋겠지요." 그가 말했다. "하지만 나도 그렇게까지 멍청한 사람은 아니란 말씀이오. 살인사건을 다룬 적은 없지만 그렇다고 빌어먹을 천치도 아니라."

그제야 보드카를 그렇게 들이붓는 게 아니었다는 후회가 밀려들었다. 생각이 이리저리 흩어졌고, 그가 무슨 말을 하는지 알아듣기가 힘겨웠다. 제대로 된 질문을 할 수가 없었다.

"윈드 갭 사람 중 한 명이 이런 짓을 벌이고 있다고 생각하시나요?"

"말하지 않겠소."

"기사에 싣지 않을게요. 왜 윈드 갭 사람들이 윈드 갭 아이들을 죽이는 걸까요?"

"앤이 이웃집 애완조를 찔러 죽인 것 때문에 신고를 받고 출동한 적이 있소. 아이가 아빠의 사냥칼을 손수 갈았다고 하더군. 내털리는, 이런 맙소사, 그 아이는 2년 전에 필라델피아에서 동급생의 눈을 가위로 찔러 이곳으로 이사 온 거요. 그 애 아버지는 무슨 큰 회사에 다녔다는데 직장도 그만뒀고. 할아버지가 자란 이 작은 마을에서 새로 시작하려고 했지요. 큰 문제 따위는 없을 것 같은 작고 평화로운 마을에서."

"그럼 누가 나쁜 씨앗인지 모르는 사람이 없었겠군요."

"당연하지."

"그러니까 누군가 그런 아이들을 좋아하지 않았을 수도 있다고 생각하시는 거죠? 특히 죽은 여자아이들을? 어쩌면 그 아이들이 범인에게 무슨 일을 저질렀을 수도 있을까요? 그래서 범인이 복수하려고 이 일을 벌인 거고요?"

비커리는 코끝을 잡아당겼다가 콧수염을 쓸어내렸다. 그가 땅바닥에 떨어진 망치를 내려다보았다. 그가 망치를 주워들고는 나를 내쫓을 것인지, 계속 얘기를 나눌 것인지 속으로 고민하는 것이 눈에 보였다. 바로 그때 검은색 세단이 우리 옆으로 미끄러지듯 들어오더니 차가 채 멈추기도 전에 조수석 창문이 내려갔다. 선글라스로 얼굴을 가린 운전자가 우리를 힐끔거리고 있었다.

"저기요, 빌. 우리 지금쯤 서장님 사무실에서 만나기로 했던 걸로 알고 있는데요."

"볼일이 있었소."

캔자스시티였다. 그는 연습한 티가 나게 선글라스를 코끝으로 내리고는 나를 바라보았다. 빗어 넘긴 갈색 머리카락이 왼쪽 눈으로 계속 흘러내렸다. 눈은 푸른색이었다. 그가 나에게 미소를 지었다. 이가 꼭 희고 반듯한 바둑껌처럼 보였다.

"안녕하세요." 그가 허리를 푹 숙여 망치를 집어 올리던 비커리를 훑어보더니 다시 나를 쳐다보았다.

"안녕하세요." 나는 인사하고 나서 소매를 손까지 끌어내려 손바닥으로 끝을 말아 쥐고 한쪽 다리에 힘을 실어 삐딱하게 섰다.

"흠, 빌. 같이 타고 가실래요? 아니면 걷는 걸 좋아하시니까 어디 커피라도 좀 사 와서 사무실에서 만나도 좋고요."

"커피는 안 마셔요. 지금쯤이면 눈치챌 만도 한데요. 사무실로 갈 테니 거기서 만납시다."

"열 번쯤은 말해주셔야 알아들으려나 봐요. 아이쿠, 시간이 이렇게 늦었군요." 캔자스시티가 나를 또 쳐다봤다. "뭐 마실 거 안 갖다드려도 정말 괜찮겠어요, 빌?"

비커리는 아무 대꾸도 하지 않고 그저 고개만 저었다.

"같이 계신 분은 누구신가요, 서장님? 한다하는 윈드 갭 사람들은 제가 다 만나봤는데요. 윈드 개퍼던가요? 아니, 윈드 개피언이라고 하던가?" 그가 이를 드러내고 방긋거렸다. 나는 비커리가 나를 그에게 소개시켜주기를 바라며 여학생처럼 조용히 입을 다물고 서 있었다.

탕! 비커리는 모르는 체하기로 마음먹은 모양이었다. 시카고에서라면 이런 경우에 손을 불쑥 내밀고 미소를 지으며 나를 소개하고 상대의 반응을 즐겼을 텐데, 여기서는 비커리만 뚫어지게 바라보며 꿀 먹은 벙어리가 되었다.

"좋습니다, 그럼 서에서 만나죠."

창문이 다시 올라가고 차가 출발했다.

"저분이 캔자스시티에서 온 형사죠?" 내가 물었다.

대답으로 비커리는 담배 한 개비에 또 불을 붙이고 자리를 떴다. 길 건너에 있던 노인이 현관 계단 꼭대기에 막 올라선 참이었다.

## 4장

　누군가 제이콥 J. 개럿 기념공원 내의 급수탑 아래 다리 부분에 스프레이 페인트로 소용돌이 모양의 곡선들을 그려놓았다. 그래서 마치 급수탑이 코바늘로 뜬 부츠를 신은 것처럼 보여 어딘가 기묘하게 우아한 향취가 풍겼다. 내털리 킨이 마지막으로 목격된 이 공원은 텅 비어 있었다. 공원 안 야구장에서 생긴 먼지가 지면 위 1미터 정도까지 올라가 오도 가도 못하고 있었다. 먼지가 너무 오래 달인 차처럼 목구멍 뒤쪽에서 서걱거리는 것이 느껴졌다. 숲 가장자리의 풀이 높게 자라 있었다. 풀을 베라고 지시하는 사람이 아무도 없었다니 놀라운 일이었다. 앤 내시를 낚아챘던 바위는 아예 뽑아 없애버리지 않았던가.

　내가 고등학교에 다닐 때의 개럿 공원은 주말이면 누구랄 것 없이 모여 맥주를 마시고 대마초를 피우고 숲 안쪽으로 1미터쯤 들어간 곳에서 서로 뒹구는 곳이었다. 열세 살 때 내가 어떤 풋볼 선수에게서 그의 잇몸에 끼어 있던 씹는담배와 더불어 첫 키스를 받았던 곳도 이곳이다. 키스보다 담배의 공격이 나를 크게 후려쳤다. 나는 그의 차 뒷좌석에서 자잘하고 붉게 빛나는 과일 조각들을 칵테일과 함께 토해냈다.

"제임스 캐피시가 그때 여기 있었대요."

뒤를 돌아보니 짧게 친 금발머리에 나이는 열 살쯤 되어 보이는 소년이 손에 보풀이 일어난 테니스공을 쥐고 있었다.

"제임스 캐피시?" 내가 물었다.

"내 친구예요. 그 여자가 내털리를 잡아갈 때 걔가 여기에 있었어요." 아이가 말했다. "제임스가 그 여자를 봤어요. 그 여자는 잠옷을 입고 있었대요. 제임스와 내털리는 저기 숲 옆에서 프리스비 놀이를 하고 있었는데 그때 여자가 내털리를 데리고 갔대요. 제임스가 잡혀갔을 수도 있었죠. 하지만 제임스는 야구장 쪽에 자리잡고 있었고, 그래서 내털리가 나무들 옆쪽에 있었던 거예요. 제임스가 여기 나와 있었던 이유는 햇빛 때문이에요. 걔네 엄마가 피부암에 걸렸기 때문에 걔는 햇빛 아래에 있으면 안 되거든요. 그런데 제임스는 햇빛이 있어도 막 돌아다녀요. 아마 그날도 그랬을 거예요." 소년이 테니스공을 땅에 튕겼다. 아이 주변에 먼지바람이 일었다.

"그럼 그 아이는 이제 더 이상 햇빛을 좋아하지 않겠구나?"

"걔는 이제 아무것도 좋아하지 않아요."

"내털리 때문에?"

아이가 적대감을 내비치지 않는 자세로 어깨를 으쓱거렸다.

"지가 계집애 같으니까요."

아이가 나를 위아래로 훑어보더니 느닷없이 공을 내게 던졌다. 세게.

공이 내 엉덩이 쪽으로 날아와서 맞고는 팅겨 나갔다.

아이는 무심코 가볍게 웃음을 터뜨렸다. "미안요." 아이는 과장된 몸짓으로 공을 향해 마구 달려가더니 다시 낚아채서 땅으로 세게 던졌다. 공은 3미터 정도 공중으로 튀어 올랐다가 땅에 떨어져 통통거리다가 멈추었다.

"무슨 말인지 모르겠구나. 잠옷을 입고 있는 게 누구였다고?" 나는 통통 튀고 있는 공에 눈길을 고정하고 물었다.

"내털리를 데리고 간 여자요."

"잠깐, 그게 무슨 말이니?" 그전까지 들었던 이야기에 따르면 같이 놀던 친구들이 하나둘씩 집으로 돌아간 뒤에도 내털리는 이곳에 남아 더 놀았고, 그러다 집으로 돌아가던 짧은 시간 사이에 유괴를 당했다는 것이었다.

"그 아줌마가 내털리를 데려가는 걸 제임스가 봤어요. 공원에는 걔네 둘밖에 없었고 둘이 프리스비를 하고 있었대요. 근데 내털리가 프리스비를 놓쳐서 프리스비가 숲 옆에 있는 풀밭 속으로 들어갔는데, 그때 그 아줌마가 그냥 손을 뻗쳐서 내털리를 잡아간 거라고요. 그러고는 사라졌대요. 제임스는 집으로 도망쳤고요. 그 이후로 제임스는 집 안에만 틀어박혀 있어요."

"그러면 넌 그런 일이 벌어진 걸 어떻게 알았니?"

"걔네 집에 갔더니 걔가 말해줬어요. 나랑 친구거든요."

"제임스가 이 근처에 살아?"

"그딴 놈은 엿이나 먹으라지. 어쨌든 난 여름에 할머니 집에 갈 거예요. 아칸소로요. 거긴 여기보다 좋아요."

소년은 야구장을 둘러싼 다이아몬드 모양의 철조망에 공을 던졌다. 공이 철조망에 가서 박히자 달캉달캉하는 소리가 났다.

"너도 이 동네 아이니?" 아이가 흙을 발로 차서 공중으로 날리기 시작했다.

"네, 예전에요. 지금은 여기서 안 살아요. 그냥 들른 거예요." 나는 다시 한 번 시도했다. "제임스가 이 근처에 사니?"

"여기 고등학교 다녀요?" 그의 얼굴은 몹시 그을어 있었는데, 꼭 꼬마 해병대원 같았다.

"아니."

"대학생이에요?" 아이의 턱이 침으로 젖어 있었다.

"대학생보다 나이가 많아."

"이제 가야 해요." 아이는 뒷걸음질로 폴짝폴짝 뛰어가더니 썩은 이를 뽑는 듯 철장 사이에 낀 공을 휙 뽑아내고, 나를 다시 쳐다보았다. 그러고는 정신 사납게 엉덩이춤을 추어댔다. "가야 해요." 아이가 길 쪽으로 공을 던지자 공이 내 차로 보기 좋게 튀어 올랐다. 아이는 공을 쫓아 뛰어가더니 그대로 사라져버렸다.

나는 잡지 두께 정도의 윈드 갭 전화번호부를 들춰 재널 캐피시라는 이름을 찾아냈다. 그러고는 수통에 딸기 아이스바를 가득 채우고 홈스가 3617번지로 차를 몰았다.

캐피시 가족의 집은 마을 동쪽 끝 빈민가 언저리에 있었다. 다 쓰러져가는 방 두 개짜리 집들이 모여 있는 곳으로, 주민 대부분이 근처에서 돼지를 키우는 공장식 축산농장에서 일하고 있었다. 미국 돼지고기 생산량의 2퍼센트를 담당하고 있는 민영 농장이었다. 윈드 갭에서 마주치는 가난한 사람의 십중팔구는 그 농장에서 일하고 있었다. 그들의 아버지도 마찬가지로 그곳에서 일했다. 사육장에서는 새끼 돼지의 이를 깎아낸 다음 작은 우리에 몰아넣고, 암돼지를 수태시켜 우리에 가두고, 똥구덩이를 관리한다. 도축하는 쪽의 작업 환경은 더 열악하다. 몇몇 인부가 돼지를 좁은 통로로 몰아붙이면 전기충격기로 돼지를 기절시키는 사람들이 기다리고 있다. 다른 사람들이 돼지의 뒷다리를 꽉 붙들어 잡고 들어 올려서 거꾸로 매달면 돼지는 말 그대로 돼지 멱따는 소리를 내며 몸부림을 친다. 사람들이 날카로운 도축용 칼로 돼지의 목을 따면 페인트처럼 걸쭉한 피가 타일바닥 위로 쏟아져 여기저기 튄다. 그러고는 소독 탱크로 직행. 끊임없는 비명과 쇳소리로 발광하는 울부짖음 때문에 거의 모든 직원들이 귀마개를 하고 고요한 분노 속에서 하루하루를 보낸다. 밤이면 음악을 크게 틀고 술을 마신다. 동네 술집 힐라는 돼지로 만든 안주는 일절 만들지 않고, 오직 치킨 텐더만 내놓는다. 생각해보면 그 닭들도 다른 어느 허접스러운 마을에서 똑같이 분노에 찬 노동자들이 키우고 도살했을 것이다.

이왕 밝힌 김에 있는 대로 다 털어놓자면 이 공장의 주인은 나의 어머니로, 경영은 다른 사람에게 맡기고 매년 약 120만 달러를 수익금으로 챙긴다.

캐피시의 집 앞에서 수고양이 한 마리가 기분 나쁜 소리를 내며 울고 있었다. 집 가까이 다가가자 낮 시간대 토크쇼의 요란스러운 소리가 흘러 나왔다. 스크린 도어를 두드리고 기다렸다. 고양이가 제 몸을 내 다리에 비비적거렸다. 바지 안쪽에서 고양이의 갈비뼈가 느껴졌다. 다시 문을 두드렸고 텔레비전 전원이 꺼졌다. 고양이가 현관 앞 그네 밑에서 집요하게 맴돌면서 날카롭게 울어댔다. 나는 왼쪽 손톱으로 오른쪽 손바닥에 '쏘아붙이다'라는 단어를 그려보고는 또다시 노크를 했다.

"엄마?" 열린 창문으로 아이의 목소리가 들렸다.

나는 문으로 다가서서 방충망에 낀 먼지 더께를 통해 바싹 마르고 짙은 고수머리에 눈이 화등잔처럼 큰 소년을 보았다.

"안녕, 귀찮게 해서 미안하구나. 네가 제임스니?"

"뭣 때문에 그러시는데요?"

"안녕, 제임스. 귀찮게 해서 미안해. 뭐 재미있는 거라도 보고 있었니?"

"경찰이에요?"

"나는 네 친구를 다치게 한 사람이 누군지 알아내는 일을 돕고 있어. 얘기 좀 할 수 있을까?"

아이는 들어가버리지는 않았지만 말없이 손으로 창틀만 문질러대고 있었다. 나는 그네로 가서 아이와 가장 멀리 떨어진 끝에 앉았다.

"내 이름은 카밀이야. 네 친구가 그러는데 네가 뭘 봤다고 하더구나. 아주 짧은 금색 머리를 한 친구인데, 알지?"

"디예요."

"그 아이 이름이 디구나? 그 아이를 공원에서 만났어. 네가 내털리와 같이 놀던 바로 그 공원에서."

"그 아줌마가 데려갔어요. 아무도 나를 믿어주지 않아요. 나 겁먹은 거 아니에요. 그냥 집 안에 있어야 한다고 하니까, 그게 다예요. 우리 엄마가 암에 걸렸거든요. 엄마가 아파요."

"디도 그 얘기를 하더라. 너더러 뭐라고 하는 게 아니야. 이런 식으로 와서 네가 놀라지 않았으면 좋겠구나." 아이는 지나치게 긴 손톱으로 방충망을 북북 쓸어내렸다. 치르릉치르릉 하는 소리에 귀가 아파왔다.

"아줌마는 그 아줌마처럼 생기지 않았네요. 그 아줌마처럼 생겼으면 경찰에 전화했을 거예요. 아니면 총으로 쏴버리든지."

"그 아줌마가 어떻게 생겼는데?"

아이가 어깨를 들어올렸다. "벌써 말했어요. 백 번쯤."

"한 번만 더하자."

"나이가 많았어요."

"나만큼?"

"엄마처럼 많았어요."

"또 뭐가 있지?"

"머리가 하얗고 하얀 잠옷을 입고 있었어요. 그러니까 전부 하얬어요. 그렇다고 유령 같은 건 아니고. 이제까지 계속 말한 게 그건데."

"어떻게 하얬다는 거니?"

"바깥에는 한 번도 안 나와본 사람처럼 하얬어요."

"그 아줌마가 내털리를 잡아갔다는 말이지? 내털리가 숲 쪽으로 다가갔을 때?" 나는 어머니가 붐비는 식당에서 웨이터에게 말할 때처럼 살살 달래는 소리로 물었다.

"거짓말 아니에요."

"당연히 아니지. 그러니까 그 아줌마가 너희 둘이 놀고 있는데 내털리를 붙잡아갔다는 거잖아?"

"정말로 눈 깜짝할 새였어요." 그가 고개를 끄덕였다. "내털리는 프리스비를 찾으려고 풀숲 사이를 헤치고 있었어요. 그리고 그 아줌마가 숲에서 나오는 게 보였는데요. 내털리가 보기 전에 내가 먼저 봤어요. 하지만 무섭다는 생각은 안 했어요."

"그랬구나."

"아줌마가 내털리를 붙잡았을 때도 처음에는 무서운 줄 몰랐어요."

"그럼 언제부터 무서운 생각이 들었지?"

"무섭지 않았다고요." 아이가 말을 길게 늘였다. "무섭지 않았어요."

"제임스, 그 여자가 내털리를 붙잡았을 때 어떻게 됐는지 말해줄 수 있겠니?"

"내털리를 자기 쪽으로 잡아당겼어요. 꼭 안아주는 것처럼. 그리고 나를 봤어요. 아주 뚫어져라 봤어요."

"그랬구나."

"네. 나한테 미소를 지었어요. 난 잠시 동안 아무 일 아니라고 생각했어요. 하지만 아줌마는 한마디도 하지 않았어요. 그러더니 미소가 싹 사라졌어요. 나보고 입을 다물라고 손가락을 입에 갖다 댔어요. 그리고 숲 속으로 사라졌어요. 내털리랑 함께요." 그는 다시 어깨를 으쓱했다. "전에도 전부 말한 거예요."

"경찰한테?"

"제일 처음에 엄마한테 하고, 그리고 경찰한테도 했어요. 엄마가 시켰거든요. 하지만 경찰은 들을 생각도 안 했어요."

"왜 그랬지?"

"내가 거짓말을 한다고 생각했으니까요. 그렇지만 내가 왜 그런 얘기를 만들어내요? 그런 바보 같은 짓을 왜 해요."

"그 일이 벌어지는 동안 내털리는 가만히 있었니?"

"네. 그냥 거기에 서 있었어요. 뭘 어떻게 해야 할지 모르는 것 같았어요."

"전에 본 적 있는 사람은 아니니?"

"아뇨, 아까 말했잖아요." 아이는 방충망 안쪽에서 뒤로 물러서더니 어깨너머로 거실 쪽을 살폈다.

"성가시게 해서 미안해. 친구 한 명 불러서 집에 같이 있는 게 좋겠구나. 누가 네 곁에 있어야겠다." 아이는 손톱을 물어뜯으며 어깨를 또 한 번 으쓱했다. "바깥바람을 쐬면 기분이 좀 나아질지도 몰라."

"나가고 싶지 않아요. 어쨌든 우리 집에는 총이 있어요." 아이는 어깨너머로 소파 팔걸이에 기대어놓은 총을 가리켰다. 총은 반쯤 먹다 남은 샌드위치 옆에 놓여 있었다. 세상에.

"저렇게 바깥에 내놓고 있어도 정말 괜찮겠니? 총은 쓰지 않는 게 좋아. 몹시 위험한 물건이니까."

"그렇게 위험하지 않아요. 엄마도 상관 안 해요." 아이가 처음으로 내 눈을 똑바로 쳐다보았다. "예쁘게 생겼네요. 머리카락이 예뻐요."

"고맙구나."

"그만 가봐야 해요."

"그래, 알았어. 조심하렴, 제임스."

"지금 하고 있는 게 그거예요." 아이는 짐짓 한숨을 쉬더니 창문에서 멀어져갔다. 눈 깜짝할 사이에 텔레비전에서 시끄럽게 물어뜯고 다투는 소리가 다시 흘러나왔다.


윈드 갭에는 열한 개의 술집이 있다. 그중 내가 몰랐던 곳으로 들어갔다. 1980년대로 되돌아간 기분이 드는 술집이었다. 술집 이름은 센서스였는데 벽에 박힌 현란한 네온사인과 술집 한가운데에 있는 작은 댄스 플로어를 보아 그 시대에 한창 날렸을 만한 곳이었다. 버번을 마시며 그날 들은 얘기를 휘갈겨 쓰고 있는데, 캔자스시티 법 집행관이 내 맞은편에 놓인 쿠션을 댄 의자에 풀썩 주저앉았다. 그는 덜컹 소리를 내며 우리 사이에 맥주잔을 내려놓았다.

"기자가 허락도 없이 미성년자를 취재해서는 안 되는 것으로 알고 있는데요." 그가 미소를 지으며 맥주 한 모금을 꿀꺽 삼켰다. 제임스의 엄마가 전화를 한 모양이었다.

"경찰이 수사에 대해 철저하게 함구하고 있을 땐 좀 더 공격적으로 나갈 필요가 있어요." 나는 눈도 들지 않고 말했다.

"기자가 조사한 걸 시카고 신문에 낱낱이 까발려놓으면 경찰이 할 일을 제대로 할 수가 없거든요."

낡은 수작. 나는 술잔에 맺힌 물기가 흘러 눅눅해진 노트에 다시 글을 쓰기 시작했다.

"다시 시작하죠. 저는 리처드 윌리스라고 합니다." 그가 맥주를 꿀꺽 삼키고 입술을 휙 훔쳤다. "바로 지금이 머저리 같은 농담을 할 때예요. 여러 면에서 통할 수 있죠."

"끌리는데요."

"개자식 같은 머저리. 경찰 새끼 머저리."

"알아들었어요."

"그리고 당신은 카밀 프리커지요. 대도시에서 큰일을 해낸 윈드 갭의 딸."

"대충 내 얘기처럼 들리네요."

그가 머리를 쓸어넘기며 미소를 짓자, 부자연스러울 정도로 새하얀 이가 드러났다. 결혼반지는 없었다. 내가 언제부터 그런 걸 살피기 시작했더라, 문득 궁금해졌다.

"좋아요, 카밀. 화해모드로 가보는 건 어때요? 적어도 지금 이 순간 만이라도요. 어떻게 되는지 두고 봅시다. 우선 캐피시네 아들 일로 당신한테 훈계하지는 않을게요."

"훈계고 자시고 할 것도 없다는 거 잘 아실 텐데요. 경찰은 왜 내털리 킨 사건의 유일한 목격자 진술을 그냥 넘겨버린 거죠?" 나는 펜을 들어 올리며 공식적인 취재임을 알렸다.

"그냥 넘겨버렸다고 누가 그럽디까?"

"제임스 캐피시가요."

"아, 좋은 취재원을 하나 찾았군요." 그가 웃었다. "이 자리에서 작은 규칙 하나 알려드리죠. 프리커 양." 그는 눈에 보이지 않는 상상 속의 분홍빛 반지를 돌려가며 비커리 흉내를 꽤 잘 내고 있었다. "우리는 진행 중인 수사에 아홉 살짜리 소년을 어떤 식으로든 연루시키지 않아요. 우리가 그 아이의 말을 믿든 안 믿든 상관없이요."

"그 아이를 믿나요?"

"그건 말할 수 없어요."

"살인용의자에 대해 그렇게나 상세한 정보를 얻었다면 주민들이 찾아볼 수 있도록 알리고 싶은 마음이 들지 않았을까요? 그런데 당신들은 그러지 않았죠. 그러니 나로서는 당신이 아이의 이야기를 무시해버렸다고 짐작할 수밖에요."

"거기에 대해서도 말할 수 없습니다."

"제가 알기로는 앤 내시는 성추행을 당하지 않았어요." 내가 계속 말을 이었다. "내털리 킨도 마찬가지인가요?"

"프리커 씨. 지금 당장은 무슨 일이 있어도 말할 수 없어요."

"그럼 왜 거기 앉아서 나랑 말을 섞는 거죠?"

"흠, 우선은 당신이 지난번에 내털리의 시신을 발견한 것과 관련해서 경찰에게 당신 나름의 생각을 전달하느라 많은 시간을, 그것도 아마 일할 시간을 써주었기 때문이라고 해두죠. 감사드리고 싶어서요."

"내 나름의 생각이라고요?"

"사람들은 누구나 자기 방식대로 기억을 해석하지요." 그가 말했다. "예를 들어 당신은 내털리가 눈을 뜨고 있었다고 했습니다. 브루사드 부부는 감겨 있었다고 했고요."

"거기에 대해서는 저도 노코멘트 해야겠군요." 앙심이 생겼다.

"저로 말하자면 다 늙어빠진 식당 주인보다는 기자 일로 먹고 사는 여자의 말을 믿는 쪽으로 기울었어요. 하지만 당신이 얼마나 확신하는지는 알고 싶더군요." 월리스가 말했다.

"내털리가 성추행을 당했나요? 우리끼리 하는 얘기로요." 나는 펜을 내려놓았다.

그가 맥주잔을 돌리며 잠시 조용히 앉아 있었다.

"아닙니다."

"아이가 눈을 뜨고 있었던 건 백 퍼센트 확신해요. 당신도 거기 있었잖아요."

"있었지요." 그가 말했다.

"그럼 굳이 더 얘기할 것도 없겠네요. 두 번째는 뭔가요?"

"예?"

"'우선'이라고 했잖아요."

"아, 맞다. 내가 당신과 얘기하고 싶었던 두 번째 이유는, 솔직히…, 아, 당신도 솔직한 태도가 더 마음에 들겠죠? 솔직히 말하자면, 이 마을 사람이 아닌 사람과 얘기를 나누고 싶었어요. 절박하게." 그의 이가 나를 향해 번쩍였다. "당신이 이곳 출신인 건 알아요. 이런 곳에서 어떻게 살 수 있었는지 알 길도 없고요. 작년 8월부터 여기 들락거렸는데 미칠 지경이에요. 뭐 캔자스시티도 펄펄 끓는 메트로폴리스는 아니지만 그래도 밤 생활이라는 게 있잖아요. 문화적인…… 뭔가 문화라는 게. 사람들이 있다는 말이에요."

"잘 적응하고 있는 것 같은데요."

"이보다는 훨씬 나아야죠. 이만하면 나도 여기 들락거린 지 꽤나 지난 것 같은데 말이에요."

"그래요." 나는 노트를 그에게 내밀었다. "그러니까 당신이 세운 가설은 뭐죠, 윌리스 씨?"

"정확히 말하자면 윌리스 형사예요." 그가 다시 이를 드러내고 웃었다. 한 모금 마시니 잔이 비었고, 나는 짤막한 빨대를 질겅질겅 씹기 시작했다. "그러니까 카밀, 내가 한 잔 사도 되겠습니까?"

나는 잔을 흔들고 고개를 끄덕였다. "버번 스트레이트요."

"좋아요."

그가 바에 가 있는 동안, 나는 볼펜을 들고 머저리라는 단어를 잔뜩 굴린 필기체로 손목에 적었다. 그가 와일드 터키 두 잔을 들고 자리로 돌아왔다.

"자, 그래서." 그가 나를 보며 짙은 눈썹을 꿈틀거렸다. "내 제안은 이겁니다. 그저 얘기나 한번 해보면 어떨까 하는 거죠. 그냥 민간인들끼리 얘기하듯? 그런 게 환장하게 그립다고요. 빌 비커리는 정확히 말하자면 나랑 깊이 알고 지내고 싶어하는 사람은 아니거든요."

"그런 사람이 둘이 됐다고 적어주세요."

"그런가요. 그러니까 당신은 윈드 갭 출신이란 말이죠. 지금은 시카고의 신문사에서 일하고. 〈시카고 트리뷴〉?"

"〈데일리 포스트〉예요."

"그런 신문 들어보지 못했는데요."

"그러시겠지요."

"〈트리뷴〉보다 더 유명한 신문이에요?"

"나쁘진 않아요. 그럭저럭 쓸만하다고요." 나는 지금 누군가에게 매력적으로 보이고 싶은 기분이 아니었다. 어떻게 하면 그렇게 보일 수 있는지도 기억이 날까 말까 했다. 우리 집안에서 매력녀 역할은 아도라가 맡고 있었다(심지어 1년에 한 번 흰개미를 박멸해주러 오는 남자도 열렬한 크리스마스카드를 보낸다).

"이거 별로 건수를 내주지 않는군요, 카밀. 내가 꺼져주면 좋겠어요? 그럼 가고요……."

솔직히 말하자면 그렇지는 않았다. 그의 얼굴을 보고 있으면 기분이 좋았고, 목소리는 녹초가 된 피곤함을 덜어주었다. 그가 이 마을 사람이 아닌 것도 감점 요인과는 거리가 멀었다.

"미안해요. 내가 좀 퉁명스러웠죠? 이곳에 다시 온 일이 만만찮다 보니. 이 모든 일을 쓴다는 게 독이 된 것 같아요."

"얼마 만에 돌아온 건데요?"

"몇 년 만이에요. 정확히 말하자면 8년."

"하지만 가족은 여전히 여기에 살고요."

"아, 그럼요. 열성적인 윈드 개피언들이죠. 내 생각엔 사람들이 개퍼보다 개피언이라는 표현을 더 선호하는 것 같아요. 아까 형사님이 했던 질문에 답을 하자면요."

"아, 고마워요. 이곳에 사는 좋은 사람들을 모욕하는 건 원치 않다보니 질문하게 됐죠. 지금까지 폐를 끼친 걸로도 모자라 더 일을 저지르고 싶지는 않으니까요. 그래, 당신 가족은 이곳에 사는 걸 좋아하나요?"

"흠. 그분들은 꿈에서도 이곳을 떠나지 않을걸요. 너무 많은 친구들. 너무 완벽한 집. 기타 등등."

"그럼 부모님은 두 분 다 이곳에서 태어났나요?"

내 또래의 낯익은 사내 몇몇이 근처 테이블에서 맥주 피처를 벌컥대며 요란스럽게 앉았다. 그들이 나를 못 보았으면 싶었다.

"엄마는 이곳에서 태어났어요. 새아버지는 테네시 출신이고요. 두 분이 결혼하면서 새아버지가 이곳으로 이사를 왔지요."

"그게 언제죠?"

"거의 30년 전일 거예요. 아마도." 나는 그보다 먼저 취하지 않기 위해 술 마시는 속도를 줄이려고 애썼다.

"아버지는?"

나는 쓴웃음을 지었다. "형사님은 캔자스시티에서 자랐나요?"

"네. 꿈에서도 떠난 적이 없죠. 너무 많은 친구들. 너무 완벽한 집. 기타 등등."

"경찰이 되니까…… 좋은 게 있어요?"

"직접 움직인다는 게 뭔지 좀 보게 되죠. 비커리처럼 되지 않을 만큼은 움직이거든요. 작년에는 유명한 고위직 사람들이 연루된 약간 큰 사건들을 맡았어요. 대부분 살인사건이었죠. 캔자스시티에서 여자들을 계속 해치고 다니던 놈도 하나 잡았고요."

"강간?"

"아뇨. 다리를 벌리고 올라탄 다음 입 안으로 손을 밀어넣어서 목을 긁어 조각조각 찢는 놈이었어요."

"세상에나."

"잡았어요. 어머니와 살면서 술을 파는 중년 남자였는데, 손톱 밑에 마지막으로 난자한 여자의 세포조직이 남아 있었어요. 일을 벌인 지 열흘이 지났는데 말이죠."

그가 개탄하는 것이 범인의 멍청함인지 빈약한 위생관념인지 분간할 수 없었다.

"그렇군요."

"그리고 지금은 이곳에 와 있고요. 훨씬 작은 마을이지만 경찰로서 뭘 해보기에는 만만치 않은 곳 같아요. 비커리가 처음 우리에게 전화했을 때만 해도 그렇게 큰 사건 같지 않았거든요. 그래서 캔자스시티 경찰 측이 중간 서열쯤 되는 나를 보낸 거예요." 그가 보일 듯 말 듯 미소를 지었다. "그런데 이게 연쇄살인으로 바뀐 겁니다. 지금까지는 내게 계속 이 사건을 맡겨두고 있지요. 일을 망치지 않는 게 좋을 거라는 사실을 못박아두면서요."

그의 상황이 익숙하게 들렸다.

"그렇게 끔찍한 사건일수록 나에게는 커다란 전기가 될 만하다는 게 묘해요." 그가 말을 이었다. "그런 건 뭐 말할 필요도 없이 잘 알고 계시겠죠. 시카고에선 주로 어떤 사건을 취재합니까?"

"저는 경찰서 관할이에요. 당신이 보는 것과 비슷한 종류의 허섭스레기들을 접하며 살고 있다고 보면 돼요. 학대, 강간, 살인." 끔찍한 얘깃거리라면 내게도 많다는 걸 그에게 보란 듯 내세우고 싶었다. 어리석은 짓이지만 나는 빠져들었다. "지난달에는 여든두 살 노인 사건이 있었죠. 아들이 살해한 다음 욕조에 시신을 넣고 약물을 풀어 몸을 녹여버렸어요. 자백은 했죠. 하지만 뭐 당연하게도, 왜 그런 짓을 저질렀는지 이유는 대지 않았고요."

나는 학대, 강간, 살인을 묘사하면서 허섭스레기라는 단어를 쓴 것을 후회하고 있었다. 불경스러운 짓이었다.

"우리 둘 다 흉한 꼴은 제법 본 것 같군요." 리처드가 말했다.

"그러게요." 나는 할 말이 없어서 잔을 빙글빙글 돌렸다.

"안된 일이에요."

"맞아요."

그가 내 기색을 살폈다. 바텐더가 조명을 낮추며 밤이 되었음을 공개적으로 알렸다.

"언제 영화나 한 편 봅시다." 그가 살살 회유하는 듯한 어조로 말했다. 동네 복합영화관에서의 하루 저녁이 내 모든 것을 해결해주기라도 하리라는 듯.

"뭐 그럴 수도 있고요." 나는 잔에 남은 술을 마저 삼켰다. "그럴 수도."

그가 곁에 놓인 빈 맥주병의 상표를 벗겨 내 탁자 위에 쫙 펼쳤다. 탁자가 지저분해졌다. 술집에서 일해본 적이 한 번도 없다는 증거였다.

"리처드, 술 고마웠어요. 이제 집에 가봐야겠어요."

"얘기 나누어 즐거웠어요, 카밀. 차까지 데려다줘도 될까요?"

"아뇨, 괜찮아요."

"운전해도 되겠어요? 아, 걱정은 붙들어 매요. 경찰 노릇은 하지 않을 테니까요."

"괜찮아요."

"그래요. 그럼 좋은 꿈 꿔요."

"형사님도요. 다음에는 기삿거리를 좀 건졌으면 좋겠네요."


집에 돌아가니 앨런과 아도라, 앰마가 모두 거실에 모여 있었다. 놀라운 장면이 펼쳐지고 있었다. 메리언과 함께했던 지난날과 너무나 흡사했다. 앰마와 엄마가 소파에 앉아 있는데, 이 더위에도 모직 잠옷을 입고 얼음으로 입술을 문지르는 앰마를 엄마가 감싸안고 토닥거리고 있었다. 내 의붓동생은 만족감에 젖은 멍한 눈길로 나를 응시하더니 가지고 놀던 인형의 집 식탁을 계속 만지작거렸다. 크기만 작을 뿐 거실 바로 옆 식당에 있는 윤이 나는 마호가니 식탁과 똑같이 생긴 것이었다.

"걱정할 거 하나도 없어." 앨런이 읽고 있던 신문에서 눈을 들어 말했다. "앰마는 그저 여름 오한이 난 것뿐이야."

정신이 번쩍 드는가 싶더니 짜증이 치밀기 시작했다. 나는 과거의 판에 박힌 순서대로 내려앉고 있었다. 이제 막 주방으로 달려가 차를 끓일 것이다. 메리언이 아팠을 때 그 아이를 위해 했던 것처럼. 나는 내게도 팔을 둘러주기를 기다리며 엄마 근처를 서성일 것이다. 그녀와 앰마는 아무 말도 하지 않았다. 엄마는 나를 쳐다보지도 않고 앰마를 끌어당겨 코를 부비면서 그녀의 귀에 뭐라 뭐라 속삭였다.

"우리 크렐린 사람들이 약간 민감한 데가 있긴 하지." 앨런이 어딘가 약간 죄책감이 묻어나는 소리로 말했다.

우드베리에 있는 의사들은 적어도 일주일에 한 번은 크렐린 가의 사람들을 한 명은 볼 것이다. 어머니와 앨런 모두 건강에 대해서만큼은 둘째가라면 서러울 정도로 과잉반응을 하는 사람들이었다. 어렸을 때 어머니가 온갖 연고와 오일, 집에서 직접 개발한 각종 민간요법, 그밖에 말도 안 되는 것들을 내 입에 쑤셔 넣던 기억이 아직 사라지지 않았다. 가끔 내가 어머니의 규칙에 어긋나는 해결책을 찾아내면 바로 거부당했다. 그리고 메리언이 병에 걸렸다. 아주 심하게. 아도라에게는 나를 꾀어 맥아추출물을 삼키게 하는 것보다 더 중요한 할 일이 생긴 것이다. 나는 괴로움에 잠겨서 엄마가 솔선해서 내놓는 그 모든 시럽과 환약을 거부했다. 그때가 내가 어머니에게 온전한 관심을 받았던 마지막 시절이다. 그때 좀 더 순순히 굴었더라면 얼마나 좋았을까 하는 생각이 문득 들었다.

크렐린 가족. 여기 모인 사람은 나만 빼고 모두 크렐린이었다. 유치한 생각이 들었다.

"아프다니 안됐구나, 앰마." 내가 말했다.

"식탁 다리 모양이 달라." 앰마가 난데없이 투정을 부렸다. 아이는 화가 난 듯 엄마에게 탁자를 들이댔다.

"눈이 참 예리하구나, 앰마." 아도라가 눈을 가늘게 뜨고 미니어처 탁자를 바라보며 말했다. "하지만 아가, 이건 거의 눈에 띄지도 않는걸. 이걸 알아볼 수 있는 사람은 너밖에 없을 거야." 그녀가 앰마의 축축한 머리를 부드럽게 쓸어내리며 골랐다.

"잘못된 채로 놔둘 수 없어." 앰마가 모형 탁자를 노려보며 말했다. "돌려보내야 해. 제대로 되지 않으면 특수제작이라는 게 무슨 소용이야."

"아가야, 엄마가 장담할 수 있어. 다른 사람들은 어디가 잘못됐는지 도저히 집어낼 수 없을 걸." 엄마가 앰마의 뺨을 어루만졌지만 앰마는 벌떡 일어섰다.

"모든 게 완벽할 거라고 말했잖아요. 약속했다고요!" 앰마의 목소리가 떨리더니, 뺨으로 눈물이 방울방울 떨어지기 시작했다. "이제 다 망쳤잖아. 전부 다 망쳤어. 식당이 문제야. 어울리지 않는 테이블은 여기 있으면 안 돼. 정말 마음에 안 들어!"

"앰마……." 앨런이 신문을 접고 아이를 감싸 안았지만 앰마는 그의 손길을 뿌리치면서 몸을 빼냈다.

"내가 원했던 건 이게 다잖아. 내가 부탁했던 건 고작 이게 전부인데, 당신들은 이게 잘못됐다는 데도 신경조차 쓰지 않아!" 앰마는 이제 눈물을 뚫고 고함을 질러댔다. 철저하게 분노한 상태, 그녀의 얼굴이 분노로 일렁였다.

"앰마, 좀 진정하렴." 앨런이 그녀를 다시 안으려고 시도하며 차분하게 말했다.

"이게 내가 바라는 전부였단 말이야!" 앰마가 날카롭게 쏘아붙이더니 탁자를 바닥에 내동댕이쳤다. 탁자가 다섯 개의 파편으로 조각나버렸다. 그녀는 탁자가 산산조각이 날 때까지 쉬지 않고 집어던졌다. 그러고는 소파 쿠션에 얼굴을 묻고 구슬프게 흐느꼈다.

"자." 엄마가 말했다. "이제 새로 하나 장만할 수밖에 없게 됐구나."

나는 메리언과 닮은 구석이라고는 조금도 없는 저 무시무시한 소녀를 피해 내 방으로 몸을 숨겼다. 불이 붙을 듯 몸이 화끈거렸다. 나는 호흡을 제대로 하는 법, 피부를 진정시키는 법을 기억해내려고 애썼다. 그러나 피부는 내게 고래고래 고함을 질러댔다. 때로 내 흉터들은 하나하나 그것들만의 마음을 지니고 있었다.

나는 커터(cutter, 자신의 몸을 칼같이 날카로운 물건으로 긋고 베는 사람들-옮긴이)다. 내 몸을 썰고 베고 찌르는 것을 좋아한다. 나는 매우 특별한 경우에 속한다. 나에게는 목적이 있다는 뜻이다. 내 살갗은 비명을 지르고 있다. 내 피부는 초등학교 1학년짜리가 칼로 글 쓰는 법을 연습하기라도 한 듯 *오리사, 컵케이크, 고양이, 고수머리* 같은 단어들로 뒤덮여 있다. 나는 가끔, 오직 가끔만 웃는다. 욕조에서 나와 다리 아래쪽을 바라보았다. *아기인형.* 스웨터를 끌어당겨 입다가 손목에 번쩍 보이는 단어는 *해로운.* 왜 이런 단어들인가? 실력 좋은 의사들이 수천 시간을 고민한 끝에 몇 가지 가설을 내놓았다. 그런 가설은 더러 여성적인 면이 있었는데 딕 앤드 제인, 분홍색 대 강아지 꼬리처럼 동화 속 이야기에서 아이디어를 빌려오는 식이었다. 아니면 완전히 부정적인 경우도 있었다. 내 살갗에 초조하게 새긴 단어들에 대한 진단은 셀 수도 없었다. 내가 확실히 아는 한 가지는 글자를 새길 때는 그 문자들이 내 몸 위에 있는 것을 보는 것, 단순히 보는 것이 아니라 느끼는 것이 몹시 중요하다는 점이다. 내 왼쪽 엉덩이 쪽에서 불타고 있는 단어, *페티코트*.

그 주변에는 내가 처음으로 새긴 글자가 있다. 열세 살의 그 초조하던 어느 여름날에 난도질한 글자, *사악한*. 그날 아침에 나는 덥고 심심했으며, 그날 하루 동안 다가올 시간들을 걱정하고 있었다. 하루 전체가 하늘만큼 넓고 텅 비어 있을 때 안전하게 보낼 수 있는 방법이 무엇일까? 어떤 일이라도 일어날 수 있었다. 그 단어가 내 음부의 뼈를 가로질러 무겁고도 가냘프게 지나가는 것이 느껴지던 기억이 난다. 도구는 어머니 집에 있던 스테이크 칼이었다. 나는 상상 속의 빨간 선을 따라가는 아이처럼 칼로 몸을 그었다. 몸을 씻었다. 더 깊게 파고 들어갔다. 몸을 씻었다. 칼에 표백제를 붓고 부엌으로 살그머니 들어가서 칼을 돌려놓았다. *사악한*. 안도감. 그날 나머지 시간을 나는 상처를 치료하면서 보냈다. 글자의 꺾인 부분을 알코올 바른 면봉으로 꾹꾹 누르며. 따끔거리는 느낌이 사라질 때까지 볼을 연신 어루만졌다. 로션을 바르고, 반창고를 붙였다. 그리고 반복.

물론 문제는 더 오래전부터 있었다. 문제란 늘 눈에 띄기 한참 전에 시작되는 법이다. 그때 나는 아홉 살이었고 광택 나는 겉표지에 스프링이 달린 초록색 공책에 《초원의 집》시리즈를 단어 하나하나씩 베껴 적었다.

열 살이 되었을 때는 담임선생님이 하는 모든 말을 청바지에 파란색 볼펜으로 옮겨 적었다. 나는 죄책감에 빠졌고, 욕실 세면대에서 아기용 샴푸로 바지를 몰래 빨았다. 단어들이 얼룩덜룩하게 흐려지며 바지 윗부분부터 아랫부분까지 푸른색 상형문자를 남겨놓았다. 마치 파란색 얼룩이 되어버린 작은 새가 글자 사이사이를 넘나들고 있는 것처럼 보였다.

열한 살이 되었을 무렵에는 누가 됐든 사람들이 하는 모든 말을 작은 파란색 수첩에 적어댔다. 그때부터 막내기자 노릇을 한 셈이다. 모든 구절을 종이에 잡아두지 않고는 견딜 수 없었다. 그렇게 하지 않으면 그 말은 진짜가 아니었고, 미끄러져 사라져버렸다. 나는 허공에 걸려 있는 단어들(카밀, 우유 좀 건네줘)을 보았고, 마치 제트기가 내뿜은 연기가 사라지듯 그 단어들이 희미해져 가면 마음속 켜켜이 초조함이 쌓여갔다. 하지만 글로 적으면 그 단어를 갖게 되는 셈이었다. 단어의 생명력이 끊어질 걱정을 하지 않아도 되었다. 나는 언어에 있어서는 보수주의자였고 교실에서는 별종이었다. 종교 문제에는 날카롭게 선을 긋는 한편, 끊임없이 문장을 베껴 적는("피니 선생님은 완전히 게이야", "제이미 돕슨은 못생겼어", "걔네 집은 초콜릿 우유는 절대로 안 마신대") 빡빡하고 신경질적인 중학교 2학년생이었다.

메리언은 내가 열세 살 생일을 맞이하던 날 죽었다. 나는 일어나서 아침인사를 하려고(아침에 눈을 뜨면 항상 가장 먼저 하는 일이었다) 복도를 터벅터벅 걸어갔다가 메리언을 발견했다. 눈을 뜬 채 담요를 턱까지 당겨 덮고 있던 메리언을. 놀라지는 않았던 것으로 기억한다. 내 기억이 미치는 시점부터 메리언은 이미 죽어가고 있었다.

그해 여름에는 다른 일들도 일어났다. 나는 꽤 갑자기, 몰라볼 만큼 예뻐졌다. 어렸을 때는 못생겨 보일 수도, 예쁘게 보일 수도 있는 얼굴이었다. 메리언은 그야말로 보증수표 형 미인이었다. 커다랗고 푸른 눈, 자그마한 코, 완벽하게 갸름한 턱. 내 외모는 날마다 달라졌다. 내 얼굴 위에 떠 있는 구름이 기분 좋은 그림자와 음울한 그림자를 매일같이 바꿔가며 드리우고 있는 듯했다. 그러나 일단 자리를 잡자(그 여름에 모든 사람들이 내 얼굴이 자리를 잡았음을 깨달은 듯했다. 가랑이가 피로 얼룩덜룩해진 것을 처음 발견했던 그 여름, 충동적이고도 맹렬하게 자위를 하기 시작했던 그 여름에 말이다) 남자아이들과 엮이기 시작했다. 나는 거울을 볼 때마다 거울 속 나를 조롱했다. 나는 망아지같이 뻔뻔했고 사람들은 나를 아주 좋아해주었다. 나는 더 이상 정신이 나간 데다 여동생까지 죽은 측은한 대상이 아니었다. 나는 예쁜 데다 동생까지 죽어 불쌍한 소녀였다. 그리고 인기도 많았다.

몸을 칼로 긋기 시작한 것도 그해 여름이었다. 나는 새로 발견한 취미만큼이나 몸을 긋는 일에도 열중했다. 얇게 생긴 피 웅덩이를 젖은 수건으로 닦아냈을 때 마법처럼 떠오르는 글자들을 보며 내 몸을 손질하는 재미에 빠져들었다. *메스꺼운* 같은 단어를 보는 일이 그렇게 좋을 수가 없었다. 알코올을 적신 솜뭉치로 톡톡 두드리면 피가 흐르는 선 위로 성기게 붙어 있는 피부조각이 보인다. *건방진*. 고등학교 마지막 해에는 골치 아픈 조혼이 생겨 치료를 받아야 했다. 때로는 손을 급하게 놀리다가 실수를 저지르기도 했는데, 음부cunt는 *할 수 없다*can't가 되고 음경cock은 *등*back이 되었으며, 음핵clit은 황당하게도 *고양이*cat가 되었던 데다, l과 i가 양 옆으로 균형 잡힌 대문자 A가 되어 있기도 했다.

마지막으로 내 몸에 새긴 단어는 처음 그 짓을 시작한 지 16년 후의 것이었다. *사라지다.*

나는 때로 단어들이 내 몸을 가로지르며 서로 입씨름을 벌이는 소리를 들을 수 있다. 어깨 위의 *팬티*가 오른쪽 발목 안쪽의 *체리*를 부른다. 엄지발가락 밑바닥에 있는 *꿰매다*가 왼쪽 젖가슴 바로 아래에 있는 *아기*에게 웅얼웅얼 위협하는 소리를 내기도 한다. 그럴 때면 나는 내 목덜미의 안전지대에 자리 잡은, 언제나 고요하고 위엄 있게 다른 단어들을 호령하는 *사라지다*를 생각하는 것으로 그 단어들을 잠재울 수 있다.

손을 뻗기 어려운 등 한가운데에는 동그란 모양의 주먹만한 빈 공간이 있다.

세월이 흐르면서 나는 나만의 은밀한 농담을 만들었다. 당신은 문자 그대로 나를 읽을 수 있다. *내가 맞춤법을 말해줄까요? 나는 나 자신에게 정말로 인생의 문장*(life sentence, 종신형이라는 뜻도 있다―옮긴이)*을 줄 수 있는 사람이에요.* 웃기는 짓이다. 그렇지 않은가? 나는 단어로 완전하게 뒤덮이지 않은 나 자신을 보는 것을 참을 수가 없다. 언젠가 외과의사를 찾아가 몸을 다시 매끈하게 하려면 어떻게 해야 할지 물어볼지도 모르지만, 지금으로서는 그에 따르는 반작용을 감당해낼 수 없다. 대신 나는 술을 마시고, 그래서 내가 내 몸에 한 짓을 너무 많이 생각하지 않고, 결국 더 이상 그 짓을 하지 않도록 조심하는 중이다. 하지만 깨어 있는 시간의 대부분은 몸을 긋고 싶다. 이제는 단순한 단어가 아니다. *말끝을 흐리다. 말주변이 없는. 일구이언의.* 일리노이 주에서 내가 다녔던 병원은 이 갈망을 인정하지 않는다.

이런 증상이 필요한 사람들을 일컫는 의학용어가 있다. 내가 아는 것은 몸을 베는 행동이 내게 안전한 느낌을 준다는 것이다. 그것이 증거였다. 생각과 단어, 내가 볼 수 있고 따라잡을 수 있는 곳에 단어들을 붙잡아두는 것이다. 진실은 기이한 속기술로 내 살갗에 따끔거리며 박혀 있다. 의사에게 가야겠다면 나는 내 팔에 *성가신*을 칼로 새겨 넣고 싶어질 것이다. 당신이 사랑에 빠졌다고 하면 나는 내 가슴 위에 *비극*이라는 단어를 조각할 것이다. 꼭 치료를 받고 싶지는 않았다. 하지만 몸에 새길 공간이 부족해지고 있었고, 나는 심지어 발가락 사이에도 마지막 주삿바늘을 꽂을 혈관을 찾는 약쟁이처럼 *나쁜*과 *울다*를 새겨 넣고 있었다. *사라지다*는 효험이 있었다. 최후의 명작을 위해 그야말로 알짜배기 자리인 목을 아껴두었던 것이다. 그러고 나서야 비로소 정신을 차렸다. 나는 12주 동안 병원에 머물렀다. 그곳은 커터들을 위한 특수 병원으로, 입원 환자 대부분은 스물다섯 살 이하의 여자였다. 나는 서른 살에 그곳에 갔다. 그곳을 나온 지가 지금으로부터 고작 6개월 밖에 되지 않는다. 민감한 시기였다.

병원에서는 장미에 붙어 있던 가시를 모두 제거한 뒤에야 커리를 대기실로 들여보냈다. 커리가 노란 장미꽃을 들고 한 번인가 찾아왔다. 그가 대기실로 들어오기 전에 장미에 붙어 있던 모든 가시가 제거되었다. 가시는 쓰레기 수거차가 올 때까지 플라스틱 용기 안에 보관해두었다.(커리는 그 용기가 처방약이 담긴 병 같았다고 말했다) 우리는 모서리는 둥글고 소파에는 플러시 천을 입힌 면회실에 앉아서 우리 신문과 그의 아내, 그리고 시카고의 최신 뉴스에 관한 이야기를 나누었다. 나는 그의 몸에 뭔가 날카로운 물건이 있는지 훑어보았다. 허리띠 버클, 옷핀, 시계주머니가 있었다.

"마음이 안 좋군." 그가 면회를 마칠 즈음에 말했다. 진심임을 알 수 있었다. 목소리가 젖어 있었던 것이다.

커리가 떠난 후 나는 나 자신이 너무도 견딜 수 없어서 욕실에서 구토를 했다. 먹은 것을 게워내던 중 변기 뒤편에 있는 고무로 싼 나사못이 보였다. 나는 나사못의 대가리 부분을 떼어낸 다음 나사를 손바닥에 새긴 I에 대고 문질렀다. 간호사들이 와서 끌어낼 때까지, 낙인을 찍은 듯 상처에서 피가 쏟아져 내렸다.

그 주에 나의 룸메이트가 자살을 했다. 몸 어디를 그어서 자살한 것은 아니었다. 물론 아이러니한 일이다. 그녀는 잡역부가 두고 간 유리 세척제를 삼켰다. 치어리더였던 열여섯 살의 그녀는 아무도 눈치 채지 못하도록 허벅지 위쪽 가랑이 안쪽에 칼을 대왔다고 했다. 그녀의 부모는 딸의 소지품을 챙기러 왔을 때 나를 잡아먹을 듯이 노려보았다.

사람들은 언제나 우울증을 푸른빛이라고 표현하지만 나로서는 연푸른빛 기분을 품고 깨어날 수만 있어도 행복할 것 같았다. 나에게 우울증은 노란 오줌색이다. 가느다란 오줌발이 몇 킬로미터고 질질 끌다가 희미하게 색을 잃어버리는.

간호사들은 우리에게 쑤시는 피부를 진정시키는 약을 주었다. 그리고 우리의 불타는 뇌를 가라앉히기 위해 더 많은 약이 주어졌다. 우리는 날카로운 물건을 소지하진 않았는지 일주일에 두 번씩 몸수색을 당했으며, 그룹을 지어 분노나 자기혐오를 이론상으로 '정화'시키는 작업을 했다. 우리는 자신을 탓하지 않는 법, 남을 탓하는 법을 배웠다. 그리고 한 달 동안 착하게 굴면 보드라운 목욕과 마사지가 기다리고 있었다. 우리는 서로를 어루만져주는 일의 미덕을 배웠다.

그 외 나를 찾아오는 유일한 사람은 나의 어머니였다. 5년 만의 재회였다. 그녀에게서 화려한 꽃향기가 났고, 그녀의 손목에는 내가 어렸을 때 가지고 싶어 안달했던 어여쁜 팔찌가 딸랑거리는 소리를 내며 걸려 있었다. 우리 둘만 남았을 때, 그녀는 무슨 건축양식과 1월 15일인가에 발표된 크리스마스 조명에 관한 새로운 마을 조례에 대해 이야기했다. 의사가 합류하자 그녀는 눈물을 짓고 나를 쓰다듬으며 나에 대한 걱정과 한탄을 늘어놓았다. 그녀는 내 머리를 쓸어내리더니 내가 왜 나 자신에게 이런 짓을 하는지 이해할 수 없다고 했다.

그리고 아니나 다를까 메리언의 이야기가 나왔다. 어머니는 벌써 아이 하나를 잃었다. 그 일로 그녀는 거의 이 세상 사람이 아니게 되었다고 했다. 그런데 왜 메리언보다 나이가 많은 아이(비록 불가피하게 사랑을 덜 받기는 했지만)마저 자신을 고의로 해치려 했을까? 나는 그녀가 잃어버린 아이와는 달라도 너무 달랐다. 메리언은, *생각해보려무나*, 살아 있었으면 서른이 다 되었을 터였다. 메리언은 남아 있는 동안의 생을 끌어안았다. 그녀는 세상을 빨아들였다. *기억해봐라, 카밀, 병원에 있을 때조차 네 동생이 얼마나 잘 웃었는지?*

나는 그런 것은 세상 물정 모르고 떠나는 열 살짜리 아이의 당연한 본성이라고 지적할 마음이 생기지 않았다. 뭐하러 그런 수고를 하겠는가? 죽은 사람과 경쟁하는 것은 불가능하다. 나는 내가 그만 애쓰고 멈출 수 있기를 원하고 또 원했다.

# 5장

아침을 먹으려고 내려갔을 때 앨런은 접은 종이처럼 주름을 잡은 흰 바지와 옅은 녹색 남방셔츠를 입고 있었다. 그는 육중한 마호가니 식탁 세트 앞에 홀로 앉아 있었고, 옅은 그림자가 탁자의 광택 나는 나무 위에서 일렁였다. 나는 어젯밤에 일어난 온갖 소동이 도대체 무슨 일인지 알아내려는 마음으로 식탁 다리를 물끄러미 들여다보았다. 앨런은 누가 왔다는 기척조차 느끼지 못하고 있었다. 그는 우유를 섞어 요리한 계란을 그릇에 담아 티스푼으로 떠먹고 있었다. 나를 올려다보는 그의 뺨에 고무 같은 노른자위 한 가닥이 침처럼 대롱대롱 매달려 있었다.

"카밀, 와서 앉으렴. 게일라더러 뭘 좀 가져다달라고 할까?" 그가 옆에 놓인 은종을 짤랑짤랑 흔들자 스윙도어를 열고 게일라가 들어왔다. 10년 전 어머니의 집에서 청소와 요리를 하는 대가로 돼지들과 맞바꾼

농장 소녀였다. 그녀는 키가 나와 비슷했는데 몸무게는 절대로 45킬로 그램이 넘지 않을 것 같았다. 유니폼처럼 입은 흰 옷은 마치 종을 두른 것처럼 낙낙했다.

어머니가 그녀를 지나쳐 앨런의 볼에 키스하고는 자기 자리 앞에 놓인 하얀 면 냅킨 위에 배를 올려놓았다.

"게일라, 카밀 기억하지?"

"그럼요, 크렐린 여사님." 그녀가 말했다. 그녀가 비굴해 보이는 얼굴로 나를 바라보며 말했다. 그녀는 삐뚤삐뚤한 이와 거칠게 갈라진 입술로 미소를 지었다. "안녕, 카밀. 계란이랑 토스트랑 과일이 있는데, 뭘 먹겠어?"

"그냥 커피만 주세요. 크림과 설탕도요."

"카밀, 과일은 너 먹이려고 부러 사 온 거다." 배의 통통한 끄트머리를 깨작깨작 씹으며 어머니가 말했다. "하다못해 바나나라도 먹으렴."

"바나나도요." 게일라가 억지웃음을 지으며 주방으로 돌아갔다.

"카밀, 어젯밤 일에 대해 사과해야겠구나." 앨런이 말문을 열었다. "엄마가 왜, 요즘 좀 그런 때인 것 같아."

"엄마는 뭘 해도 애착이 강해." 어머니가 말했다. "대부분은 좋은 쪽으로지. 하지만 가끔은 감당하기 좀 버거울 때가 있어."

"아니면 약간보다는 조금 더할지도 모르고요." 내가 말했다. "열세 살 짜리 애치고는 떼쓰는 정도가 심하던데요. 좀 무서울 정도였어요." 나는 시카고의 카밀로 되돌아와 있었다. 좀 더 자신감 있고 확실히 더 수다스러운. 안도감이 들었다.

"그래, 그렇지. 너도 그 나이 때는 꼭 집어 차분한 아이였다고 할 순

없어." 어머니가 무슨 말을 하려는 건지 알 수 없었다. 몸을 긋는 버릇인지, 잃어버린 여동생을 생각하며 터뜨렸던 발작적인 울음인지, 이제 막 시작하는 단계인데도 다소 지나쳤던 섹스 라이프인지. 나는 그저 고개를 끄덕여 보였다.

"엄마가 괜찮아졌으면 좋겠네요." 나는 대화를 끝내려는 뜻으로 말하면서 자리에서 일어섰다.

"다시 와서 좀 앉아봐." 앨런이 입 주변을 닦으면서 가늘게 말했다. "와서 바람의 도시(바람이 많고 세기로 유명한 시카고를 일컫는 말 - 옮긴이)에 대해 이야기 좀 해주렴. 우리한테도 시간을 좀 내줘."

"바람의 도시는 다 괜찮아요. 제 일도 여전히 괜찮고, 잘한다는 얘기도 듣고 그래요."

"좋은 반응이라면 뭐가 있을까?" 앨런이 양손을 포갠 채 내 쪽으로 몸을 숙였다. 자기가 한 질문이 꽤나 근사했다고 생각하는 듯한 몸짓이었다.

"세간의 이목을 끄는 큰 사건을 더 많이 맡게 되었어요. 올해 들어서만 살인사건 세 건을 취재했거든요."

"그래, 그게 좋은 일이란 말이지?" 어머니가 오물거리던 입을 멈추었다. "네가 어쩌다 그런 흉흉한 일에 취미를 붙이게 된 건지 정말 알다가도 모를 일이구나. 일부러 찾아다니지 않아도 살면서 충분히 겪었지 싶은데." 그녀가 돌풍에 휙 날아가는 풍선처럼 새된 리듬으로 웃었다.

게일라가 접시에 어색하게 끼워 넣은 바나나와 커피를 들고 왔다. 그녀가 나가자 엄마가 들어왔다. 두 배우가 응접실 촌극을 벌이는 것 같았다. 그녀는 어머니의 뺨에 키스를 하고 앨런에게 아침인사를 건네며 내 건너편에 앉았다. 그러고는 식탁 아래로 나를 한 번 차더니 웃었다. 아, 언니였어? 하는 뜻을 담아서.

"내가 그 난리를 치는 걸 보게 해서 미안해, 언니." 앰마가 말했다. "게다가 우린 서로 잘 알지도 못하는데 말이야. 내 나이가 그럴 나이잖아." 그녀가 지나치게 환한 미소를 지었다. "하지만 이제 다시 뭉쳤으니까. 언니는 꼭 신데렐라 같고, 나는 못돼먹은 반쪽짜리 동생 같네. 이부동생."

"네가 못돼먹다니, 전혀 그렇지 않아, 아가." 앨런이 말했다.

"하지만 카밀이 첫째잖아요. 보통 첫째가 제일 잘난 법이에요. 이제 언니가 돌아왔으니 나보다 언니를 더 사랑할 거예요?" 앰마가 물었다. 놀리듯 물었으나 어머니의 반응을 기다리는 동안 얼굴은 점점 붉어졌다.

"아니야." 아도라가 조용히 대답했다. 게일라가 앰마 앞에 햄이 담긴 접시를 내려놓자 앰마가 그 위에 레이스 모양으로 꿀을 부었다.

"왜냐하면 당신은 *나*를 사랑하니까요." 앰마가 햄을 우물거리며 말했다. 고기의 역겨운 냄새 위로 단 냄새가 떠다녔다. "나도 살해당했으면 좋겠어."

"앰마, 그런 말 하면 못써." 어머니가 새하얗게 질려 말했다. 손가락이 속눈썹 근처를 부들부들 맴돌더니, 마음을 단단히 먹은 듯 식탁 위로 도로 내려왔다.

"그러면 다시는 걱정하지 않아도 될 텐데. 죽으면 완벽한 사람이 되잖아요. 다이애나 왕세자비처럼 되고 싶어. 이젠 모든 사람들이 그녀를 사랑하잖아."

"너는 전교에서도 집에서도 가장 인기가 많은 아이야, 앰마. 더 욕심

내면 되겠니?"

앰마는 어떤 중요한 문제가 해결됐다는 듯 식탁 아래로 다시 한 번 나를 차고는 씨익 웃어 보였다. 그러고 나서 어깨에 두르고 있던 덮개 한 자락을 펄럭거렸다. 나는 실내복이라고 생각했던 그것이 사실은 교묘하게 감싼 파란색 침대 커버임을 깨달았다. 어머니도 눈치챘다.

"앰마, 대체 뭘 걸친 거니?"

"이게 내 첫 전투복이야. 숲에 가서 잔다르크 놀이를 하려고. 친구들이 나를 화형시킬 거야."

"그런 짓 하지 마, 아가야." 어머니가 앰마의 손에서 꿀을 뺏어들더니 날카롭게 못을 박았다. 앰마는 햄에 또다시 꿀을 적시려는 참이었다. "네 또래 여자아이 둘이 죽었어. 그런데 숲에 가서 놀겠다고?"

*숲의 아이들은 제멋대로 논다, 비밀스러운 게임을 한다.* 한때 외웠던 시의 도입부가 떠올랐다.

"걱정하지 마세요, 괜찮을 테니까." 앰마가 진저리나게 과장된 미소를 지었다.

"아무데도 못 나갈 줄 알고 있어라."

앰마는 햄을 푹 찌르더니 뭔가 지저분한 말로 투덜거렸다. 어머니가 고개를 젖히고 나에게 눈길을 돌렸다. 약지에 긴 다이아몬드 반지가 SOS를 보내는 듯 눈앞에서 번쩍였다.

"자, 카밀. 네가 여기 있는 동안 단 한 번만이라도 뭔가 유쾌한 시간을 좀 보낼 수 있을까?" 그녀가 물었다. "뒷마당에서 소풍을 즐길 수도 있고. 아니면 컨버터블을 가지고 드라이브를 가거나 우드베리에서 골프를 쳐도 좋겠구나. 게일라, 아이스티 좀 갖다 주겠어?"

"전부 좋은 생각인 것 같네요. 일단 저는 얼마나 더 머물 건지 생각 좀 해봐야겠어요."

"그래, 우리도 그걸 알면 좋겠구나. 원하는 만큼 오래 머문다고 해서 널 환영하지 않는다는 뜻은 아니야." 그녀가 말했다. "그래도 얼마나 더 있을지 알면 좋겠지. 그래야 우리도 나름 계획을 짤 수 있으니까."

"그렇죠." 나는 밍밍한 풀 맛 외에는 아무 맛도 나지 않는 바나나를 한 입 베어 물었다.

"아니면 앨런하고 내가 올해 안에 네가 사는 동네로 가볼 수도 있고. 시카고는 제대로 구경한 적이 한 번도 없구나." 내가 지냈던 병원은 시카고에서 남쪽으로 144킬로미터 떨어진 곳에 있었다. 어머니는 시카고 오헤어 공항으로 비행기를 타고 갔다가 택시를 타고 병원으로 왔다. 왔다 갔다 하는 데 각각 128달러, 140달러, 팁까지 들었다.

"그래도 좋고요. 아주 좋은 박물관들이 있어요. 호수도 무척 좋아하실 거예요."

"이제는 물을 좋아할 수 있을지 모르겠다. 어떤 물이 됐든."

"왜 그러세요?" 왜인지는 벌써 알고 있었다.

"그 어린 앤 내시가 강에 내버려져 익사했잖니." 그녀가 아이스티를 한 모금 홀짝이려고 말을 멈추었다. "내가 예전부터 알던 아이였어."

앰마가 뭐라고 징징대더니 자리에서 안절부절못하고 들썩거렸다.

"하지만 그 아이는 익사한 게 아니에요." 바로잡아주면 거슬려할 것을 뻔히 알면서도 내가 말했다. "목이 졸린 거예요. 발견된 곳이 강인 것뿐이에요."

"킨 씨네 아이도 있지. 두 아이 모두 내가 정말 아끼던 녀석들인데. 정말 아꼈어." 그녀는 안타까운 듯 생각에 잠겨 저 먼 곳을 바라보았다. 앨런이 그녀에게 손을 올려놓았다. 앰마가 일어서더니 흥분한 강아지가 갑자기 짖어대듯 작게 소리를 꽥 지르고는 위층으로 달려 올라갔다.

"가여운 것." 어머니가 말했다. "거의 나만큼 힘든 시간을 보내고 있어."

"매일 그 아이들을 보고 지냈는데, 당연히 힘들겠죠." 나는 짜증이 나면서도 대답했다. "엄마는 어떻게 그 아이들을 아는 거예요?"

"굳이 되새겨줄 필요는 없겠지만, 윈드 갭은 작은 마을이란다. 그 아이들은 착하고 예쁘고 어렸어. 예쁘기만 한 아이들이었지."

"하지만 정말로 알고 지냈던 건 아니었고요."

"왜 몰라, 잘 알지. 아주 잘 알았어."

"어떻게요?"

"카밀, 제발 이러지 말자. 내가 방금 전까지도 당황스럽고 힘들다고 말했잖니. 그런데 너는 위로는커녕 공격만 해대는구나."

"그래서 이제부터 엄마는 물에 빠진 사람들하고는 죄다 등을 돌리겠네요?"

어머니가 삐걱거리는 목소리로 빠르게 말을 토해냈다. "너 이제 입 좀 다물어야겠다, 카밀." 어머니는 남은 배를 강보로 싸듯 냅킨으로 접어서 싼 다음 식탁을 떠났다. 앨런이 그의 열광적인 휘파람 소리를 내며 어머니를 쫓아갔다. 마치 그 옛날 피아노 연주자가 무성영화에 배경음악을 입혀주는 것 같았다.

세상에 존재하는 모든 비극이 나의 어머니에게 일어난다. 그것이 그녀의 어떤 점보다 내 속을 뒤집어놓는다. 그녀는 불운의 주문에 걸린 사람들, 단 한 번도 만난 적이 없는 사람들을 걱정한다. 그녀는 지구촌을 가로질러 들려오는 뉴스에 눈물을 흘린다. 인간의 잔인함은 그녀가 감당하기에는 너무 과한 것이었다.

어머니는 메리언이 죽은 후 1년 동안 방에서 나오지 않았다. 아름다운 방이었다. 배만한 크기의 캐노피 침대, 무수한 향수로 뒤덮여 있는 과시적인 테이블. 바닥은 어찌나 눈부시게 아름답던지, 여러 인테리어 잡지에서 촬영할 정도였다. 백 퍼센트 상아를 네모 모양으로 자른 바닥은 밑바닥에서부터 어머니의 방을 휘황찬란하게 빛나게 했다. 어머니의 방과 그 퇴폐적인 바닥은 나에게 위압적으로 다가왔다. 나에게는 출입금지 구역이라 더 그랬다. 윈드 갭 시장이던 트루먼 윈슬로 같은 저명인사들이 싱싱한 꽃과 고전소설들을 들고 매주 이 집을 찾아왔다. 나는 문이 열리고 이 인사들이 방으로 들어설 때야 어머니를 힐끗 훔쳐볼 수 있었다. 어머니는 언제까지나 침대를 떠나지 않았다. 얇은 꽃무늬 가운을 날마다 바꿔 입고서 눈 더미처럼 쌓아놓은 흰색 베개에 등을 기댄 채 침대에 앉아 있는 엄마. 나는 그 안으로는 한 번도 들어가지 못했다.


커리가 정해준 기사 마감 시한이 단 이틀 앞으로 다가왔지만 내가 취재한 내용은 거의 없었다. 나는 방 안에 앉아 있다가, 시체처럼 두 손을 꼭 포갠 채 침대 위에 반듯하게 누워 있다가, 다시 일어나 내가 알게 된 것을 요약해서 기사 형식에 맞춰 구겨 넣었다. 지난해 8월에 앤 내시가 납치당하는 것을 본 사람은 아무도 없었다. 아이는 소리 소문 없이 사라져버렸고 그녀의 시체는 열 시간 후 몇 킬로미터 떨어진 폴스 강에서 발견됐다. 아이는 납치당한 지 약 네 시간 만에 목이 졸렸다. 아이의 자전거는 끝내 발견되지 않았다. 굳이 추측하자면 나는 앤이 자신을 죽인 사람을 알았던 것 같다. 윈드 갭의 그 조용한 거리들을 감안하면, 아이와 자전거를 강제로 끌고 가면 소란이 생길 수 있다. 교회 사람일까, 아니면 이웃 사람? 어쨌든 누가 봐도 안심할 수 있을 법한 사람.

그러나 첫 번째 살인에서는 그토록 조심스러웠던 범인이, 내털리는 왜 친구가 보는 앞에서 잡아갔을까? 앞뒤가 맞지 않았다. 만약 제임스 캐피시가 숲 가장자리에 서 있었다면 지금쯤 내리쬐는 햇빛을 피해 몸을 숨기는 대신 그 아이가 사망했을까? 아니면 내털리 킨이 타깃이었을까? 내털리는 앤보다 오래 붙잡혀 있었다. 그 아이는 사람들 눈에 매우 잘 띄는 철물점과 미용실 사이의 30센티미터쯤 되는 틈새에 쑤셔진 시신으로 발견되기까지 이틀 동안 실종된 상태였다.

제임스 캐피시가 본 것은 무엇일까? 그 소년은 내게 불안을 남겼다. 아이가 거짓말을 하고 있다고는 생각하지 않았다. 하지만 어린아이들은 공포를 다른 방식으로 해소한다. 아이는 뭔가 무서운 것을 보았다. 그리고 공포는 제임스가 본 사람을 동화 속의 사악한 마녀, 잔인한 눈의 여왕으로 만들었다. 하지만 그 사람이 그저 여성스럽게 생긴 사람이라면? 긴 머리칼을 한 마른 남자, 복장 도착자, 성별이 구별되지 않는 모습을 한 소년이라면? 여자들은 그런 식으로는 살인하지 않는다. 그저 그런 식으로는. 여자 연쇄살인범 리스트를 한 손 가득 들고 있다 해도, 결론은 그들의 희생자들은 거의 언제나 남자라는 것이다. 여자들은 보통 섹스와 관련된 일이 잘못되었을 때 연쇄살인을 저지른다. 하지만 이 소녀들은 성폭력을 당하지 않았다. 그것도 일반적인 방식과는 맞지 않다.

희생자가 이 두 소녀였다는 점도 아귀가 들어맞지 않았다. 내털리 킨이 아니었다면 나는 그들이 순전히 운 없는 희생자였다고 믿었을 것이다. 하지만 제임스 캐피시가 거짓말을 하고 있는 것이 아니라면, 범인은 공원에서 내털리를 데려가려고 애를 쓴 셈이다. 내털리가 범인이 데려가고 싶어 했던 타깃이라면 앤도 그저 충동적으로 유괴하지는 않았을 것이다. 두 소녀 모두 집착을 불러일으킬 만큼 예쁜 얼굴은 아니었다. 밥 내시가 말한 대로 그 집 아이들 중 가장 예쁜 쪽은 애슐리였다. 내털리는 부유한 집안에서 자랐지만 그 가족은 윈드 갭에서는 여전히 뉴 페이스였다. 앤은 서민 집안의 아이고, 그 집 사람들은 몇 대에 걸쳐 윈드 갭에 뿌리를 박고 살아왔다. 둘은 친구 사이도 아니었다. 비커리의 말을 그대로 믿자면 둘의 유일한 연결고리는 둘 다 상당히 여린 면이 있다는 점뿐이다. 히치하이커의 범죄일 수도 있다. 정말 리처드 윌리스가 생각한 대로 사건이 일어났을 가능성도 있을까? 윈드 갭 근처에 멤피스로 오가는 주요 화물차 도로가 있다. 하지만 이방인이 마을 사람들의 눈에 띄지 않고 지나가기에 9개월은 너무 긴 시간이다. 윈드 갭을 둘러싸고 있는 숲은 아직까지 아무것도 토해내지 않고 있다. 심지어 동물들조차 그다지 눈에 띄지 않았다. 동물들은 수십 년 전부터 사냥으로 사라져가고 있었다.

뿌리 깊은 선입견과 너무 많은 관련자들의 정보까지 더해지면서 이런저런 생각이 어지럽게 뒤엉켜 난전을 거듭했다. 나는 불현듯 리처드 윌리스와 얘기할 필요성을 절실하게 느꼈다. 윈드 갭 사람이 아니면서 지금 일어나고 있는 일을 직업으로, 마지막 한 가닥까지 꽉꽉 조이고 그러모아 완벽하게 정리, 보관해둘 임무로 대하는 사람이 필요했다. 나도 그렇게 생각해볼 필요가 있었다.

나는 불을 끄고 찬물로 목욕을 한 다음, 욕조 가장자리에 걸터앉아 어머니가 준 로션을 몸 전체에 한 번 재빠르게 문질렀다. 내 몸에 새겨진 글자들 위로 오르내리는 충격에 몸이 움찔거렸다.

나는 가벼운 면바지에 깃 없는 긴팔 셔츠를 입고 머리를 빗은 다음 거울을 바라보았다. 몸 이곳저곳에 한 짓에도 불구하고 내 얼굴은 여전히 아름다웠다. 한 군데 콕 짚어 특출하게 예쁜 구석이 있는 게 아니라, 어떻게 생겼건 눈코입이 완벽하게 균형을 이룬다는 점에서 그랬다. 그런 내 얼굴은 어딘가 어리둥절한 느낌을 불러일으켰다. 커다랗고 푸른 눈, 작은 삼각형 코를 울타리처럼 둘러싼 높은 광대뼈. 꼬리 부분에서 약간 아래로 처진 도톰한 입술. 나는 옷만 제대로 갖추어 입으면 누가 봐도 사랑스러운 모습을 할 수 있었다. 인생이 좀 다르게 풀렸더라면 가엾은 영혼들을 이용해 쾌락을 맛볼 수도 있었을 것이다. 잘난 남자들을 농락하며 살았을지도 모른다는 뜻이다. 결혼을 했을지도 모르고.

저 바깥 미주리 주의 하늘은 언제까지나 전기가 통할 것처럼 푸르렀다. 생각하는 것만으로도 눈이 시려 눈물이 났다.


나는 브루사드 식당에 가서 시럽을 바르지 않고 와플을 먹고 있는 리처드를 찾아냈다. 그의 옆에는 서류철 더미가 어깨 높이만큼 쌓여 있었다. 나는 그의 건너편에 가서 털썩 앉았다. 이상하게도 행복한 기분을 느꼈다. 음모적이고 편안한 기분.

그가 올려다보더니 미소를 지었다. "프리커 씨. 토스트 좀 들어요. 여기 올 때마다 토스트는 됐다고 사양하는데도 말이 통하질 않네요. 당일 할당량을 채우려는 수작인지."

나는 빵 한 조각을 들고 버터를 듬뿍 발랐다. 빵은 차갑고 딱딱했으며, 한 입 깨무니 탁자로 부스러기가 떨어져 내렸다. 나는 빵 부스러기를 손으로 쓸어 접시 밑으로 밀어 넣은 다음, 더 잴 것 없이 곧바로 본론으로 들어갔다.

"리처드, 나랑 얘기 좀 해요. 공식적으로. 아니면 비공식적으로라도. 이 사건에서 아무것도 발견할 수가 없어서 그래요. 나는 충분히 객관적일 수가 없어요."

그가 곁에 있던 서류더미를 만지작거리더니 노란색 노트를 내게 흔들어 보였다. "당신이 원하는 객관적인 내용은 여기에 다 있어요. 적어도 1927년부터. 1927년 이전에 어떤 일이 있었는지는 아무 기록에도 남아 있지 않았어요. 그 당시 접수계원이 사건기록 보관실을 정리하면서 내다버린 게 아닐까 싶어요."

"어떤 기록이요?"

"윈드 갭의 범죄 프로파일. 이 마을에서 일어난 폭력의 역사를 기록한 거죠." 내 앞에서 서류철을 가볍게 흔들며 그가 말했다. "1975년에 폴스 강가, 그러니까 앤 내시가 발견된 곳과 매우 가까운 곳에 십대 소녀 두 명이 손목이 베인 채 발견됐던 거 알고 있었어요? 경찰은 자살로 결론 냈어요. 두 소녀는 '지나치게 가깝고, 나이에 비해 건전하지 못한 방식으로 친밀했다. 동성애 관계가 의심된다.' 하지만 칼은 끝내 찾아내지 못했어요. 기이한 일이죠."

"둘 중 하나는 이름이 머레이에요."

"아, 알고 있었군요."

"그 아이가 그때 막 출산을 했고요."

"그래요, 딸아이."

"그때 태어난 아이가 페이 머레이인데, 나랑 같은 고등학교를 다녔어요. 아이들이 그녀를 호모 머레이라 불렀죠. 방과 후면 남자애들이 페이를 숲으로 데려가 번갈아가며 그녀와 섹스를 했어요. 엄마가 자살하고 16년 후, 페이는 학교의 모든 남자애들과 섹스를 해야 했어요."

"무슨 말인지 못 알아듣겠어요."

"자기가 레즈비언이 아닌 걸 증명하기 위해서였죠. 유전이 아니다, 알겠어요? 페이가 남자애들과 놀아나지 않았다면 공부든 놀이든 개와 함께하려고 하는 애들은 아무도 없었을 거예요. 어쨌든 그녀는 그렇게 남자애들과 놀아났어요. 자기가 레즈비언이 아니란 걸 그런 식으로 증명한 거죠. 하지만 한편으로는 자신이 헤프다는 것도 증명한 꼴이 되고 말았겠죠? 결국 아무도 그 애를 상대하려 하지 않았어요. 그게 윈드 갭이에요. 모든 사람이 서로의 비밀을 알고 있어요. 모든 사람이 그걸 이용해먹고요."

"사랑스러운 곳이군요."

"그렇죠. 자, 이제 뭐 알고 있는 것 좀 얘기해봐요."

"방금 해줬잖아요."

그 말에 웃음이 터졌고, 이어서 웃고 있는 나 자신에게 놀랐다. 나는 커리에게 기사를 제출하는 모습을 상상했다. 경찰은 아무 단서가 없다. 그리고 윈드 갭을 '사랑스러운 곳'이라고 믿는다.

"이봐요, 카밀. 우리 거래합시다. 기사에 쓸 수 있는 내용을 알려주겠어요. 그리고 당신은 이 뒷이야기를 채우도록 나를 도와주는 거예요. 이 마을이 정말로 어떤 곳인지 말해줄 사람이 필요해요. 비커리가 그 일을 해줄 리는 없잖아요. 서장님은 매우…… 그러니까, 방어적이라."

"기사에 쓸 공식적인 논평을 해주세요. 하지만 우리끼리 하는 일은 비공개로 할게요. 당신이 허락하지 않는 한 아무것도 기사에 쓰지 않겠어요. 당신은 내가 주는 정보는 무엇이든 이용해도 돼요." 완벽하게 공정한 거래라고 할 수는 없지만 해야 하는 거래였다.

"어떤 논평을 해드려야 할까요?" 리처드가 미소를 지었다.

"형사님은 이 살인들을 정말로 모르는 사람이 저질렀다고 믿나요?"

"기사용으로?"

"그래요."

"우리는 용의선상에서 아무도 배제하지 않았어요." 그는 와플을 다 먹고 나서 천장을 올려다보며 생각에 잠겼다. "이곳에 사는 사람들 중에 잠재적인 용의자들을 매우 세심하게 살펴보고 있지만, 이 사건이 외부 사람의 소행일 수도 있다는 가능성도 신중하게 고려하고 있습니다."

"그러니까 단서가 전혀 없다는 말씀이군요."

그가 이를 드러내고 웃으며 어깨를 으쓱했다. "내 의견은 말했어요."

"좋아요. 그럼 오프 더 레코드로 가요. 단서는 전혀 없나요?"

그가 찐득해진 시럽 뚜껑을 딸가닥 올렸다가 내렸다가를 몇 번 반복하더니, 나이프와 포크를 접시 위에 X자로 겹쳐놓았다.

"카밀, 오프 더 레코드로 하자면 당신은 이게 정말로 외부인이 저지른 짓이라 생각합니까? 당신은 경찰 쪽 담당 기자니까 한번 말해봐요."

"그렇게 생각하지 않아요." 그렇게 입 밖으로 소리 내어 말하자 마음에 동요가 일기 시작했다. 나는 앞에 놓인 포크 끝에서 눈길을 돌리려고 애썼다.

"똑똑하네요."

"비커리 서장은 당신이 히치하이커나 뭐 그런 쪽으로 생각하고 있다고 하던데요."

"아, 제길. 그건 여기 처음 왔을 때 여러 가지 가능성 중 하나로 얘기한 거예요. 9개월 전이요. 서장은 그게 내가 무능한 증거라도 되는 것처럼 붙잡고 늘어진다니까요. 서장하고는 의사소통을 하는 데 문제가 좀 있어요."

"가능성 있는 용의자가 있긴 해요?"

"이번 주에 내가 한 잔 살게요. 그때 윈드 갭의 모든 사람들에 대해 당신이 알고 있는 걸 전부 털어놓았으면 싶은데요."

그는 계산서를 집어 들더니 시럽 병을 벽 쪽으로 밀어놓았다. 탁자에 당분으로 끈적이는 동그라미가 생겼다. 나는 생각할 겨를도 없이 손가락으로 그것을 찍어 입에 넣었다. 흉터들이 소매 끝을 비집고 고개를 내밀었다. 리처드가 나를 올려다봄과 동시에 나는 손을 탁자 밑으로 집어넣었다.

윈드 갭의 이야기를 리처드에게 알리는 것은 문제가 없었다. 이 마을에 특별한 애정 따위는 없었으니까. 이곳은 내 동생이 죽은 곳이고, 내 몸을 날카로운 물건으로 긋기 시작한 곳이다. 너무도 숨 막히고 너무도 작은 마을, 싫어하는 사람과 매일 맞닥뜨리는 마을이다. 자신에 대해 알고 있는 사람들과 매일 마주쳐야 하는 마을. 이 마을은 흔적을 남기는 곳이다.

겉으로만 그랬을지 몰라도, 이곳에 살 때 나는 사람들에게 더할 나위 없이 좋은 대접을 받았다. 어머니가 그렇게 조치했다. 마을 사람들은 그녀를 사랑했다. 어머니는 마치 케이크 꼭대기에 놓인 장식 같았다. 윈드 갭이 키워낸 역대 최고로 아름답고 착한 여인. 그녀의 부모, 그러니까 나의 조부모는 돼지농장을 소유했고, 농장 주변 집들의 절반을 가지고 있었으며, 어머니 역시 일꾼들에게 적용하는 것과 똑같이 엄격한 규칙을 지키게 했다. 음주 불가, 흡연 불가, 욕설 불가, 미사 참석 필수. 어머니가 열일곱 살에 임신하는 처지가 되었을 때 그들이 이 소식을 어떻게 받아들였을지는 상상으로밖에 그려볼 수 없다. 어머니가 성당 캠프에서 만난 켄터키의 한 소년이 크리스마스를 맞아 놀러왔다가 그녀의 배에 나를 남겨놓았다. 할머니와 할아버지는 어머니의 배가 부풀어 오를수록 분노의 씨앗을 함께 키워갔고, 내가 태어난 지 1년이 되지 않아 암으로 세상을 떠났다.

할머니와 할아버지에게는 테네시에 사는 친구 부부가 있었는데, 그 분들의 아들이 내 머리에 피도 마르기 전에 거의 매 주말마다 이곳을 찾아와 아도라에게 구애를 했다. 나는 이 구애가 어색하기 짝이 없었을 것이라고 상상했다. 그 더위에 주름을 바짝 세워 다림질한 옷을 정성들여 차려 입고 온 앨런. 성공적인 짝짓기를 위해 난생처음 홀로, 누구의 시중도 받지 못한 채 남겨진 어머니가…… 농담을 듣고 웃는다? 앨런이 평생 한 번이라도 농담을 해본 적이 있을지 의심스러울 뿐이다. 하지만 어머니가 그를 위해 소녀처럼 키득거릴 이유를 찾아낼 위인이라는 것만은 확신할 수 있다. 이 순간 나는 어디에 있었을까? 저 멀리 구석방에서 하녀가 나를 조용히 시키려고 했을 것이고, 아도라는 그녀에게 내가 말썽 부리지 못하게 막으라는 뜻으로 일당 외에 5달러를 더 찔러줬을 것이다. 앨런이 어머니의 어깨너머를 보는 척하거나 화분의 잎을 만지작거리거나, 여하튼 어떻게든 눈이 마주치는 것을 피하기 위해 애쓰면서 어머니에게 청혼하는 모습이 상상이 된다. 어머니는 우아하게 청혼을 받아들이며 차를 더 따라준다. 아마 시들시들한 키스를 나누었을 것이다.

일이 어떻게 진행됐든 무슨 상관이겠는가. 어쨌거나 그들은 내가 말을 할 수 있게 될 무렵에 결혼했다. 나는 친아버지에 대해서는 아는 것이 거의 없다. 내 출생증명서에 있는 그의 이름은 가짜였다. 뉴먼 케네디. 내 어머니가 가장 좋아하는 배우와 대통령의 이름을 하나씩 따온 것이었다(배우는 폴 뉴먼, 대통령은 존 F. 케네디를 말함—옮긴이). 그녀는 내게 아버지의 진짜 이름을 말해주려 하지 않았다. 그를 찾으러 가면 안 되기 때문이다. 안 될 일이었다. 나는 앨런의 아이로 여겨졌다. 녹록한 일은 아니었다. 어머니가 결혼한 지 여덟 달 만에 앨런의 아이를 낳았기 때문이다. 그녀는 스무 살, 앨런은 서른다섯 살이었다. 그에게는 가족에게 물려받은 돈이 있었는데, 돈이라면 숱하게 가지고 있는 엄마는 그 돈이 별로 필요하지 않았다. 둘 다 평생 일이라고는 한 번도 해본 적이 없다. 그리고 이 모든 세월이 지나고도 내가 앨런에 대해 아는 것은 별로 없다. 그는 대회에서 상을 탈 만큼 우수한 기수였지만 아도라가 불안해한다는 이유로 더 이상 말을 타지 않는다. 그는 자주 아프고, 앓지 않을 때에도 대체로 몸을 움직이기 힘겨워한다. 그는 남북전쟁에 관해 셀 수 없이 많은 책을 읽으며, 거의 어머니만 말을 하게 내버려두어도 불만이 없는 것처럼 보인다. 그는 유리처럼 부드럽고 얄팍하다. 그리고 다시, 아도라는 앨런과 내가 친해지도록 애를 쓴 적이 한 번도 없다. 사람들은 나를 앨런의 자식으로 여겼지만 그는 한 번도 아버지로서 나를 대한 적이 없었고, 나는 그의 이름인 앨런 외에는 다른 어떤 호칭으로도 그를 부르라는 독려를 받아본 적이 없다. 앨런은 끝내 자신의 성을 내게 물려주지 않았고 나도 그래달라고 하지 않았다. 어렸을 때 딱 한 번 그를 아빠라고 부르려고 시도했던 적이 있지만 그의 경악한 표정은 그러한 노력을 일찌감치 거두어들이기에 충분했다. 솔직히 말하자면, 나는 어머니가 우리가 서로를 어색하게 여기는 것을 더 좋아한다고 생각한다. 그녀는 집안의 모든 인간관계가 자신을 통해 이어지기를 원한다.

자, 다시 그녀에게 가볼 때다. 메리언은 지치지도 않고 병을 달고 살았다. 태어났을 때부터 호흡에 문제가 있었고, 한밤중에 깨어나 기침을 뱉으며 공기를 탁하게 흐려놓곤 했다. 병든 바람이 불어오듯 어머니 방 옆방에서 동생의 소리가 새어 나왔다. 불이 켜지고 아이를 어르는 소리가 들리거나, 때로는 울음이나 고함소리가 새어 나오기도 했다. 40킬로미터 떨어진 곳에 있는 우드베리의 응급실행은 주기적인 행사였다. 후에 메리언은 소화에 문제가 생겼고, 방에 설치한 병원용 침대에 앉아 인형에게 중얼중얼 말을 걸었다. 그동안 어머니는 주사기와 튜브 용기를 통해 아이의 목구멍에 영양물을 흘려 넣었다.

마지막 몇 해 동안 어머니는 자신의 속눈썹을 모조리 뽑아냈다. 그녀는 속눈썹에서 손을 떼지 못했다. 그리고 그 작은 속눈썹 뭉치를 탁자

위에 놓아두곤 했다. 나는 그것이 요정들의 둥지라고 속으로 생각했다. 기다란 금빛 속눈썹 두 가닥이 내 발 옆에 들러붙어서 그것을 몇 주 동안 베개에 모셔놓았던 적도 있다. 밤이면 나는 그 속눈썹으로 뺨과 입술을 간질였다. 어느 날 잠에서 깨어 그것이 어딘가로 날아가버렸음을 알기 전까지는.

메리언이 결국 숨을 거두었을 무렵, 한편으로는 감사한 마음이 들기도 했다. 그녀는 미처 준비되지 않은 상태로 이 세상에 쫓겨 온 아이 같았다. 메리언은 세상의 무게를 감당할 준비가 되어 있지 않았다. 사람들은 그녀가 천국으로 다시 불려간 것에 대해 위로의 말을 속삭였지만, 어머니는 슬픔에서 벗어날 줄 몰랐다. 그 슬픔은 오늘날까지도 그녀의 취미로 남았다.


원래의 파란색이 가려질 정도로 먼지가 켜켜이 쌓이고, 새똥으로 뒤덮이고, 가죽 좌석이 뜨끈하게 달아올라 있을 내 차를 타고 싶은 마음이 딱히 생기지 않았다. 나는 걸어서 마을을 한 바퀴 돌아보기로 마음먹었다. 메인 스트리트에 가서 아칸소 도살장에서 실려 온 닭들을 파는 상점을 지나쳤다. 죽은 닭에서 나는 냄새가 콧구멍을 넘실거렸다. 여남은 마리, 혹은 그보다 좀 더 많을 것 같은 새들, 발가벗겨진 새들이 진열장에 흉물스럽게 내걸려 있었다. 하얀 깃털 몇 개가 진열장 아래의 틀을 장식하고 있었다.

내털리를 위한 임시 제단이 펼쳐져 있는 거리 끝에 다다르니 앰마와 그녀의 세 친구가 보였다. 그들은 사람들이 드럭스토어에서 사다놓은 선물들과 풍선들을 헤집고 있었다. 내 이부동생이 초 두 개와 꽃다발,

테디 베어 하나를 슬쩍하는 동안 나머지 세 명은 보초를 섰다. 곰 인형만 빼놓고 다른 모든 것이 앰마의 커다란 가방 속으로 들어갔다. 테디를 품에 안은 앰마는 친구들과 팔짱을 끼고 나를 향해 놀리기라도 하듯이 깡충거리며 뛰어왔다. 내 코앞에 올 때까지 한 번도 멈추지 않고, 곧장. 잡지 안에 끼워진 파우더 봉지에서 날 법한 진한 향기가 허공에 진동했다.

"우리가 하는 짓 본 거야? 기사에 쓰려고?" 앰마가 새된 목소리로 물었다. 인형의 집 발작 때와 달리 완전히 회복한 모양이었다. 그런 유치한 행동은 분명 집에서나 할 것이다. 그녀는 선드레스에서 미니스커트와 통굽 샌들, 튜브 탑으로 갈아입고 있었다. "혹시 그럴 거면 내 이름은 제대로 적어줘. 애미티 아도라 크렐린으로. 얘들아, 여기 좀 봐. 우리 언니야. 시카고에서 왔지. *우리 집안의 사생아.*" 앰마가 내게 눈썹을 찡끗해 보였고, 소녀들은 킬킬거렸다. "카밀, 여기는 내 사아아아랑스러운 친구들이야, 하지만 얘들은 적을 필요 없어. 내가 짱이니깐."

"애가 목소리가 제일 커서 대장이에요." 허스키한 목소리에 꿀색 머리카락을 한 키 작은 소녀가 말했다.

"가슴도 제일 크고." 놋쇠 색깔의 머리를 한 두 번째 소녀가 말했다.

딸기색 금발머리의 세 번째 소녀가 앰마의 왼쪽 젖가슴을 꼬집었다. "일부는 진짜고 일부는 뽕이에요."

"까불지 마, 조디스." 앰마가 고양이를 훈련시키듯 그녀의 턱을 찰싹 내리치며 말했다. 소녀는 얼굴이 새빨개지더니 사과하는 말을 우물거렸다.

"어쨌든 뭘 하려는 생각이야, 언니님?" 앰마가 테디 베어를 내려다보며 따지듯 물었다. "원래 아무도 몰랐던 죽은 여자애들 얘기는 왜 쓰려는 거냐고? 살해되면 인기가 많아지는 건가?" 두 소녀는 큰 소리로 억지웃음을 냈고, 세 번째 아이는 여전히 땅바닥을 뚫어져라 쳐다보았다. 눈물 한 방울이 보도 위로 튀었다.

소녀들의 이런 도발적인 말투는 나도 모르는 바가 아니었다. 그것은 말로 하는 영역 표시나 다름없었다. 한편으로는 쇼라는 게 다 그렇지 싶어 이해가 되면서도, 한편으로는 내털리와 앤을 보호하고픈 마음이 들었다. 내 여동생의 공격적이고 무례한 행동 또한 내 신경을 곤두서게 했다. 솔직히 말하면 앰마에게 질투심을 느꼈다고 해야 할 것이다 (중간 이름이 아도라고?).

"자기 딸이 급우의 추모 물품을 훔쳤다는 얘기를 들으면 어머니가 행복해하지 않을 거야. 내가 장담하지." 내가 말했다.

"급우하고 친구는 같지 않네요." 키 큰 소녀가 내 멍청함을 확인해달라는 듯 주변을 힐끔거리며 말했다.

"아, 언니, 그냥 장난 좀 친 거야." 앰마가 말했다. "나도 마음이 몹시 좋지 않아. 착한 아이들이었거든. 다만 좀 이상한 데가 있어서 그랬지."

"당연히 이상했지." 그들 중 하나가 따라 말했다.

"워워, 얘들아, 그놈이 괴짜란 괴짜들은 모조리 죽여버리면 어쩌지?" 앰마가 킬킬거렸다. "그래야 완벽해지지 않겠어?" 울던 소녀가 그 말에 비로소 고개를 들고 웃었다. 앰마는 보기 좋게 그녀를 무시했다.

"그놈?" 내가 물었다.

"누가 그랬는지 모르는 사람이 없어요." 허스키 금발이 말했다.

"내털리 오빠 말이야. 집안에 괴물의 피가 흐르는 거지." 앰마가 공언

했다.

"그 오빠는 어린 여자애들에게 약해." 조디스라는 소녀가 부루퉁하게 말했다.

"무슨 핑계거리라도 만들어서 말 좀 붙여보려고 안달이지." 앰마가 말했다. "적어도 이제는 그가 나를 죽이지 않을 거라는 걸 알지만. 난 너무 쿨하니까." 그녀는 손으로 키스를 날려 보내고 곰 인형을 조디스에게 넘겼다. 그러고는 다른 소녀들에게 팔을 두르고 뻔뻔스러운 몸짓으로 "실례"라고 말하면서 내 옆을 부딪치며 지나갔다. 조디스가 그들의 뒤를 졸졸 따라갔다.

앰마의 비열함 안에 자포자기와 진심어린 모진 고통이 숨어 있다는 것을 나는 눈치챌 수 있었다. 그녀가 아침식사 자리에서 투덜거렸던 것처럼 말이다. 내가 살해당했으면 좋았을 텐데. 앰마는 그 누구도 자기보다 관심을 받는 것을 원치 않았다. 살아 있을 때 경쟁 상대조차 되지 않았을 아이들은 더더욱 그랬다.

나는 자정 무렵 집에 있는 커리에게 전화를 걸었다. 그는 대부분 사람들과는 반대 방향으로 통근한다. 블루컬러 아일랜드인들의 주거지인 시카고 사우스 사이드의 마운트 그린우드에 있는, 부모에게 물려받은 단독주택에서 교외의 우리 사무실까지 오는 데 90분이 걸린다. 그와 그의 아내 아일린 사이에는 아이가 없었다. 커리는 늘 아이를 절대 원하지 않는다고 못박곤 했다. 하지만 나는 이제 막 걸음마를 시작한 직원들의 아이들을 바라보는 그의 눈길을, 간혹 우리 사무실에 아이들이 올 때마다 그가 바짝 보이는 관심을 읽을 수 있었다. 커리와 그의 아내는 늦은 나이에 결혼했다. 나는 그들이 아이를 가질 수 없다고 짐작했다.

아일린은 빨간 머리에 주근깨가 난 둥글둥글한 여인으로, 커리가 마흔두 살 때 동네 세차장에서 만났다고 했다. 나중에 알고 보니 그녀는 커리의 어린 시절 가장 친했던 친구와 육촌지간이었다. 그들은 처음 통성명을 한 날부터 3개월이 되던 때에 결혼했고, 그 후로 22년을 함께 살았다. 나는 그 이야기를 즐겨 말하는 커리의 모습이 보기 좋았다.

아일린이 내 전화를 따뜻하게 맞아주었다. 나에게 필요했던 것이 그것이다. 그녀가 웃으며 당연히 아직 자지 않고 있다고 말했다. 커리는 4,500조각 퍼즐을 맞추는 중이라고 했다. 퍼즐이 거실을 온통 차지하고 있고, 아일린은 그것을 완성하기까지 일주일을 준 터였다.

커리가 전화 쪽으로 주섬주섬 다가오는 소리가 들렸다. 그의 담배 냄새까지 느낄 수 있을 정도였다. "프리커, 웬일이야? 잘 지내는 거야?"

"잘 지내요. 그냥 통 진전이 없어서요. 경찰의 공식적인 멘트 한마디를 따는 데도 이렇게 오래 걸렸으니까요."

"뭔데?"

"모든 사람들을 조사하고 있대요."

"쳇, 그게 뭐야. 뭔가 더 있어야지. 더 알아내라고. 피해자 부모들하고는 다시 얘기해봤나?"

"아직요."

"부모들하고 얘기해봐. 아무것도 알아낼 게 없으면 죽은 아이들의 특징 같은 거라도 가지고 와. 그렇고 그런 경찰 업무에 관한 기사 말고 독자의 흥미를 불러일으킬 만한 것 말야. 다른 아이들 부모하고도 얘기해보고, 이 사건에 대한 그들 나름의 생각이 있는지도 알아봐. 피해 대책을 따로 장만했는지도 물어봐. 사제나 교사들도 만나보고. 치과의사를 만나보는 것도 괜찮겠군. 그렇게 많은 이를 뽑는 게 얼마나 어려운 일인지, 어떤 도구를 사용했을지, 그런 일을 하려면 어떤 경험이 필요한지 그런 걸 물어봐. 아이들도 만나보고. 내가 원하는 건 사람들의 생생한 조언, 목격담이야. 일요판으로 80센티미터는 채울 수 있는 기사를 달란 말이야. 아직 우리가 독점하고 있는 상태일 때 대박을 쳐보잔 말이야."

나는 처음에는 노트를 꺼내 받아 적다가 그 다음부터는 머리로 기억했다. 그러는 동안 오른쪽 팔에 생긴 흉터의 윤곽을 따라 펠트로 된 펜 끝을 눌러 움직이기 시작했다.

"그러니까 다른 살인사건이 일어나기 전에 말이죠?"

"경찰이 자네한테 주는 정보보다 훨씬 더 많은 것을 알고 있지 않는 한, 살인은 또다시 일어날 거야. 맞아, 이런 짓을 벌이는 범인은 좀처럼 그만둘 생각을 하지 않는다고. 이렇게 형식에 집착하는 살인범이라면 특히."

형식을 중시하는 살인에 대해서 커리가 취재나 다른 뭔가를 통해 직접적으로 알고 있는 것은 아무것도 없었다. 그는 실제 범죄를 다룬 싸구려 책들, 반짝이는 황색 표지의 페이퍼백에서 얻은 지식을 밑천으로 이랑을 가르듯 이론을 세우는 법을 배웠다. 그는 이 책들을 중고서점에서 갖고 온다. *1달러에 두 권이야, 프리커, 나한테는 이게 바로 오락이지.*

"그래, 커비cubby, 이 지역 사람의 소행인지 아닌지에 대한 가설은 뭐

나온 거 없어?"

커리는 내 별명인 저 말을 좋아하는 듯했다. 자기가 가장 좋아하는 신참 기자라는 뜻으로 말이다. 저 단어를 말할 때 그의 목소리는 항상 들뜬다. 마치 단어가 스스로 얼굴을 붉히는 것만 같다. 그가 거실에서 입은 수화기에 대고 눈으로는 퍼즐을 바라보고 있는 모습이 눈앞에 선했다. 아일린은 커리의 점심으로 설탕에 절인 피클을 싸고 참치 샐러드를 버무리면서, 커리가 태우고 있던 담배를 빌려 재빨리 한 모금 빨아들인다. 그는 일주일에 세 번 참치 샐러드를 먹었다.

"내부 소행으로 보고 있어요. 물론 비공식적으로."

"이런, 뭐야. 공식화해도 된다고 말하게 만들어. 우리한테 필요한 건 그거니까. 그게 좋아."

"뭔가 이상한 점이 있어요, 국장님. 내털리가 잡혀갈 때 그 자리에 함께 있었다는 소년과 인터뷰를 했거든요. 그 아이 말로는 범인이 여자였대요."

"여자? 여자일 리는 없지. 경찰은 뭐라는데?"

"노코멘트요."

"어떤 아이인데?"

"돼지농장에서 일하는 사람의 아들이에요. 착한 아이였어요. 그런데 정말로 겁에 질려 있는 것 같았어요."

"경찰이 아이 말을 안 믿는 거야. 그게 아니라면 자네가 아직까지 그에 대한 이야기를 못 들었을 리가 없잖아, 그렇지?"

"솔직히 정말로 모르겠어요. 여기 사람들이 여간 빡빡하게 굴어야 말이죠."

"이런, 프리커. 그 경찰 아저씨들을 뚫어내라고. 뭔가 보도할 수 있는 걸 챙기란 말이야."

"말은 쉽지만, 제가 이곳 출신인 게 오히려 해가 된다 싶을 정도예요. 이 일 냄새를 맡고 난데없이 짐 싸들고 왔다고 분개하는 분위기라고나 할까요."

"사람들이 자네를 좋아하게 만들어. 자네는 충분히 호감 가는 사람인데 뭘 그래. 게다가 어머님도 뒤에서 챙겨줄 거 아냐."

"저희 어머니도 제가 여기 있는 걸 별로 좋아하지 않기는 마찬가지예요."

침묵, 이어 전화 저쪽 끝에서 커리의 한숨이 흘러나오면서 내 귀에 진동을 남겼다. 내 오른쪽 팔은 이제 깊게 파고든 푸른색 잉크로 지도를 그려내고 있었다.

"괜찮은 거야, 프리커? 잘 지내고 있는 거냐고."

나는 아무 말도 하지 않았다. 갑자기 울음을 터뜨리고 싶은 기분이 들었다.

"그럭저럭 지내요. 이곳은 저한테 그리 좋은 곳이 아니거든요. 기분이…… 뭔가 잘못된 기분이 들어요."

"정신 바짝 차려. 자네는 아주 잘하고 있으니까. 괜찮아질 거야. 안 괜찮을 것 같으면 나한테 전화해. 거기서 꺼내줄 테니까."

"알았어요, 국장님."

"아일린이 조심하라고 말해달래. 제기랄, 내가 하고 싶은 말이 바로 그거라고."

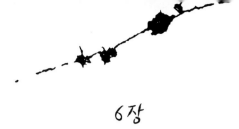

## 6장

작은 마을에는 보통 술집이 한 종류만 있기 쉽다. 여기서 종류라는 건 지역의 규모에 따라 다양한데, 빈한한 동네라면 술집이 보통 마을 변두리에 있어서 손님들이 약간 무법자가 된 기분을 느끼게 한다. 술을 퍼마시지 않고 조금씩 홀짝거리는 고급스러운 도시에서는 진 리키 한 잔에도 비싼 값을 매기기 때문에 가난한 사람들은 집에서 술을 마셔야 한다. 스트립 쇼핑몰이 자리한 중산층 마을에서는 맥주가 양파튀김과 깜찍한 이름을 붙인 갖가지 샌드위치와 함께 딸려 온다.

운이 좋게도 윈드 갭 사람들은 모두 술을 마신다. 그래서 우리에게는 그야말로 모든 종류의 술집이 있다. 우리 동네는 크기는 작지만 마을 지붕 아래로 온갖 종류의 술집을 끌어안을 수 있다. 어머니의 집에서 가장 가까운 바는 온통 유리로 둘러싸인 값비싼 레스토랑인데, 샐러드와 스프리처(차가운 화이트 와인에 소다수를 섞어 만든 칵테일-옮긴이)를 주

메뉴로 하는 윈드 갭 유일의 고소득층을 위한 식당이다. 브런치 시간이었고, 나는 앨런과 그의 곤죽 같은 계란 요리를 생각하는 것조차 싫어서 라 메르La Mere로 발길을 옮겨보기로 했다. 프랑스어는 고등학교 2학년 때까지 배운 게 전부지만, 공격적일 만큼 해산물에 치중하는 이 식당의 콘셉트로 보아 주인들은 아마도 어머니(라 메르La Mere)가 아니라 바다(라 메르La Mer)를 뜻하려고 했던 것 같다. 그렇다고 해서 가게 이름이 전적으로 부적절하다고는 할 수 없었다. 그곳이 어머니, 그러니까 내 어머니가 친구들과 종종 가는 곳임을 생각하면 말이다. 그들은 이곳의 치킨 시저 샐러드에 완전히 빠져 있었다. 그것은 프랑스 음식도, 해산물 요리도 아니지만 굳이 그러한 점을 꼬집어 지적할 생각은 없었다.

"카밀!" 테니스 복장을 한 금발머리가 식당을 가로질러 총총거리며 걸어왔다. 금목걸이와 두툼한 반지가 번쩍거렸다. 그녀는 아도라의 가장 친한 친구인 애나벨 게이서로, 처녀 때 성은 앤더슨이고 애니-B라는 애칭으로 불리는 여인이었다. 애나벨이 남편의 성을 몸서리치게 싫어하는 것은 아주 잘 알려진 사실이었다. 그녀는 그 성을 발음할 때 심지어 자기 코를 잡아 비틀기도 했다. 그녀는 꼭 남편의 성을 따를 필요는 없다는 사실을 결코 떠올린 적이 없었다.

"안녕, 아가야, 네가 여기 와 있다고 너희 엄마가 말하더구나." 아도라에게 거부당한 가여운 여인 재키 오닐과는 달리 그녀는 내 소식을 들었다. 재키가 애나벨과 같은 테이블에 앉아 있는 것이 보였다. 재키는 내털리의 장례식에서만큼이나 알딸딸해 보였다. 애나벨이 내 양 볼에 키스를 하더니 나를 훑어보기 위해 뒤로 물러섰다. "여전히 예쁘구나.

이리 와서 우리랑 같이 앉자. 마침 와인 몇 병 하면서 수다를 떨고 있던 참이란다. 네 덕분에 우리 테이블의 평균 연령이 낮아지겠구나."

애나벨이 재키와 다른 두 명의 금발이 재잘거리며 앉아 있는 테이블로 나를 밀어붙였다. 재키는 애나벨이 나를 소개하는 동안에도 말을 멈추지 않았다. 그녀는 새로 장만한 침구 세트에 관해 계속 주절거리더니 내 쪽으로 몸을 휙 돌리다가 물잔을 엎어버렸다.

"카밀? 네가 왔구나! 다시 보게 되다니 이 기쁜 마음을 어떻게 표현해야 할지 모르겠구나, 아가야." 그 말은 진심처럼 들렸다. 과일 껌 냄새가 또다시 그녀 주위를 감싸고 있었다.

"쟤 여기 들어온 지 5분은 됐겠다." 또 다른 금발이 바닥으로 흘러내린 얼음과 물을 그을린 손으로 쓱쓱 닦으면서 쏘아붙였다. 그녀의 손가락 두 개에서 다이아몬드가 반짝거렸다.

"그렇지, 기억난다. 살인사건을 취재하고 있다고 했지, 앙큼한 것." 재키가 말을 이었다. "아도라가 틀림없이 진저리를 칠 텐데. 자기 집에서 그 작고 음흉한 뇌를 데리고 잔다고 말이야." 그녀는 웃음을 지어보였다. 20년 전에는 쾌활하고 도발적으로 보였을 그런 웃음이었다. 이제 그 미소는 그녀를 약간 화가 난 것처럼 보이게 했다.

"재키!" 또 다른 금발이 밝고 화등잔만한 눈으로 재키를 노려보았다.

"물론 아도라가 집권하기 전에는 우리 모두 조야의 집에서 작고 음흉한 뇌를 품고 자곤 했지. 같은 집에서 다른 방식으로 미친 여인네들이 살림을 꾸리는 곳." 그녀는 귀 뒤쪽 살집을 손끝으로 만지작거리며 내게 말했다. 주름살 제거술 자국일까?

"너, 너의 조야 할머니에 대해서는 한 번도 알 기회가 없었지, 그렇지, 카밀?" 애나벨이 가르랑거리는 소리를 냈다.

"우! 정말 대단한 양반이셨지." 재키가 말했다. "무섭고도 무서운 양반."

"어떻게요?" 내가 물었다. 나는 외할머니에 대해 자세한 이야기를 들어본 적이 한 번도 없었다. 아도라는 외할머니가 엄격했다는 말은 했지만, 그 외에는 거의 아무 말도 들려주지 않았다.

"재키가 부풀려서 말하는 거야." 애나벨이 말했다. "중고등학교에 다닐 때 자기 엄마를 좋아할 애들이 어디 있겠니. 또 일찍 세상을 떠나셨으니까. 네 엄마와 할머니는 어른으로서 진정한 관계를 다질 시간이 없었던 거야."

나는 잠깐 한심한 희망이 몰려드는 것을 느꼈다. 그래서 나와 어머니 사이가 그렇게 먼 것이라고. 어머니 자신도 연습할 시간이 없었다고. 그 생각은 애나벨이 내 잔을 다시 채워주기 전에 사라져버렸다.

"잘도 그랬겠다, 애나벨." 재키가 끼어들었다. "조야 아줌마가 지금도 살아 있었으면 참으로 고색창연한 시간을 보냈겠지. 적어도 그분은 그랬을 거야. 카밀을 잡아먹지 못해 안달하면서 말이야. 그 엄청 긴 손톱 생각나? 한 번도 칠해본 적 없는 손톱. 난 그게 늘 이상하기 짝이 없었어."

"화제를 돌려봅시다." 애나벨이 웃었다. 그녀가 내뱉는 단어 하나하나가 저녁식사 자리의 은종처럼 딸랑딸랑 울렸다.

"카밀이 하는 일은 아주 근사할 것 같아." 금발머리 하나가 의무감에 겨운 목소리로 말했다.

"특히 이번 게 말이야." 다른 금발머리가 거들었다.

"맞아, 카밀, 누가 그랬는지 말 좀 해봐." 재키가 불쑥 말했다. 그녀가 또다시 그 곁눈질하는 듯한 미소를 지으며 둥그런 갈색 눈을 껌벅거렸다. 그녀는 복화술사의 인형이 살아나온 것 같은 느낌을 불러일으켰다. 거친 피부에 모세혈관이 다 터져버린 채 환생한 인형.

전화할 곳이 몇 군데 있었지만 이 자리에 있는 편이 더 좋겠다는 생각이 들었다. 윈드 갭의 모든 가십거리를 알고 있는 주정뱅이 4인방, 지루하고 심술궂은 가정주부들이라. 업무상 점심식대로 공금 처리를 할 수도 있을 것이었다.

"사실 저는 아줌마들의 생각에 관심이 있는데요." 그들이 자주 들을 수 없는 문장이었다.

재키가 랜치 드레싱 접시에 빵을 담그더니 소스가 뚝뚝 떨어지는 채로 자기 앞에 옮겨놓았다. "내가 어떻게 생각하는지는 너희 모두 알지? 앤의 아빠 말이야. 그 작자가 변태야. 상점에서 마주치기라도 하면 내 가슴을 뚫어져라 쳐다보는 게."

"자기가 무슨 가슴이 있다고." 애나벨이 나를 팔로 쿡 찌르며 짓궂게 말했다.

"농담 아니야. 도가 지나쳐. 스티븐에게 그 일에 대해 말할 생각이었어."

"나한테 군침 도는 뉴스가 있지." 네 번째 금발이 말했다. 대나, 아니면 다이애나였던가? 애나벨이 소개시켜주자마자 바로 이름을 까먹었다.

"그래, 디애나한테는 항상 좋은 건수가 있지, 카밀." 애나벨이 내 팔을 움켜잡으며 말했다. 디애나는 궁금증을 자아내기 위해 잠시 말을 멈추고 이를 핥았다. 그러고는 와인 한 잔을 따른 다음 잔 너머로 우리를 흘끔거렸다.

"존 킨이 집에서 나왔대." 그녀가 발표했다.

"뭐라고?" 금발 한 명이 말했다.

"웃기고 있네." 또 다른 금발이 말했다.

"내 말이." 세 번째 금발이 강하게 동의했다.

"그리고……." 우승자에게 이제 막 상을 주려는 게임 쇼의 진행자처럼 디애나가 의기양양하게 말했다. "그리고 줄리 휠러의 집으로 들어갔대. 마차 차고를 개조한 그 별채 말이야."

"아주 잘된 일이네." 멜리사인지 멜린다인지가 말했다.

"아, 그러니까 둘이 하고 있다는 걸 지금 알았단 말이지." 애나벨이 웃어젖혔다. "있잖아, 메러디스가 그 '완벽한 아이' 노릇을 계속 할 수 있는 방법은 절대로 없어, 카밀." 그녀가 내게 몸을 돌리며 말했다. "존 킨은 내털리의 오빠야. 그리고 걔네 가족이 이곳으로 이사 왔을 때 마을 전체가 그 애 때문에 난리가 났지. 걔.는.정.말.로.잘.생.겼.거.든. 줄리 휠러는 네 엄마와 우리와 친구야. 서른 살인가 여하튼 그때까지 애를 안 낳았지 뭐야. 그런데 어쨌거나 아이를 낳고 나서 뭐랄까, 그냥 참아주기 힘든 인간이 됐어. 아이들이 나쁜 짓을 저지르는 건 있을 수 없는 일이라고 생각하는 사람들 있지? 그런 사람이 된 거지. 그래서 자기 딸인 메러디스가 존과 사귀게 되었을 때 세상에나. 우리는 걔들 사이가 어떤 식으로든 진전이 될 거라는 생각은 전혀 하지 않았어. A만 받는 숫처녀가 캠퍼스 최고 킹카를 잡았으니까. 하지만 그 나이 때 남자애가 자신을 순순히 내주지 않는 여자랑 사귀는 걸 좋아할 리 없잖니. 세상일이 그냥 그런 식으로는 돌아가질 않는 거야. 그런데 때마침 좋은 구실이 생긴 거지. 그건 그렇고 줄리의 차 와이퍼 아래쪽에 블랙박스라도 달아놔야 하는 거 아냐?"

"흠, 줄리가 어떻게 나올지는 뻔해." 재키가 끼어들었다. "존을 받아들이고 아이가 비탄에 빠져 있는 동안 숨 쉴 수 있는 공간을 마련해줬으니 자신들이 얼마나 좋은 사람인지 보여주려 들겠지."

"그건 그렇고 집은 왜 나온 거래?" 멜리사인지 멜린다인지가 물었다. 개중에는 그녀가 그나마 이성적인 편이라는 생각이 들기 시작했다. "이런 때일수록 가족과 함께 있어야 하는 거 아냐? 숨통 트일 곳이 왜 필요한 건데?"

"왜냐하면 그 아이가 범인이니까." 디애나가 불쑥 말하자 좌중에 웃음이 터졌다.

"메러디스 휠러가 살인자에게 자기의 그걸 내주었다면 이만저만 고소한 일이 아니겠네." 재키가 말했다. 불현듯 웃음이 사라졌다. 애나벨이 재채기인지 딸꾹질인지를 한번 내뱉고는 재키에게 주의하라는 눈빛을 주었다. 재키는 손으로 턱을 받치더니 앞에 놓인 접시의 빵부스러기가 흩어질 만큼 세찬 숨을 내쉬었다.

"이런 일이 벌어지고 있다니 기가 막힐 뿐이야." 디애나가 자신의 손톱을 내려다보며 말했다. "우리가 자란 우리 마을에서. 그 어린 소녀들을. 먹은 게 다 올라오려고 하네. 그냥 속이 뒤집어질 일이야."

"내 딸들이 다 큰 게 천만다행이지." 애나벨이 말했다. "그런 일은 대수롭지 않게 받아들일 수는 없을 것 같아. 가여운 아도라, 앰마 걱정에 얼마나 애가 탈까."

나는 그들이 하는 동작을 흉내 내어 빵조각을 집어 들고, 아도라에게 쏠린 화제를 돌리려고 대화를 주도했다. "사람들이 정말로 존 킨이 이 일과 어떤 식으로든 관련이 있다고 생각하나요? 아니면 그저 치졸한 가십인가요?" 마지막 말은 수위를 조절할 새도 없이 불쑥 튀어나왔다. 자기들이 싫어하는 사람들이 윈드 갭에 도저히 발붙이고 살 수 없게 만드는 것쯤, 이런 여자들에게는 식은 죽 먹기라는 걸 잊고 있었다. "왜 이런 걸 묻느냐면, 여자아이 몇 명이, 아마도 중학생인 것 같은데, 그 아이들이 어제 저한테 똑같은 말을 했거든요." 그중 하나가 앰마라는 말은 하지 않는 것이 최선이었다.

"내가 맞춰볼까? 자기네가 실제보다 더 예쁘다고 생각하시는 입만 살아 있는 금발머리 사총사 말하는 거지?" 재키가 말했다.

"재키, 얘, 네가 지금 누구한테 말한 건지 알고는 있는 거지?" 멜리사인가 멜린다가 재키의 어깨를 찰싹 때리며 말했다.

"이런 제기랄. 앰마와 카밀이 자매라는 걸 항상 까먹는단 말이지. 시대는 달라도, 안 그래?" 재키가 웃음을 지었다. 단숨에 술을 들이키는 소리가 들려왔고, 그녀는 웨이터를 쳐다보지도 않고 와인 잔을 들어 올렸다. "카밀, 너도 여기 와서 들었겠지. 너의 어린 동생 앰마가 꽤나 골칫덩어리라는 걸."

"걔들, 십대들 파티란 파티에는 다 간대." 디애나가 말했다. "그리고 남자애들이란 남자애들은 다 차지한다나. 우리가 늙다리 유부녀가 되기 전까지는 하지도 않았던 짓을 하고 다니고. 그것도 꽤 값나가는 보석 나부랭이를 주고받고 나서 한대." 그녀가 다이아몬드 박힌 테니스 손목 띠를 빙글빙글 돌렸다.

모두 웃어젖혔다. 재키는 심지어 흥분한 꼬맹이처럼 두 주먹으로 탁자를 두드리기까지 했다.

"그런데 그 아이가 정말……."

"정말로 사람들이 존이 범인이라고 생각하는지는 나도 몰라. 경찰이 그 애와 무슨 얘기를 했다는 것만 알지." 애나벨이 말했다. "여하튼 희한한 가족인 건 틀림없어."

"아줌마는 그 가족하고 친한 사이인 줄 알았는데." 내가 말했다. "왜, 장례식 끝나고 그 집에서 뵈었잖아요." 이 엿 같은 아줌마야, 속으로 한마디 덧붙였다.

"윈드 갭에서 한다하는 사람들은 장례식이 끝나고 다 그 집에 갔어." 디애나가 말했다. "그런 걸 놓치면 사람 노릇 못하기라도 하는 것처럼." 그녀는 계속 일행을 웃기려고 애썼지만 재키와 애나벨은 체면치레로 고개만 끄덕여주었다. 멜리사인가 멜린다는 다른 테이블에 앉아 있었더라면 좋았을 거라는 듯 레스토랑 안을 두리번거렸다.

"네 엄마는 어딨니?" 애나벨이 문득 말했다. "네 엄마가 이런 데를 좀 와야 하는데. 그게 네 엄마한테도 좋았을 거야. 이 모든 일이 시작되면서부터 이상하게 굴더라니까."

"이 일이 있기 전에도 이상하게 굴기는 마찬가지였어." 재키가 턱을 껄떡이며 말했다. 그 모습을 보니 당장이라도 먹은 걸 게워내지 않을까 염려되었다.

"작작 좀 해둬, 재키."

"내가 장난하는 것 같아? 카밀, 이 말은 해야겠어. 네 엄마 주변에서 벌어지는 일을 생각하면 넌 그냥 시카고에 있는 게 나을 뻔했어. 맞아, 얼른 돌아가는 게 좋을 거야." 그녀의 얼굴에서 조증의 기색이 사라졌다. 그녀의 표정은 완벽하게 진지했고 진심으로 염려하는 빛을 띠었다. 내가 그녀를 좋아한다는 사실을 새삼 느낄 수 있었다.

"정말이지, 카밀……."

"재키, 입 좀 다물어." 애나벨이 재키의 얼굴에 음식 쪼가리 하나를 세게 던지며 말했다. 음식물이 재키의 코에 맞고는 탁자로 툭 떨어졌다. 순간적으로 터져 나오는 부질없는 폭력의 한순간. 공원에서 디가 나에게 테니스공을 던졌을 때와 같은 그런 일. 맞은 아픔보다는 그런 일이 일어났다는 사실 자체가 더 충격적인. 그런 일이 일어나지 않는 게 신기할 정도였다. 재키는 손을 한번 휘젓는 것으로 공격을 중단시키고 계속 말을 이었다.

"할 말은 해야겠어. 그러니까 아도라가 저지를 수 있는……."

애나벨이 일어나 재키 쪽으로 가서 그녀의 팔을 붙잡아 일으켜 세웠다.

"재키, 이쯤에서 너 속 좀 게워내고 와야겠다." 그녀가 말했다. 타이름과 협박의 중간쯤 되는 목소리였다. "마실 수 있을 만큼만 마실 것이지. 지금 속 안 비우면 나중에 지독하게 힘들 거야. 화장실에 데려다줄 테니, 어떻게 좀 해보자."

재키가 주먹을 날렸지만 애나벨이 그걸 움켜쥐었고, 둘은 비틀거리며 사라졌다. 그 자리에 침묵이 맴돌았다. 벌어진 내 입이 다물어지지 않았다.

"저건 아무것도 아니야." 디애나가 말했다. "우리처럼 늙은 여자들도 너희처럼 싸우거든. 그건 그렇고 카밀, 범인이 윈드 갭 사람일지도 모른다는 얘기는 들었지?"

재키가 한 말이 귀에서 떠나지 않고 계속 맴돌았다. *네 엄마 주변에서 벌어지는 일을 생각하면 넌 그냥 시카고에 있는 게 나았을 거야. 내가 윈드 갭을 떠나야 했던 징후가 더 있었을까?* 나는 그녀와 아도라가 정확히 왜 의절했는지 궁금했다. 설마 명절 카드 보내는 것을 잊은 것 때문만은 아닐 것이다. 나는 재키가 술에 덜 취했을 때 그녀의 집에 가보기로 마음속에 새겨두었다. 행여 술에 취하지 않은 날이 있다면 말이다. 게다가 내가 술 취한 사람에게 인상을 찌푸릴 만한 주제도 아니었다.

좋은 와인에 둥둥 뜬 기분이 되자, 나는 편의점에 들렀다가 내시의 집으로 전화를 걸었다. 소녀가 떨리는 목소리로 여보세요, 하고 나서 침묵하는 것이 느껴졌다. 숨소리는 들렸지만 엄마나 아빠와 얘기할 수 있겠느냐는 내 부탁에는 묵묵부답이었다. 그러고는 전화가 끊기기 전에, 천천히 미끄러지듯 수화기를 내려놓는 소리가 들렸다. 나는 내 운이 어느 정도인지 직접 시험해보기로 했다.

내시의 집 진입로에는 디스코 시대를 풍미하던 네모난 미니밴이 녹슨 노란색의 트랜스앰(폰티액의 투도어 자동차-옮긴이) 옆에 서 있었다. 밥과 벳시 둘 다 집에 있는 모양이었다. 벨 소리에 그집 큰딸이 문 쪽으로 다가왔지만, 부모님이 집에 계시는지 묻자 스크린 도어 안쪽에서 내 배만 바라보며 우두커니 서 있었다. 내시 집안 사람들은 다들 체격이 자그마하다. 열두 살로 알고 있는 애슐리는 내가 이 집에 처음 왔을 때 만났던 땅딸막한 소년과 마찬가지로 제 나이보다 몇 살은 어려 보였다. 행동도 그랬다. 그녀는 머리카락을 빨고 있었는데, 어린 바비가 비척비척 옆으로 왔다가 나를 보고 울음을 터뜨리기 시작할 즈음에는 눈도 거의 깜빡이지 않았다. 급기야 바비가 울부짖기 시작했고, 그러고 나서 벳시 내시가 문으로 오기까지 족히 1분은 걸렸다. 벳시는 옆에 선 두 아이만큼이나 멍해 보였고, 내 소개를 하는 동안에는 당황한 기색을 보였다.

"윈드 갭에는 지역 일간신문이 없는데요." 그녀가 말했다.

"그렇지요. 저는 〈시카고 데일리 포스트〉에서 왔답니다." 내가 말했다. "저 위쪽 시카고요. 일리노이 주에 있는."

"구독 같은 건 남편이 알아서 처리하거든요." 그녀가 말하더니 아들의 금발머리를 손가락으로 쓸어내리기 시작했다.

"정기구독을 하시라거나 뭘 팔러 온 게 아니에요⋯⋯. 내시 씨 집에 계신가요? 그분하고 아주 잠깐만 얘기를 했으면 해서요."

세 명의 내시가 무더기로 문에서 멀어져갔다. 몇 분이 더 흐른 후에 밥 내시가 나를 집 안으로 안내하더니, 소파에 널려 있는 세탁물을 이리저리 던져 내가 앉을 자리를 마련해주었다.

"빌어먹을, 돼지우리가 따로 없네." 그가 아내를 향해 큰 소리로 투덜거렸다. "집이 이 꼴이라 죄송합니다. 프리커 양. 앤의 일 이후로 엉망진창이 되어서요."

"아휴, 그런 건 신경 쓰지 않으셔도 돼요." 엉덩이 밑에 깔린 남자아이용 팬티를 빼내며 내가 말했다. "저희 집은 언제나 이런걸요." 사실과는 정반대였다. 내가 어머니에게 물려받은 한 가지 특질이 있다면, 바로 강박적으로 깔끔하다는 것이었다. 당장은 양말을 다림질하는 버릇부터 내다버려야 할 참이었다. 병원에서 퇴원했을 때 나는 족집게와 뷰러, 실 핀과 칫솔에 이르기까지 온갖 물건을 삶았다. 내가 마음껏 탐닉하는 습관이었다. 하지만 족집게는 끝내 버리고 말았다. 밤늦게까지 족집게의 그 반짝이고 따뜻한 끝부분을 생각하는 시간이 너무 많았기 때문이다. 그렇게 깔끔을 떨어도 끝내 벗어나지 못하는 지저분한 습관 하나.

나는 벳시 내시가 눈앞에서 사라지기를 바랐다. 문자 그대로. 그녀는 어찌나 존재감이 없던지, 소파 가장자리에 끈적이는 흔적만 남기고 천천히 증발해 사라지는 모습을 봐도 놀랍지 않을 것 같았다. 하지만 그녀는 자리에 눌러앉아 우리가 얘기를 채 시작하기도 전부터 나와 자신의 남편 사이에 시선을 두고 있었다. 자신이 대화를 마무리짓겠다는 듯한 모습이었다. 아이들도 우리 주변을 뱅뱅 맴돌았다. 게으름과 멍청함의 중간 지대에 사로잡힌 작은 금발 유령들이 주변에서 얼쩡거렸다. 얼굴이라도 예쁜 첫째 아이라면 뭐라도 해나갈 수 있을지 모른다. 그러나 멍한 모습으로 이제 막 방 안으로 비실대며 들어가는 뚱뚱한 둘째 아이는 섹스에 굶주리면서 종일 과자와 케이크만 먹어댈 운명처럼 보였다. 소년은 주유소 주차장에서 술이나 축내는 부류로 자랄 만한 아이였다. 내가 이 마을에 들어설 때 주유소에서 봤던 화난 표정의 지루한 아이들, 그런 아이로 자랄 가능성이 상당히 컸다.

"내시 선생님, 앤에 대해서 좀 더 얘기를 해야 할 것 같아요. 이번에는 아주 큰 기사 때문에요." 내가 그를 응시했다. "저번에도 아주 친절하게 시간을 내주셨지만, 아주 조금만 더 시간을 주시면 어떨까요."

"이 사건이 조금이라도 더 관심을 받을 수 있다면, 저는 괜찮습니다." 그가 말했다. "알고 싶으신 게 뭔가요?"

"아이가 좋아했던 게임, 좋아했던 음식은 무엇인가요? 아이에 대해 설명하라면 어떻게 표현하고 싶으신가요? 친구들을 이끄는 편이었나요, 뒤에서 따라가는 편이었나요? 친구가 많았는지, 몇몇 가까운 아이들하고만 다녔는지요? 학교 다니는 것은 좋아했나요? 토요일에는 뭘하면서 보냈나요?" 내시 부부가 잠깐 말없이 나를 바라보았다. "그저 말문을 열어보자는 뜻에서 드리는 질문이에요." 내가 웃음을 지었다.

"그 대답은 아내가 해야 할 것 같군요." 밥 내시가 말했다. "아이들을 돌보는 사람은…… 이 사람이니까요." 그가 벳시 내시에게 몸을 돌렸다. 그녀는 무릎 위에 놓인 빨래를 갰다가 풀었다가 갰다가 풀었다가 하고 있었다.

"피자와 생선 튀김을 좋아했어요." 그녀가 말했다. "친하게 지내는 여자아이들은 아주 많았지만 정말 친한 친구는 몇 명밖에 없었고요. 무슨 뜻인지 아시겠죠? 아주 많은 시간을 혼자 놀면서 보내는 아이였어요."

"엄마, 이 바비인형 옷 갈아입혀야 해." 애슐리가 발가벗은 인형을 엄마 얼굴 앞에서 흔들며 말했다. 우리 셋 다 아이를 못 본 척하자, 아이는 인형을 내던지고는 발레리나 동작을 하며 거실을 휘젓고 다니기 시작했다. 티파니가 흔치 않은 기회를 노려 바비인형을 줍더니 인형의 검게 그을린 고무다리를 벌렸다가 닫았다가 벌렸다가 닫았다가 했다.

"굳센 아이였어요. 제 아이들 중에 가장 굳센 아이였지요." 밥 내시가 말했다. "사내아이였다면 풋볼을 할 수도 있었을 거예요. 녹초가 되어 기절할 지경이 될 때까지 마구 뛰어다니기도 했고요. 생채기와 멍이 가실 날이 없었지요."

"앤은 저의 입이었어요." 벳시가 조용하게 말하고는 더 이상 말을 잇지 않았다.

"무슨 뜻이죠? 내시 부인?"

"그야말로 수다쟁이였어요. 마음속에 있는 말은 무엇이든 해야 직성이 풀렸지요. 물론 대부분은 좋은 쪽으로요." 그녀가 다시 잠깐 침묵했지만, 속으로 다음 말을 생각하고 있는 것이 보여서 나는 아무 말도 하지 않았다. "나는 앤이 언젠가 법조인이나 연구원이나, 뭐 그런 사람이 될지도 모른다고 생각했어요. 왜냐하면 그 아이는 그냥…… 그 아이는 그저 자기가 하는 말을 늘 따지고 쟀어요. 나처럼요. 나로 말하자면, 내가 하는 말은 전부 바보 같다고 생각해요. 그런데 앤은 자기가 하는 말은 모든 사람이 전부 하나하나 들어야 한다고 생각했어요."

"학교 얘기도 하셨던가요, 프리커 양?" 밥 내시가 끼어들었다. "학교에서도 말하기 좋아하는 성격 때문에 곤란한 일이 있었지요. 아이들 사이에서 조금만 덜 군림하려 했다면 좋았을 텐데. 그리고 아이가 수업 시간에 말을 너무 많이 해서 우리가 지난 몇 년간 몇 번인가 선생님에게 불려간 적이 있어요. 작은 야생인이었다고나 할까요."

"하지만 난 그게 앤이 너무 똑똑했기 때문이었다고 생각할 때가 있어요." 벳시 내시가 덧붙였다.

"말도 못하게 똑똑했죠." 밥 내시가 고개를 주억거렸다. "나는 가끔 그 아이가 애비보다 똑똑하다고 생각했어요. 그 아이도 가끔은 자기가 이 아버지보다 똑똑하다고 생각했고요."

"여기 좀 봐, 엄마!" 바비인형 발가락을 정신 나간 듯이 씹고 있던 뚱보 티파니가 거실 한가운데로 달려와 재주를 넘기 시작했다. 알지 못할 분노에 사로잡힌 애슐리가 엄마의 관심이 둘째에게 쏠리는 것을 보고 꽥 소리를 지르더니 동생을 확 밀어젖혔다. 그러고는 동생의 머리 카락을 세차게 한 번 잡아당겼다. 티파니의 얼굴이 눈물로 붉게 번져 갔고, 그 때문에 바비 주니어가 다시 울어대기 시작했다.

"티파니 잘못이란 말이야." 애슐리는 소리를 지르고 나서, 저도 따라서 울기 시작했다.

나는 그 미묘한 관계를 이미 꿰고 있었다. 아이가 많은 집에는 하찮은 질투가 넘쳐난다는 것쯤은 이미 알고 있었다. 하지만 내시의 아이들은 서로뿐 아니라 죽은 자매와도 경쟁해야 한다는 생각에 공황상태에 빠져 있었다. 아이들에게 연민이 느껴졌다.

"벳시." 밥 내시가 조용히 입을 열었고 눈썹이 약간 올라갔다. 벳시가 바비 주니어를 재빨리 바닥에서 들어 올려 엉덩이를 받쳐 들었고, 티파니는 한 손으로 바닥을 짚고 일어나서는 걷잡을 수 없는 슬픔에 싸인 애슐리에게 다른 쪽 팔을 둘렀다. 넷은 곧 거실 밖으로 빠져 나갔다.

밥 내시가 잠시 동안 그들을 바라보았다.

"우리 딸들이 저렇게 군 지 거의 1년이 다 됐나 봅니다." 그가 말했다. "저렇게 아기처럼 구는 건 아마도 나이를 먹으면서 자라는 게 불안해서일 거라고 생각하고 있어요. 앤이 죽은 게 이 집안을 바꾸어놓고 말았죠. 그 무엇보다도……." 그가 자세를 고쳐 앉았다. "그러니까 그 아이는 정말 온전한 한 인간이었다는 거예요, 아시겠죠? 아홉 살짜리가 뭐, 그렇게 생각하시겠지만요. 그래, 고작 아홉 살짜리한테 뭐가 있어? 하지만 앤은 개성이 있었어요. 나는 아이가 이런저런 일에 대해서 어떻게 생각하는지 짐작할 수 있었어요. 텔레비전을 볼 때도 아이가 뭘 보고 재미있다고 생각하는지, 뭘 보고 바보 같다고 생각하는지 알았어요. 다른 아이들하고는 할 수 없었단 말이에요. 젠장, 아내하고도 못했던 일이죠. 앤, 앤은 그냥 그 자리에 존재하고 있다는 게 느껴진다고요. 난 그저……." 꽉 막힌 목이 그의 입을 가로막았다. 그가 일어서서 내게서 등을 돌리더니 다시 내 쪽으로 몸을 돌리고, 또다시 나에게서 등을 돌리고는 소파 뒤에서 원을 그리며 서성거렸다. 그러고는 내 앞에 와서 섰다. "제길, 아이가 돌아왔으면 좋겠단 말입니다. 그러니까, 이제, 이게 뭐냐고요. 이걸로 끝이냔 말인지." 그는 허공으로 손을 내던지고는 아내와 아이들이 걸어간 복도 쪽으로 걸음을 뗐다. "이대로 끝이라면, 뭐가 소용이란 말입니까? 그리고 제길, 누구든 그런 짓을 저지른 사람을 찾아야 해요. 그가 내게 말해줘야 하니까요. 왜 하필 앤이었나? 난 그걸 알아야겠어요. 앤이야말로 내가 늘 잘해내고 있다고 생각했던 아이란 말입니다."

나는 잠시 조용히 앉아서 목에서 느껴지는 맥박을 골랐다.

"내시 씨, 선생님께서 매우 강하다고 말씀하신 앤의 성격이 누군가 잘못된 길을 들어서게 된 원인일지도 모른다는 얘기가 있습니다. 앤의 그런 성격이 이 일과 어떤 식으로라도 관련이 있을 수 있다고 생각하십니까?"

그가 문득 나를 경계하는 것이 느껴졌다. 다시 소파에 앉아 부러 몸을 뒤로 기대고는 팔을 펼치고 아무렇지도 않은 자세를 취하는 것을 보니 그랬다.

"누군가를 잘못된 길로 가게 자극했다고요?"

"앤이 이웃집 새 때문에 말썽을 일으켰던 걸로 알고 있는데요. 아이가 이웃집 새를 해쳤을 수도 있나요?"

밥 내시가 눈을 문지르고 나서 발을 내려다보았다.

"참, 이 마을 사람들은 말도 많지요. 앤이 그런 짓을 했다는 걸 증명한 사람은 아무도 없습니다. 물론 앤과 그 집 아이들이 좋은 사이는 아니었어요. 저 길 건너에 사는 조 듀크네. 앤보다 나이가 많은 그 집 딸들이 앤을 무던히도 괴롭히고 골려먹었거든요. 그러더니 어느 날인가 무슨 바람이 불었는지 자기들하고 같이 놀게 해준 거예요. 무슨 일이 일어났는지는 나도 잘 몰라요. 하지만 앤이 집에 돌아왔을 무렵, 그 집 아이들이 소리를 지르고 야단이 났죠. 앤이 그 빌어먹을 새를 죽였다면서요." 그가 웃음을 터뜨리며 어깨를 으쓱였다. "진짜로 그랬다고 해도 상관없어요. 이제는 별 볼 일 없는 옛날 일일 뿐이니까."

"자극을 받았을 때 앤이 그런 일을 할 가능성이 있다고 생각하세요?"

"흠, 앤을 도발한다는 게 어리석은 짓이기는 하죠." 그가 말했다. "앤은 그런 일을 좋게 받아들이지 못했어요. 딱히 요조숙녀라고 말하기는 어려운 아이였지요."

"앤이 자기를 죽인 사람과 구면일 거라고 생각하세요?"

내시가 소파에서 분홍색 셔츠를 집어 들어 머릿수건처럼 네모 모양으로 반듯하게 갰다. "처음에는 아니라고 생각했지만 지금은 그래요. 아는 사이였다고 생각합니다. 앤이 아는 사람과 함께 숲으로 간 거라고 생각해요."

"아이가 남자와 여자 중 어떤 사람을 따라갈 가능성이 컸을까요?" 내가 물었다.

"기자님도 제임스 캐피시의 이야기를 들었다는 말씀이죠?"

나는 고개를 끄덕거렸다.

"흠, 어린 소녀들이야 자기 엄마를 떠올리게 하는 사람을 더 잘 믿는 편이겠죠?"

자기 엄마가 어떤 사람이냐에 따라 문제가 달라지겠죠, 나는 속으로 생각했다.

"하지만 나는 여전히 범인이 남자라고 생각해요. 여자가 어린아이에게 그 모든…… 짓을 했다는 게 상상이 가지 않아요. 존 킨에게 알리바이가 없다는 얘기를 들었어요. 어쩌면 그 아이가 어린 여자아이를 죽이고 싶어 했을지도 모르지요. 내털리를 매일같이 보면서 더 이상 참을 수 없게 되고, 치받쳐 올라오는 감정을 누르지 못해서 다른 말괄량이, 내털리 과의 여자아이를 죽이기로 결심한 것일 수도 있죠. 그러고는 마침내 버티지 못하고 내털리에게도 손을 댄 거예요."

"그런 얘기가 돌고 있나요?" 내가 물었다.

"어느 정도는요. 내가 알기로는."

벳시 내시가 복도에서 갑자기 나타나더니 제 무릎 쪽을 내려다보며 말했다. "밥, 아도라가 왔어요." 대비할 틈도 없이 위장이 꼬였다.

어머니가 맑은 파란색 물 같은 냄새를 풍기며 경쾌한 발걸음으로 들어왔다. 내시의 집에 들어선 그녀는 내시 여사보다 더 편안해 보였다. 다른 여자들로 하여금 자신을 하찮다고 생각하게 만드는 것은 아도라의 타고난 재능이었다. 벳시 내시는 1930년대 영화에 등장하는 하녀처럼 거실을 빠져 나갔다. 어머니는 내 쪽은 쳐다보지도 않고 바로 밥 내시에게 걸어갔다.

"밥, 벳시가 여기에 기자 한 명이 와 있다고 하더군요. 그게 내 딸이란 걸 바로 알아차렸어요. 미안합니다. 이런 주제 넘는 짓을 한 것을 충분히 사과해야 하는데, 도저히 적당한 말을 찾아낼 수가 없네요."

밥 내시가 아도라를 물끄러미 보더니 나도 그렇게 바라보았다. "이분이 따님이십니까? 전혀 몰랐습니다."

"그랬겠지요. 카밀은 우리 집안 타입이 아니니까."

"왜 아무 말도 하지 않았습니까?" 내시가 내게 물었다.

"윈드 갭이 고향이라는 말씀은 드렸는데요. 저희 어머니가 누구인지 관심이 있으실 거라고는 전혀 생각하지 못했어요."

"아, 화가 난 건 아닙니다. 넘겨짚지 마세요. 그저 기자님 어머니가 우리에게는 아주 좋은 친구분이라." 그는 관대하기 그지없는 손님이라도 되는 듯 내 어머니를 맞이하며 말했다. "어머니께서 앤에게 영어와 맞춤법을 가르쳐주셨답니다. 기자님 어머니와 앤은 정말 가깝게 지냈어요. 앤은 어른 친구가 있다는 걸 무척 자랑스러워했지요."

어머니는 치맛자락을 소파에 늘어뜨린 채 두 손을 무릎 위에 포개고 앉아서, 내게 눈을 깜빡거렸다. 나는 무슨 말이라도 해야 하지 않겠냐는 지적을 받은 것처럼 느껴졌지만, 무슨 말을 해야 할지 몰랐다.

"전혀 몰랐던 일이에요." 내가 마침내 입을 열었다. 사실이었다. 나는 어머니가 죽은 소녀들과 알고 지낸 척하면서 슬픈 감정에 과하게 집착한다고 생각했다. 지금은 그녀가 얼마나 노련한지 놀라움을 금치 못했다. 하지만 도대체 왜 내 어머니란 사람이 앤에게 공부를 가르쳐주었단 말인가? 내가 어렸을 때 그녀가 학교에 와서 학부모 활동 같은 것을 한 적은 있다. 주로 윈드 갭의 다른 주부들과 어울리기 위해서였다. 하지만 그녀의 노블리스 오블리제가 마을 서쪽의 단정치 못한 소녀와 오후 시간을 보내는 정도로까지 확대되었을 것이라고는 상상조차 할 수 없었다. 나는 때로 아도라를 과소평가하는 모양이었다.

"카밀, 이제 가는 게 좋겠구나." 아도라가 말했다. "나는 친교를 나누려고 왔는데 네가 이 동네에 있으니 긴장을 풀기가 힘들어서."

"내시 씨랑 할 얘기가 아직 덜 끝났는데요."

"아니, 끝났어." 아도라가 확인해달라는 뜻으로 내시를 쳐다보았고, 그는 태양 아래서 눈을 떠보려고 애쓰는 사람처럼 어색하게 웃었다.

"다음 기회에 또 얘기를 나눌 수 있을 거예요. 미스…… 카밀." 내 아랫입술에서 단어 하나가 불현듯 번뜩거렸다. **응징하다.** 그 단어가 점점 담금질되는 것이 느껴졌다.

"시간 내주셔서 감사합니다, 내시 씨." 나는 말하고 나서 어머니는 쳐다보지도 않고 그의 집을 휘적휘적 걸어 나왔다. 차에 닿기도 전에 눈에서 눈물이 흘러내리기 시작했다.

# 7장

시카고 거리의 어느 추운 모퉁이에서 신호가 바뀌기를 기다리며 서 있는데, 눈이 먼 한 남자가 오더니 신호기 버튼을 눌렀다. 여기 교차로가 어디지요? 그가 물었다. 내가 대답하지 않자 내 쪽으로 몸을 돌려 말했다. 아무도 없나요?

여기 있어요. 내가 말했다. 놀랍게도 그 말을 하고 나니 마음이 편안해졌다. 공황상태에 빠질 때면 나는 나 자신에게 소리 내어 말한다. 나 여기 있어. 나는 평소에는 여기에 있다는 느낌을 받지 못한다. 뜨듯한 돌풍이 내 갈 길을 훅 불어버려 내가 영원히 사라질 것이라고 느끼곤 한다. 손톱의 은색 매니큐어조차 남기지 않고 모조리, 전부. 어떤 날에는 그런 생각이 들면 차분해진다. 어떤 날에는 오한이 든다.

내 생각에, 나의 존재에 무게가 없다는 감각은 나의 과거에 대해 아는 것이 거의 없다는 데서 오는 것 같다. 적어도 정신과 의사들이 내리는 결론은 그랬다. 아버지에 대해 무엇이라도 알아내려고 시도하던 짓은 이미 오래전에 포기했다. 그를 떠올릴 때면 일반적인 '아버지' 상을 떠올릴 수밖에 없다. 그에 대해 지나치게 구체적으로 그려보고, 그가 식료품점에서 장을 보거나 모닝커피를 마시고 아이들을 보러 집에 오는 모습을 상상하는 일은 견디기 힘들었다. 언젠가는 나도 나를 닮은 여자아이와 대면할 날이 올까? 어렸을 때는 어머니와 나의 닮은 점, 내가 그녀에게서 나왔다는 것을 입증할 연결고리를 찾으려고 애썼다. 그녀가 나를 보고 있지 않을 때 유심히 그녀를 살펴보며, 방에서 액자 사진을 훔쳐 나와 그녀의 눈과 내 눈이 닮았다는 점을 스스로에게 확인시키려 애썼다. 아니면 얼굴이 아닌 다른 곳이 닮은 건지도 몰랐다. 한쪽 종아리의 곡선이나 목덜미의 패인 곳일 수도 있다.

어머니는 앨런을 어떻게 만났는지 한 번도 나에게 얘기해준 적이 없다. 내가 알고 있는 그들의 이야기는 다른 사람들에게서 들은 것이다. 우리 집안에서 질문이란 사사롭게 동정을 살피는 일 정도로 여겨지기 때문에 권장되지 않았다. 대학 시절 룸메이트인 앨리슨이 자기 엄마에게 전화로 얘기하는 것을 들으며 경악했던 기억이 난다. 한없이 자질구레한 일상을 빠뜨리는 것 없이 주절주절 이야기하다니, 데카당트가 따로 없다고 생각했다. 가령 수강 신청한 과목을 까먹은 것(그녀는 지리학 입문을 일주일에 세 번씩 들어야 한다는 사실을 완전히 잊어버렸다) 같은 하찮은 일을, 그것도 '참 잘했어요'라고 쓰인 금빛 스티커를 붙여온 유치원생처럼 들뜬 어조로 말하는 것이었다.

마침내 그녀의 엄마를 만났던 때가 기억난다. 그녀가 우리 방을 어찌나 활기차게 돌아다니던지, 그리고 나에 대해 이미 너무나 많은 것을 알고 있으면서도 너무나 많은 질문을 하던 것이 지금도 기억난다. 그녀는 가지고 있으면 언젠가는 쓸모가 있을 거라 생각했는지 커다란 비닐봉투에 옷핀을 채워 앨리슨에게 주었다. 그들이 점심을 먹으러 나가는데 나는 눈물이 나와 혼이 났다. 너무도 격의 없고 친절한 행동에 당황했던 것이다. 옷핀이 필요하다는 생각이 날 때 어머니란 사람이 하는 일이 이런 것인가? 나의 어머니는 한 달에 한 번씩 전화를 해서 한결같이 똑같은 실생활을 이것저것(성적, 수업, 앞으로 들어갈 비용) 물었다.

어렸을 때 나는 아도라에게 내가 가장 좋아하는 색깔이나 내가 커서 내 딸에게 붙여주고 싶은 이름을 얘기한 기억이 없다. 그녀가 내가 가장 좋아하는 음식을 알았던 적이 있으리라고는 생각해보지도 않았다. 간밤에 꾼 악몽 때문에 눈물이 그렁그렁해져 이른 아침에 그녀의 방으로 돌진한 기억도 당연히 없다. 소녀 시절에, 나는 늘 슬픔을 느꼈다. 어머니가 나를 다독여주는 일이 한 번도 없었던 그 시절, 그녀는 나에게 한 번도 사랑한다는 말을 해준 적이 없으며 그녀가 나를 사랑한다고 생각한 적도 한 번도 없었다. 그녀는 나를 보살폈다. 그녀는 나를 관리했다. 아, 맞다, 그녀는 나에게 비타민 E가 함유된 로션을 사다 주었다.

한동안 나는 아도라가 내게 거리를 두는 것이 메리언의 사건 이후에 생긴 자기방어 때문이라고 스스로를 설득했다. 하지만 진실을 밝히자면 아도라는 자신이 인정하는 수준보다 아이들을 잘 다루지 못했다. 사실 나는 그녀가 아이들을 싫어한다고 생각한다. 내 기억 속에는 질투, 심지어 지금까지도 느낄 수 있는 분심이 있다. 어느 시점에서는 그녀도 딸을 갖는다는 생각을 하며 좋아했을 수 있다. 소녀였을 때 엄마가 되는 것, 젖이 불은 고양이처럼 아이를 물고 빨며 애지중지하는 모습을 그녀가 상상했으리라는 것은 장담할 수 있다. 그녀는 그런 식으로 아이들에게 갖는, 게걸스럽다고 할 만한 욕심이 있다. 그녀는 아이들을 홱 덮쳐 낚아챈다. 남들이 있는 자리에서는 나도 사랑받는 아이였다. 메리언의 죽음으로 애통해 마지않던 시기가 지나가자, 그녀는 나를 마을로 데리고 가서 내게 미소를 짓고 나를 놀려대고 길에서 만나는 사람들과 얘기를 나누면서 나를 간질였다. 하지만 집에 도착하면 그녀는 끝내지 않은 문장처럼 자기 방으로 쪼르륵 들어가버렸고, 나는 그녀의 방문에 얼굴을 바짝 붙인 채 어머니의 기분을 상하게 한 일이 없었는지 머릿속으로 그날 일을 재생해보았다.

성가시게 굳은 핏덩어리처럼 내 기억 속에 찰싹 달라붙어 있는 사건이 있다. 메리언이 세상을 떠난 지 2년 정도 지난 어느 날, 어머니의 친구 한 무리가 오후의 티타임을 즐기려고 우리 집에 왔을 때였다. 친구 한 명이 아기를 데리고 왔다. 아이는 몇 시간 동안 조잘조잘 속삭이는 소리에, 빨간 립스틱을 바른 입술들의 키스 세례에, 또 그것을 닦아내는 티슈에, 그러고는 립스틱의 공격에 계속해서 시달려야 했다. 나는 방에서 책을 읽기로 되어 있었지만 계단 꼭대기에 앉아 그 광경을 바라보았다.

마침내 아기가 나의 어머니에게 건네졌고, 어머니는 엄청난 기세로 아이를 꽉 안았다. *아기를 다시 안아보니 기분이 날아갈 것만 같아!* 아도라는 아이를 무릎에 올려놓고 흔들흔들 어르는가 싶더니, 손을 잡고 방을 걷게 하고, 귀에 대고 뭐라고 속삭였다. 나는 계단 위에서 얼굴에 손등을 가져다대고 엄마와 뺨을 맞대는 것이 어떤 기분일지 상상하며, 앙심 품은 꼬마 신처럼 내려다보았다.

접시 치우는 것을 도우러 어머니의 친구들이 주방으로 몰려갔을 때, 상황이 바뀌었다. 나는 어머니가 거실에 아이와 단둘이 남아, 거의 음탕하다고 할 만한 눈길로 아이를 응시하던 것을 기억한다. 그녀는 사과 같은 아기의 뺨에 자기 입술을 꾹 눌렀다. 그러고는 입을 아주 조금 벌리더니 아기의 볼살을 살짝 깨물었다.

아기가 울고불고 난리가 났다. 아도라가 아이를 끌어안고 다른 여자들에게는 아이가 그저 떼를 쓰는 것이라고 둘러대는 동안 문 자국이 가라앉았다. 나는 메리언의 방으로 달려가 침대 커버 밑에 몸을 숨겼다.


내시의 집을 나선 나는 푸스를 다시 찾았다. 나는 술을 너무 많이 마시고 있었지만, 고주망태가 될 정도는 아니었다. 이성은 지키고 있었다. 다만 술 한 모금이 필요했을 뿐. 나는 부분적으로는 언제나 술을 일종의 윤활유로 여기며 좋아했다. 머릿속에 있는 그 모든 날카로운 생각으로부터 술이 안전막 역할을 하기에. 바텐더는 둥근 얼굴의 사내로, 학교에 다닐 때 나보다 두 학년 정도 아래였고 배리라고 불렸던 것은 꽤 확실했지만 막상 그 이름으로 부를 정도로 확신하는 것은 아니었다. "다시 찾아주어 고맙네요." 그가 버번을 내 잔의 3분의 2쯤 채우고 그 위에 콜라를 약간 따르면서 웅얼거렸다. "우리 가게에서 쏘는 겁니다." 그가 냅킨꽂이 쪽을 바라보며 말했다. "예쁜 여자 분들에게는 돈을 받지 않아요." 그의 목이 확 붉어졌고, 그는 바의 반대편에 급한 볼일이라도 생긴 양 내달렸다.


나는 집으로 돌아오는 길에 니호 드라이브를 탔다. 마을을 가르는 그

길에는 내 친구 여러 명이 살았는데, 아도라의 집이 가까워질수록 눈에 띄게 호화로워졌다. 나는 케이티 레이시의 옛날 집을 보았다. 그녀의 부모는 자신들의 옛 빅토리아풍 집을 산산이 부수고, 우리가 열 살이 되던 해에 그 조악한 저택을 지었다.

차를 타고 가는 길에 나보다 한 블록 앞에서, 어떤 소녀가 훌륭한 퍼팅을 응원하는 꽃 모양 스티커로 장식한 골프카트에 앉아 있는 게 보였다. 그녀는 코코아 상자에 새겨진 어린 스위스 아가씨처럼 세련된 머리끈을 달고 있었다. 앰마였다. 그녀는 아도라가 내시의 집에 방문한 틈을 타 탈출을 시도하고 있었다. 내털리의 죽음 이후 소녀 혼자 돌아다니는 것이 윈드 갭에서는 기이한 일이 된 터였다.

그녀는 집으로 계속 가는 대신 핸들을 꺾어 동쪽으로 향하기 시작했다. 쓰레기장과 돼지농장이 있는 쪽으로 간다는 뜻이었다. 나도 코너를 돌았고, 엔진이 꺼질 만큼 천천히 그녀를 따라갔다.

그 길은 앰마에게 아래로 신나게 달리는 비탈길을 제공해주었고, 카트가 어찌나 빠르게 미끄러져 내려가던지 앰마의 머리끈이 그녀 뒤로 날아갈 것만 같았다. 10분이 지나지 않아 우리는 시골길에 와 있었다. 길게 자란 노란 풀과 지루한 소들이 들판을 노닐고 있었다. 헛간들이 노인의 몸처럼 기울어져 있었다. 나는 앰마가 순조롭게 앞서가도록 내버려두고 그녀를 시야에서 놓치지 않을 정도로만 따라가면서 몇 분간 차를 빈둥빈둥 몰았다. 농가들과 길가의 호두나무를 지쳐 계속해서 그녀를 쫓다 보니, 영화배우처럼 잔뜩 멋을 부리며 담배를 꼬나문 소년이 호두나무에 매달려 있었다. 머지않아 똥과 상해빠진 침 같은 냄새가 풍겨오기 시작했고, 나는 우리가 어디로 향하고 있는지 알게 되었다. 또다시 10분 정도가 흐르자 철제로 지은 돼지 수감소가 시야에 들어왔다. 기다랗고 깜빡깜빡 빛나는 것이 마치 스테이플러의 철심처럼 늘어선 모양을 하고 있었다. 돼지 멱따는 고통스러운 비명소리에 귀에 땀이 다 찼다. 우물의 녹슨 펌프에서 흘러나오는 소리 같았다. 나도 모르게 코가 벌름거렸고 눈에서는 눈물이 흐르기 시작했다. 동물 가공 공장 가까이에 가봤다면 내 말이 무슨 뜻인지 알 것이다. 그 냄새는 물이나 공기 같은 것에서 나오는 게 아니었다. 고형의 것이었다. 그 역겨운 냄새는 거기다 구멍을 내면 숨 쉴 틈을 만들 수 있을 것처럼 빽빽했다. 그럴 수는 없는 일이지만 말이다.

앰마는 공장 문을 가로질러 걸어갔다. 오두막에 앉아 있던 남자가 그녀에게 손을 흔들었다. 명찰에는 호세라고 쓰여 있었다. 나는 그의 손가락이 온전한지 살펴보았다. 멕시코 사람들은 그럴 만한 사정이 있지 않고서야 쾌적하고 편안하며 실내에서 하는 일을 얻지 못했다. 이곳 공장들은 그런 식으로 돌아갔다. 멕시코 사람들이 가장 더럽고 위험한 일을 맡았고, 그럼에도 백인들은 불평을 멈추지 않았다.

앰마는 픽업트럭 옆에 카트를 대고 몸에 붙은 먼지를 털어냈다. 그러고는 능력 있는 커리어우먼처럼 최단 노선으로 곧바로 도살장과, 젖은 분홍색 코들이 공기 판 사이로 삐져나와 꿈틀대고 있는 돼지우리를 지나쳐, 새끼돼지들을 보살피는 커다란 철제 헛간으로 향했다. 암돼지들은 몸이 만신창이가 되어 도살될 때까지 반복해서 임신을 하고, 새끼들을 품고 또 품었다. 하지만 아직 쓸모가 있는 동안에는 새끼들에게 젖을 먹였다. 분만틀에서 몸 양쪽을 가죽 끈으로 묶인 채 다리를 벌리고 젖꼭지를 드러내놓고 그 일을 하는 것이었다. 돼지는 몹시 영리하고 붙임성 있는 동물이어서 조립라인 속에서의 강요된 수태는 젖을 물리는 암퇘지들을 죽고 싶게 만든다. 젖이 다 마르고 나면 안 그래도 죽을 테지만.

머릿속으로 그려보아도 거부감이 생기는 일이었다. 하지만 눈으로 직접 보면 실제로 속에서 뭔가가 꿈틀거린다. 비인간적인 사람이 되는 기분이 드는 것이다. 강간 장면을 보면서 아무 말도 못하는 것과 같다고나 할까. 앰마가 헛간 가장 끝으로 가서 철제 분만틀 옆에 서는 것이 보였다. 몇몇 남자가 날카롭게 비명을 지르는 새끼돼지들을 우리에서 끄집어내고, 또 다른 새끼돼지 무리를 그 안으로 던져놓고 있었다. 나는 헛간 끝으로 가서 앰마가 나를 보지 못하도록 그녀의 뒤편에 섰다. 암퇘지는 거의 의식불명 상태로 자리에 누워 있었고, 철제 봉들 사이로 빨갛게 드러난 배는 피 맺힌 젖은 손가락처럼 솟아 있었다. 한 남자가 피가 가장 심하게 맺힌 젖에 오일을 문지르고는 한번 찰싹 치고 나서 킬킬거렸다. 앰마가 그곳에 꽤 자주 오는지 그들은 그녀에게 눈길을 주지 않았다. 그녀는 그들이 또 다른 암퇘지를 낚아채 우리 안으로 집어넣고 다음 새끼 무리를 몰아넣는 동안, 그들 중 한 사람에게 윙크를 보냈다.

새끼돼지들은 젤리덩어리 위로 모여드는 개미들처럼 암퇘지 위로 떼를 지어 몰려들었다. 암퇘지의 젖꼭지는 새끼돼지들의 입 안에서 왔다 갔다 하며 쪽쪽 빨리는 통에 너덜너덜해져버렸고, 마치 고무처럼 팽팽하게 당겼다가 밀어내기를 반복했다. 암퇘지의 눈알이 머리 뒤쪽으로 넘어가 있었다. 앰마는 다리를 꼬고 앉아 신기하다는 듯 마냥 그 광경을 바라보았다. 5분이 지나고도 앰마는 같은 자세를 유지한 채 이제는 미소까지 지으며 몸을 꼼지락거렸다. 나는 자리를 뜨지 않을 수 없었다. 처음에는 천천히 걷다가 이내 차를 향해 쏜살같이 달려갔다. 문을 닫고 라디오를 요란하게 틀고 목을 따뜻한 버번으로 따끔거리게 축였다. 나는 그 역겨운 냄새와 소리로부터 멀어져갔다. 그리고 그 아이로부터.

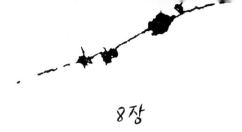

## 8장

앰마. 그 오랜 세월 동안 나는 그 아이에게 무심했다. 이제는 관심이 생겼다. 농장에서 본 모습에 목구멍이 계속 조여왔다. 나의 어머니는 그 아이가 학교에서 인기가 가장 많은 소녀라 했고, 나는 그 말을 믿는다. 재키는 그 아이가 가장 비열하다고 했고, 나는 그 말도 믿는다. 아도라가 빚어내는 비탄의 소용돌이 속에서 살아가는 사람은 어느 정도는 꼬일 수밖에 없다. 어떤 때는 메리언처럼 보이려고 애쓰는 앰마는 뭐란 말인가? 나는 궁금했다. 그림자의 그림자 속에서 산다는 것은 얼마나 혼란스러운 일인가. 하지만 앰마가 보통 영리한 소녀인가. 막가는 행동은 집 밖에서만 했다. 아도라 곁에서 그녀는 고분고분하고 착하고 늘 뭔가가 부족하다는 듯이 굴었다. 그것은 어머니의 사랑을 얻으려면 꼭 해야 하는 일이었다.

하지만 그 폭력적인 기질, 발작에 가까운 발광, 친구 때리기, 이제는 그 추한 짓까지. 못된 짓을 골라 하는 취미는 또 어떤가. 문득 앤과 내털리의 이야기가 떠올랐다. 앰마는 메리언과는 닮은 구석이 없었다. 하지만 죽은 두 소녀와는 닮은 구석이 있다고 할 수 있었다.

늦은 오후, 저녁 식사를 하기 직전이었다. 나는 킨의 집에 다시 한 번 가보기로 마음먹었다. 긴 기사를 쓰려면 그들의 증언이 필요했고, 그들의 증언을 얻어내지 못하면 커리가 나를 이 사건에서 제외할 것이다. 윈드 갭을 떠나는 것은 개인적으로는 아무런 고통도 주지 않겠지만, 나에 대한 신뢰가 흔들릴 것을 생각하면 나 스스로 뭔가 해낼 수 있다는 것을 증명해 보여야 했다. 자기 몸을 그어 살갗을 벌리는 여자는 중요한 일을 맡길 목록에서 첫 번째로 오를 만한 인물은 못 되는 것이다.

나는 내털리의 시신이 발견된 장소를 차로 지나쳤다. 앰마가 판단하기에 훔칠 가치가 없는, 참으로 처량한 물건들이 놓여 있었다. 불을 붙인 지 오래된 땅딸막한 초 세 개와 싸구려 꽃이 슈퍼마켓 포장지에 싸인 채 놓여 있었다. 헬륨을 넣어 부풀렸다가 이제는 흐느적거리는 하트 모양이 된 풍선이 노곤한 듯 까딱까딱 흔들거리고 있었다.

킨의 집 바깥쪽 진입로에서 내털리의 오빠가 빨간색 컨버터블 조수석에 앉아 금발 소녀와 애기를 나누고 있었다. 그녀의 미모는 그의 인물에 비견할 만했다. 나는 그들 뒤에 차를 댔다. 그들은 나를 재빨리 슬쩍 살펴보고는 못 본 것처럼 행동했다. 소녀는 활기차게 웃기 시작했고, 빨간색 옷칠을 한 듯한 손톱으로 소년의 짙은 머리카락을 이리저리 쓸었다. 나는 그들에게 재빨리 어색하게 고개를 숙여 보였는데, 그들이 그 모습을 봤을 리는 만무했다. 여하튼 나는 그들을 지나쳐 현관으로 갔다.

내털리의 엄마가 나왔다. 그녀 뒤로 보이는 집안은 어둡고 고요했다. 그녀의 표정은 스스럼이 없었고, 나를 알아보지 못한 듯했다.

"킨 여사님, 이런 시기에 번거롭게 해드려서 이루 말할 수 없이 죄송합니다만, 꼭 얘기를 나누어야 해서요."

"내털리에 대해서인가요?"

"그렇습니다. 들어가도 될까요?" 내가 누구인지 알리지 않은 채 집으로 들어가는 방법치고는 너저분한 수법이었다. 기자들은 흡혈귀와 같다, 커리가 즐겨 하는 말이다. 초대받지 않으면 들어올 수 없는 사람들이지만, 일단 들어서기만 하면 주인을 다 빨아먹을 때까지는 내쫓을 수 없는 사람들이 기자다. 그녀가 문을 열어주었다.

"안에 들어오니 시원하고 참 좋네요, 고맙습니다." 내가 말했다. "32도까지 올라간다고 하더니, 그보다 더 더운 것 같아요."

"제가 듣기로는 35도까지 올라간대요."

"그러게 말이에요. 죄송하지만 물 한 잔 부탁해도 될까요?" 또 하나의 유서 깊은 계략. 여자는 대접해야 하는 대상을 내치는 법이 별로 없다. 심지어 알레르기나 감기에 걸렸을 때 휴지를 요청하면 더 좋다. 여자들은 연약한 것을 사랑한다. 대부분의 여자들은.

"물론이에요." 그녀가 나를 쳐다보며 잠시 틈을 두었다. 내가 누구인지 알아야 한다는 듯. 내가 누구인지 물어보기가 몹시 난처한 것 같았다. 장의사, 사제, 경찰, 의사, 문상객, 그녀는 지난해보다 그런 사람들을 훨씬 많이 만났을 것이다.

킨 부인이 주방에 있는 동안 나는 주변을 샅샅이 새겨두었다. 가구가 원래 있던 적절한 자리로 돌아간 오늘, 거실은 완전 딴판으로 보였다. 멀리 떨어져 있지 않은 탁자에 킨 가의 두 남매 사진이 놓여 있었다. 그들은 각자 커다란 참나무의 양 옆에 기댄 모습이었고, 청바지에 빨간 스웨터를 입고 있었다. 남자아이는 어색한 미소를 짓고 있었다. 기록하지 않고 남겨두는 게 최선일 어떤 일을 괜히 하고 있다는 것 같은 표정이었다. 내털리는 아마 남자아이 키의 절반쯤 되지 않을까 싶었고, 오래된 은판 사진 속 피사체처럼 매우 진지해 보였다.

"아드님 이름이 어떻게 되죠?"

"존이에요. 아주 착하고 상냥한 아이지요. 그게 그 아이한테 늘 가장 뿌듯한 점이에요. 이제 막 고등학교를 졸업했어요."

"요즘은 약간 달라졌군요. 제가 여기서 학교를 다닐 때는 6월에야 졸업했거든요."

"흠. 여름을 더 오래 보낼 수 있으니 좋은 일이지요."

내가 미소를 지었다. 그녀도 미소를 지었다. 나는 자리에 앉아서 물을 한 모금 마셨다. 누군가의 거실로 들어서면 어떤 수를 써야 하는지 커리가 충고해준 내용이 기억나지 않았다.

"제대로 인사를 나눈 적이 없었던 것 같아요. 저는 카밀 프리커라고 합니다. 〈시카고 데일리 포스트〉에서 나왔어요. 지난번 밤에 전화로 잠깐 얘기를 드린 적이 있었지요."

그녀가 웃음을 멈추었다. 그녀의 턱이 씰룩이기 시작했다.

"미리 말씀을 해주셨으면 좋았을 텐데."

"얼마나 힘겨운 시간을 보내고 계실 줄은 압니다. 그냥 몇 가지 질문만 드릴 수 있으면 하고요……."

"어렵겠는데요."

"킨 부인, 부인의 가족에 대해 사심 없이 다루고 싶고, 또 그러자고 제가 여기에 와 있는 겁니다. 사람들에게 좀 더 많은 정보를 주려고……"

"신문을 더 많이 팔겠다는 심산이겠지요. 이런 건 이제 하나같이 넌덜머리가 나고 피곤해요. 마지막으로 딱 한 번만 말하겠어요. 다시는 여기 오지 말아요. 우리에게 연락하지도 마세요. 우린 정말로 기자 분에게 말할 것이 없어요." 그녀가 일어서며 몸을 숙였다. 장례식 때와 마찬가지로 나무로 만든 묵주를 하고 있었다. 한가운데에 빨간색 하트 장식이 있는 묵주. 그것이 최면술사의 시계처럼 그녀의 가슴께에서 왔다 갔다 했다. "당신네들은 기생충이나 다름없어요." 그녀가 잘근잘근 씹듯이 내뱉었다. "당신네들은 역겹기 그지없어요. 당신이 언젠가는 지난 시간을 돌아보며 본인이 얼마나 추접한 짓을 했는지 알았으면 좋겠네요. 지금은 그냥 나가주세요."

그녀는 내가 집 바깥으로 발걸음을 내딛기 전까지는 결코 사라졌다는 것을 믿지 못하겠다는 듯, 문까지 내 뒤를 쫓아왔다. 그녀는 내 뒤로 초인종 소리가 약하게 들릴 만큼 세차게 문을 닫았다.

나는 빨개진 얼굴로 현관 계단에 서서 하트 모양 묵주를 내 기사의 장식 요소로 쓸 수 있겠구나 생각하고 나서, 뚜껑이 열린 빨간 차에 앉은 소녀가 나를 응시하는 것을 보았다. 소년은 없었다.

"언니가 카밀 프리커죠, 맞죠?" 그녀가 외쳤다.

"그래요."

"나, 언니 기억나요." 소녀가 말했다. "언니가 여기 살 땐 난 아주 어렸지만요. 하지만 우리 모두 언니를 알고 있었어요."

"이름이 뭐지?"

"메러디스 휠러예요. 언니는 내가 기억나지 않겠지요. 언니가 고등학교에 다닐 때 나는 어려 빠져서 있으나마나 했으니까."

존 킨의 여자 친구. 어머니의 친구들 덕분에 이름은 익숙했지만 그녀의 성격이 어떻다고 얘기했는지는 기억나지 않았다. 내가 이곳에 살았을 때 그녀는 예닐곱 살쯤밖에 되지 않았을 텐데 알게 뭔가. 그럼에도 그녀가 나를 아는 것이 놀랍지 않았다. 윈드 갭에서 자라는 소녀들은 자기보다 나이가 많은 소녀들을 집착하다시피 연구하며 시간을 보낸다. 누가 풋볼 스타와 사귀는지, 누가 동창회의 여왕이 되고 누구를 눈여겨봐야 하는지 연구에 연구를 거듭한다. 야구 카드를 맞바꾸듯 좋아하는 언니도 바뀐다. 내가 어린아이였을 때 고등학교 졸업파티의 여왕이었던 씨씨 와이어트를 아직도 기억하고 있다. 나는 어느 날 아침 그녀가 나에게 안녕이라고 말했을 때, 그녀가 발랐던 분홍색과 정확하게 똑같은 색의 립스틱을 찾느라 약국에서 립스틱 열한 개를 샀다.

"너라면 기억하지." 내가 말했다. "네가 벌써 운전할 나이가 됐다니 참 믿을 수가 없구나."

그녀가 내 거짓말에 장단이라도 맞추듯 웃음을 터뜨렸다.

"그럼 이제 기자가 된 거죠, 맞죠?"

"맞아, 시카고에서."

"존이 언니랑 얘기할 수 있게 우리가 연락드릴게요."

메러디스가 휭하니 차를 빼서 나갔다. 우리의 대화 주제였던 열 살짜리 죽은 소녀는 까맣게 잊고 립글로스를 다시 바르는 그녀를 보고 있자니, 자기 자신에게 아무 불만이 없는 (우리가 연락드릴게요) 소녀인 것이 확실했다.

나는 마을에서 가장 큰 철물점이자 내털리의 시체가 발견된 철물점으로 전화를 걸었다. 신분을 밝히지 않고 욕실을 새로 했으면, 타일을 새로 갈았으면 한다는 식으로 잡담을 늘어놓았다. 살인사건으로 대화를 유도하는 데는 어려움이 없었다. 많은 사람들이 집의 안전시설에 대해 다시 생각해보는 계기가 되었겠다고 내가 말했다.

"그렇고 말고요, 아가씨. 우리만 해도 사슬 자물쇠나 이중빗장 같은 걸 설치하느라 요 며칠 사이 정신이 없었는걸요." 푸념 섞인 목소리가 들려왔다.

"정말요? 몇 개나 작업하신 거예요?"

"얼추 쉰 개는 됐을 거예요."

"대부분 일반 가정인가요? 아이들이 있는?"

"그럼요. 걱정할 이유가 생긴 사람들이 그 사람들 아니겠어요? 끔찍한 일이죠. 내털리 가족에게는 어떤 식으로든 수익금을 기부하고 싶어요." 그가 말을 멈추었다. "언제 한번 오셔서 타일 샘플을 보시겠어요?"

"물론 그래야겠지요. 감사합니다."

한 가지 잡일거리가 목록에서 줄어들었다. 그리고 나는 비탄에 빠진 엄마로부터 또 한 번 기생충이라는 말을 들을 일도 피했다.

우리의 저녁 식사를 위해 리처드는 그리티를 골랐다. 그곳은 샐러드 빼고는 없는 게 없는 샐러드 바를 갖춘 '패밀리 레스토랑'이었다. 샐러드 바 끄트머리에 기름기가 묻은 채 색이 변해 있는 양상추를 빼고는 채소라고 할 만한 것이 거의 없었다. 약속 시간에 12분 늦는 바람에 서둘러 들어가는데, 리처드가 엄청난 몸집의 여자 지배인과 잡담을 나누고 있었다. 자기 뒤에 있는 통 안에서 돌고 있는 파이만한 얼굴을 한 여자는 내가 곁에 온 것을 눈치채지 못한 듯했다. 그녀는 어떻게 하면 리처드와 잘될지 골몰하고 있었다. 머릿속에서는 그날 밤에 쓸 일기의 첫머리를 이미 쓰고 있었을 것이다.

"프리커." 시선을 여전히 여자에게 고정한 채 그가 말했다. "지각을 하다니 못쓰겠군요. 조앤이 여기서 내 말동무 노릇을 해주었으니 당신은 운이 좋은 거예요." 여자가 키득거리더니 나를 쳐다보고는 우리를 구석 자리로 안내한 다음, 내 앞에 기름때 묻은 메뉴판을 탁 하고 내려놓았다. 테이블에는 앞 손님이 남기고 간 물잔 자국이 남아 있었다.

웨이트리스가 와서 나에게 물이 든 자그마한 잔을 내밀고, 리처드에게는 탄산음료가 든 스티로폼 컵을 건넸다. "봐요, 리처드. 이렇게 기억하고 있잖아요?"

"그러니 당신이 내가 가장 좋아하는 웨이트리스인 거요, 캐시." 유치하게들 놀고 있네.

"안녕, 카밀. 마을에 왔다는 얘기는 들었어." 다시는 듣고 싶지 않은 말이었다. 다시 올려다보니 그 웨이트리스는 내 동창이었다. 우리는 고등학교 1학년 때 한 학기 동안 친구로 지냈다. 가장 친한 친구 사이인 남자아이들(내 남자친구는 필이었고 캐시의 남자친구는 제리였다)을 사귄 덕분이었다. 두 남자아이는 가을에는 풋볼을 하고 겨울에는 레슬링을 하는 힘센 운동선수였는데, 필의 집 지하실에 있는 오락방에서 1년 내

내 파티가 벌어졌다. 지하실 미닫이 창문 바깥으로 나가 오줌을 싸면서 균형을 잡느라 서로 손을 잡아주던 일이 생생하게 되살아났다. 너무 많이 취한 탓에 화장실에 가다가 필의 엄마와 마주치면 안 될 것 같아서 선택한 방법이었다. 그녀는 내게 포켓볼 당구대 위에서 제리와 섹스했던 얘기를 들려주기도 했다. 당구대를 싸고 있던 펠트 천이 왜 끈적거렸는지 그것으로 설명이 되었다.

"안녕, 캐시. 만나서 반갑네. 잘 지내?"

그녀가 팔을 펼치더니 식당 안을 휙 훑어보았다.

"뭐, 이렇게 보면 알겠지? 하지만 그러니까 여기서 너도 보고 하는 거 아니겠어? 바비가 안부 전해달래. 키더 말하는 거야. 바비 키더."

"응, 맞다! 세상에……." 나는 둘이 결혼했다는 사실을 잊고 있었다. "바비는 잘 있어?"

"옛날 그대로지. 언제 시간 있으면 우리 집에 한번 와. 우리 집은 피셔 가에 있어."

뭔가 할 말을 찾아내려고 애쓰며 바비와 캐시 키더의 거실에 앉아 있는 동안 시계 소리만 커다랗게 째깍거리는 장면이 머릿속에 그려졌다. 말이라면 캐시가 다 할 것이다. 그녀는 언제나 그랬다. 침묵을 견디느니 거리 표지판이라도 읽어야 직성이 풀리는 부류였다. 바비가 옛날 그대로라면 지금도 조용할 것이다. 그는 서글서글하고 회색빛이 도는 청색 눈을 가졌으며 관심 있는 것이 별로 없었다. 그의 눈은 대화 주제가 사냥으로 옮겨갈 때만 재빨리 초점을 찾았다. 고등학교 시절 그는 자기가 죽인 사슴들의 다리를 모두 모아두었는데, 가장 최근에 잡은 사슴 다리를 늘 주머니에 넣고 다니면서 좀 딱딱하고 평평한 곳이 보이면 어디든 주저앉아 사슴 다리를 꺼내 북처럼 두들기곤 했다. 나는 그 소리가 항상 죽은 사슴의 모스부호인 것처럼, 내일이면 고기 신세가 돼 있을 사슴의, 뒤늦은 구조요청인 것 같았다.

"어쨌거나 뷔페로 할 거니?"

나는 맥주를 주문했다. 그 부탁이 둔탁한 침묵을 불러왔다. 캐시가 어깨너머로 벽에 걸린 시계를 힐끗했다. "흠, 8시까지는 술을 팔면 안 되거든. 하지만 하나 빼낼 수 있는지 알아볼게. 옛정을 생각해야지, 안 그래?"

"널 곤란하게 만들고 싶지는 않아." 이 동네에 제멋대로인 음주 규칙이 있는 것도 그런 곤란함의 하나다. 윈드 갭에만 존재하는 제멋대로의 음주규칙이었다. 적어도 5시라면 모르겠다. 8시는 사람들이 죄책감을 느끼게 하려는 수작일 뿐이다.

"세상에, 카밀. 그게 정말로 오랜만에 내가 하는 가장 재미있는 일이라는 거 아니?"

캐시가 내게 주려고 술 한 병을 슬쩍하러 간 사이에 리처드와 나는 닭튀김 스테이크와 갈아낸 옥수수, 으깬 감자를 접시에 담았고, 리처드는 이리저리 출렁이는 젤리 한 덩이를 자기 접시에 더 올려놓았다. 우리가 자리로 돌아올 즈음에 젤리는 음식 속으로 다 녹아들어버렸다. 캐시가 마음을 써서 내 자리 쿠션 쪽에 맥주병을 숨겨놓고 갔다.

"항상 이렇게 이른 시간에 술을 시작해요?"

"맥주 한 병 마시는 건데요, 뭘."

"들어올 때 술 냄새 나던데요. 민트 사탕 냄새에 섞여 있더란 말이죠. 노루발풀 향이죠?" 비난하는 게 아니라 그저 궁금해서라는 듯, 그가 미소를 지어 보였다. 그가 취조실에서 실력 깨나 발휘하리라는 것은 보지 않고도 알 수 있었다.

"민트 사탕은 먹었어요. 술은 안 먹었고요."

솔직히 말하자면 바로 그 때문에 늦은 것이었다. 식당 주차장에 차를 대다가 킨의 집에서 나와 얼른 한 잔 마셨던 게 생각났고, 냄새를 없애 야겠다는 생각도 그때 했다. 그래서 몇 블록을 다시 운전해서 편의점에서 민트 사탕을 샀다. 노루발풀 향으로.

"알았어요, 카밀." 그가 상냥하게 말했다. "걱정하지 말아요. 내가 상관할 일도 아닌데." 그는 젤리 때문에 붉게 물든 으깬 감자를 한 수저 떠먹고 입을 다물었다. 약간 무안해하는 모습이었다.

"그래, 윈드 갭에 대해 알고 싶은 게 뭐예요?" 나는 아이에게 생일선물로 동물원에 가기로 한 약속을 깨려는 무성의한 부모처럼 그에게 큰 상처를 준 것 같은 기분이 들었다. 나는 그에게 보상하려고 다음 질문에는 진실을 말할 준비를 했다. 문득 그가 내 음주에 관한 이야기로 말문을 연 것이 그 때문인가 하는 생각이 들었다. 영악한 경찰이었다.

그가 시선을 내리고 나를 물끄러미 바라보았다. "윈드 갭의 폭력성에 대해 알고 싶어요. 모든 장소에는 저마다의 기질이라는 게 있죠. 그게 공공연한지 은밀하게 가려져 있는지? 술집 싸움이나 갱 강간처럼 집단적으로 벌어지는지 아니면 개인적으로 특정하게 벌어지는지? 누가 그런 짓을 저지르며 누가 타깃인지?"

"흠, 제가 이곳 폭력의 역사를 모조리 설명할 만큼 알고 있는 게 많은지 잘 모르겠네요."

"당신이 자라면서 본 정말 폭력적인 사건부터 말해주세요."

나의 어머니와 그 아기가 있었다.

"어떤 여자가 아이를 해치는 모습을 본 적이 있어요."

"쥐어박는 정도? 폭행?"

"깨물었어요."

"좋아요. 남자아이였나요, 여자아이였나요?"

"여자아이였어요. 그랬던 것 같아요."

"가해자의 아이였나요?"

"아니에요."

"좋아요, 좋아, 그거 좋은데요. 어린 여자아이에 대한 매우 개인적인 폭력행위라. 누가 그랬나요? 내가 한번 알아봐야겠어요."

"이름은 몰라요. 다른 마을에서 온 누군가의 친척인가 그랬던 것 같아요."

"누가 그 여자의 이름을 알까요? 여기에 연고가 있다면 알아볼 만한 가치가 있겠죠."

나는 사지가 따로 분리되어 기름이 덮인 호수에 이리저리 표류하는 나무처럼 둥둥 떠 있는 기분이었다. 나는 손톱 끝을 포크에 대고 눌렀다. 그 이야기를 소리 내어 말하는 것만으로도 패닉이 왔다. 리처드가 세부적인 내용까지 알고 싶어 하리라고는 생각조차 하지 않았다.

"저기요, 나는 우리가 그저 이곳에서 벌어진 폭력의 윤곽을 그리기로 한 것이라고 생각했는데요." 귀 안쪽 공동空洞에서 내 목소리가 흘러나왔다. "세부적인 건 잘 몰라요. 내가 모르는 여자였고, 그 여자가 누구랑 같이 있었는지도 몰라요. 그냥 이 마을 사람이 아니라고 짐작했을 뿐이에요."

"기자들은 짐작 같은 건 안 한다고 생각했는데요." 그가 다시 미소를 지었다.

"그때는 기자가 아니었어요. 그냥 어린⋯⋯."

"카밀, 내가 힘들게 하고 있나 봐요. 미안해요." 그가 내 손가락 사이에서 포크를 잡아 빼더니 일부러 자기 쪽에 내려놓고 내 손을 들어 올려 입을 맞추었다. 내 오른쪽 셔츠소매 아래에서 기어 다니는 단어 **립스틱**이 보였다. "미안해요. 다그칠 생각은 없었어요. 내가 나쁜 경찰 노릇을 하고 있나 봅니다."

"형사님한테서 나쁜 경찰 같은 구석은 찾아보기가 힘든데요."

그가 이를 드러내고 웃었다. "그렇죠. 그게 바로 확대해석이죠. 이 소년처럼 잘생긴 얼굴에다 저주를!"

우리는 각자 앞에 놓인 음료를 잠시 홀짝거렸다. 그가 소금 뿌리개를 빙빙 돌리면서 말했다. "몇 가지 더 물어봐도 되겠어요?" 내가 고개를 끄덕였다. "다음으로 생각해낼 수 있는 사건은 뭔가요?"

내 접시에서 솟아오르는 참치 샐러드의 압도적인 냄새에 위장이 뒤틀리고 있었다. 나는 맥주 한 병을 더 시키기 위해 캐시를 찾았다.

"5학년 때였어요. 남자애들 두 명이 으슥한 곳으로 여자애를 데려가서 막대기를 그 애 안에 집어넣게 했어요."

"여자아이의 의지와 상관없이? 억지로 시켰다는 뜻입니까?"

"흠⋯⋯. 아마도 약간은 그럴 거예요. 그 남자애들은 못된 애들이었고, 여자애더러 그렇게 하라고 시켰어요. 그리고 여자애는 시키는 대로 했고요."

"그럼 당신은 그걸 직접 본 겁니까, 아니면 들은 애깁니까?"

"걔네들이 우리들 몇 명을 데려가 보라고 시켰어요. 담임선생님이 그 일을 알아냈고, 우리는 사과해야 했지요."

"그 소녀한테?"

"아뇨. 그 아이도 사과를 해야 했어요. 반 전체에. '어린 숙녀는 제 몸을 반듯하게 관리해야 한다. 왜냐하면 남자애들이 그러지 못하니까.'"

"이런. 예전엔 세상이 어떻게 돌아갔는지 가끔 까먹게 된다니까요. 그렇게 오래전 일도 아닌데 말이죠. 어찌나 그렇게…… 무식할 수 있는지." 리처드는 노트에 글을 휘갈기며 젤리를 목구멍으로 흘러 넘겼다. "또 기억나는 거 있어요?"

"중학교 2학년짜리 여자애가 고등학생들이 벌인 파티에 갔다가 술에 취했는데, 미식축구 선수 네댓 명이 걔와 섹스를 했어요. 그 여자애와 번갈아가면서요. 이것도 포함되나요?"

"카밀. 당연히 포함되죠. 당신도 알잖아요, 안 그래요?"

"다만 그걸 노골적인 폭력으로 간주할 수 있는지 몰랐던 거예요. 아니면……."

"그럼요, 양아치 한 무더기가 열세 살짜리 소녀를 강간하는 건 노골적인 폭력으로 쳐야죠. 그렇고말고요."

"여기 더 필요한 거 없나요?" 불현듯 캐시가 우리를 내려다보며 미소 짓고 있었다.

"맥주 하나 더 슬쩍해줄 수 있어?"

"두 병으로 해주세요." 리처드가 말했다.

"좋아, 이번에는 리처드를 봐주는 뜻에서야. 이 사람, 마을에서 팁이 제일 후하거든."

"고마워요 캐시." 리처드가 미소 지었다.

내가 테이블 쪽으로 고개를 숙였다. "그 말이 틀렸다고 반박하는 게 아니에요, 리처드. 그냥 당신이 생각하는 폭력의 기준이 뭔지 알아보려고 했던 거죠."

"그랬군요. 나는 여기서 우리가 다루고 있는 폭력이 정확히 어떤 종류인지 꽤 훌륭한 그림을 그려가고 있어요. 당신이 그 일도 포함되느냐고 물어봤다는 사실만으로도요. 경찰에는 신고가 들어갔나요?"

"당연히 아니죠."

"하긴 남자애들이 강간하게 내버려뒀다는 이유로 사과하라고 시키지 않은 것만 해도 놀라운 일이라고 해야 할까요. 중학교 2학년이라. 속이 뒤집힐 일이군요." 그가 다시 내 손을 잡으려고 했지만 나는 손을 빼어 무릎 위에 올려놓았다.

"강간인지 아닌지를 나이대로 결정하는 건가요?"

"어떤 나이에도 강간은 강간이죠."

"만약 오늘 너무 취해서 정신이 나간 채로 네 명의 남자와 섹스를 하면 그것도 강간이 되나요?"

"법적으로? 모르겠어요. 그런 건 가령 변호사라든지, 여하튼 아주 많은 요소가 달린 문제니까요. 윤리적으로는 당연히 강간이죠."

"당신 성차별주의자군요."

"뭐라고요?"

"난 성차별에 맞서 여자들을 보호한다는 가면 아래에서 성차별을 자행하는 자유주의자 좌파 남자들을 보면 속이 메슥거려요."

"내가 하는 말이 그런 것과는 거리가 멀어도 한참 멀다고 장담하죠."

"우리 사무실에 어떤 남자가 있어요. 민감한 사람이죠. 내가 승진에서 한번 미끄러졌을 때, 그가 차별이라며 고소하라고 하더군요. 난 무엇에 대해서도 차별받지 않았고 그저 그런 기자였을 뿐이었는데요. 그리고 술 취한 여자들이 섹스를 했다고 해서 다 강간인 건 아니에요. 그냥 바보 같은 선택을 했을 뿐이죠. 우리가 술에 취했을 때 특별한 대접을 받을 자격이 있다고 말하는 건, 우리가 여자이기 때문이에요. 보살핌을 받아야 한다고 말하는 것, 난 그게 거슬려요."

캐시가 맥주를 가지고 돌아왔고 우리는 병이 비워질 때까지 말없이 홀짝거렸다.

"이런, 프리커, 좋아요. 항복이에요."

"좋아요."

"그래도 어떤 패턴은 보이는 거죠? 여자들을 공격하는 데 있어서요. 그 공격에 대한 태도도 그렇고."

"앤과 내털리는 둘 다 성적 학대를 당하지 않은 게 맞죠?"

"남자 입장에서 보면 이를 뽑는 것은 강간과 동격이에요. 전부 힘의 문제죠. 해치는 것의 문제, 상당한 힘을 필요로 하는 문제란 뜻이에요. 이를 하나하나 잡아 빼서…… 내버리는 건."

"그 말, 공식적인 건가요?"

"만약 당신이 쓴 신문 기사에서 오늘 대화에서 나온 어떤 희미한 단서라도 보게 된다면 앞으로 당신과 다시 얘기 나눌 일은 없을 겁니다. 그렇게 되면 얼마나 안 좋겠어요. 왜냐하면 난 당신과 얘기하는 것이 좋으니까요. 건배." 리처드가 비어버린 병을 내 빈 병에 살짝 부딪쳤다. 나는 아무 대꾸도 하지 않았다.

"말이 나왔으니 어디 바람이나 쐬러 갑시다." 그가 말했다. "오로지 재미만을 위해서요. 일 얘기는 하지 말고. 내 뇌가 하룻밤 정도는 일에서 벗어나야 한다고 절박하게 외치고 있거든요. 어디 적당히 작은 도시에 가서 무슨 일이라도 해보는 거예요."

내가 눈썹을 치켜 올렸다.

"태피사탕을 만들어볼까요? 돼지잡기 놀이를 해도 좋고." 그가 손가락으로 탁자를 똑딱똑딱 두드렸다. "아니면 우리만의 아이스크림을 만들어보는 건 어때요? 이 근방에 좀 신기한 행사가 있는 동네 없으려나. 내 솜씨를 보여줄 수 있을 텐데."

"그런 태도로 이 동네 사람들이 당신을 잘도 좋아하게 만들 수 있겠네요."

"캐시는 좋아하잖아요."

"당신이 팁을 주니까 그렇죠."


결국 개럿 공원에 가는 것으로 합의했다. 우리는 아주 작은 그네에 몸이 끼인 채 더운 밤의 먼지 속에서 앞뒤로 흔들거렸다. 내털리 킨이 살아 있을 때 마지막으로 목격된 곳, 하지만 둘 다 그 일에 대해서는 언급하지 않았다. 야구장 건너편에는 돌로 된 오래된 식수대가 쉬지 않고 물을 뿜어내고 있었다. 노동절까지는 식수대가 꺼지는 일이 결코 없을 것(미국의 노동절은 9월 3일로, 날씨가 선선해질 무렵에 분수 가동을 중단한다는 뜻 - 옮긴이)이었다.

"고등학생들이 밤이면 이곳에서 파티를 벌이는 걸 굉장히 많이 보게 되더군요." 리처드가 말했다. "비커리가 그 애들을 잡으러 다니기에는 요즘 너무 바쁘니까."

"내가 고등학교를 다닐 때도 마찬가지였어요. 술을 마시는 건 여기선 그다지 큰 일이 아니거든요. 이제 보니까 그리티는 빼야겠지만."

"열여섯 살 때 당신이 어떤 모습이었을지 보고 싶네요. 맞춰볼까요? 왠지 설교사의 날라리 딸 같았을 듯해요. 외모, 돈, 두뇌 같은 게 이곳에서는 문제를 일으키는 비결인 것 같아요. 당신이 바로 저쪽에 있었을 모습이 그려지네요." 그가 여기저기 갈라진 스탠드 관람석을 손으로 가리켰다. "남자애들보다 술도 더 잘 마시고요."

그것은 이 공원에서 내가 저질렀던 최소한의 비행이다. 첫 키스도 여기서 했고, 열세 살에 첫 펠라티오를 했던 것도 이곳에서였다. 야구팀에 있었던 고등학교 3학년생이 내 팔을 잡고 숲 안으로 데려갔다. 그는 내가 서비스를 해주기 전에는 나에게 키스하려 하지 않았고, 서비스를 해준 다음에는 내 입이 물고 있었던 곳 때문에 또 키스하려 하지 않았다. 어린 사랑. 풋볼 파티에서의 거칠었던 나의 밤, 리처드를 그토록 화나게 했던 그 일이 있은 지 얼마 지나지 않아서였다. 중학교 2학년, 네 명의 남자. 지난 10년보다 더 열광적으로 성에 탐닉했던 시절이다. 내 골반 쪽에서 *사악한*이라는 단어가 번쩍이는 것이 느껴졌다.

"제법 재미도 봤지요." 내가 말했다. "외모와 돈은 윈드 갭에서 제법 쓸모가 있으니까요."

"뇌는요?"

"뇌는 숨겨놓아야 해요. 그리고 친구는 많았지만 정말 친하다고 할 만한 애들은 없었어요."

"상상이 가네요. 어머니하고는 친했어요?"

"딱히 그렇지는 않았어요." 술을 너무 마셨다. 얼굴이 조여들며 불타오르는 기분이 들었다.

"왜죠?" 리처드가 그네를 돌려 나를 마주보며 말했다.

"그냥 어떤 여자들은 어머니 노릇을 하게 생겨먹지 않은 것 같아요. 어떤 여자들은 딸 노릇을 잘하게 생겨먹지 않았고요."

"어머니가 당신에게 상처를 준 적이 있나요?" 이 질문이 나를 무기력하게 만들었다. 저녁식사 자리에서 나눈 대화 뒤에 나온 말이라 더 그랬다. 그녀가 나를 해친 적이 있냐고? 언젠가 나는 그녀에 대한 기억을 분명히 꿈으로 꿀 것이라고 느끼고 있었다. 할퀴고, 물고, 꼬집는 식으로. 꼭 그런 일이 일어났던 것 같았다. 블라우스를 벗어 그에게 나의 흉터들을 보여주며 "그래요, 봐요!"라고 외치는 내 모습을 상상해보았다. 탐닉.

"희한한 질문이네요, 리처드."

"미안해요. 그냥 당신 목소리가 너무…… 서글프게 들리는 바람에. 화가 난 건지, 뭐 그런."

"그런 건 부모와 좋은 관계를 맺고 있는 사람들의 특징이죠."

"죄책감." 그가 웃었다. "화제를 바꿔보면 어떨까요?"

"그래요."

"좋아요. 보자…… 가벼운 대화로. 그네 대화." 리처드가 골몰하는 시늉을 내며 얼굴을 찡그렸다. "좋아요. 제일 좋아하는 색깔이 뭐예요? 제일 좋아하는 아이스크림 향, 제일 좋아하는 계절?"

"파란색, 커피 향, 겨울이요."

"겨울? 세상에 누가 겨울을 좋아해요."

"일찍 어두워지잖아요. 그게 좋아요."

"왜요?"

왜냐하면 그것은 하루가 끝났다는 것을 의미하기 때문이다. 나는 달력의 지나간 날짜에 표시를 하는 것을 좋아한다. 몸을 긋는 일을 그만둔 지 151일이 지났고, 정말로 끔찍한 일은 일어나지 않았다. 152일, 그리고 세상은 망가지지 않았다. 153일, 그리고 나는 아무도 파멸시키지 않았다. 154일, 그리고 아무도 나를 정말로 싫어하지는 않는다. 때로 나는 마지막 남은 날들을 한 손만으로 다 셀 수 있게 될 날까지는 결코 안전하다는 느낌을 받을 수 없을 거라는 생각이 든다. 사흘만 더 버티면 더 이상 인생에 대해 걱정하지 않아도 될 때까지는.

"난 그냥 밤이 좋아요." 내가 얘기를 좀 더, 많이는 아니지만 조금만 더 하려던 참이었다. 길 건너에서 부서진 노란색 폭스바겐 아이록이 덜컹거리며 다가와 멈추더니, 앰마와 그녀의 금발 일행이 뒷자리에서 쏟아져 나왔다. 앰마는 운전석 창에 기대어 운전하는 남자아이와 수작을 벌이고 있었다. 남자아이는 떡진 잿빛 금발을 길게 늘어뜨리고 있었다. 지금도 여전히 그 노란색 아이록을 몰고 다닐 법하게 생긴 아이였다. 세 소녀는 엉덩이를 쭉 내밀고 앰마의 뒤에 서 있었다. 키가 가장 큰 아이가 그들에게 엉덩이를 돌리더니 날씬하고 긴 몸을 구부려 한참 동안 신발 끈을 묶는 척했다. 괜찮은 수법이었다.

소녀들은 우리 쪽으로 미끄러지듯 몰려왔다. 앰마가 배기가스가 만든 검은 구름 속에서 과장되게 손을 흔들었다. 어린 것들이 섹시하기도 하지, 인정할 수밖에 없었다. 긴 금발, 하트 모양의 얼굴, 그리고 마른 다리. 미니스커트에 작디작은 탱크탑 위로 납작한 아기 배가 드러나 보였다. 저 높이 달려 있는 가슴, 뽕을 잔뜩 넣은 조디스만 빼고 나머지는 진짜 가슴이 드러나 있었다. 완전히 자란, 지나치게 농익어 흔들리는 가슴. 유아기 때부터 우유를 먹고, 돼지고기를 먹고, 소고기를 먹은 결과다. 모두 우리가 먹는 고기에 성장촉진제를 투여해서 생긴 것이다. 머지않아 걸음마쟁이에게도 가슴이 생기는 날이 올 것이다.

"여, 딕(리처드의 애칭 - 옮긴이)." 앰마가 불렀다. 앰마는 엄청나게 큰 빨간색 막대사탕을 쪽쪽거리고 있었다.

"안녕, 숙녀들."

"안녕, 카밀. 나 아직도 스타로 안 만들어주는 거야?" 앰마가 막대사탕을 혀로 핥으면서 물었다. 알프스 소녀를 연상시키던 머리끈은 돼지농장에 입고 갔던 옷과 함께 사라지고 없었다. 그 옷에서는 온갖 악취가 범벅이 되어 풍길 터였다. 지금 그녀는 탱크탑과 사타구니에서 2~3센티미터쯤 내려온 치마를 입고 있었다.

"아직." 그녀의 피부는 복숭아 빛이었다. 얼룩이나 주름 하나 없는 그녀의 얼굴은 너무도 완벽하고 개성이 없어서 방금 전에 자궁에서 튀어나온 것처럼 보였다. 그들 일행 모두 아직 마무리가 덜 된 작품처럼 보였다. 그들이 가주기를 바랐다.

"딕, 언제 우리 데리고 드라이브 시켜줄래요?" 앰마가 우리 앞 흙바닥에 쿵 하고 뛰어내리며 물었다. 팬티가 살짝 보일 만큼 그녀의 다리가 올라갔다.

"드라이브를 시켜주려면 너희를 체포해야지. 같이 어울려 다니는 그녀석들도 체포하고. 너희랑 다니기에 고등학생들은 나이가 너무 많아."

"걔들 학교 안 다니는데요." 키 큰 여자애가 말했다.

"맞아요." 앰마가 킬킬거렸다. "자퇴했거든요."

"앰마, 넌 몇 살이니?" 리처드가 물었다.

"이제 막 열세 살이 됐어요."

"왜 만날 앰마한테 그렇게 관심이 많아요?" 황동 금발이 끼어들었다. "우리도 있는데. 보일지 모르겠지만. 우리 이름은 뭔지도 모르죠?"

"카일리, 켈시, 그리고 또 다른 켈시. 애들 만난 적 있어요, 카밀?" 리처드가 키 큰 소녀, 황동 금발 소녀, 그리고 내 동생이 모욕적인 말로 불렀던 소녀를 차례로 가리키며 내게 물었다.

"쟨 조디스예요." 앰마가 말했다. "쟤도 이름이 켈시라 성으로 부르는 거예요. 헷갈리면 귀찮잖아요. 맞지, 조디스?"

"켈시라고 부르고 싶으면 그렇게 불러도 돼요." 넷 중 가장 덜 예쁘다는 이유로 서열 4위를 차지했을 그 소녀가 말했다. 턱선이 약했다.

"앰마는 당신의 이부동생이죠?" 리처드가 말을 이었다. "내 정보가 그렇게 감감하기만 하진 않아요."

"그렇군요. 이곳에 제대로 들어오셨네요." 앰마는 이 말을 성적인 의미로 들리게 내뱉었다. 이중적인 의미를 담으려고 했는지는 알 수 없지만. "둘이 지금 데이트하는 거예요? 여기에 계신 카밀 언니가 아주 잘나간다고 들었는데. 적어도 예전에는 그랬다고 하더라고요."

리처드가 놀란 까마귀 같은 웃음을 트림처럼 뱉어냈다. *쓸모없는이* 가 내 다리에서 너울거리고 있었다.

"정말이에요, 리처드. 나도 소싯적에는 한 인물 했어요."

"인물," 앰마가 비웃자 두 소녀가 웃었다. 조디스가 막대기로 흙바닥에 정신 사납게 선을 그리고 있었다. "그 얘기 좀 들어봐야 한다니까요, 딕. 들으면 바짝 달아오를걸요. 아니면 벌써 들었을지도 모르겠네."

"숙녀 분들, 우리는 이만 가야겠어. 늘 그랬지만 참 인물들이군." 리처드가 말하며 내가 그네에서 빠져나오는 것을 도우려고 내 손을 잡았다. 차까지 가는 동안 그는 계속 내 손을 잡고 있었는데, 나중에는 손을 쥔 힘이 두 배로 강해졌다.

"정말 신사라니까." 앰마가 큰 소리로 말했다. 그러더니 앰마 일행이 우리를 따라오기 시작했다. "범죄는 해결 못하면서 카밀을 구려빠진 자기 차에 데려갈 시간은 있나봐." 그들은 바로 우리 뒤까지 다가왔고, 앰마와 카일리가 우리의 뒤꿈치를 문자 그대로 밟았다. 앰마가 샌들로 짓누른 내 아킬레스건 주위로 *욱지기나는*이 작열하는 것이 느껴졌다. 그러더니 앰마가 침이 잔뜩 묻은 막대사탕을 입에서 꺼내 내 머리카락에 대고 감았다.

"그만뒤." 나는 웅얼거리며 몸을 돌려 앰마의 손목을 움켜쥐었다. 어찌나 세게 쥐었던지 그녀의 맥박이 고스란히 느껴질 정도였다. 내 맥박보다 느리게 뛰고 있었다. 그녀는 몸부림을 치기는커녕 오히려 내 쪽으로 제 몸을 더 밀어붙였다. 그녀가 내뿜는 딸기 향이 내 목덜미의 패인 곳에 와 닿는 것을 느꼈다.

"왜, 뭐라도 좀 해보시지." 앰마가 웃었다. "언니는 지금 당장이라도 나를 죽일 수 있고, 그래도 딕은 아무것도 알아내지 못할 테니까." 나는 손을 놓고 앰마를 밀어냈다. 리처드와 나는 내가 원했던 것보다 빠르게 차 쪽으로 허둥지둥 발을 끌고 갔다.

# 9장

 

나는 알지도 못하는 사이에 9시에 잠이 들었다가, 다음날 아침 분노한 태양 빛이 쏟아지는 7시에 깼다. 내 방 높이까지 자란 바싹 마른 나무가 내 옆에서 위로라도 해주겠다는 듯 가지를 창문에 대고 바스락거리고 있었다.

나는 내 유니폼이나 다름없는 긴팔 셔츠와 긴 치마를 입고 아래층을 배회했다. 게일라가 뒷마당에서 환하게 반짝이고 있었다. 그녀의 흰 간호사 복장은 초록 풀밭에서 눈부시게 빛났다. 그녀는 어머니가 온전치 못한 장미들을 얹어두는 은 쟁반을 들고 서 있었다. 어머니는 버터색 선드레스를 입고 있었다. 옷 색깔이 그녀의 머리와 잘 어울렸다. 그녀는 펜치를 들고 분홍색과 노란색 꽃송이들을 품은 덤불을 집요하게 헤치면서 허기를 채우듯 꽃을 하나하나 검사하고, 꽃잎을 잡아떼고, 밀고, 잡아 올렸다.

"이건 물을 더 줘야겠구나, 게일라. 네가 얘들한테 한 짓 좀 보렴."

어머니는 관목에서 연분홍 장미 한 줄기를 골라내 바닥으로 줄기를 눕힌 다음 우아하게 발로 지그시 누르고 뿌리 바로 위에서 줄기를 잘랐다. 게일라가 들고 있는 쟁반에는 틀림없이 장미가 여남은 송이쯤 놓여 있을 것이다. 내 눈으로는 그 꽃들이 뭐가 잘못되었는지 통 알 수가 없었다.

"카밀, 오늘 우드베리에 나하고 쇼핑 좀 가야겠다." 어머니가 나를 쳐다보지도 않고 크게 말했다. "그래도 되겠니?" 어머니는 전날 내시의 집에서 나를 궁지로 몰아넣었던 일에 관해서는 일언반구도 꺼내지 않았다. 그건 그녀에게는 너무 직접적인 행위일 터였다.

"볼일이 좀 있어요." 내가 말했다. "그건 그렇고 엄마가 내시 집 사람들과 친구 사이인 줄은 몰랐네요. 앤과 친구 사이였다는 거요." 나는 지난번 아침식사 자리에서 앤과 관련해 그녀를 조소했던 것에 죄책감이 들었다. 어머니를 언짢게 해서 마음이 안 좋았다는 뜻이 아니다. 내 부채감을 그녀가 기록으로 남기는 것이 견딜 수 없이 싫었다는 뜻이다.

"흠, 흠. 앨런하고 내가 다음 주 토요일에 파티를 열 생각이야. 네가 온다는 걸 알기 전부터 계획했던 거야. 뭐, 네가 여기 올 때까지 네가 온다는 사실을 모르고 있었다고 말하는 편이 맞겠지만 말이다."

장미 한 송이가 다시 목이 꺾였다.

"저는 엄마가 그 아이들을 아나마나한 줄 알고 있었어요. 잘 아는 사이인 줄도 모르고……."

"괜찮아. 근사한 여름 파티가 될 거야. 좋은 사람들도 아주 많이 올 거고. 그러자면 너한테도 드레스가 필요할 텐데. 드레스 한 벌쯤은 가져왔겠지?"

"아뇨."

"좋아, 그럼. 서로 밀린 회포를 풀기에 좋은 기회가 되겠구나. 여기 온 지 일주일이 넘었으니 이제 때가 된 것 같아." 그녀가 마지막 장미 줄기를 쟁반에 올려놓았다. "됐다, 게일라. 이것들은 다 갖다버려도 좋아. 집 안에 둘 걸로는 나중에 더 쓸 만한 걸로 골라보자."

"내 방에 놓을게요, 엄마. 내 눈에는 괜찮아 보이는데."

"괜찮지 않아."

"상관없어요."

"카밀, 내가 방금 전에 살폈잖니. 잘 핀 꽃이 아니야." 그녀는 펜치를 바닥에 떨어뜨리더니 줄기 하나를 잡아당기기 시작했다.

"하지만 내 눈에는 괜찮아요. 내 방에 두기에."

"아, 네가 무슨 짓을 했는지 좀 봐. 피가 나잖니." 어머니가 가시에 찔린 손을 들어 올렸고, 짙게 붉은 물이 그녀의 손목을 따라 떨어졌다. 대화는 그걸로 끝이었다. 어머니는 집으로 걸어갔고, 게일라가 어머니를 뒤따랐으며, 나는 게일라를 뒤따랐다. 뒷문 손잡이가 피로 끈적였다.

앨런이 어머니의 양손을 반창고로 친친 감았다. 현관에서 인형의 집을 가지고 놀던 앰마에게 걸려 하마터면 넘어질 뻔했을 때, 아도라가 그녀의 머리끝을 장난스럽게 잡아당기며 우리와 함께 가자고 말했다. 앰마는 고분고분하게 따랐고, 나는 그들이 내 앞에서 가게 하느라 뒤에 처져 기다렸다. 어머니가 있는 곳에서 또 그런 꼴을 당할 수는 없었다.

아도라는 고가 부티크 두 곳이 있는 우드베리까지 내가 그녀의 옅은 파란색 컨버터블을 운전했으면 했지만, 지붕을 열고 가는 것은 원하지 않았다. "감기에 걸리면 어쩌니." 그녀가 뭔가를 공모하는 표정으로 앰마에게 미소를 지으며 말했다. 소녀는 어머니 뒤에 조용히 앉아서 나를 보고 있다가 내가 백미러로 자신을 지켜보는 것을 알고는 입을 오므려 잘난 척하는 미소를 지었다. 몇 분 간격으로, 그녀는 손톱 끝으로 어머니의 머리카락을 쓸어내렸다. 살짝, 어머니가 눈치채지 못하게.

아도라는 내가 자신이 가장 즐겨 찾는 가게 바깥에 메르세데스를 주차하는 동안 자신을 위해 차 문을 열어달라고 조그만 목소리로 말했다. 20분 만에 건넨 말이었다. 회포를 풀기에 참 좋기도 하지. 나는 그녀를 위해 부티크 문도 열어주었다. 여성스러운 종소리가 직원의 밝은 인사와 딱 어울렸다.

"아도라!" 그녀가 눈살을 찌푸렸다. "세상에, 손은 어떻게 된 거예요?"

"그냥 작은 사고가 났어, 정말로. 집에서 일을 좀 하다가. 오늘 오후에 병원에 가보려고." 어련히 가시지 않을까. 종이에 베어 상처가 생겨도 병원에 갈 사람이 나의 어머니인데.

"어떻게 된 거예요?"

"정말로 별 거 아냐. 그보다 내 딸 카밀을 소개해주고 싶어. 이번에 다니러 왔거든."

그녀는 앰마를 쳐다보고 나서 나에게 머뭇머뭇하는 미소를 보냈다.

"카밀이라고요?" 점원이 재빨리 수습했다. "딸이 한 명 더 있었다는 걸 까먹고 있었어요." 그녀는 '딸'이라는 단어에서 목소리를 낮추었다. 그 단어가 저주라도 되는 듯 말이다. "틀림없이 아빠를 닮았나 봐요." 그녀가 살 말을 고르는 듯한 태도로 내 얼굴을 뜯어보며 말했다. "앰마는 정말로 부인을 많이 닮았어요. 메리언도 그랬고. 사진에서 본 바로는요. 그런데 이 따님은…….”

“얘는 나를 그다지 닮지 않았지.” 어머니가 말했다. “머리나 눈 색깔, 광대뼈 같은 게 제 아버지랑 똑같아. 성미도 마찬가지고.”

어머니가 내 아버지에 대해 가장 많은 말을 한 것이 이때였다. 나는 얼마나 많은 직원들이 이런 식으로 아무렇지도 않게 내 어머니에게서 그런 소식을 전해 들었을지 궁금했다. 미주리 남부의 모든 상점 직원들과 잡담을 하는 장면을 재빨리 머릿속에 그려보았다. 그걸 다 모아서 내 아버지의 희미한 프로필을 만들어보는 것이다.

어머니가 거즈를 붙인 손으로 내 머리를 쓰다듬었다. “이 아이에게 새 드레스를 좀 사 줘야겠어. 화려한 색으로. 얘는 검은색이나 회색 옷만 입는 경향이 있어서. 사이즈는 4예요.”

여자는 치마 위로 사슴뿔처럼 튀어나온 한없이 빈약한 엉덩이를 바지런히 움직이며 둥글게 회전하는 옷걸이에서 이리저리 옷을 짜 맞추더니, 휘황찬란한 초록색과 파란색과 분홍색 드레스들을 부케처럼 꺼내 보였다.

“이거 입으면 아주 예쁘겠는데.” 앰마가 반짝이는 금빛 윗도리를 어머니에게 대며 말했다.

“그만둬, 앰마.” 어머니가 말했다. “촌스럽게 그게 뭐야.”

“나를 보면 정말로 아버지 생각이 나요?” 나는 참지 못하고 아도라에게 물었다. 내가 생각해도 뻔뻔스러운 질문에 뺨이 달아오르는 것이 느껴졌다.

“그냥 지나가게 놔둘 리가 없지.” 매장 거울을 들여다보며 립스틱을 바르던 그녀가 말했다. 그녀의 손에 붙은 거즈는 티 하나 없이 깨끗했다.

"그냥 궁금해서 그래요. 내 성격이 아버지를 떠올린다는 말은 엄마한 테서 한 번도 들어보지 못해서……."

"네 성격은 나랑은 아주 다른 누군가를 떠올리게 해. 그리고 네가 앨 런을 닮을 일은 분명 없으니 네 아버지일 수밖에 없다고 짐작해야지. 자, 이제 그만."

"하지만 엄마, 그냥 알고 싶어서 그래요……."

"카밀, 너 때문에 피가 더 나잖니." 그녀는 붉은색 피가 번져 오르는 반창고를 들어 올렸다. 그녀를 할퀴고 싶은 마음이 들었다.

직원이 우리 앞에 드레스를 쏟아 부었다. "이거야말로 손님이 꼭 입 어야 할 옷이에요." 그녀가 터키옥색의 선드레스를 들고 말했다. 어깨 에 끈이 달리지 않은 원피스였다.

"그리고 이 예쁜 아가씨한테는 뭘 드릴까." 직원이 앰마에게 고개를 끄덕이며 말했다. "우리 매장 옷의 작은 사이즈는 잘 맞겠는데요."

"이제 겨우 열세 살인데. 앤 아직 이런 옷을 입을 때가 아니야." 어머 니가 말했다.

"이제 고작 열세 살이란 말이에요? 세상에나. 자꾸 까먹는다니까요. 다 큰 처녀처럼 보여서. 윈드 갭에서 일어나는 그 온갖 일들을 생각하 면 걱정이 이만저만이 아니시겠어요."

어머니가 앰마를 팔로 두르고 정수리 쪽에 키스를 했다. "얘가 다 크 면 그런 걱정도 못하는 때가 오겠지. 얘를 어디 먼 데 가둬두었으면 싶 다니까요."

"푸른 수염 사나이의 죽은 아내들처럼요." 앰마가 웅얼거렸다.

"라푼첼처럼." 어머니가 말했다. "입어봐, 카밀. 네 동생에게 네가 얼마나 예뻐질 수 있는지 보여주렴."

그녀는 탈의실까지 조용히, 당연하다는 듯 따라왔다. 거울이 달린 작
은 방 바깥에 어머니가 자리를 잡고 앉았다. 나는 뭘 택할지 살펴보았
다. 끈이 없는 것, 가느다란 끈이 달린 것, 어깨를 살짝 덮는 것. 어머니
는 내게 벌을 주고 있었다. 나는 소매가 3부로 내려오는 분홍색 드레스
를 발견하자 셔츠와 바지를 빠르게 벗어던지고 그것을 뒤집어썼다. 내
가 생각했던 것보다 목선이 더 아래로 내려와 있었다. 가슴에 새긴 단
어들이 형광 불빛 아래서 부풀어 보였다. 피부 아래서 터널을 파는 벌
레들 같았다. *징징거리다, 우유, 상처, 피.*

"카밀, 좀 보자."

"아, 이건 안 되겠어요."

"보자니까." *얕신여기다*가 오른쪽 엉덩이 쪽에서 불타올랐다.

"다른 걸 입어볼게요." 나는 다른 드레스들을 샅샅이 뒤졌다. 하나같
이 처음 입어본 것만큼이나 내 몸에 새겨진 단어들을 드러내 보일 옷들
이었다. 나는 거울에 비친 내 모습에 다시 시선이 사로잡혔다. 무시무
시해 보였다.

"카밀, 문 열어라."

"언니가 왜 그런대요?" 앰마가 무심한 듯 말했다.

"이건 안 되겠어요." 옆에 달린 지퍼가 엉켜버렸다. 훤히 드러난 팔뚝
의 흉터들이 진분홍색과 보라색 천 아래에서 번쩍거리고 있었다. 거울
을 직접 들여다보지 않아도 흉터들이 내게 반사되고 있는 것을 느낄 수
있었다. 커다랗게 흐물거리는, 초토화된 피부.

"카밀." 어머니가 문을 탕탕 두드렸다.

"왜 그냥 보여주지 않는 거야?"

"카밀."

"엄마, 드레스들 봤잖아요. 안 될 일이라는 거 알면서 왜 그래요." 나는 절박했다.

"그냥 한번 보자."

"내가 하나 입어볼게, 엄마." 앰마가 알랑거렸다.

"카밀……."

"좋아요." 내가 문을 확 열어젖혔다. 내 가슴 높이에 있던 어머니의 얼굴이 주춤했다.

"오, 세상에." 그녀가 훅 내뿜는 숨결이 내 가슴에 느껴졌다. 그녀는 내 가슴을 만져볼 것처럼 붕대 감은 손을 들어 올리더니 하릴없이 떨어뜨렸다. 그녀 뒤에 서 있던 앰마가 강아지처럼 코맹맹이 소리를 냈다. "네 몸에 대체 무슨 짓을 한 거니?" 아도라가 말했다. "이걸 좀 봐라."

"보고 있어요."

"그냥 그 꼴이 아주 좋다고 생각하면 되겠구나. 그런 네 자신을 참아낼 수 있으면 좋겠다고."

그녀가 문을 닫았고, 나는 드레스를 벗으려고 안간힘을 쓰기 시작했다. 지퍼가 계속 걸려서 지퍼 이빨이 엉덩이에 박힐 지경이 될 때까지 미친 듯이 드레스를 잡아당겼다. 지퍼가 엉덩이 정도까지 내려오자 가까스로 몸을 빼냈고, 지퍼는 내 살에 분홍색으로 할퀸 자국을 남겨놓았다. 나는 면 옷더미로 입을 막고 소리를 질렀다.

다른 방에서 어머니의 또박또박 침착한 목소리가 들려왔다. 내가 바깥으로 나왔을 때, 직원이 긴팔에 깃이 높은 블라우스와 발목까지 내려오는 산호색 치마를 싸고 있었다. 앰마가 나를 응시하고 있었다. 차에 가서 기다리려고 매장을 나서기 전, 그녀의 눈이 분홍빛으로 나를 쏘아보고 있었다.

집에 돌아온 나는 아도라의 뒤를 쫓아 현관문으로 들어섰다. 앨런이 린넨 바지 주머니에 손을 찔러 넣은 채, 격의 없이 굴려고 노력하고 있으나 어정쩡하기 그지없는 자세로 서 있었다. 그녀가 바람을 휘날리며 그의 곁을 휙 지나 계단으로 향했다.

"오늘 어땠소?" 그가 그녀의 뒤에 대고 외쳤다.

"끔찍했어요." 어머니가 컹컹댔다. 위층에서 그녀의 방문이 닫히는 소리가 들렸다. 앨런이 내게 얼굴을 찌푸려 보이더니 그녀의 시중을 들러 갔다. 앰마는 벌써 사라지고 없었다.

나는 주방으로 들어가 칼날조각들이 담긴 서랍 쪽으로 갔다. 한때 내 몸에 사용하던 칼들을 그저 한번 보고 싶었다. 몸을 그을 생각은 없었고, 그저 날카로운 압박을 직접 느껴보고 싶을 뿐이었다. 칼날을 만지기도 전에 손톱 끝의 도톰한 부분으로 칼끝이 부드럽게 눌러오는 것이 느껴졌다. 몸을 긋기 전의 그 섬세한 긴장을 느낄 수 있었다.

서랍이 2~3센티미터쯤 나오더니, 뭔가에 걸려 더 이상 빠지지 않았다. 어머니가 맹꽁이자물쇠를 달아둔 것이다. 나는 당기고 또 당겼다. 모든 칼날들이 성마른 쇠 물고기처럼 서로 밀려가며 찰캉거리는 소리가 들렸다. 살갗이 뜨거워졌다. 커리에게 막 전화를 걸려던 차에, 초인종이 깍듯한 톤으로 살짝 울렸다.

구석에 가서 내다보니 메러디스 휠러와 존 킨이 바깥에 서 있는 것이 보였다.

꼭 자위를 하다가 걸린 기분이었다. 입 안을 잘근잘근 씹다가 문을 열었다. 메러디스가 쪼르르 들어와서 이 방 저 방 살피더니 집 안의 모든 것이 얼마나 아름다운지 떠들어대며 계집아이 특유의 감탄을 늘어놓았다. 그녀는 초록색과 흰색의 치어리더 복장을 한 십대 소녀보다 사교계의 지체 있는 부인에게나 어울릴 법한 진한 향수냄새를 파도처럼 뿜어냈다. 그녀는 내가 자신을 보고 무슨 생각을 하는지 딱 알아맞혔다.

"알아요, 알아. 지금은 방학이잖아요. 이런 향수를 뿌리는 것도 오늘이 마지막이에요. 내년 후배들을 위해 치어리딩 강습을 할 거거든요. 성화를 넘겨주는 것과 비슷한 일이죠. 언니도 치어리더였죠, 아니에요?"

"맞아, 네가 믿을지는 모르겠지만." 나는 실력은 별로였지만, 치어리더 치마를 입으면 제법 보기 좋았다. 그나마 몸통에만 칼질을 하는 정도로 자제하던 때였다.

"믿어요. 언니가 마을 전체에서 가장 예쁜 아이였다면서요. 사촌오빠가 그러는데 언니가 고3일 때 자기는 고1이었대요. 댄 휠러라고 알아요? 오빠가 늘 언니 얘기를 했어요. 예쁘고 똑똑하고, 똑똑하고 예쁘고. 그리고 상냥했다고요. 내가 이런 얘기를 하면 오빠가 날 죽일지도 몰라요. 오빠는 지금 스프링필드에 살아요. 결혼은 안 했고요."

그녀의 입에 발린 말투는 예전에 함께 있으면 늘 불편하기만 했던 부류의 여자아이들을 떠올리게 했다. 성형외과에서 시술받은 것 같은 상냥함으로 노닥거리는, 오로지 친구들이나 알고 있어야 할 법한 자기 이야기를 늘어놓는 여자아이들, 자신을 '사람들과 어울리기 좋아하는 사람'이라고 생각하는 여자아이들이었다.

"얘가 존이에요." 그가 자기 뒤에 서 있어서 새삼 깜짝 놀랐다는 듯 그녀가 말했다.

그를 가까이서 보기는 처음이었다. 그는 정말 아름다웠다. 남자인지 여자인지 거의 구분이 안 되는 외모, 키가 크고 날씬하고 외설적이며 완벽한 입술, 얼음처럼 투명한 눈을 가진 아이였다. 그는 검은 머리다발을 귀 뒤로 넘기고 있었고, 내게 악수를 청할 때는 마치 손으로 미소를 짓는 듯했다. 마치 사랑받는 애완동물이 손으로 새로운 재주를 선보이는 것 같았다.

"그래서, 두 사람은 어디서 얘기하고 싶어요?" 메러디스가 물었다. 그녀가 언제, 어떻게 입을 닥쳐야 할지 모른다는 생각에 그녀를 따돌릴 방법이 없을지 잠시 고민했다. 하지만 그에게는 의지할 친구가 필요해 보였고 그가 지레 겁을 먹고 내빼는 것은 나도 원치 않았다.

"거실 편한 데 앉아요." 내가 말했다. "나는 차를 내올 테니까."

나는 이층으로 올라가서 소형녹음기에 부리나케 새 카세트를 끼워 넣고, 어머니 방의 기척을 살폈다. 팬이 윙윙 돌아가는 소리 말고는 조용했다. 자나? 그렇다면 앨런이 그녀 옆에 웅크리고 있을까, 아니면 그녀의 호화로운 의자에 앉아 그녀를 묵묵히 바라보고 있을까? 그렇게 오랜 시간이 흘렀어도 나는 아도라와 그녀의 남편의 사생활을 짐작조차 할 수 없었다. 엄마의 방을 지날 때 그녀가 흔들의자 끝에 몹시 조신하게 앉아서 《그리스의 여신들》이라는 책을 읽고 있는 것이 보였다. 내가 이곳에 온 이후로 이 아이는 잔다르크도 됐다가, 푸른 수염 사나이의 아내도 됐다가, 다이애나 왕세자비도 되었다. 생각해보니 모두 순교자고 희생자였다. 그녀는 여신들 중에도 좀 더 불건전한 롤모델을 찾을 것이다. 그러려니 하고 그녀의 방을 지나쳤다.

주방에서 음료를 따르고, 10초를 온전히 센 다음 포크 끝으로 손바닥을 눌렀다. 살갗이 아우성을 멈추었다.

거실에 들어서니 메러디스가 존의 무릎에 제 다리를 걸치고 흔들면서 그의 목에 키스를 하고 있었다. 내가 음료를 담은 쟁반을 짤그락거리며 탁자에 내려놓자 그녀가 하던 일을 멈추었다. 존이 나를 보고 여자아이의 몸에서 제 몸을 슬며시 떼어놓으려 했다.

"너 오늘 재미없어." 여자아이가 입을 삐죽 내밀었다.

"존, 나와 얘기하기로 마음먹었다니 정말로 기뻐." 내가 말문을 열었다. "어머니가 탐탁지 않게 생각하시는 건 알고 있어."

"네. 엄마는 제가 누구와도 너무 많은 얘기를 하지 않기를 바라세요. 특히…… 언론하고요. 엄마는 사적인 걸 매우 중시하는 분이거든요."

"그럼 존은 어때? 괜찮아?" 내가 부추겼다. "열여덟 살쯤 됐나?"

"이제 막 열여덟이 됐어요." 그는 입 안에 수저를 넣어 가늠해보듯 깍듯한 태도로 차를 한 모금 마셨다.

"왜냐하면 난 정말 존의 여동생에 대해 우리 독자들에게 설명할 수 있기를 바라거든." 내가 말했다. "앤 내시의 아버지가 자기 딸에 대해 다 말해준 터에, 내털리가 이 기사에서 제외되는 일은 없었으면 좋겠어. 내 취재에 응한 걸 엄마는 알고 계시니?"

"아뇨. 하지만 괜찮아요. 엄마가 그런 행동에 동의하지 못한다는 점을 우리가 동의하는 셈이라고 해야겠죠." 중얼거리는 말투 중간에 그의 웃음이 새어 나왔다.

"애네 엄마는 언론이라면 아주 질색하세요." 존의 잔에 든 차를 마시면서 메러디스가 말했다. "사적인 걸 극단적으로 중시하는 분이에요. 내가 누구인지조차 모를걸요. 우리가 사귄 지가 1년이 넘었는데. 맞지?" 그가 고개를 끄덕였다. 메러디스는 실망한 빛으로 얼굴을 찡그렸는데, 짐작하기로는 그가 자신들의 연애담을 부언해주지 않았기 때문인 것 같았다. 그녀가 그의 무릎에서 다리를 떼어 꼬고 앉더니, 소파 가장자리를 쥐어뜯기 시작했다.

"듣자하니 요즘은 휠러 씨의 집에서 살고 있다고 하던데?"

"우리 집 뒤편에 묵을 곳이 있어요. 옛날 옛적부터 있었던 마차 차고예요." 메러디스가 말했다. "내 여동생이 엄청 열 받았어요. 걔와 걔의 너저분한 친구들이 죽치고 놀던 곳이었거든요. 언니 여동생은 빼고요. 언니 여동생은 괜찮아요. 제 동생은 아시죠? 켈시?"

알다마다. 이 물건이 앰마와 연관이 없다면 이상한 일이지.

"큰 켈시, 아니면 작은 켈시?" 내가 물었다.

"내 말이 그 말이에요. 이 동네에는 켈시가 너무 많다니까요. 키 큰 애가 내 동생이에요."

"만난 적 있어. 아이들끼리 서로 친해 보이던데."

"그래야지요." 메러디스가 단호하게 말했다. "그 어린 앰마가 학교를 쥐락펴락하니까요. 그 애 말을 듣지 않으면 바보가 되거든요."

앰마라면 충분히 그러고도 남아. 나는 생각했다. 그럼에도 사물함 옆에서 힘없는 여자아이들을 조롱하는 이미지가 머릿속에 떠오르는 것을 피하지는 못했다. 중학생으로 사는 시간은 유쾌하지 않다.

"그래, 존. 이제는 그곳에 잘 적응하면서 지내고 있어?"

"잘 지내요." 메러디스가 무 자르듯 말했다. "얘를 위해서 남성용품들을 담은 바구니도 갖다 줬어요. 우리 엄마는 심지어 CD플레이어까지 사줬어요."

"아, 정말?" 나는 존에게 시선을 고정하고 말했다. 이제 말할 시간이야, 얘야. 계집애처럼 굴면서 내 시간 잡아먹는 짓은 하지 말자.

"그냥 지금은 집에서 떨어져 있을 필요가 있어요." 그가 입을 열었다. "우리 식구는, 아시겠지만 지금 예민해져 있어요. 어딜 가도 내털리의 물건이 있고 엄마는 그 물건들을 아무도 못 만지게 해요. 복도에는 신발이 놓여 있고 나랑 같이 쓰던 욕실에는 그 아이의 수영복이 걸려 있어요. 매일 아침 샤워할 때마다 봐야 해요. 주체할 수가 없어요."

"상상이 돼." 정말로 상상할 수 있었다. 내가 대학에 갈 때까지 메리언의 자그마한 분홍색 코트가 복도 벽장에 걸려 있었던 것이 기억났다. 아마 지금도 그곳에 있을 것이다.

녹음기를 켜고 탁자를 가로질러 소년 쪽으로 밀어놓았다.

"여동생이 어떤 아이였는지 말해봐, 존."

"아, 좋은 아이였어요. 아주 심하게 똑똑하고. 그냥 기가 찰 만큼 똑똑했지요."

"어떻게 똑똑했지? 학교 공부를 잘했다는 뜻이니, 아니면 그냥 영리했다는 뜻이니?"

"학교 생활을 아주 잘하는 편은 아니었어요. 규율 문제가 약간 있었거든요." 그가 말했다. "하지만 제 생각에는 그저 학교 생활이 지루했기 때문인 것 같아요. 저는 동생이 한두 학년쯤 월반했어야 한다고 생각해요."

"존의 엄마는 월반을 시키면 내털리의 버릇을 망칠 거라 생각했어요."메러디스가 끼어들었다. "내털리가 튈까봐 늘 걱정이었거든요."

내가 존을 향해 눈썹을 올렸다.

"맞는 말이에요. 엄마는 정말로 내털리가 애들이랑 잘 어울리기를 바랐어요. 그만큼 괴짜 아이, 톰보이 같은 애라고나 할까, 그냥 약간 특이한 애였어요."그가 자기 발을 내려다보며 웃었다.

"뭐 특별한 이야기라도 있니?" 내가 물었다. 일화들은 커리의 왕국에서 통용되는 화폐나 다름없었다. 게다가 나도 흥미가 당겼다.

"아, 한번은 애가 완전히 다른 언어를 발명한 적이 있어요. 보통 아이라면, 그게 그러니까 뜻 모를 말에 그쳤겠지요. 하지만 내털리는 모든 문자를 고안해냈는데, 꼭 러시아 말처럼 보였어요. 그리고 실제로 내게 그걸 가르쳐주었어요. 아니면 시도했다고 해야 하나요. 걔는 내가 뭘 못 알아들으면 금세 싫증을 내곤 했어요."그가 다시 웃더니, 또다시 마치 저 깊은 지하에서 올라오는 듯한 쉰 소리를 냈다.

"학교는 좋아했니?"

"이곳 학교는 전학생에게 그리 쉬운 곳이 아니에요. 그리고 이곳 여자아이들은…… 뭐, 어느 곳에서든 여자아이들은 약간 속물 같은 데가 있지 않나 생각해요."

"조니! 무례하게!"메러디스가 그를 밀치는 시늉을 했다. 존이 그녀의 말을 못 들은 체했다.

"그러니까 기자 분 동생이요…… 앰마 맞나요?" 내가 고개를 끄덕였다. "걔가 내털리와 약간 친구처럼 지냈어요. 함께 숲을 쏘다니기도 하고요. 그럴 때면 내털리는 온통 긁힌 자국이 나서는 멍해진 채 집에 왔어요.""정말?" 앰마가 내털리의 이름을 말할 때 내비치던 경멸스러운 표정을 생각하면, 쉽게 수긍이 되지 않았다.

"잠깐 동안 아주 열심히 어울렸어요. 하지만 엠마가 내털리에게 싫증이 났나 봐요. 내털리가 몇 살 동생이기도 하니까. 모르겠어요, 무엇 때문인지는. 그냥저냥 멀어졌겠지요." 그것은 어머니로부터 배운 것이다. 친구들을 아무렇지도 않게 버리는 것. "하지만 괜찮았어요." 존이 나를 안심시키려는 듯이 말했다. 아니면 자신을 안심시키거나. "내털리가 오랫동안 친하게 지내던 친구가 하나 있어요. 제임스 캐피시라고, 내털리보다 한 살 정도 어린데 누구도 그 아이랑은 말을 섞으려 하지 않았어요. 그래도 둘은 잘 어울려 다니는 것 같았어요."

"그 아이 말로는 자기가 내털리가 살아 있을 때 마지막으로 보았다고 하던데." 내가 말했다.

"거짓말이에요." 메러디스가 말했다. "나도 얘기는 들었어요. 걔는 항상 이야기를 지어내요. 그러니까, 보세요, 엄마는 암으로 죽어가죠, 아빠는 없죠, 자기한테 관심을 써줄 사람이 아무도 없잖아요. 그래서 아무 얘기나 되는 대로 쏟아내요. 걔가 하는 말은 아무것도 듣지 마세요."

나는 다시 존을 쳐다보았고, 그는 어깨를 으쓱했다.

"황당한 얘기예요. 웬 미친 아줌마가 백주대낮에 내털리를 낚아채 갔다니." 그가 말했다. "게다가 왜 여자가 그런 짓을 하겠어요?"

"왜 남자는 그런 짓을 하려 들지?" 내가 물었다.

"남자들이 왜 그런 소름끼치는 짓을 하는지 알게 뭐예요." 메러디스가 덧붙였다. "그건 유전적인 문제예요."

"존에게 물어봐야겠어. 경찰에게 참고인 조사를 받았니?"

"부모님이랑 같이요."

"그리고 두 살인사건이 일어났던 밤에 모두 알리바이가 있고?" 내가 반응을 기다렸지만 그는 차분하게 차를 마셨다.

"없어요. 전 차를 타고 여기저기 돌아다니고 있었어요. 그냥 가끔은 그곳을 벗어날 필요가 있거든요." 그가 메러디스를 향해 힐끔 눈길을 던졌다. 그가 자신을 바라보는 것을 깨닫자 메러디스가 입술을 오므렸다. "이곳은 전에 살았던 곳보다 더 좁아요. 가끔은 아주 잠깐이라도 사라지고 싶다는 생각이 들어요. 너는 이해 못하겠지, 메러디스." 메러디스가 잠자코 있었다.

"나는 이해해." 내가 나섰다. "나도 이곳에서 자라면서 폐소공포증 같은 것에 몹시 시달렸던 기억이 나거든, 왜 못하겠어. 게다가 다른 곳에서 이곳으로 이사를 오는 게 어떤 기분인지는 상상할 수조차 없어."

"존은 지금 변명을 하지 않고 품위를 지키려고 하는 거예요." 메러디스가 끼어들었다. "두 사건이 있던 날 밤 모두 나와 함께 있었어요. 내가 곤란해질까 봐 이렇게 말하는 거예요. 그걸 써주세요." 그녀는 사실과는 다른 말을 하는 듯 소파 가장자리에 뻣뻣하게 곧추 앉았다. 약간 산만하고 안절부절못했다.

"메러디스." 존이 웅얼거렸다. "하지 마."

"사람들이 내 남자친구를 빌어먹을 아동살인범이라고 생각하게 내버려두지 않을 거야. 내 편 들어줘서 아주 고맙네요, 존."

"네가 경찰에 그런 얘기를 하면 그 사람들은 한 시간도 못 가서 사실을 밝혀낼 거야. 그러면 내 입장에서는 상황이 더 악화되는 거야. 여하튼 내가 내 친동생을 죽일 거라고 생각하는 사람은 아무도 없잖아." 존이 메러디스의 머리 밑으로 손가락을 집어넣어 뿌리에서부터 끝까지 쓸어내렸다. *간질이다*가 내 오른쪽 엉덩이에서 불쑥 일렁였다. 나는 이 소년을 믿었다. 그는 사람들 앞에서 대놓고 울고, 동생에 대한 바보 같은 이야기를 늘어놓으며, 여자 친구의 머리카락을 가지고 노닥거린다. 그리고 나는 그를 믿었다. 내 순진함에 커리가 콧김을 내뿜으며 씩씩거리는 소리가 들리는 듯했다.

"여러 일화에 대해 말이 나왔으니 말인데." 내가 시작했다. "한 가지 물어봐야 할 게 있어. 필라델피아에 있을 때 내털리가 급우를 다치게 했다는 얘기가 사실이니?"

존이 확 굳어지며 메러디스를 쳐다보았다. 그리고 처음으로 불쾌한 기색을 내비쳤다. 그의 입술이 일그러지는 게 보였다. 그의 몸 전체가 급격히 흔들렸고, 나는 그가 문 쪽으로 달려 나갈지도 모른다고 생각했다. 하지만 그는 소파 뒤로 몸을 기대며 숨을 골랐다.

"좋네요. 이게 바로 우리 엄마가 언론을 싫어하는 이유예요." 그가 으르렁거렸다. "그곳 신문에 기사가 하나 났어요. 몇 단락밖에 안 되는 기사였지요. 그게 내털리를 무슨 짐승처럼 만들어놨어요."

"그러니까 무슨 일이 있었는지 내게 말해봐."

그가 어깨를 으쓱하고는 손톱을 물어뜯었다. "미술시간에 아이들이 각자 뭔가를 만들고 있었어요. 그런데 어린 여자아이가 다친 거예요. 내털리는 성질이 좀 있는 편이었는데, 이 여자아이가 내털리를 자기 마음대로 쥐락펴락하려 했거든요. 그때 내털리는 가위를 들고 있었고요. 계획적으로 폭행하려고 한 게 아니에요. 그러니까 제 말은 그때 내털리는 아홉 살이었어요."

심각한 표정을 한 킨의 가족사진 속 내털리가 어린 여자아이의 눈에 가위 날을 휘두르는 모습이 머릿속에서 섬광처럼 스쳐갔다. 선명한 붉은 피가 불시에 파스텔 수채화 물감에 섞이는 장면이 지나갔다.

"그 여자아이는 어떻게 됐어?"

"왼쪽 눈은 살렸어요. 오른쪽 눈은, 휴, 못 쓰게 됐어요."

"내털리가 두 눈 다 공격한 거니?"

그가 자리에서 일어나 자기 어머니가 했던 것과 거의 똑같은 각도로 나를 손가락으로 가리켰다. "내털리는 그 후 1년 동안 정신과의사를 만났어요. 그 문제를 해결하느라. 수개월을 악몽에 시달리다가 깼고요. 그 아이는 아홉 살이었어요. 그건 사고였다고요. 우리 모두 정말 마음이 안 좋아요. 아빠는 그 여자애를 위해 재단도 세웠어요. 우리는 내털리가 새로 시작할 수 있게 그곳을 떠나야 했고요. 그게 우리가 이곳에 온 이유예요. 아빠는 어느 곳이든 제일 먼저 취업이 확정된 곳으로 직장을 구했고, 우리는 범죄자라도 된 듯 야밤에 이사를 했어요. 이곳으로, 이 저주받을 곳으로요."

"이런 존, 그렇게 힘든 시간을 보냈을 줄은 미처 몰랐어." 메러디스가 조용히 중얼거렸다.

존은 뒤로 기대어 앉아 눈물을 흘리기 시작했다. 손은 머리를 감싸 쥐고 있었다.

"여기에 온 것이 후회스럽다는 뜻은 아니에요. 내 동생이 온 게 잘못된 일이었다는 거죠. 이제 그 아이는 죽어버렸으니까요. 우리는 그 애를 도우려고 이사한 거였어요. 그런데 이제는 죽고 말았죠." 그가 조용히 흐느꼈다. 메러디스가 어쩔 줄 몰라 마지못해 하는 것처럼 팔로 그를 감싸 안았다. "누군가 내 동생을 죽였어요."

그날 밤에는 공식적인 저녁식사 자리가 없을 예정이었다. 아도라 양이 몸이 좋지 않아서라고 게일라가 통보했다. 나는 어머니가 이름에 양Miss을 붙여달라고 요청했을 거라 짐작했다. 허세였다. 그 대화가 어떻게 이루어졌을지 상상해보았다. *게일라, 가장 훌륭한 집안의 가장 훌륭한 하녀들은 여주인을 격식 있는 이름으로 부르지. 우리는 가장 훌륭한 사람들이 되고 싶잖아, 안 그래?* 그런 식으로 말했을 것이다.

이 집안에서 일어나는 말썽의 근원이 어머니인지 앰마인지 알 수가 없었다. 그들이 어머니의 방에서 예쁜 새들처럼 옥신각신하는 소리가 들려왔다. 아도라는 허락 없이 골프카트를 몬다고 앰마를 나무라고 있었다. 모든 시골 마을처럼, 윈드 갭 사람들도 기계에 일종의 집착을 갖고 있었다. 대부분의 가정은 세대당 평균 1.5대의 차를 가졌고(그중 절반은 골동품 수집품이거나 그저 쓰레기나 다름없는 차였는데, 어느 쪽인지는 소득에 따라 달라졌다) 보트와 제트스키, 스쿠터, 트랙터도 있었으며 윈드 갭의 최상류층 사람들은 골프카트를 가지고 있었다. 아직 운전면허를 따지 못하는 아이들이 마을을 휘젓고 다닐 때 타는 것이 골프카트였다. 엄밀하게 말하면 불법이지만 그들을 제지하는 사람은 아무도 없었다. 살인사건 후에 어머니가 앰마에게 약간의 자유를 유보했을 것임은 짐작하고도 남았다. 그들의 싸움은 거의 30분이 지나도록 시소를 타는 것처럼 계속되었다. *거짓말하지 마라, 꼬맹아…….* 그 경고가 어찌나 익숙한지 그 옛날의 거북했던 느낌을 되살려주었다. 그래, 앰마도 때로는 걸리는 법이지.

전화벨이 울렸을 때 수화기를 든 것은 나였다. 그저 앰마가 어머니와의 싸움에서 힘을 빼지 않게 하려고 내가 받은 것이었다. 그리고 내 옛

친구인 케이티 레이시의 딱딱 끊기는 치어리더 풍 목소리에 지레 놀라고 말았다. 그녀의 얘기인즉 앤지 페이퍼메이커가 '연민의 파티'에 여러 여자들을 초대한다는 것이었다. 말하자면 와인을 잔뜩 마시고, 슬픈 영화를 보고, 울고, 남 얘기를 하자는 뜻이었다. 나도 와야 한다고 했다. 앤지는 마을의 신흥 부촌에 살고 있었다. 윈드 갭 가장자리의 거대한 저택들이 있는 곳. 엄밀하게는 테네시 주에 속한 곳이었다. 케이티의 목소리만으로는 시샘이 나는지 우쭐한 기분이 드는지 분간할 수가 없었다. 그녀를 안다면 둘 다 약간씩 섞여 있을 것임을 알 수 있었다. 그녀는 언제나 다른 사람들이 갖고 있는 것은 자신이 바라지 않는 것이라도 다 갖고 싶어 하는 여자아이였다.

킨의 집에서 케이티와 그 친구들을 보았을 때, 하룻밤 정도는 그녀들에게 헌납해야 한다는 것을 이미 알고 있었다. 그것 때문이었는지 존과 나눈 이야기 때문이었는지, 위태로울 만큼 나를 슬프게 만든 것이 무엇인지는 알 수 없었다. 애나벨과 재키, 그리고 어머니의 음흉한 친구들과 만났을 때처럼, 이 모임에서도 여남은 개의 공식 인터뷰 때보다 더 많은 정보를 얻어낼 가능성이 높았다.

이제는 케이티 브루커가 된 케이티 레이시가 우리 집 앞에 차를 대자마자 그녀가 말끔하게 단장을 마친 상태에서 내게 전화를 걸었으리라는 것을 깨달았다. 예상할 수 있는 일이었다. 나를 데리러 오는 데 5분밖에 걸리지 않거니와(알고 보니 그녀의 집은 우리 집에서 한 블록밖에 떨어져 있지 않았다), 그녀가 나를 데리러 오겠다고 끌고 온 물건을 보아도 알 수 있는 일이었다. 그녀가 끌고 온 물건이란 어떤 사람들의 집만큼 비싸고, 그런 집만큼이나 많은 편의시설을 제공하는 거대하고 둔해 보이는 SUV

였다. 차에는 아이 하나 타지 않았음에도 불구하고 내 머리 뒤로 어린이용 DVD가 킬킬거리며 돌아가고 있었다. 앞쪽 대시보드에 달린 네비게이터는 필요하지 않은 부분까지 굳이 하나하나 일러주고 있었다.

그녀의 남편인 브래드 브루커는 아버지 밑에서 일을 배우고 있었는데, 아버지가 은퇴하면 사업을 물려받을 것이라고 했다. 그들은 무서운 속도로 닭의 몸집을 불린다고 해서 논란이 많은 호르몬을 팔고 있었다. 어머니는 그 말에 늘 콧방귀를 뀌었다. 그녀는 가축을 그렇게 경악할 만한 속도로 키우는 재료는 어떤 것도 쓰지 않을 것이다. 그렇다고 해서 그녀가 호르몬을 사용하지 않는 뜻은 아니다. 어머니의 돼지들은 과즙이 뚝뚝 흐르는 체리처럼 포동포동 살이 찌고 홍조를 띨 때까지, 다리가 물이 들어찬 허리를 지탱하지 못하게 될 때까지 화학약품 주사를 맞는다. 다만 그 속도가 좀 더 느릴 뿐이다.

브래드 브루커는 아내가 살자고 하는 곳에 살고, 아내가 요청할 때 임신을 시키고, 아내가 원할 때 파터리반 소파를 사주고, 그 외에는 입을 다물고 있는 남편이다. 그는 시간을 충분히 들여 들여다보면 제법 괜찮게 생겼으며, 내가 반지를 끼는 왼쪽 약지손가락만한 성기를 가지고 있었다. 중학교 3학년 때 그와 내가 약간의 물리적인 교류를 나눈 덕분에 직접 체험해서 알게 된 사실이다. 하지만 그 자그마한 물건은 그런 대로 잘 통하고 있는 듯했다. 케이티는 셋째 아이를 가졌고 막 5개월로 접어드는 참이었다. 그들은 아들을 낳을 때까지 계속 시도할 셈이었다. 조그만 악당이 집 안을 마구 뛰어다니는 모습을 정말로 보고 싶다며.

그녀는 시카고에서 아직 남편 없이 살고 있는 나에 대해 얘기할 때 행운을 빌며 손가락을 꼬아 보였다! 일단 자신에 대해 입을 열기 시작하자 그녀의 머리카락, 새로운 비타민 프로그램, 브래드, 그녀의 두 딸인 엠마와 매킨지, 윈드 갭 부녀 원조재단, 그들이 성 패트릭의 날 행진에서 얼마나 엉망으로 일을 망쳐놓았는지 하는 얘기가 술술 흘러나왔다. 그러고는 한숨. 그 불쌍한 어린 것들. 맞아, 한숨. 그 불쌍한 어린 것들에 관한 내 기사 이야기. 그녀는 그 사건들에 대해서는 별로 신경 쓰는 것 같지 않았다. 부녀 원조재단 얘기로 재빠르게 되돌아가서, 베카 하트(결혼 전 성은 무니)가 그 단체의 활동국장으로 있는 동안 얼마나 세가 확장되었는지를 종알종알 늘어놓는 것을 보면 그랬다. 베카는 학창시절에는 인기가 고만고만한 여자아이였는데, 5년 전에 에릭 하트를 손에 넣고 나서 사교계 스타덤에 오른 터였다. 그의 부모는 오자크 산에서도 풍경이 가장 흉한 곳에 고카트(어린이용 놀이차—옮긴이)와 워터슬라이드, 미니 골프코스 등을 설치한 관광사업장을 소유하고 있었다. 상황이 꽤 만만치 않았다. 그녀가 오늘 밤 파티에 나타날 것이고, 나도 직접 그녀를 보게 된다. 그녀는 그저그런 자리에는 어울리지 않는 사람이었다.

앤지의 집은 어린아이가 손닿는 대로 그린 저택처럼 생겼다. 그 집은 하도 무난해서 심지어는 삼차원 입체로도 보이지 않을 정도였다. 나는 그 집에 들어가면서 내가 얼마나 그곳에 있기 싫어하는지 깨달았다. 고등학교 졸업 이후 별 필요도 없이 4~5킬로그램을 감량한 앤지가 짐짓 품위 있는 미소를 지어 보내고는 퐁듀 차리는 일을 계속했다. 학생시절부터 무리에서 엄마 역할을 담당했던 티시도 와 있었다. 친구가 변기에 대고 구토할 때면 뒤에서 머리칼을 잡아주던 아이, 사랑받지 못한다는 기분에 때때로 격한 울음의 소용돌이에 빠지던 아이였다. 그녀는 뉴캐슬에서 온 약간 괴상한 남자(케이티가 쉬쉬 하는 말투로 해준 얘기였다)와 결혼했고, 그는 건실하게 벌이를 하고 있었다. 초콜릿색 가죽 소파에 옷을 내려뜨리고 우아하게 앉아 있던 미미는 사춘기 시절의 아찔했던 미모를 성인이 되어서까지 유지하지는 못했는데, 아무도 그걸 눈치채지 못한 모양이었다. 모든 사람들이 그녀를 여전히 '섹시한 물건'이라고 칭하고 있었으니 말이다. 그렇게 부르게 된 사건이 있었다. 고등학교 때 조이 조핸슨이 선물한 거대한 다이아몬드가 그녀의 손가락에 끼워져 있었던 것이다. 조이는 후리후리하고 상냥한 소년으로 고등학교 1학년 때 라인배커로 치고 올라오더니, 어느 날 갑자기 친구들에게 자기를 조-라 불러달라고 요청했던 아이다(그에 대해 기억하고 있는 것은 이것이 전부다). 가여운 베카는 그들 가운데 끼어 앉아서 초조하고 어색한 표정을 짓고 있었다. 그녀는 거의 우스꽝스러워 보일 만큼 여주인과 비슷하게 옷을 차려입고 있었다(앤지가 베카를 데리고 쇼핑을 한 걸까?). 그녀는 자기 눈에 걸리는 사람이면 누구에게나 미소를 반짝였지만 그녀에게 말을 거는 사람은 아무도 없었다.

우리는 〈비치스Beaches〉를 보았고, 앤지가 불을 켰을 때 티시가 흐느껴 울고 있었다.

"일을 다시 시작했어." 그녀가 목이 메어 흐느끼는 와중에 산호빛 분홍색 손톱으로 눈을 찍으며 말했다. 앤지가 와인을 따라주고 티시의 허벅지를 토닥거리는 등 관심을 보이는 척하며 그녀를 바라보았다.

"세상에, 얘, 대체 왜 그런 거니?" 케이티가 투덜거리듯 말했다. 그렇게 말하는 순간조차 그녀의 목소리는 계집아이처럼 딸각거렸다. 마치 쥐 천 마리가 크래커를 야금야금 깨물어 먹는 소리 같았다.

"타일러도 유치원에 갔고 내가 원하는 일이라고 생각했거든." 티시가 흐느끼다가 말했다. "뭔가 목표가 있으면 좋겠다고 생각해서." 그녀는 마치 더러운 것을 뒤집어쓴 듯 '목표'라는 단어를 내뱉었다.

"네가 왜 목표가 없니." 앤지가 말했다. "네 가족을 어떻게 돌봐야 하는지 세상에서 미주알고주알 떠드는 얘기는 듣지 마. 페미니스트들이 (이 대목에서 그녀는 나를 바라보았다) 자기가 갖지 못하는 것을 가졌다는 이유로 네게 죄책감을 느끼게 하는데, 그런 일은 없어야 해."

"얘 말이 맞아, 티시. 전적으로 맞다고." 베카가 한마디 거들었다. "어떤 선택이라도 여자들이 원하는 것을 하도록 해주는 게 페미니즘이어야 하잖아."

여자들이 수상쩍다는 눈으로 베카를 쳐다보는데, 미미 쪽에서 느닷없이 울음이 터져 나왔다. 그쪽으로 주목, 그리고 와인을 든 앤지가 그녀 쪽으로 갔다.

"스티븐이 아이를 더 이상 갖지 않겠대." 그녀가 눈물을 흘리며 한탄했다.

"왜 안 갖겠다는 거야?" 케이티가 길이길이 인상에 남을 만큼 거슬린다는 분노를 담아 말했다.

"셋이면 족하다는 거야."

"스티븐한테 족하다는 거야? 아니면 너한테 족하다고?" 케이티가 덥석 달려들었다.

"그게 내 말이야. 딸이 갖고 싶은데. 나는 딸을 얻고 싶다고." 이 여인이 제 머리카락을 만지작거렸다. 케이티는 자기 배를 어루만졌다. "그리고 나는 아들을 낳고 싶고." 그녀는 벽난로 선반에 놓인 앤지의 세 살짜리 아들 사진을 똑바로 응시하며 눈물을 지었다.

티시와 미미 사이에 울음과 한탄이 주거니 받거니 하며 오고 갔다. 아이들이 보고 싶어⋯⋯. 아이들로 가득 찬 집을 늘 꿈꿔 왔는데, 그게 내가 바란 전부였는데⋯⋯. 그냥 엄마로만 사는 게 뭐가 그렇게 잘못된 거지? 나는 그들이 안됐다는 마음이 들었다. 그들은 진심으로 근심에 빠져 있는 듯 보였다. 그리고 그들이 계획한 대로 인생이 흘러가지 않았다는 데는 분명히 연민을 느낄 만했다. 셀 수 없는 끄덕임과 맞장구와 중얼거림 후에, 나는 뭔가 쓸모 있는 말을 생각해낼 수가 없어서 주방으로 자리를 옮긴 다음 치즈를 썰고 거기에 눌러 있기로 했다. 나는 고등학교 때부터 이어져온 이 의식을 알고 있었고, 그것이 꼴사나운 광경으로 전개되기까지는 많은 것이 필요하지 않다는 사실도 알고 있었다. 베카가 주방으로 합류했고, 접시들을 씻기 시작했다.

"거의 매주 이래." 그녀가 실제로 곤혹스러운 것보다는 덜 거슬리는 척하면서 내게 반쯤 고개를 돌리고 말했다.

"카타르시스인가 보네, 뭐." 내가 거들었다. 그녀가 내가 뭔가 더 말해주기를 원한다는 것을 느낄 수 있었다. 나는 그 기분을 알았다. 좋은 인용거리를 찾기 위해 안달이 났을 때는, 취재원의 입 속에라도 들어가 그들의 혀에서 말을 뽑아내고 싶은 심정이 들기 때문이다.

"난 앤지가 마련한 이 작은 모임에 나오기 전까지는 내 인생이 그렇게 비참한지 몰랐어." 베카가 그뤼에르 치즈를 썰기 위해 새로 닦은 칼을 집으면서 속닥거렸다. 우리는 이미 윈드 갭 사람들 전부가 먹을 만큼의 치즈를 먹어치운 터였다.

"흠, 얄팍한 인생을 살더라도 꼭 얄팍한 인간이 될 필요는 없지 않냐는 그런 내적 갈등인 거지."

"대충 그런 얘기인 거 같네." 베카가 말했다. "너희 고등학교 다닐 때도 비슷했던 거야?" 그녀가 물었다.

"뭐, 거의 그렇지. 서로 뒤에서 칼을 꽂지 않을 때는 말이야."

"내가 덜떨어진 애였다는 걸 기쁘게 생각해야 하나봐." 그녀가 말하고 나서 웃었다. "내가 지금보다 어떻게 더 덜떨어질지 알 수도 없긴 하지만." 이번에는 나도 웃었고 그녀에게 와인 한 잔을 따라주었다. 십대 시절로 돌아가 그때의 어리석음을 생각해보니 약간 경박하게 들뜨는 기분도 들었다.

우리가 여전히 키득거리면서 돌아왔을 때, 거실에 모여 앉은 모든 여자들이 울고 있었다. 그리고 빅토리아 시대의 으스스한 초상화 속 인물들이 살아서 걸어 나오기라도 한 듯 우리에게 시선을 돌렸다.

"둘이 좋은 시간을 보내고 있다니 참 기뻐할 일이네." 케이티가 물고 늘어졌다.

"마을에서 어떤 일이 일어나고 있는지를 생각하면 말이야." 앤지가 덧붙였다. 분명 화제가 넓어져 있었다.

"세상이 뭐가 어떻게 잘못된 거니? 어떤 사람이 어린 여자애들을 해칠 생각을 하는 거야?" 미미가 울면서 말했다. "그 가여운 것들."

"게다가 이를 다 뽑아가다니, 그게 내가 도저히 받아들일 수 없는 점이야." 케이티가 말했다.

"살아 있을 때 사랑받았기만을 바랄밖에." 앤지가 콧물을 삼키며 흐느꼈다. "여자애들은 왜 서로 그렇게 잡아먹지 못해 안달할까?"

"왜, 애들이 못살게 굴었대?" 베카가 물었다.

"하루는 내털리를 화장실 구석에 몰아넣고…… 걔 머리카락을 잘랐다잖아." 미미가 울음을 삼켰다. 그녀의 얼굴은 일그러지고 부어오른데다 얼룩덜룩해져 있었다. 마스카라가 실개천이 되어 흐르면서 그녀의 블라우스에 자국을 남기고 있었다.

"그리고 걔네가 앤을…… 은밀한 부위를 남자애들한테 보여주게 만들었다잖아." 앤지가 말했다.

"항상 그 애들을 괴롭혔대. 그 애들이 약간 다르다는 이유만으로." 케이티가 소매로 우아하게 눈물을 훔치며 말했다.

"'걔네'가 누구야?" 베카가 물었다.

"카밀한테 물어보렴, 이 모든 걸 카밀께서 취재하고 계시니까." 케이티가 턱을 들며 말했다. 고등학교 때부터 기억하고 있는, 그녀가 상대방에게 화살을 돌리면서 그 짓이 퍽 정당하다고 느낄 때 하는 몸짓이었다. "너, 네 동생이 얼마나 지독한 애인 줄은 알고 있지, 카밀?"

"계집애들이 꽤나 비열해질 수 있다는 것은 알지."

"그래서 걔를 감싸고돈다는 거야?" 케이티가 기분 나쁘다는 얼굴을 했다. 윈드 갭의 정치에 휘말리고 있다는 것이 느껴지자, 나도 모르게 당황했다. *계집애들 싸움*이 내 종아리에서 불룩거리기 시작했다.

"아, 케이트. 난 감싸고 말고 할 만큼 걔를 잘 알지 못해." 내가 하품이 난다는 듯이 말했다.

"넌 이 어린 소녀들에 대해 단 한 번이라도 눈물을 흘린 적 있니?" 앤지가 말했다. 그들은 이제 한통속이 되어 나를 뚫어져라 보고 있었다.

"카밀은 아이가 없잖니." 케이티가 경건한 어조로 말했다. "애가 우리가 느끼는 것처럼 그 상처를 느끼기는 힘들겠지."

"그 아이들 일은 매우 슬프게 생각해." 말은 그렇게 했지만, 내 말에서는 꾸며낸 냄새가 났다. 미인대회 참가자가 세계평화가 소원이라고 말할 때처럼. 나는 슬픔을 느꼈지만 그걸 만방에 알리는 짓은 값싸 보인다고 생각했다.

"기분 나쁘게 들으라고 하는 말은 아닌데." 티시가 입을 열었다. "아이들을 낳아보지 않으면 네 가슴의 일부는 끝내 말을 듣지 않을 거야. 그 부분은 언제나 닫혀 있을 거란 얘기야."

"맞는 말이야." 케이티가 말했다. "나도 내 뱃속에서 매킨지를 느끼기 전까지는 진정한 여자가 되지 못했어. 내 말은 신이냐 과학이냐 하는 얘기가 수도 없이 많지만, 아이들 얘기로 옮겨가면 양쪽 다 같은 뜻인 것 같아. 성경에서도 다산하고 번식하라고 말씀하시잖아. 흠, 과학에서도 줄이고 줄여서 말하면, 여자가 무엇 때문에 만들어졌냐는 거지. 아이들을 품기 위해서지."

"그게 여자의 힘이지." 베카가 숨을 죽이며 웅얼거렸다.

케이티가 앤지의 집에서 자고 싶어 했기 때문에 베카가 나를 집에 데려다주었다. 다음날 아침 유모가 그녀의 사랑스러운 딸들을 달랠 일을 생각해보라. 베카가 엄마 노릇에 대한 그들의 집착에 관해 농담을 몇 마디 했고, 나는 큭, 큭, 짤막한 웃음으로만 맞장구를 쳐줬다. 말로는 쉽지, 너는 아이가 둘이니까 그런 말도 쉽게 하는구나. 나는 무기력하고 부루퉁한 기분이 들었다.

나는 깨끗한 잠옷으로 갈아입고 침대 한가운데에 반듯하게 앉았다. 오늘 밤엔 금주야, 나는 속삭였다. 볼을 어루만져보고 어깨를 쭉 폈다.

나는 나 자신에게 아가야라고 불러보았다. 몸을 긋고 싶었다. **설탕**이 허벅지에서 너울거리고 있었고, **십 슬 궃 은**이 무릎 근처에서 불타고 있었다. 나는 살갗에 '**불모**'라고 새기고 싶었다. 그렇게 나는 불모로 남을 것이다. 내 속을 사용하지 않은 채, 조금도 오염되지 않은 텅 빈 상태로. 내 골반을 갈라 열면 깔끔하게 비어 있는 공간이, 마치 한 마리 동물이 머물다 사라진 둥지처럼 드러날 광경을 그려보았다.

그 어린 소녀들. 세상이 대체 어떻게 잘못된 거니? 미미가 외쳤다. 그 말은 내게 거의 아무런 감명도 주지 못했다. 그런 비탄은 흔하다는 말로도 부족했다. 하지만 지금은 그 말이 절절하게 파고들었다. 이곳은 뭔가 잘못되었다. 그것도 몹시 끔찍하게. 밥 내시가 앤의 침대 귀퉁이에 앉아 딸에게 했던 마지막 말을 기억해 내려고 애쓰는 모습이 보이는 듯했다. 내털리의 엄마가 딸의 티셔츠를 부여잡고 울고 있는 모습도 보였다. 그리고 내 죽은 동생의 방바닥에서 꽃무늬 신발을 들고 목이 메어 우는 열세 살의 나를 보았다. 지금 열세 살인 앰마, 눈부신 몸을 지닌 그 어린아이는 어머니가 애도하는 그 어린 딸이 되고자 하는, 자기를 갉아먹는 갈망에 사로잡혀 있다. 어머니가 메리언 때문에 목 놓아 울고 있다. 아기의 뺨을 깨물고 있다. 앰마는 약한 친구들에게 힘을 휘두르고 있다. 그녀와 그녀의 친구들이 내털리의 머리카락을 자르며 웃고 있고, 곱슬머리가 타일 바닥으로 떨어져 내린다. 내털리, 어린 소녀의 눈을 찌르고 있다. 내 살이 비명을 질렀고, 심장박동이 귓속에 절구질을 해댔다. 나는 눈을 감고 두 팔로 몸을 감싸면서 서럽게 울었다.

베개에 얼굴을 대고 10분간 울고 나서 진정을 되찾고 나자 세속의 일이 머릿속을 왈칵 뒤집기 시작했다. 존 킨에게 들은 이야기를 기사에 쓸 것이다. 시카고 집은 다음 주까지 월세를 내야 한다. 침대 옆 휴지통에서 사과가 썩어가며 냄새를 풍길 것이다.

그런데 방 바깥에서 앰마가 조용하게 내 이름을 부르는 소리가 들렸다. 나는 잠옷 단추를 끝까지 잠그고 소매를 다 내린 다음 그녀를 들였다. 그 아이는 분홍색 꽃 장식이 달린 잠옷을 입고 있었고, 금발머리를 어깨에 치렁치렁 늘어뜨리고 있었다. 맨발이었다. 그녀는 더 나은 말을 찾을 것도 없이 진정으로 사랑스러워 보였다.

"울고 있었어?" 약간 놀란 얼굴로 그녀가 말했다.

"조금."

"개 때문에?" '개'라는 단어가 둔중하게 울렸다. 둥글고 무겁게, 베개에 깊은 웅덩이를 패놓을 것처럼.

"조금은, 아마도."

"나도야." 그녀가 내 옷의 테두리를 유심히 보았다. 내 잠옷의 칼라, 내 소매의 끝. 그녀는 내 흉터들을 힐금거리려고 애썼다. "언니가 자해를 하고 있을 줄은 몰랐어." 그녀가 마침내 말했다.

"이제는 안 그래."

"잘됐네, 잘된 일이겠지." 그녀가 침대 끄트머리에 앉아서 엉덩이를 쿵쿵 찧었다. "카밀, 뭔가 나쁜 일이 일어날 텐데 그걸 막을 수 없다는 느낌 가져본 적 있어? 아무것도 할 수 없는 거야. 그저 기다리는 수밖에."

"불안발작 같은 거?" 나는 그녀의 피부에서 눈을 뗄 수가 없었다. 따뜻한 아이스크림처럼 너무나 부드러운 황갈색 피부.

"아니, 그건 아니고." 앰마가 내가 자기를 실망시켰다는 듯한 목소리로 말했다. 교묘한 수수께끼를 풀지 못했다는 듯이 말이다. "뭐, 어쨌거나 선물을 좀 가져왔어." 그녀는 내게 네모난 포장박스를 건네더니 조심해서 열어보라고 했다. 안에는 잘 싸맨 대마초가 들어 있었다.

"언니가 마시는 보드카보다는 나을 거야." 앰마가 지레 변명하며 말했다. "언니는 술을 엄청 마시니까. 이게 더 나을 거야. 지금만큼 슬프지 않게 해줄 거야."

"앰마, 정말이지……."

"상처 좀 다시 봐도 돼?" 앰마가 수줍은 듯 웃었다.

"안 돼." 침묵. 내가 대마초를 집어 올렸다. "그리고 앰마, 너 이러면 안 될……."

"안 되지. 그러니까 받든지 말든지. 그냥 언니한테 좀 다정하게 굴려는 것뿐이니까." 그녀가 얼굴을 찌푸리고 잠옷자락을 비비 꼬았다.

"고맙다. 내 기분이 나아지라고 이런 일을 하다니, 참 다정하구나."

"나도 착해질 수 있어, 알아?" 그녀의 눈썹이 여전히 이랑을 그리고 있었다. 그녀가 막 눈물을 떨어뜨리려는 찰나처럼 보였다.

"알아. 그저 왜 네가 이제 와서 나한테 잘하려고 마음먹었는지 의아할 뿐이야."

"난 때로는 착하게 굴 수가 없어. 하지만 지금은 그렇게 할 수 있어. 모두가 잠들고 모든 것이 조용해지면 착해지는 게 약간 쉬워져." 그녀가 손을 뻗쳤다. 내 얼굴 앞에 맴도는 그녀의 손은 나비 같았다. 그녀는 손을 떨어뜨려 내 허벅지를 토닥이더니 방을 나갔다.

# 10장

"아이가 이곳으로 온 게 화근이었어요. 이제는 죽어버렸으니까요." 열여덟 살의 존 킨이 눈물을 흘리며 말했다. 그의 여동생 내털리는 열 살이었다. "누군가 내 여동생을 죽였어요." 내털리 킨의 시신은 소도시 윈드 갭의 커트 앤드 컬 미용실과 비프티 철물점 건물 사이에 쑤셔 박힌 채 5월 14일에 발견되었다. 아이는 이곳에서 지난 9개월간 살인으로 희생된 두 번째 피해자다. 아홉 살의 앤 내시는 지난해 8월에 근처 강에서 발견되었다. 두 소녀 모두 목이 졸린 채였고, 범인은 이를 거의 모두 뽑아갔다.

"동생은 별난 아이였어요." 존 킨이 조용히 울며 말했다. "톰보이 같은 애였죠." 그는 2년 전 가족과 함께 필라델피아에서 이곳으로 이사를 왔고, 최근에 고등학교를 졸업했다. 그는 여동생이 영리하고 상상력이 풍부한 소녀였다고 설명했다. 심지어 언젠가는 완벽하게 뜻이 통하는 자기만의 언어를 창조하기도 했다고 한다. "평범한 아이들이 보기에는 뜻 모를 말이었어요." 그가 가련한 웃음을 지었다.

경찰은 지금까지도 이 사건을 두고 우왕좌왕하고 있다. 윈드 갭 경찰 관계자들과 캔자스시티에서 파견된 강력계 형사 리처드 윌리스는 단서가 많지 않다고 인정했다. 윌리스는 말했다. "어느 누구도 용의선상에서 배제하지 않은 상황입니다. 이 지역 용의자들을 매우 세심하게 지켜보고 있고, 이 두 살인사건이 외부인의 소행일 가능성도 조심스럽게 고려하고 있습니다."

경찰은 잠재적인 목격자에 관해서는 언급하기를 거부했다. 이 어린 소년은 내털리 킨을 유괴한 사람을 보았다고 주장하고 있다. 그의 말에 따르면 범인은 여자다. 경찰과 가까운 소식통에 따르면, 주민들은 사실 범인이 마을에 사는 남자일 가능성이 크다고 믿고 있다. 56세의 치과의사 제임스 L. 젤라드는 이를 뽑아내는 것이 "힘이 꽤 들어가는 일입니다. 이가 그냥 쑥 빠지지는 않아요"라며 주민들의 의견에 동의한다는 뜻을 전했다.

경찰이 사건을 수사하는 동안 윈드 갭 사람들은 안전 잠금장치와 총기로 보안을 강화하고 있다. 지역 철물점은 며칠 새 안전 잠금장치를 50개 정도 팔았고, 시의 총기류 상인은 킨이 죽고 나서 서른 건이 넘는 총기면허증 발급절차를 밟았다고 말했다. "이 마을 사람들 대부분이 사냥 때문에 소총을 갖고 있을 겁니다." 시에서 가장 큰 총기 상점을 소유한 35세의 댄 R. 스니야가 말했다. "하지만 총을 갖고 있지 않은 사람도 앞으로는 마련하겠지요."

무기고를 증강시킨 윈드 갭 주민 가운데 한 명이 41세의 로버트, 즉 앤 내시의 아버지다. "제게는 딸 둘과 아들 하나가 더 있습니다. 제가 우리 아이들을 보호할 것입니다." 그가 말했다. 내시는 고인이 된 딸이 퍽 영리했다고 설명했다. "때로는 그 아이가 아버지인 나보다 더 똑똑하다고 생각했어요. 때로는 그 아이도 아버지인 나보다 자기가 더 똑똑하다고 생각했습니다." 그는 딸이 내털리와 마찬가지로 톰보이였다고 말했다. 앤은 나무 타기와 자전거 타기를 좋아하는 아이였다. 지난해 8월에 납치될 때 앤이 하고 있었던 일도 바로 자전거 타기였다.

이 지역 신부 루이스 D. 블루엘은 이 살인사건들이 주민들에게 미친 영향을 목격했다. 일요일 미사 참석률이 눈에 띄게 증가했고, 교회의 많은 신자들이 영적 조언을 구하기 위해 찾아온다고 했다. "이런 일이 일어나면 사람들은 영적 허기를 채우고 싶은 열망을 느끼게 됩니다. 어떻게 이런 일이 일어날 수 있는지 알고 싶어 하는 겁니다."

경찰도 같은 바람을 품고 있다.


인쇄에 들어가기 전에 커리는 사람들의 중간 이름 머리글자를 놓고 농담을 했다. *세상에, 남부 사람들은 정말 격식을 좋아하는군.* 내가 엄밀히 말해 미주리는 중서부에 속한다고 지적했지만, 그는 아랑곳없이 대놓고 이죽거렸다. *그러면 난 엄밀하게 말해서 중년이겠네, 하지만 활액낭염을 가지고 씨름하는 나의 가여운 아일린에게 그렇게 말해보라지.* 그는 또 제임스 캐피시와 했던 인터뷰에서 가장 포괄적인 내용만 남겨두고 나머지는 전부 들어냈다. 그 아이에게 너무 초점을 맞추면 신문 꼴이 우습게 된다, 특히 경찰이 물고 있지 않은 상황에서는 더욱 그렇다는 얘기였다. 그는 존에 대해서도 그의 엄마가 했던 하나마나한 말을 잘라냈다. "그 아이는 착하고 상냥한 아이예요." 그 말은 그녀의 집에서 내쫓기기 전에 유일하게 건진 코멘트였다. 그 처참했던 방문에서 가치 있는 것에 가장 가까웠던 유일한 말이었지만 커리는 그 얘기가 초점을 흐린다고 생각했다. 아마 그가 맞을 것이다. 그는 우리가 마침내 초점을 맞출 만한 용의자가 생겼다는 것, '윈드 갭에 살고 있는 남자'에 꽤 흡족해했다. '경찰과 가까운 소식통'은 날조물이었다. 좀 더 완곡하게 말하자면 합성물, 그러니까 그 소식통이란 이 지역의 모든 사람들이었다. 리처드부터 신부에 이르기까지 모든 사람들이 동네 사람 소행이라고 생각했던 것이다. 커리에게는 그게 거짓말이라고 말하지 않았다.

기사가 나오던 날 아침, 나는 침대에서 나오지 않고 흰색 다이얼 전화기를 쳐다보며 힐난의 소리를 퍼부을 벨소리를 기다리고 있었다. 내가 자기 아들에게 접근한 것을 알고 불같이 화가 난 존의 엄마가 전화를 걸 수도 있다. 아니면 용의자가 동네 사람일 것이라는 심증을 흘린 것을 두고 리처드가 따져 물을지도 몰랐다.

몸이 땀으로 점점 젖어가는 동안, 방충망에서 날파리들이 앵앵거리는 동안, 게일라가 이제나저제나 내 방으로 들어올까 하고 방문 바깥에서 노심초사하는 동안, 침묵의 몇 시간이 흘러갔다. 우리 집에서는 침대보와 목욕 수건이 날마다 바뀌었다. 지하실에서는 세탁기가 한도 끝도 없이 돌아갔다. 메리언이 살아 있을 때의 습관이 여전히 이어지고 있는 것이라고 나는 생각한다. 뽀송뽀송한 천들이 우리 몸에서 흘러나오는 온갖 체액과 구중중한 냄새를 잊게 해주었다. 내가 섹스 냄새를 좋아한다는 것을 깨달은 것은 대학교 때다. 한 남자가 곁눈질로 빙긋거리며 양말을 바지 뒷주머니에 쑤셔 넣고 내 곁을 쏜살같이 지나가고 나서 내 친구의 방으로 들어선 적이 있었다. 그녀는 얼룩덜룩한 나체로 침대에 축 늘어져 있었고, 다리 한쪽은 시트 아래로 달랑거리며 내놓고 있었다. 그 달콤하고 질척한 냄새는 무엇 하나 섞인 것 없는 순전한 짐승의 그것이었다. 곰이 사는 동굴 가장 깊은 곳에서 나오는 냄새처럼. 사람 냄새 나는, 하룻밤을 묵은 그런 냄새는 내게는 거의 다른 세상의 것이었다. 내 어린 시절을 가장 많이 환기시키는 향은 표백제 냄새였기 때문이다.

결과적으로 첫 번째 분노의 발신자는 내가 추측했던 그 누구도 아니었다.

"기사에서 나를 완전히 빼버리다니, 어떻게 그럴 수가 있어요." 메러디스 휠러의 목소리가 전화기를 통해 쨍그랑거렸다. "내가 한 말은 단한 개도 안 썼잖아요. 내가 그곳에 있었다는 걸 사람들이 무슨 수로 알겠어요. 나야말로 존을 데려간 사람이란 거, 기억나요?"

"메러디스, 네 얘기를 쓰겠다는 말은 한 번도 한 적이 없잖니." 그녀의 억지에 짜증이 일었다. "그렇게 생각했다면 미안하구나." 나는 다 해진 파란색 테디 베어를 내 머리 밑에 쑤셔 박았다가, 공연히 마음이 찜찜해져서 원래 자리에 되돌려놓았다. 어린 시절 물건들에게는 도리를 지켜야 하는 법이다.

"난 왜 언니가 나를 끼워주려고 생각하지 않았는지 이유를 모르겠어요." 그녀가 말을 이었다. "내털리가 어떤 아이였는지 알아야 한다면 존이 필요하겠죠. 존이 필요하면 나도 필요한 거라고요. 난 그의 여자 친구예요. 내가 사실상 그를 소유하고 있다는 뜻이에요. 아무나 붙잡고 물어보세요."

"흠, 이 기사의 초점은 너와 존에 관한 것이 아니었는데." 내가 말했다. 그녀의 숨소리 뒤로 컨트리 록발라드를 연주하는 리듬에 맞춰 뭔가를 두들기는 소리와 칫칫거리는 소리가 들려왔다.

"그래도 다른 윈드 갭 사람들 얘기는 기사에 썼잖아요. 그 바보 같은 신부도 그렇고. 왜 나는 안 되죠? 존은 말도 못하게 고통스러워하고 있고, 나는 그에게 중요한 사람이란 말이에요. 그 모든 시간을 함께 헤쳐가고 있는데. 그가 날이면 날마다 울고 사는 거 아세요? 그가 정신을 안 놓게 하는 장본인이 저라고요."

"다음에 윈드 갭 사람들의 의견이 더 필요한 기사를 쓰게 되면 그땐 널 인터뷰할게. 기사에 덧붙이고 싶은 이야기가 있다면 말이야."

쿵. 치익. 그녀는 다림질을 하고 있었다.

"난 그 가족에 대해 많은 걸 알고 있어요. 내털리에 관해서, 존이 생각도 하지 않고 말도 하지 않으려 하는 많은 것들을요."

"훌륭하구나. 그럼 곧 연락할게." 나는 이 소녀의 제안에 편치 않은 기분을 느끼면서 수화기를 내려놓았다. 밑을 내려다보니 내가 왼쪽 다리에 여자애같이 한껏 멋을 부린 필기체로 '메러디스'라고 써놓은 것이 보였다.


엄마가 포치에서 이마에는 적신 수건을 올린 채 분홍색 실크 강포 천에 둘러싸여 있었다. 어머니가 은쟁반에 차와 토스트, 음료 병을 종류별로 늘어놓았다. 그녀는 엄마의 손등을 자신의 뺨에 대고 둥글둥글 돌렸다.

"아가야, 아가야, 아가야." 함께 그네에 앉아 앞뒤로 발을 밀면서 아도라가 중얼거렸다.

엄마는 담요에 싸인 신생아처럼 잠에 축 늘어져 때때로 입술을 달싹 달싹 다셨다. 우드베리에 다녀온 이후 처음으로 어머니를 보았다. 내가 곁에서 서성거렸지만 그녀는 앰마에게서 눈을 떼지 않았다.

"안녕, 카밀." 앰마가 마침내 입을 열어 속삭였다. 그러고는 일그러진 미소를 지어 보였다.

"네 동생이 아파. 네가 집에 온 다음부터 애가 이렇게 열로 괴로워하는구나." 아도라가 앰마의 손을 계속 돌리면서 말했다.

나는 어머니가 볼 안쪽에서 분노로 이를 악무는 모습을 떠올렸다.

그제야 보니, 앨런이 바로 안쪽 거실의 2인용 소파에 앉아 방충망 너머로 우리를 바라보고 있었다.

"애가 옆에 있을 땐 좀 편안하게 해줄 필요가 있어, 카밀. 앤 그저 어린아이니까." 어머니가 앰마를 향해 구구거렸다.

숙취에 시달리는 어린아이지. 앰마는 어젯밤 내 방에서 나간 후에 아래층으로 내려가 저대로 한동안 술을 마신 터였다. 이 집안이 돌아가는 방식이었다. 나는 서로 속닥거리는 그들을 두고 자리를 떴다. *좋에 하는*이 내 무릎께서 윙윙거렸다.


"여, 특종 기자양반." 리처드가 탄 세단이 내 옆으로 미끄러져 와서 섰다. 나는 내털리의 시체가 발견된 곳으로 걸어가고 있었다. 그곳에 놓인 풍선과 메모들을 구체적으로 살펴보기 위해서였다. 커리는 살인 사건들에 관한 단서가 아직 나오지 않은 이상 우선 '비탄에 빠진 마을' 기사를 원했다. 그의 말에 숨겨진 뜻은 어떤 단서든 나타날 것이고, 그 것도 곧 나타나리라는 것이었다.

"안녕, 리처드."

"오늘 기사 좋던데요." 그놈의 인터넷. "경찰과 가까운 소식통 얘기를 들었다니, 나도 기쁜데요." 그 말을 하면서 그는 빙글거렸다.

"이쪽도 마찬가지네요."

"타요. 할 일이 있어요." 그가 조수석 문을 밀쳐 열었다.

"나도 할 일 없는 사람 아니에요. 이제까지 당신과 일한 바로는 노코멘트라는 코멘트 말고는 쓸 만한 것이 아무것도 없었고요. 국장님도 곧 나를 이 사건에서 뺄 거라고 을러대고 있어요."

"흠, 그럴 수는 없지요. 그렇게 되면 이곳에서 내가 정신을 팔 데가 없어지잖아요." 그가 말했다. "나랑 같이 갑시다. 윈드 갭 관광 가이드가 필요해요. 보상은 질문 세 개에 완전하고 솔직하게 대답해주는 거예요. 물론 비공식적으로요. 하지만 바른대로 얘기할게요. 자요, 카밀. 그 경찰 소식통이란 사람하고 데이트가 있는 게 아니라면 말이에요."

"리처드."

"아니, 진짜로요. 새로 움트는 사랑을 방해할 생각은 없어요. 당신과 그 신비에 싸인 남자는 꽤 멋진 한 쌍을 이룰 거란 말이지요."

"시끄러워요." 나는 차에 올라탔다. 그가 내 쪽으로 몸을 기울여 안전벨트를 매주었다. 입술이 내 입술 근처에 왔을 때 잠시 멈칫했다.

"안전하게는 모셔야죠." 그가 강화 폴리에스테르를 입힌 풍선을 가리켰다. 내털리의 시체가 발견된 틈에서 흔들거리던 풍선이었다. 거기에는 얼른 *치유하세*요라고 씌어져 있었다.

"내겐 말이죠." 리처드가 말했다. "저게 윈드 갭을 완벽하게 요약해주는 말이에요."

리처드는 내가 마을의 온갖 은밀한 장소를 안내해주기를 원했다. 지역 사람들밖에 모를 구석진 곳. 사람들이 서로 뒹굴거나 대마초를 피우는 곳, 십대들이 술을 마시거나 노인네들이 혼자 앉아 자기 인생이 어디서부터 꼬이기 시작했는지 곱씹어보는 곳. 누구에게나 인생의 궤도를 벗어나는 지점이 있다. 나의 경우는 메리언이 죽던 날이었다. 칼을 집어 들었던 그날은 숨통이 막히는 찰나였다.

"우린 아직 두 소녀의 살해 장소도 찾지 못했어요." 리처드가 한 손은 운전대를 잡고 한 손으로는 내 좌석 뒤쪽을 잡고 말했다. "시체 유기 장소만 알고 있는 거죠. 그나마 현장보존도 잘 되어 있지 않고요." 그가 잠시 말을 멈추었다. "미안해요. 살해 장소라니, 말이 좀 흉흉하죠."

"도살장보다는 낫네요."

"우와. 50센트짜리 단어에 당첨됐군요. 75센트짜리는 윈드 갭에 있고요."

"그러게요. 당신네 캔자스시티 사람들이 얼마나 문화인인지 잊고 있었어요."

나는 표시가 되어 있지 않은 자갈길로 리처드를 인도했다. 우리가 차를 댄 곳은 앤의 시신이 발견된 곳에서 남쪽으로 16킬로미터가량 떨어진 지점으로, 무릎 높이의 잡초들이 무성히 자란 곳이었다. 나는 긴 소매 끝을 손으로 쭉 빼서 부여잡고, 습기 찬 공기 속에서 손으로 목 뒤를 부쳤다. 어젯밤 내가 마신 술 냄새, 지금은 내 피부 위에 방울방울 박힌 땀으로 배출되고 있을 술 냄새가 리처드에게 느껴질까 궁금했다. 우리는 경사가 오르락내리락하는 숲 속으로 걸어 들어갔다. 언제나 그렇듯 잎이 넓은 양버들이 보이지 않는 산들바람에 어른거리고 있었다. 때때로 동물이 사라락 도망치는 소리, 새가 후드득 날아오르는 소리가 들렸다. 리처드는 내 뒤를 묵묵히 따르면서, 나뭇잎들을 떼어내 천천히 잘게 찢으며 걸었다. 한 목적지에 도착했을 때 우리의 옷은 흠뻑 젖어 있었고, 내 얼굴에는 땀방울이 뚝뚝 떨어졌다. 그곳은 언제 지은 건지도 모를 학교 건물로, 교실이 하나 있고 한쪽으로 살짝 기울어 있었다. 포도덩굴이 건물의 슬레이트를 넘나들었다.

안쪽 벽에는 칠판이 못에 박혀 있었다. 칠판에는 남자 성기가 여자 성기 안으로 밀고 들어가는 그림이 정교하게 그려져 있었는데, 몸은 없고 단지 그것뿐이었다. 죽은 나뭇잎과 술병들이 바닥에 어지러이 널려 있고, 고리를 잡아당겨 뚜껑을 따는 옛날식 녹슨 맥주 캔들이 눈에 띄었다. 그리고 조그만 책상 몇 개가 남아 있었다. 그중 하나에는 식탁보가 깔려 있고, 그 위에는 죽은 장미꽃이 꽂힌 꽃병이 놓여 있었다. 로맨틱한 저녁식사 자리치고는 비루한 장소였다. 나는 그 식사자리가 좋게 끝났기를 바랐다.

"잘 그렸네." 리처드가 크레용 그림 가운데 하나를 가리키며 말했다. 옅은 파란색 남방셔츠가 그의 몸에 착 달라붙어 있었고 그 안으로 균형이 잘 잡힌 가슴의 윤곽선이 보였다.

"보시면 알겠지만, 아이들이 노는 곳이에요." 내가 말했다. "하지만 강에서 멀지 않은 곳이니까 보여드리는 게 좋겠다고 생각했어요."

"흠." 그가 입을 다물고 나를 쳐다보았다. "시카고에서는 쉬는 날 뭐 했어요?" 그는 책상에 기대어 말라비틀어진 장미 한 송이를 집어 들고 꽃잎을 으깨기 시작했다.

"뭐하냐고요?"

"남자 친구 있어요? 당연히 있겠지요."

"남자 친구는 아주 오랫동안 없었어요."

그는 장미꽃잎을 하나씩 뽑아내기 시작했다. 내 대답에 관심이 있기나 한 건지 모를 일이었다. 그가 나를 쳐다보더니 이를 드러내고 웃었다.

"당신은 쉽게 나오질 않는 사람이에요, 카밀. 자신에 대해서 별로 보여주는 게 없다는 말이에요. 나한테는 연구대상이죠. 마음에 들어요. 색달라요. 대부분 여자들은 입을 다물게 할 수가 없는데. 기분 나쁘게 듣지는 말고요."

"까다롭게 보이려고 일부러 노력하는 건 아니에요. 제가 예상한 질문이 아니어서 당황했을 뿐이죠." 내가 분위기를 파악하고 말했다. 잡담과 희롱. 그런 것쯤은 감당할 수 있다. "여자 친구 있어요? 둘쯤은 있을 거라고 장담해요. 당신 타이에 맞추기 위해 금발과 검은 머리로."

"다 틀렸어요. 여자 친구는 없고, 마지막 여자 친구는 빨간 머리였어요. 그녀는 내가 가지고 있는 어떤 물건과도 어울리지 않았지요. 떠나야 했어요. 좋은 여자였는데, 얼마나 안타까운지 몰라요."

평소대로라면 리처드는 내가 싫어하는 부류였다. 화려하게 태어나고 길러졌을 것 같은 사람. 외모, 매력, 영민함, 거기다 돈까지 가진 그런 사람 말이다. 이런 남자들이 내 흥미를 강하게 끌어당긴 적은 한 번도 없었다. 그들은 절박함이라고는 없으며 대체로 겁쟁이들이다. 그들은 당황스럽거나 어색함이 조성되는 상황은 모조리 본능적으로 피해버렸다. 하지만 리처드는 나를 하품 나게 하지는 않았다. 어쩌면 그의 이를 드러내는 웃음이 약간 뒤틀려 보여서인지도 모른다. 아니면 그가 흉악한 사건을 해결하는 것으로 생계를 해결하기 때문일 수도 있다.

"어렸을 때 이곳에 와본 적 있어요, 카밀?" 그의 목소리가 거의 부끄러움을 타는 것처럼 작아졌다. 옆모습을 드러낸 그의 머리카락이 오후의 햇살을 받아 명멸하는 금빛으로 반짝였다.

"물론이죠. 부적절한 활동을 하기에는 완벽한 장소니까요."

리처드가 내게 걸어와서 마지막 장미를 건네더니 손가락으로 척척한 내 볼을 쓸어내렸다.

"어련하겠어요." 그가 말했다. "최초로, 윈드 갭에서 자랐으면 좋았겠다고 빌게 되는 순간이네요."

"당신과 나라면 아주 잘 지낼 수 있었을 거예요." 내가 말했다. 진심이었다. 갑자기, 자라는 동안 리처드 같은 남자아이를 한 명도 알지 못했다는 점이 슬퍼졌다. 약간이나마 도전해볼 수 있는 누군가가 있었으면 좋았을 것이다.

"자기가 예쁘다는 거 알고 있죠, 내가 틀렸어요?" 그가 물었다. "말로 하면 좋겠지만, 그런 말은 당신이 내쳐버릴까 봐. 그래서 대신 이렇게 하자는 생각이 들었어요……."

그가 내 머리를 자기 쪽으로 가져가 키스를 했다. 처음에는 천천히, 그러다가 내가 밀어내지 않자 팔로 나를 그러안고 혀를 내 입 속으로 밀어 넣었다. 나로서는 거의 3년 만에 하는 키스였다. 내가 그의 겨드랑이 쪽을 손으로 쓸어내리자 장미가 그의 등 뒤로 부서지며 떨어져 내렸다. 나는 그의 칼라를 잡아당기고 그를 핥았다.

"당신은 내가 본 여자 중에 가장 아름다운 것 같아요." 내 턱선을 손가락으로 쓰다듬으며 그가 말했다. "처음 당신을 만났던 날, 나머지 시간에는 머리조차 돌아가지 않았어요. 비커리가 나를 집으로 보냈을 정도예요." 그가 웃었다.

"나도 당신이 아주 잘생겼다고 생각해요." 나는 그의 손이 움직이지 못하게 꽉 쥐며 말했다. 내 셔츠는 얇았고, 그가 내 흉터를 느끼는 것은 바라지 않았다.

"나도 당신이 아주 잘생겼다고 생각한다고요?" 그가 웃었다. "참, 카밀, 당신도 로맨틱한 쪽으로는 아주 젬병이군요?"

"그냥 불시에 일어난 일이라 그래요. 그러니까, 무엇보다도 이건 좋은 생각이 아니에요, 당신과 나 말이에요."

"아주 나쁘죠." 그가 내 귓불에 키스를 했다.

"그러니까 내 말은, 여기를 좀 둘러봐야 하지 않겠어요?"

"프리커 양, 여기는 윈드 갭에 왔던 2주째에 이미 조사했답니다. 이번에는 그냥 당신과 산책이나 하고 싶어서 온 거예요."

나중에 알고 보니 리처드는 내가 그에게 소개시켜주려던 다른 두 곳도 이미 돌아본 터였다. 하나는 숲 남쪽에 있는 버려진 사냥감 저장고로, 노란색 체크무늬 머리끈이 발견되었으나 두 소녀의 부모 중 아무도 그것을 알아보지 못했다. 윈드 갭 동쪽의 절벽, 멀리 미시시피 강이 아래로 내려다보이는 곳에서는 어린아이의 운동화 한 짝이 나왔지만, 두 소녀 중 누구도 그런 신발은 가지고 있지 않았다. 풀 위로 마른 핏방울 몇 개가 남아 있었지만 두 소녀의 혈액형과 모두 맞지 않았다. 다시 나는 아무 소용이 없는 짓을 한 셈이었다. 그리고 다시, 리처드는 괘념치 않는 것 같았다. 어쨌거나 우리는 절벽으로 차를 몰고 갔다. 여섯 개들이 맥주를 사서 미시시피 강이 게으른 뱀처럼 회색으로 꿈틀거리는 모습을 내려다보며 앉았다.

이곳은 메리언이 침대를 벗어날 수 있을 때면 가장 가기 좋아했던 곳이다. 한순간 내 등 뒤로 어린 그녀의 무게, 내 뒤에서 깔깔대며 뜨겁게 내뿜는 숨, 내 어깨를 감싸던 깡마른 팔이 느껴졌다.

"당신이 어린 여자아이의 목을 조른다면 어떤 장소로 가겠어요?" 리처드가 물었다.

"내 차나 집이요." 몸을 뒤로 젖히면서 내가 말했다.

"그럼 이를 뽑겠다면?"

"어딘가 흔적을 잘 씻어낼 수 있는 곳이요. 지하실, 아니면 욕조. 이를 뽑히기 전에 먼저 죽은 게 맞죠?"

"세 가지 질문 중 하나예요?"

"맞아요."

"둘 다 죽은 다음에 이가 뽑혔어요."

"이를 뽑을 때 피가 안 날 만큼 오래전에 죽은 건가요?"

미시시피 강 위의 바지선 하나가 물결 탓에 옆으로 돌기 시작했고, 남자들이 장대를 들고 갑판에 나타나 배가 바른 방향으로 가도록 강 속에 꽂고 비틀고 했다.

"내털리는 피가 있었어요. 목을 조른 다음에 곧바로 뽑은 거예요."

누군가 그녀의 입에서 이를 뽑아내는 동안 욕조에 쑤셔져 있는, 갈색 눈을 뜬 채 굳어 있는 내털리의 모습을 그려보았다.

"제임스 캐피시의 말을 믿나요?"

"그건 정말 잘 모르겠어요, 카밀. 허튼수작 부리는 거 아닙니다. 이성을 붙잡고 말하기에는 애가 너무 겁에 질려버렸거든요. 그 애 엄마는 집에 경비를 세워달라며 계속 전화를 하고요. 애가 그 여자가 와서 자기를 잡아갈 거라고 굳게 믿고 있다는 거예요. 내가 그 애더러 거짓말쟁이라고 몰아붙이면서 땀을 좀 흘리게 했지요. 얘기가 바뀌나 보려고요. 전혀 바뀌지 않았어요." 그가 내게 얼굴을 돌렸다. "이건 말해두죠. 제임스 캐피시는 자기 이야기를 굳게 믿는다는 거예요. 하지만 나로서는 그게 진짜인지 가려낼 방법이 없어요. 내가 이제까지 들어본 어떤 범죄 특성과도 맞는 구석이 없거든요. 뭔가 맞지 않는다는 느낌이에요. 경찰의 육감이란 게 있잖아요. 당신도 그 애와 얘기를 했으니 말해봐요. 어떻게 생각했어요?"

"당신 말에 동의해요. 난 그 애가 엄마가 암에 걸렸다는 사실에 정신이 나가서 그 공포를 어떤 식으로든 투사하는 게 아닌가 하는 생각이 들어요. 모르겠어요. 그럼 존 킨은 어떻게 생각해요?"

"프로파일에 맞춰 분석해보면, 희생자 한 명의 가족이고 적당한 나이에, 너무 무너져 내리는 모습을 보이는 것도 수상하긴 해요."

"동생이 살해됐잖아요."

"맞아요. 하지만…… 나도 남자입니다. 십대 남자애들은 남들 다 보는 데서 우느니 자살을 하고 말 거예요. 그런데 그는 동네방네 울면서 다닌단 말입니다." 리처드는 지나가던 예인선에 화답하듯 빈 맥주병으로 나팔을 불었다.

리처드가 나를 집에 데려다주었을 때 달이 하늘에서 물러나 있었고 매미들은 온 힘을 다해 울어대고 있었다. 그가 내 몸을 만지게 되었을 때 매미들의 울음소리가 내 다리 사이에서 뛰던 맥박과 박자를 맞추었다. 지퍼가 내려가고, 그의 손이 내 손의 안내를 받아 클리토리스에 이르렀을 때 나는 제지했다. 그가 내 흉터들의 윤곽을 탐험하고 마주치는 일이 있어서는 안 되었기 때문이다. 우리는 어린 학생들처럼 서로를 주물렀다(내가 절정에 이르렀을 때 내 왼쪽 발에 새겨진 **촌뜨기**가 볼록 올라와 분홍색이 되었다). 집에 와서 문을 열고 어머니가 계단 맨 아래 충계에서 아마레토 사우어 피처를 놓고 앉아 있는 모습을 발견했을 때, 내 몸은 끈적끈적했고 섹스 냄새를 풍기고 있었다.

그녀는 어깨에는 아이 옷처럼 퍼프가 들어가고 목선에는 공단 리본을 단 분홍색 잠옷을 입고 있었다. 그녀의 손에는 눈같이 하얀 거즈가 새로 감겨 있었고, 그런 모양으로 컵을 잡고 있는데도 얼룩 하나 묻어 있지 않았다. 그녀는 지금 사라져야 할지 말지 고민하고 있는 유령처럼, 내가 들어섰을 때 약간 동요하는 모습을 보였다. 그녀는 자리를 그대로 지켰다.

"카밀, 와서 앉아보렴." 그녀가 두루뭉술한 손을 들어 나에게 신호를 보냈다. "아니다! 주방에 가서 잔 하나 가져오너라. 이 엄마랑 한잔하자꾸나. 네 어머니와 말이야."

컵을 꺼내면서 이거 꼴사나워지겠군, 하고 나는 중얼거렸다. 하지만 그 다음으로는 이렇게 생각했다. 그녀와 단둘이 있는 시간! 어린 시절로부터 덜커덕거리며 올라오는 나머지 찌꺼기. 그걸 바로잡아야 한다.

어머니는 전혀 신경 쓰지 않는다는 듯 술을 따랐지만 완벽했다. 잔이 딱 넘치지 않을 정도로만 위를 덮는 묘기는 대단했다. 하지만 그걸 흘리지 않고 입까지 가져가는 것은 내 문제였다. 그녀가 나를 보면서 억지웃음을 보였다. 그녀가 발을 밑으로 숨기고 계단 기둥에 기대서 술을 한 모금 마셨다.

"내가 왜 널 사랑하지 않는지 알아낸 것 같다." 그녀가 말했다.

그녀가 나를 사랑하지 않는 것은 알고 있었다. 하지만 그녀가 그것을 제 입으로 인정하는 말을 듣는 건 처음이었다. 나는 획기적 발견을 목전에 둔 과학자처럼 흥미를 느껴보려고 애썼지만 목이 잠겨버렸고, 숨을 몰아쉬느라 진을 빼야 했다.

"너는 내 어머니를 떠올리게 해, 조야 말이야. 냉정하고 서먹하고 너무, 너무나 잘난 체하던. 내 어머니도 나를 결코 사랑하지 않으셨다. 그리고 두 사람이 나를 사랑하지 않는다면, 나도 사랑하지 않을 거야."

파도 같은 분노에 몸이 부들부들 떨려왔다. "나는 엄마를 사랑하지 않는다고 말한 적이 한 번도 없어요. 그건 말도 안 되는 얘기예요. 엿먹게 말이 안 된다고요. 엄마야말로 나를 결코 좋아한 적이 없어요. 심지어 내가 어렸을 때도요. 나는 엄마에게서 차가움 말고는 그 무엇도 느껴본 적이 없어요. 그러니까 내 탓으로 돌릴 생각은 함부로 하지 말아요." 나는 손바닥으로 층계 모서리를 세게 문지르기 시작했다. 어머니가 그 행동에 반쯤 미소를 지어 보이자, 나는 하던 짓을 그만두었다.

"넌 항상 고집이 셌지, 절대로 순순한 적이 없었어. 네가 여섯 살 때인가, 일곱 살 때였을 거다. 학교에서 사진을 찍는다기에 네 머리를 컬러로 말아 올려주려고 했지. 그런데 넌 천 자르는 가위로 머리를 싹둑 잘라버렸어." 나는 기억하지 못하는 일이었다. 앤이 그랬다는 소리를 들은 것은 기억이 났지만.

"내가 그랬을 것 같지는 않은데요, 엄마."

"고집불통이었지. 그 여자아이들처럼. 나는 그 애들과 가까워지려고 무진 애를 썼다. 그 죽은 아이들."

"걔네들과는 왜 친해지려고 한 거예요?"

"걔들을 보면 네 생각이 났어. 온 동네를 막무가내로 휘젓고 다니는 게 꼭 작고 어여쁜 동물들 같았지. 그 애들과 친해질 수 있다면 내가 너를 더 잘 이해할 수 있을 거라 생각했어. 내가 그 애들을 좋아할 수 있다면, 어쩌면 내가 너를 좋아할 수 있을 거라고. 하지만 그렇게 되지 않았어."

"그래요. 그렇게 될 리가 없죠." 할아버지가 남긴 괘종시계가 11시를 알렸다. 어머니가 이 집에서 저 소리를 몇 번이나 들었을지 문득 궁금해졌다.

"너를 뱃속에 품고 있었을 때, 내가 지금 너보다 훨씬 어린 소녀였을 때 말이다. 나는 네가 나를 구해줄 거라고 생각했다. 네가 날 사랑할 거라고 생각했어. 그러면 내 어머니도 나를 사랑할 거야, 그렇게. 참, 말이 되는 소리였어야지." 어머니의 목소리가 폭풍 속에 휘날리는 빨간 스카프처럼 높게, 날것으로 휘날렸다.

"나는 갓난아기였어요."

"심지어 너는 태어난 직후에도 고분고분하지 않았어. 먹으려 하지도 않고. 이 세상에 태어났다는 걸 무기 삼아 나에게 벌이라도 주겠다는 듯했어. 너 때문에 내가 바보처럼 보이게 됐어. 어린아이처럼 보이게 됐어."

"엄마는 아직 어린아이였어요."

"네가 돌아오니 생각나는 것이라고는 이것뿐이야. '왜 저 애가 아니고 메리언이었지?'"

분노가 캄캄한 절망으로 바뀌어 곧바로 납작하게 가라앉았다. 내 손가락이 마룻바닥에 박힌 나무 스테이플 심을 기어코 찾아냈다. 나는 그것을 손톱 밑으로 쿡 찔러 넣었다. 이 여인 때문에 우는 일은 없을 것이다.

"나도 이곳에 머무는 게 그렇게 기쁜 일만은 아니네요, 엄마. 조금이라도 기분이 나아지시라고 말씀드리자면요."

"너에게는 정말 증오밖에 없구나."

"그건 엄마한테 배운 거라고 생각하는데요."

그때 어머니가 확 다가와 두 팔로 나를 붙잡았다. 그러고는 내 등으로 팔을 뻗치더니, 손가락 하나로 흉터가 없는 자리를 찾아내 손톱으로 동그라미를 그렸다.

"유일하게 남아 있는 곳이야." 그녀가 내게 속삭였다. 그녀에게서 사향 냄새가 거슬리게 났다. 봄의 우물에서 올라오는 것 같은 냄새였다.

"맞아요."

"언젠가 내 이름을 그곳에 새겨주마." 그녀가 나를 한 번 흔들고는 놔주었다. 그리고 미지근해진 술과 함께 나를 계단에 남겨놓고 떠났다.

나는 남은 술을 다 마셨고, 어둡하고 끈적거리는 꿈을 꾸었다. 내 어머니가 나를 갈라 내장들을 헤집고 그것들을 내 침대에 일렬로 늘어놓는 동안, 내 몸뚱어리는 널브러져 있었다. 그녀는 자기의 이름과 성의 머리글자를 장기 하나하나에 박음질해 넣더니, 내가 잊고 있었던 물건 더미와 함께 내던졌다. 그 물건들은 내가 열 살 때 장난감 뽑기 기계에서 뽑은 형광 공, 열두 살 때 신었던 보라색 스타킹, 중학교 3학년 때 어떤 남자아이가 준 싸구려 금색 반지였다. 각 물건이 던져질 때마다, 그것이 더 이상 잃어버린 것이 아니라는 안도감이 찾아왔다.

일어나니 정오가 넘어 있었고, 나는 혼란에 빠져 두려웠다. 공황을 진정시키기 위해 보드카를 한 모금 벌컥 마시고, 욕실로 달려가서 아마레토 사우어에서 생긴 갈색 설탕이 붙은 침 줄기와 함께 구토물을 쏟아냈다.

옷을 다 벗고 욕조에 들어가서 욕조의 자기 재질에 대고 등을 식혔다. 몸을 쭉 뻗고 누워 몸을 틀었다. 물이 나를 타고 기어 올라와 가라앉아 가는 배처럼 '꼬르륵!'을 기분 좋게 잠기게 하면서 귀까지 집어삼켰다. 물이 얼굴을 덮게 내버려두고, 눈을 뜬 채로 익사할 때까지 버틸 만한 강단이 내게 있을까? 단 5센티미터 정도만 몸을 일으키지 않으면 상황은 끝날 것이다.

물 때문에 눈이 따끔거렸다. 물은 코를 덮더니 이내 몸 전체를 감싸 담았다. 나는 위에서 본 내 모습을 그려보았다. 태형이라도 당한 듯한 피부와 무표정한 얼굴이 수면 아래서 일렁거리리라. 내 몸은 조용히 있기를 거부했다. **보디스**(가슴과 허리 부분을 끈으로 동여매는 여성용 웃옷, 혹은 드레스의 그런 윗부분-옮긴이), **더러운, 잔소리, 과부!** 단어들이 비명을 질러댔다. 내 위장과 목이 절박하게 공기 속으로 나아가겠다고 경련을 일으키고 있었다. **손가락, 창녀, 공동**空洞! 잠시 동안의 억제. 얼마나 순수한 죽음의 방식인가. **개화, 꽃, 고운.**

물 위로 튀어 올라서 숨을 크게 한 모금 들이마셨다. 숨을 헐떡거리며, 머리가 천장을 향하며 젖혀졌다. 살살, 살살, 내 자신에게 말했다. 살살, 착하지, 괜찮아질 거야. 나는 뺨을 어루만지며 어린아이에게 하듯 나를 다독거렸다. 이 얼마나 가련한 짓인가. 하지만 그러고 나서야 가쁜 숨이 잦아들었다.

그 후 전광석화 같은 공황이 몰아닥쳤다. 등 뒤로 손을 뻗쳐 그곳에 동그라미가 있는지 찾아보려고 했다. 아무 단어도 없는 그 부분은 여전히 매끈했다.


마을 위로 검은 구름이 내려앉아 가장자리에 태양을 숨겨놓는 바람에, 하늘 아래 있는 만물이 부드러운 노란빛을 띠었다. 그 아래 있는 우리는 형광불빛 아래를 날아다니는 벌레들 같았다. 어머니와의 대면으로 아직 기력이 회복되지 않은 상태라, 그나마 햇살이 약한 것이 다행이다 싶었다. 내털리 킨과 관련된 인터뷰를 하기 위해 메러디스 휠러의 집에서 약속이 잡혀 있었다. 이 인터뷰에서 무슨 중요한 얘기를 뽑아낼 수 있을지 모르겠지만, 지난번 기사 이후 킨 가의 사람들에게는 말 한마디 못 들은 터라 적어도 기사에 쓸 한 줄은 따야 했다. 이제 존이 메러디스의 집 뒤편에 살고 있는 처지라, 그녀를 통하지 않고 그에게 접근할 방법은 없었다. 그녀가 그 사실을 얼마나 좋아할까.

나는 전날 리처드와 외유를 나갔다가 내버려둔 차를 가지러 가기 위해 메인 스트리트 쪽으로 걸어갔다. 그러고는 힘없이 운전석에 주저앉았다. 그래도 메러디스의 집에는 약속시간 30분 전에 도착할 수 있었다. 메러디스가 나의 방문 시각에 맞추어 찍고 바르며 한창 단장을 하고 있을 것임은 보나마나한 일이었다. 안뜰 테라스에 자리를 마련할 것이며, 존을 살펴볼 기회도 있을 것이라고 나는 생각했다. 그런데 막상 가보니 그녀는 집에 있지도 않았다. 집 뒤편에서 음악 소리가 들려오기에 소리를 따라 갔더니, 형형색색의 비키니를 입은 '네 명의 금발 자매'가 풀장 모퉁이에 앉아 있는 모습이 보였다. 다른 쪽 끝의 그늘진

곳에서 존이 그들을 바라보며 앉아 있었다. 앰마의 그을린 피부와 금발이 보기 좋았다. 어젯밤 숙취의 잔재는 남아 있지 않았다. 그녀는 전채요리처럼 아담하고 알록달록했다.

그 모든 매끈한 살과 대면하자 내 살갗이 수다를 떨기 시작하는 것이 느껴졌다. 숙취로 공황의 정점에 서 있는 상태에서 그들과 직접 접촉하는 것은 감당할 수 없는 일처럼 느껴졌다. 그래서 나는 집 모퉁이에서 염탐을 하기로 했다. 누구든 나를 보았을 수도 있지만 시비를 거는 수고는 하지 않았다. 앰마의 세 친구는 이내 마리화나와 열기에 맛이 가서 얼굴을 담요에 묻고 뻗어 있었다.

앰마는 제정신이었고 존을 바라보며 선탠오일을 어깨와 목과 가슴 사이, 젖가슴과 비키니 속에 문질렀다. 나는 존을 보고, 앰마를 보았다. 존은 아무런 반응도 보이지 않았다. 6시에 시작하는 텔레비전 프로그램의 출연자 아이를 보듯이 말이다. 앰마가 점점 더 요염하게 문질러댈수록 그가 눈을 깜빡이는 횟수는 점점 더 줄었다. 가슴 한쪽의 세모난 천이 옆으로 흘러내리면서 풍만한 가슴이 모습을 드러냈다. 열세 살짜리 소녀, 나는 속으로 말했다. 하지만 그 소녀에게 나는 경탄의 단말마를 느꼈다. 슬플 때 나는 내 자신을 해쳤다. 앰마는 다른 사람들을 해쳤다. 관심을 얻고 싶으면 나는 소년들에게 나를 내던졌다. *네가 바라는 걸 해. 꼭 나처럼.* 앰마의 성적 헌납은 공격적이었다. 기다랗고 가는 다리와 날씬한 허리, 높고 아기 같은 목소리, 그것이 총처럼 조준하고 있었다. *내가 원하는 대로 해. 그러면 또 알아? 내가 널 좋아해줄지.*

"이봐, 존, 나를 보면 누가 생각나지 않아?" 앰마가 외쳤다.

"행실 나쁜 꼬마 애, 자기가 실제보다 더 예쁘다고 생각하는 아이."

존이 약간 소리를 높여 말했다. 그는 반바지와 티셔츠를 입고 풀 가장자리에 앉아 다리를 물속에 내려뜨리고 있었다. 그의 다리는 짙은 색털이 얇게, 거의 여자처럼 아주 조금만 덮여 있었다.

"그래? 그렇다면 은신처에서 나를 훔쳐보는 짓은 그만두지 그래?" 다리로 마차 차고를 가리키며 그녀가 말했다. 차고 고미의 작은 창문에 파란색 체크무늬 커튼이 드리워져 있었다. "메러디스가 질투하겠어."

"널 지켜보는 게 좋거든, 앰마. 내가 늘 지켜보고 있다는 거 알아둬."

나의 추측은 이랬다. 내 이부동생은 그의 방에 허락도 없이 들어가 그의 물건을 샅샅이 뒤져보았을 것이다. 아니면 그의 침대에서 그를 기다려보았거나.

"지금 쳐다보고 있는 건 분명하네." 그녀가 다리를 뻗고 서서 웃으며 말했다. 어두운 빛 아래서 그녀의 모습은 으스스해 보였다. 하늘에서 내리는 빛이 그녀의 얼굴에 그림자 같은 우물을 남기고 있었다.

"언젠가는 네 차례가 될 거야, 앰마." 그가 말했다. "곧."

"아저씨, 알아들었네요." 앰마가 외쳤다. 카일리가 눈을 들어 친구의 얼굴을 힘겹게 보더니 미소를 짓고 다시 엎드렸다.

"인내심을 가져."

"오빠야말로 인내심이 필요할걸." 앰마가 그에게 손으로 키스를 날려 보냈다.

아마레토 사우어를 마신 머리가 빙글빙글 돌았다. 둘의 수작거리에 속이 메스꺼워졌다. 존 킨이 앰마와 수작을 벌이는 게 마음에 들지 않았다. 그녀가 아무리 먼저 도발한다 해도. 어쨌거나 그녀는 아직 열세 살이었다.

"안녕?" 내가 큰 소리로 앰마의 주위를 환기시켰다. 앰마가 내게 손을 마구 흔들었다. 세 금발 중 둘이 나를 올려다보았다가 다시 누웠다. 존은 나와 얘기를 하기에 앞서 손을 컵 모양으로 만들더니 물을 떠서 얼굴에 문질렀다. 그는 지난번 대화에서 자기가 얼마나 얘기를 했는지 기억을 더듬어보는 동작을 취했다. 나와 소녀들이 있는 거리와 존과의 거리가 똑같았다. 나는 존에게 다가가 족히 2미터는 떨어져서 앉았다.

"기사 읽었어?" 내가 물었다. 그가 고개를 끄덕였다.

"네, 읽었어요. 좋던데요. 적어도 내털리에 관한 부분은요."

"오늘은 윈드 갭에 관해서 메러디스와 얘기를 나누기 위해 왔어. 내털리 얘기도 아마 나올지 몰라." 내가 말했다. "그래도 괜찮겠어?"

그가 어깨를 으쓱했다.

"좋아요. 메러디스는 아직 집에 도착하지 않았어요. 차에 탈 설탕이 부족하다고 당황해서는 화장도 하지 않고 가게로 달려갔어요."

"별일이구나."

"메러디스한테는 그런 셈이죠."

"여기서 지내기는 어때?"

"아, 그럭저럭 괜찮아요." 그가 말하고는 오른손을 쓰다듬기 시작했다. 자신을 안심시키려는 행동. 나는 다시 그가 안쓰럽다는 기분이 들었다. "어딜 가본들 뭐가 좋은지 알겠어요? 여기가 좋은지 나쁜지 가늠조차 안 된다는 거예요. 무슨 뜻인지 아시죠?"

"그러니까 이곳은 끔찍하고 나는 죽고 싶다, 하지만 그렇다고 딱히 달리 갈 곳이 있는지도 모르겠다." 내가 거들었다. 그가 고개를 돌려 나를 바라보았다. 푸른 눈에 타원형 풀이 비쳐 보였다.

"제가 딱 하고 싶은 말이네요." 익숙해져야 해, 내가 속으로 말했다.

"상담 받아보는 거 생각해봤어? 심리치료사한테 간다거나?" 내가 말했다. "그게 정말 도움이 될 수도 있는데."

"맞아, 존. 오빠의 긴급한 욕구도 좀 가라앉히고. 그런 욕구가 치명적일 수도 있잖아? 어린 여자아이들이 이가 없이 발견되는 건 우리 모두 바라지 않으니까." 앰마는 풀에 들어가 3미터쯤 떨어진 곳에서 둥둥 떠다니고 있었다.

존이 벌떡 일어났다. 그가 풀 속으로 뛰어들어 앰마를 질식시켜 죽일지도 모른다는 생각이 잠깐 들었다. 그는 그러는 대신 손가락으로 그녀를 가리키며 뭐라고 입을 열려다가 다물고는 자신의 다락방으로 걸어갔다.

"정말 잔인한 짓이었어." 내가 앰마에게 말했다.

"하지만 재밌었죠." 분홍색 에어 매트리스에 누워 떠다니던 카일리가 말했다. "별종이라니까." 물 속에서 첨벙거리며 켈시가 말했다.

조디스는 담요 위에 무릎을 턱까지 끌어 모으고 앉아, 시선은 저 멀리 마차 차고를 향하고 있었다.

"지지난밤엔 그렇게 다정하게 굴더니 지금은 확 바뀌었구나." 내가 앰마를 향해 중얼거렸다. "왜 그러는 거니?"

순간 그녀의 눈빛이 흔들렸다. "나도 몰라. 나도 고쳤으면 좋겠어. 정말이야." 메러디스가 문 쪽에서 나타나 나에게 들어오라며 골이 난 듯 외쳐 부를 즈음에, 앰마는 친구들 쪽으로 헤엄쳐 갔다.


휠러의 집 안 풍경은 익숙하게 느껴졌다. 플러시 천으로 된 뚱뚱한 소파와 모형 범선을 올려놓은 커피 테이블, 벨벳 천을 두른 라임색의 말쑥한 발 받침대, 극단적인 각도에서 찍은 에펠탑 사진 액자. 파터리 반 봄 카탈로그에서 튀어나온 듯한 모습이었다. 메러디스가 레몬색 접시들을 탁자에 내려놓았다. 접시 중앙에는 시럽을 바른 타르트가 놓여 있었다.

그녀는 설익은 복숭아 색 린넨 선드레스를 입고 있었고, 머리는 뒤로 넘겨 목덜미께서 느슨한 포니테일로 묶었는데, 그렇게 완벽한 모양으로 묶으려면 족히 20분은 걸렸을 것이다. 그녀는 내 어머니와 언뜻, 그리고 몹시 비슷해 보였다. 나보다 더 딸 같다 해도 믿을 만했다. 나는 그녀가 자신의 잔과 내 잔에 달콤한 차를 따르며 미소 지을 때, 속으로 원한이 밀려오는 것을 느끼며 마음을 다스리려고 안간힘을 썼다.

"내 동생이 언니한테 무슨 말을 했는지는 모르겠지만, 가증스럽고 너저분한 말이었을 거라는 건 짐작하고도 남아요. 제가 대신 사과드릴게요." 그녀가 말했다. "엄마가 저기서 대장인 건 언니도 잘 아시겠지만요." 그녀는 타르트를 바라보았지만 먹고 싶지는 않은 듯했다. 참으로 예쁜 타르트였다.

"네가 나보다 엄마를 더 잘 알 거야." 내가 말했다. "걔하고 존은 보니까 별로……."

"까다로운 아이죠." 그녀가 다리를 꼬았다가 풀고는 원피스를 쭉 펴며 말했다. "엄마는 항상 자기한테만 관심이 쏠리지 않으면 기운이 빠지고 무기력해져요. 특히 남자아이들의 관심이요."

"걔가 왜 존은 좋아하지 않는 거니? 내털리를 해친 게 존이라는 말까지 넌지시 하더라." 나는 녹음기를 꺼내 버튼을 눌렀다. 한편으로는 자존심을 겨루느라 시간을 낭비하고 싶지 않았고, 한편으로는 그녀가 존에 대해 기사로 쓸 만한 가치가 있는 얘기를 해주었으면 했기 때문이다. 만약 그가 주요 용의자라면, 적어도 윈드 갭 사람들의 마음속에서는 그렇다면, 그에 대한 코멘트가 필요했다.

"그냥 그게 바로 앰마예요. 야비한 기질이 있어요. 존이 자기가 아니라 나를 좋아하니까 걔를 공격하는 거예요. 나한테서 존을 빼앗아가려고 시도하지 않을 때는 그래요. 아무려면 그런 일이 일어나기라도 할까봐."

"보니까 많은 사람들이 존이 이 일과 연관이 있다고 생각한다더라. 사람들이 왜 그런다고 생각하니?"

그녀가 어깨를 으쓱하고 아랫입술을 내밀고 앉아서는 잠시 동안 테이프가 돌아가는 것을 보았다.

"그야 그렇잖아요. 그는 이 마을 출신이 아니에요. 똑똑하고, 세속적으로 봤을 때, 그리고 이 마을 사람 중 누구를 데려다놓아도 존이 적어도 여덟 배는 더 아름다워요. 사람들 입장에서는 존이 범인이라고 생각하는 게 좋은 거예요. 그렇게 되면…… 윈드 갭 자체가 그렇게 사악한 곳은 아니게 되잖아요. 바깥에서 온 게 되죠. 타르트 좀 드세요."

"그가 무죄라고 생각하니?" 타르트를 한 입 깨물자 시럽이 입술로 흘러내렸다.

"당연히 무죄라고 생각하죠. 다 시시한 가십일 뿐이에요. 드라이브를 갔다는 이유만으로…… 이곳의 많은 사람들이 그렇게 생각하는 거예요. 그저 타이밍이 안 좋았을 뿐인데."

"그럼 아이들의 가족은 어떠니? 두 가족 중 어느 쪽이든 말해줄 만한 게 있어?"

"사랑스러운 아이들이었어요. 아주아주 행실이 바르고 착한 아이들이었어요. 하느님이 당신 것으로 만드시려고 윈드 갭에서 가장 좋은 아이들을 천국으로 데려간 거예요." 그녀는 연습해두었다. 그녀의 말에서 리허설을 마친 리듬이 풍겨 나왔다. 미소조차 미리 다 가늠해본 것이었다. 미소를 너무 작게 지으면 인색해 보일 테고, 너무 크게 지으면 어색할 테니 이 정도가 적당했다. 담대하고 희망에 찬. 그 미소는 그렇게 말하고 있었다.

"메러디스, 네가 그 아이들을 그렇게 생각하지 않았다는 거 다 알아."

"그럼 어떤 얘기를 원하는데요?" 그녀가 쏘아붙였다.

"진실된 얘기."

"그렇게는 못해요. 존이 나를 미워할 거예요."

"기사에 꼭 네 이름을 쓸 필요는 없어."

"그러면 내가 이 인터뷰를 하는 의미가 없잖아요?"

"두 소녀에 대해 사람들이 얘기하지 않는 내용 중에 네가 아는 게 있다면 말해줘야 해. 그게 어떤 정보냐에 따라 존에게 쏟아지는 사람들의 관심을 돌릴 수도 있어."

메러디스가 새침하게 차 한 모금을 마시더니 냅킨으로 딸기색 입술 언저리를 가볍게 두드렸다.

"그래도 기사 어딘가에 내 이름이 실리기는 하나요?"

"다른 부분 어디서든 네 이름을 쓸 수 있어."

"하느님이 아이들을 천국으로 데려갔다는 부분에 넣었으면 좋겠어요." 메러디스가 어린애 같은 소리를 내며 말했다. 그녀가 손을 꼭 쥐고 내게 비스듬하게 몸을 숙이며 미소를 지었다.

"아니야. 거긴 안 돼. 존이 이 마을 출신이 아니라는 것과, 그 때문에 사람들이 그에 대해 뒷말을 수군거린다는 부분에 쓸 거야."

"왜 내가 원하는 곳에 못 써요?" 그녀는 공주처럼 차려입고는 가장 아끼는 인형이 상상 속의 차를 좋아하지 않는다는 이유로 우는 소리를 하는 다섯 살짜리 아이 같았다.

"왜냐하면 그 내용이 내가 지금까지 들었던 많은 얘기와 반대 입장이 기 때문이야. 그리고 그런 식으로 말하는 사람은 실제로도 아무도 없고. 꾸며낸 얘기처럼 들리거든."

내가 이제까지 다른 어떤 기사를 다루면서도 드러내 보이지 않았던 가장 한심한 패이자, 기자 일을 하는 데 있어서 완벽하게 비윤리적인 방법이었다. 하지만 나는 그녀의 엿 같은 이야기가 필요했다. 메러디스가 목에 걸린 은색 체인 목걸이를 빙글빙글 돌리며 나를 관찰했다.

"모델해도 됐겠어요." 그녀가 느닷없이 말했다.

"힘들다고 봐." 내가 말을 잘랐다. 사람들이 나에게 예쁘다는 말을 할 때마다 나는 옷 아래서 추하게 꿈틀거리는 모든 것들이 생각났다.

"그래도 됐을 거예요. 난 언제나 크면 언니처럼 되고 싶었어요. 언니 생각을 한다고요. 그러니까 내 말은 우리는 엄마들끼리도 다 친구여서 언니가 시카고에 산다는 건 알았어요. 언니가 커다란 저택에서 주름 잡힌 웃옷을 입고 투자은행가인 든든한 남편과 사는 모습을 상상했죠. 언니는 주방에서 오렌지 주스를 마시고, 언니 남편은 재규어를 타고 일하러 가고. 엉뚱한 상상을 했나 봐요."

"맞아. 그래도 듣기는 좋구나." 나는 타르트를 또 한 입 베어 물었다.

"그러니까 그 아이들 얘기 좀 해보렴."

"일이 전부다, 이거죠? 언니는 늘 친절함과는 거리가 멀어도 아주 멀었어요. 나, 언니 동생에 대해서도 알고 있어요. 죽은 동생 있잖아요."

"메러디스, 우리 언제 따로 얘기를 나눌 기회가 있을 거야. 그러고 싶어. 이 일이 끝난 다음에 말이야. 그러니까 일단 네 얘기부터 듣자. 그러면 우리끼리 즐거운 시간을 가질 수도 있을 거야." 나는 인터뷰가 마무리되면 단 1분도 더 머무를 생각이 없었다.

"좋아요…… 그러니까 이래요. 왜…… 이를…… 그랬는지 알 것 같아요." 그녀가 이 뽑는 모습을 팬터마임처럼 흉내 냈다.

"왜?"

"사람들이 아무도 그걸 인정하지 않는 게 믿기지 않아요." 그녀가 말하며 거실 안을 훑어보았다.

"이 말은 저한테 들은 게 아니에요, 알았죠?" 그녀가 말을 이었다. "걔들, 앤과 내털리, 걔네는 깨무는 걸 좋아했어요."

"깨무는 걸 좋아한다니, 무슨 뜻이지?"

"둘 다요. 걔들은 성질이 심각하게 더러웠어요. 아주 무시무시했다고나 할까요. 그러니까 남자애들 같은 성질 있죠? 그런데 주먹을 쓰지는 않았어요. 깨물었죠. 봐요."

그녀가 오른쪽 손을 들어 올렸다. 엄지손가락 바로 아래, 오후의 햇살 아래서 세 개의 하얀 흉터가 빛나고 있었다.

"내털리가 그런 거예요. 그리고 이거요." 그녀는 머리를 들어 올려 귓불이 반밖에 없는 귀를 드러냈다. "손은 그 아이 손톱에 매니큐어를 칠해주다가 물린 거예요. 중간쯤 칠했을 때 마음에 안 들었던 것 같은데,

내가 끝까지 하자고 하니까 손을 확 내리더니, 이를 내 손에 꽉 박아버린 거예요."

"그럼 귓불은 어떻게 된 거니?"

"차에 시동이 안 걸려서 걔네 집에 하룻밤 묵었던 적이 있어요. 잠이 들었다가 깨어보니 침대 커버 사방에 피가 쏟아져 있고 귀에 꼭 불이 붙은 것 같았어요. 귀가 내 몸에서 떨어져나갔으면 좋겠다 싶을 정도였어요. 하지만 귀는 내 머리 옆에 계속 붙어 있었죠. 그런데 내털리가 불이 붙은 건 오히려 자기 쪽이라는 듯이 소리를 지르고 난리를 치는 거예요. 그 비명 소리가 물리는 것보다 더 무서웠어요. 킨 씨가 꽉 안고 있어야 할 정도였죠. 그 아이는 문제가 심각했어요. 우리는 제 귓불을 찾아 헤맸어요. 다시 붙일 수 있는지 보려고요. 하지만 없어졌어요. 아마 내털리가 삼켰나 봐요." 그녀는 들이마신 숨이 거꾸로 돌아가는 것 같은 소리로 웃었다. "대체로 그 애가 안됐다는 생각은 들지만요."

거짓말.

"앤도 그렇게 나쁜 행동을 했니?" 내가 물었다.

"더 나빴죠. 이 동네 곳곳에 걔 이빨 자국이 있는 사람들이 있어요. 언니 엄마까지 포함해서요."

"뭐?" 손에 땀이 맺히고 뒷덜미가 차가워졌다.

"언니 엄마가 앤에게 공부를 가르쳐주는데, 앤이 이해를 못한 거예요. 완전히 정신이 나가서 언니 엄마 머리를 잡아 뽑고 손목을 물어버렸어요. 세게요. 아마 꿰맸을 걸요." 내 어머니의 가느다란 팔이 자그마한 이 사이에 물려 있고, 앤이 개처럼 그녀의 머리를 잡고 흔들고, 피가 엄마의 소맷자락과 앤의 입술을 물들이는 장면이 떠올랐다.

조그만 동그라미가 등 뒤에서 깔쭉깔쭉하게 선을 그리고 있었다. 완벽한 고리 모양으로.

## 11장

나는 내 방에서 전화를 걸고 있었다. 집 안에 어머니의 흔적은 없었다. 앨런이 필레 요리를 잘못 잘랐다고 게일라를 나무라는 소리가 들려왔다.

"게일라, 이런 게 사소한 일처럼 보이겠지만 이렇게 생각해보자. 사소한 차이가 좋은 요리와 그저 그런 음식의 차이를 만들어내는 거야." 게일라가 알아듣겠다는 소리를 냈다. 그녀의 흠, 네 하는 소리에도 비음이 섞여 있었다.

나는 리처드의 휴대폰으로 전화를 걸었다. 리처드는 윈드 갭에서 휴대폰을 가진 몇 안 되는 사람 가운데 하나였다. 나 역시 남의 말을 할 처지는 못 되는 것이, 시카고에서 휴대폰이 없는 몇 안 되는 사람 가운데 하나가 나였다. 사람들이 나에게 그렇게 쉽게 접근하는 것을 원하지 않았다.

"윌리스 형사님." 수화기 너머로 확성기에서 이름을 부르는 소리가 들려왔다.

"바빠요, 형사님?" 내 얼굴이 붉어졌다. 바보 같은 추파. 그 추파의 경망함.

"안녕." 형식적인 목소리가 돌아왔다. "일을 좀 마무리하는 중인데 내가 다시 전화해도 될까요?"

"물론이에요. 나는……."

"내 휴대폰 화면에 전화번호가 떠요."

"멋지네요."

"그렇다마다요."


20분 후. "미안해요. 비커리와 함께 우드베리의 병원에 있었어요."

"단서?"

"그런 셈이죠."

"코멘트 해줄 건요?"

"지난밤에 아주 좋았어요."

나는 다리에 경찰 리처드, 경찰 리처드라고 열두 번 썼다. 그러고는 칼날을 찾느라 몸이 근질거려 쓰던 행동을 멈추어야 했다.

"나도 그랬어요. 저기요. 다음 기사에 쓸 코멘트가 하나 필요해요."

"좋아요, 도와주도록 노력하죠, 카밀. 물어볼 말이 뭐죠?"

"우리가 처음에 술 마셨던 그 싸구려 술집에서 만날 수 있을까요? 직접 만나서 얘기하는 게 좋을 것 같아요. 집밖으로 좀 나가고 싶기도 하고. 그리고 그냥 말해버릴게요. 술이 한 잔 필요해요."

센서스에 도착하니 예전에 같은 반이었던 남자 세 명이 있었다. 선한 사람들이었고, 그중 하나는 어느 해인가 주 박람회에서 선정적으로 보일 만큼 젖을 한가득 흘리는 커다란 암퇘지로 상을 받았다. 리처드가 아주 좋아했을 서민적이고 스스럼없는 사람의 전형이었다. 우리는 안부를 물었고, 그들은 내게 술 두 잔을 사주었으며 자기 아이들 사진도 보여주었는데 총 여덟 명이었다. 세 사람 가운데 한 명인 제이슨 턴버프는 어린아이 때와 다름없이 금발에 동그란 얼굴을 하고 있었다. 입밖으로 살짝 나온 혀, 분홍색 뺨, 둥글고 푸른 눈이 대화를 나누는 내내 내 얼굴과 가슴 사이에 박혀 있었다. 그는 내가 녹음기를 꺼내 살인사건에 관해 물었을 때 딱 한 번 그렇게 쳐다보던 것을 멈추었다. 빙빙 돌아가는 녹음테이프가 그의 관심을 사로잡았다. 사람들은 자기 이름이 인쇄된 것을 보면서 그토록 막중한 무게감을 느끼는 것이었다. 존재의 증명. 나는 신문더미를 뒤지며 유령들이 입씨름을 벌이는 모습을 상상할 수 있었다. 지면에 실린 이름 하나를 가리킨다. 봐, 내가 여기 있잖아. 내가 살아 있다고 말하지 않았느냐고. 나, 살아 있다고 말했지?

"우리가 학교에 다녔던 머리에 피도 안 마른 시절만 해도 여기 이렇게 앉아 윈드 갭에서 일어난 살인사건에 대해 얘기할 줄 누가 생각이나 했을까?" 이제는 머리색이 짙어지고 가느다란 수염 선을 한 토미 링거가 놀랍다는 듯이 말했다.

"그러게 말이야. 세상에, 나는 슈퍼마켓에서 일한다고." 마음씨가 곱고 쿵쿵 울리는 목소리에 쥐 같은 얼굴을 한 론 레어드가 말했다. 셋은 엉뚱하게 생겨난 시민으로서의 자부심으로 가득 차 있었다. 윈드 갭에 불미스러운 일이 생겼는데도 그들은 그걸 받아들일 준비가 되어 있었다. 그들은 슈퍼마켓, 약국, 양계장에서 계속 일을 할 수 있을 것이다. 그들이 세상을 떠날 때면, 그렇게 일하고 결혼하고 아이를 갖는 것과 그들이 달성한 업적들이 목록에 오를 것이다. 이런 살인사건은 그들에게 일어날 가능성이 거의 없는 일이다. 아니다. 좀 더 정확하게 표현하자면, 살인사건은 그들의 마을에서 벌어진 어떤 일이었다. 나는 메러디스의 판단을 전적으로 확신할 수 없었다. 어떤 사람들은 살인자가 윈드 갭에서 태어나고 자랐다는 사실을 좋아할 수도 있다. 언젠가 함께 낚시를 하러 갔던 사람, 함께 보이스카우트를 한 사람. 그런 점이 더 재미있는 스토리를 만들게 마련이다.

리처드가 문을 휙 열고 들어왔다. 그 문은 보기보다 훨씬 가벼웠다. 단골 아닌 고객이 문을 열 때마다 힘을 너무 주다 보니, 문은 몇 분 간격으로 옆쪽 벽에 가서 쾅 하고 부딪쳤다. 그 점이 대화가 중단되었을 때 흥미로운 소재가 되어주었다.

그가 어깨에 재킷을 걸치고 걸어오는 것을 보고, 세 남자가 낮게 으르렁거렸다.

"이 작자."

"아주 감명 받았어요, 친구."

"이 사건을 위해 뇌세포 몇 개는 남겨두시죠. 필요할 테니까."

나는 스툴에서 뛰어내려 입술을 핥고 빙긋 웃었다.

"흠, 친구들. 난 일하러 가야겠어. 인터뷰 시간이거든. 술 고마워."

"지루해지면 우리가 여기 있다는 거 잊지 마." 제이슨이 큰 소리로 말했다. 리처드는 이 사이로 머저리라는 말을 뱉어내며 그에게 미소만 지어 보였다.

나는 세 번째 버번 잔을 싹 비우고, 지나가던 웨이트리스에게 리처드와 나에게 술을 달라고 부탁했다. 우리 앞에 술이 놓이자 내가 정말 일 애기를 하고 싶은 것인지 궁금해졌다. 턱을 괴고 보니 그의 오른쪽 눈썹 바로 아래에 흉터가 있었고, 턱 가운데는 약간 옴폭하게 패여 있었다. 그가 자기 발로 내 발을 두어 번 톡톡 두드렸다. 우리가 앉은 쪽은 누구의 시선도 닿지 않는 곳이었다.

"그래, 저 사람들과는 무슨 일이에요. 특종이라도 건졌어요?"

"있잖아요. 뭘 좀 알아야겠어요. 정말로 알아야 해요. 그리고 당신이 내게 말을 못 해주겠다면 못 해주는 거예요. 부디 신중하게 생각해주세요." 그가 고개를 끄덕였다.

"이 살인사건을 저지른 사람이 누구인지 생각할 때, 마음속에 구체적으로 떠오르는 사람이 있나요?" 내가 말했다.

"몇 명 있어요."

"남자, 아니면 여자?"

"왜 그걸 지금 이렇게 조급하게 묻는 거죠, 카밀?"

"그냥 알아야겠어요."

그가 손으로 턱수염 그루터기를 비비며 술을 한 모금 마시더니, 잠시 말을 멈추었다.

"난 여자 하나가 소녀들을 그런 식으로 죽일 수 있다고 믿진 않아요." 그가 다시 내 발을 톡톡 건드렸다. "대체 무슨 일 때문에 그래요? 뭐라도 알아낸 건지, 진짜 뭐가 있긴 한 건지 말해줄래요?"

"모르겠어요. 너무 초조해요. 그냥 내 에너지를 어느 쪽에 맞추어야 할지 알아야겠어요."

"내가 도와드리죠."

"그 아이들이 사람들을 깨무는 걸로 유명했다는 거 알고 있었어요?"

"앤이 이웃집 새를 죽인 일과 관련해서 학교에서 무슨 일이 있었다는 얘기는 들었어요." 그가 말했다. "내털리의 경우는 지난번 학교에서 있었던 일 때문에 고삐가 꽤 단단히 쥐어져 있었고요."

"내털리가 자기가 아는 어떤 사람의 귓불을 물었대요."

"아뇨. 내털리가 이곳에 온 후로 그 아이를 상대로 접수된 사건은 없어요."

"그러면 그 사람들이 신고를 안 한 거겠죠. 리처드, 내가 피해자의 귀를 봤어요. 귓불이 없더라고요. 그 사람이 거짓말을 할 이유는 전혀 없어요. 앤도 누군가를 공격했대요. 누군가를 물었다고요. 하지만 난 이 아이들이 그저 나쁜 마음을 먹은 사람들에게 걸려든 건지, 아니면 다른 뭔가가 있는 건지 점점 더 궁금해져요. 이 아이들이 꼭 누군가에게 제압을 당한 것 같거든요. 난폭한 짐승처럼. 어쩌면 그게 이를 뽑은 이유가 될지도 몰라요."

"자, 천천히 시작합시다. 우선, 두 아이가 깨문 사람이 누구예요?"

"그건 말할 수 없어요."

"빌어먹을, 카밀. 지금 장난치는 거 아니에요. 말해줘요."

"안 돼요." 그가 화를 내는 것이 충격이었다. 나는 그가 웃으면서, 내가 완강한 모습을 보일 때가 예쁘다고 말해줄 줄 알았다.

"이건 빌어먹을 살인사건이에요, 알아요? 당신에게 정보가 있다면, 난 그게 필요하다고요."

"그러니까 당신 일을 하면 돼요."

"그러는 중이에요, 카밀. 나랑 이렇게 게임을 하는 건 도움이 되지 않아요."

"그게 어떤 느낌인지 이제 알겠군요." 내가 유치하게 중얼거렸다.

"됐어요." 그가 눈을 문질렀다. "난 오늘 하루가 정말 길었어요. 그러니까…… 잘 자요. 당신한테 도움이 됐으면 좋겠네요." 그가 일어서며 반쯤 남은 자기 잔을 내 쪽으로 밀어놨다.

"공식적인 발언이 필요해요."

"나중에요. 이 문제를 한번 전체적으로 조망해볼 필요가 있어요. 당신이 말한 대로 우리가 사귀는 게 아주 나쁜 생각일지도 모르겠네요."

그가 떠났고, 세 친구들은 다시 뭉치자며 나를 불렀다. 나는 고개를 젓고 잔을 비운 다음, 그들이 자리를 뜰 때까지 메모를 하는 척했다. 내가 열두 페이지에 걸쳐 휘갈긴 것이라고는 *썩어버린 곳, 썩어버린 장소*가 전부였다.

집에 도착했을 때 나를 기다리고 있던 사람은 앨런이었다. 그는 빅토리아풍의 2인용 소파에 앉아 있었다. 호두나무에 하얀 문직이 씌워진 소파였다. 그는 흰 바지와 실크셔츠 차림에 우아한 흰색 실크 슬리퍼를 신고 있었다. 사진 속에 있었다면 어느 시대 사람인지 알아보기가 어려울 것 같았다. 빅토리아 시대의 신사? 에드워드 시대의 멋쟁이? 아니면 1950년대의 번지르르한 멋쟁이? 평생 일해본 적 없고, 술을 곧잘 마시며, 이따금 어머니와 섹스를 하는 21세기의 전업남편이 그였다.

어머니가 없는 데서 앨런과 얘기하는 것은 매우 드문 일이었다. 어렸을 때 복도에서 그와 마주친 적이 있는데, 그가 내 눈높이에 맞추어 몸을 뻣뻣하게 굽히고 말했다. "안녕, 몸이 잘 나았으면 좋겠구나." 한 집에서 산 지 5년이 넘었을 때인데, 그가 생각해낼 수 있었던 말은 그것이 전부였다. 내가 그에게 해줄 수 있었던 말도 "네, 감사합니다"가 전부였다.

하지만 지금은 그가 나를 상대할 준비가 되어 있는 것 같았다. 그는 내 이름은 부르지 않고 자기 옆의 소파를 손바닥으로 톡톡 두드렸다. 그의 무릎 위에 은색 정어리가 담긴 접시가 놓여 있었다. 문에 들어서면서부터 맡은 냄새였다.

"카밀," 포크로 꼬리 하나를 찍으며 그가 말했다. "너 때문에 엄마가 병이 나셨다. 상황이 나아지지 않는다면 너한테 이 집에서 나가달라고 요청할 수밖에 없어."

"어째서 내가 엄마를 아프게 했는데요?"

"괴롭혔잖니. 메리언을 끊임없이 떠올리게 하면서. 아이를 먼저 보낸 엄마가 그 아이가 지금 땅 속에 어떤 모습으로 누워 있을지 생각하는 일, 너는 상상도 못해. 너는 어떻게 떼어놓았는지 모르겠다만, 아도라는 그렇게 못해." 생선에서 물 한 방울이 그의 앞으로 또르르 흘러내려 단추 크기의 얼룩을 남겨놓았다.

"엄마 앞에서 죽은 두 여자아이의 시체 이야기를 하면 안 되지. 이를 뽑았을 때 피가 얼마나 나왔는지, 그 아이들의 목을 조를 때 시간이 얼마나 걸렸는지, 그런 얘기를 하면 안 된다는 얘기야."

"앨런, 전 엄마한테 그런 얘기를 한 적이 없어요. 그와 비슷한 얘기도 한 적이 없고요. 엄마가 무슨 말을 하는지 정말 모르겠네요." 이젠 분하지도 않았다. 그저 피곤할 뿐이었다.

"제발, 카밀. 너와 네 엄마의 관계가 얼마나 팽팽한지 모르는 건 아니다. 네가 다른 모든 사람의 안녕에 항상 얼마나 시기심을 느껴왔는지도 알아. 사실이야. 넌 정말 장모님과 비슷하구나. 그분은 이 집을…… 화난 늙은 마녀처럼 지켰지. 그분은 가족들이 웃는 것마저 기분 나빠했어. 그분이 유일하게 웃었던 때가 네가 아도라의 젖을 거부했을 때다. 네가 아도라의 젖을 안 물려고 했을 때 말이다."

앨런의 기름 묻은 입술에서 나오는 그 단어가 내 몸의 열 군데에 불을 붙였다. *후지다, 나쁜 년, 지우개*가 일제히 화끈 달아올랐다.

"그 얘기는 엄마에게 들어서 알고 있는 거죠?" 내가 곧바로 받아쳤다.

그가 고개를 끄덕이며 성스러운 말씀이라도 받은 것처럼 입술을 오므렸다.

"메리언과 죽은 소녀들에 대해 내가 못할 말을 했다는 것도 아도라에게 들어서 아는 거고요."

"바로 맞혔어." 그가 한 음절, 한 음절을 정확히 끊으며 말했다.

"아도라가 거짓말을 하는 거예요. 그걸 모르면 아저씨도 바보예요."

"아도라는 힘든 인생을 살았다."

나는 웃음을 터뜨렸다. 앨런이 내 웃음을 무시했다. "너희 할머니는 아도라가 어렸을 때 한밤중에 그녀의 방에 들어가 그녀를 꼬집었어." 그가 마지막 남은 정어리 조각을 가련하게 바라보며 말했다. "아도라가 자다가 죽을까봐 걱정이 돼서 그랬다지. 내 생각에 그분은 그냥 너희 엄마를 다치게 하는 게 좋았던 거야."

추억이 방울방울. 맥박 재는 기계를 비롯해 온갖 기계로 가득 찬 환자의 방. 복도 맨 끝에 메리언의 방이 있었다. 내 팔에서 느껴지는 날카로운 통증. 구름 털 같은 잠옷을 입고 나를 내려다보며 괜찮냐고 묻는 어머니. 꼬집혀 분홍색으로 변한 부위에 키스를 하며 다시 자라고 말한다.

"난 그저 그런 일이 있었다는 걸 네가 알아야 한다고 생각했다." 앨런이 말했다. "그러면 네 엄마한테 조금은 다정하게 대할 수 있지 않을까 해서."

나는 어머니에게 다정하게 대할 생각이 없었다. 그저 이 대화가 끝나기만을 바랄 뿐이었다. "할 수 있는 한 최대한 빨리 나갈게요."

"다른 방법을 찾지 못한다면 그게 좋겠구나." 앨런이 말했다. "하지만 노력해보면 네 기분도 나아질 게다. 너 자신을 치유하는 데도 도움이 된다는 얘기야. 적어도 마음만이라도."

앨런이 축 늘어진 마지막 정어리를 입 안 가득 집어넣었다. 그가 생선을 씹을 때 작은 뼈들이 바스락거리는 모습이 눈앞에 보이는 듯했다.


나는 주방에서 커다란 컵에 얼음을 채우고 버번 한 병을 통째로 훔쳐서 내 방으로 올라와 마셨다. 술기운이 빠르게 나를 덮쳤다. 아마 술을 마시는 방식 때문일 것이다. 귀가 뜨거워졌고 피부가 명멸을 멈추었다. 나는 목 뒤의 단어를 생각했다. *사라지다*. *사라지다*가 내 고뇌를 몰아낼 것이다. 뱅뱅 도는 머리로 그렇게 생각했다. 메리언이 죽지 않았어도 우리 꼴이 이렇게까지 사나워졌을까? 그런 일을 극복하는 가족들도 있다. 비탄하다가 다시 시작한다. 메리언은 여전히 우리 주위를 맴돌고 있다. 금발의 여자아이, 그녀는 지나치게 귀여웠던 머리카락 때문에 무사하지 못했던 걸까? 너무 많은 사랑을 받는 것이 문제였던 아이. 그것은 그녀가 아프기 전의 일, 정말로 많이 아프기 전의 일이다. 그녀에게는 보이지 않는 친구, 그녀가 벤이라고 불렀던 거대한 곰 인형이 있었다. 대체 어떤 아이가 동물 인형을 상상 속의 친구로 삼는가? 그녀는 머리끈을 모았고, 그것을 색깔명의 알파벳순으로 정리해놓았다. 그녀는 사람들이 싫어할 수 없는 방식으로 자신의 깜찍함을 드러내고 구사하는 소녀였다. 그녀는 어머니를 '마더'라고 불렀고, 앨런은, 알게 뭔가, 앨런 앨런이라고 불렀나, 알 바 아니다. 나는 그녀를 이 추억의 방 안 어느 곳에 두어야 할지 알 수가 없다. 그녀는 언제나 자기 접시를 닦았고, 티끌 하나 없이 깨끗하게 방을 정돈해놓았으며, 드레스와 공주 같은 옷만 고집했다. 그녀는 나를 밀이라고 불렀고, 나만 보면 붙어 있지 못해 안달했다.

나는 그녀를 숭배했다.

취했음에도 계속 술을 마시면서, 나는 술이 담긴 잔을 들고 복도를 슬금슬금 지나 메리언의 방으로 갔다. 메리언의 옆방인 앰마의 방문은 몇 시간째 닫혀 있었다. 한 번도 본 적 없는 죽은 언니의 옆방에서 자란다는 건 어떤 기분일까? 나는 앰마에게 비통함을 느꼈다. 앨런과 어머니는 복도 가장 안쪽에 있는 커다란 침실에 머물렀는데, 팬 돌아가는 소리와 함께 빛이 새어 나오는 것이 보였다. 빅토리아풍의 이 오래된 집에 중앙에어컨 같은 건 없었다. 내 어머니는 에어컨이라는 물건은 모양이 촌스럽다고 생각했기 때문에, 우리는 여름 내내 땀을 달고 살았다. 기온이 32도였지만 열기는 물 아래를 걷는 것 같은 안전한 느낌을 주었다.

메리언의 침대에 놓인 베개는 아직도 작게 옴폭 패여 있었고, 살아 있는 아이에게 입히려는 듯 옷 한 벌이 놓여 있었다. 보라색 드레스, 하얀 타이즈, 반짝반짝 빛나는 검은색 구두. 누가 저렇게 해놓았지? 엄마? 앰마? 메리언의 마지막 해를 지치지도 않고 따라다녔던 링거 스탠드가 나머지 의료장비 옆에서 보초를 서듯 경계 태세로 번쩍이며 서 있었다. 침대는 환자가 심장모니터와 환자용 변기에 쉽게 다가갈 수 있도록 일반적인 높이보다 60센티미터 정도 더 높았다. 엄마가 이 물건들을 치우지 않는 것에 진저리가 났다.

이곳은 병상의 방, 철저하게 생명이 없는 방이었다. 메리언은 가장 좋아하는 인형, 자신에게 어울리는 금발 곱슬머리를 한 커다란 봉제인형과 함께 묻혔다. 에블린. 아니면 엘레노어였나? 나머지 인형들은 벽쪽에 붙은 선반들 위에 가지런히 놓여 있었다. 외야 관중석 같은 모습. 도자기 같은 표면에 깊고 유리 같은 눈을 가진 스무 개쯤 되는 인형들.

땀으로 얼룩진 저 작은 침대 위에서 눈 주위가 보랏빛으로 변한 채 다리를 꼬고 앉아 있는 그녀를 떠올리기란 어렵지 않았다. 카드를 섞거나 인형 머리를 빗겨주거나 화가 나서 얼굴을 붉히는 모습. 나는 소리를, 종이 위에 크레용으로 굵게 선을 내리긋는 소리를 들을 수 있었다. 어두운 색 크레용을 너무 세게 눌러 종이가 찢어졌다. 그녀가 힘겹게, 힘없이 숨을 쉬면서 나를 올려다보았다.

"죽어가는 것도 지쳤어."

나는 누가 내 뒤를 쫓아오기라도 하는 듯 황망하게 내 방으로 돌아왔다.

전화벨이 여섯 번 울렸을 때 아일린이 수화기를 들었다. 커리의 집에 없는 물건이 전자레인지, VCR, 식기세척기, 그리고 자동응답기였다.

여보세요 하는 그녀의 목소리는 부드러웠지만 신경이 약간 곤두서 있었다. 그들이 11시 이후에 전화를 받을 일은 별로 없었다. 그녀는 자지 않은 척했지만 커리가 전화를 받기까지 2분이 더 걸렸다. 그가 잠옷 자락으로 안경을 닦고, 오래된 가죽 슬리퍼를 챙겨 신고, 깜빡이는 전자 알람시계를 쳐다보는 모습이 그려졌다. 마음을 안정시켜주는 이미지.

어느새 나는 시카고에서 밤새 영업을 하는 약국 광고를 떠올리고 있었다.

커리와 얘기한 지 사흘이 지나 있었다. 그리고 내가 윈드 갭에 온 지는 거의 2주가 가까워오고 있었다. 상황이 달랐다면, 그가 하루에 세 번씩은 새로운 소식을 묻는 전화를 했을 것이다. 하지만 미주리 주의 이곳을 골수 남부라고 생각하는 바람의 도시 시카고의 마인드를 가진 커리로서는 민간인의 집, 내 어머니의 집에 전화를 걸 수가 없었다. 다른 상황이었다면 안절부절못하며 전화기를 향해 종종걸음을 쳤겠지만 오늘 밤은 아니었다.

"커비, 괜찮은 거야? 얘기 좀 해봐."

"그게요. 공식적인 코멘트는 못 땄지만, 곧 딸 거예요. 경찰은 범인이 결단코 남자고, 결단코 윈드 갭 사람이라고 생각해요. DNA도 없고, 살해 장소도 찾아내지 못했어요. 경찰이 손에 쥔 건 정말로 별로 없어요. 살인자가 진짜 한 인물 하는 사람이거나, 눈 먼 천재성을 발휘했거나 둘 중 하나예요. 마을 사람들은 내털리 킨의 오빠인 존을 의심하고 있는 것 같아요. 존이 무죄라고 주장하는 그 여자 친구의 말은 공식적으로 따놓았어요."

"좋아, 좋은 건수네. 내가 하려던 말은……. 그러니까 자네에 관해

물을 참이었어. 거기서 지내기 괜찮은 거야? 내가 자네 얼굴을 볼 수가 없으니까 말로 해줘야 돼. 또 몸에 대고 학문적인 활동을 할 생각은 하지 말라고."

"별로 좋진 않아요. 하지만 그게 무슨 상관이겠어요?" 내 목소리가 계획했던 것보다 더 높고 아리게 흘러 나왔다. "좋은 기삿거리예요. 그리고 뭔가 잡혀가는 것 같아요. 며칠, 한 일주일정도만 있으면 될 것 같은데…… 모르겠어요. 그 아이들이 사람들을 깨물고 다녔대요. 오늘 건진 건 그거고, 나를 협조해주는 경찰조차도 그 사실은 몰랐다고 하던데요?"

"그 사람한테 얘기한 거야? 그 사람은 뭐래?"

"아무것도요."

"어째서 코멘트를 따지 못한 거지?"

*있잖아요 커리. 윌리스는 내가 정보를 감추고 있다는 걸 알고 빡 돈 상태예요. 보통 남자들이 자기랑 같이 노닥거리던 여자가 자기 뜻대로 움직여주지 않으면 그러는 것과 마찬가지로요.*

"내가 일을 그르쳤어요. 그건 알아요. 기사를 제출할 때까지 며칠만 더 있으면 돼요, 국장님. 이 형사와 함께 일하면서 윈드 갭의 지역색이 좀 더 드러나게 해보려고요. 사람들은 작은 신문이 일을 더 재미있게 돌아가게 만든다고 확신하는 것 같아요. 그렇다고 해서 이곳 사람들 가운데 누구라도 우리 신문을 읽는다는 얘기는 아니지만." *아니면 저 위쪽도 마찬가지인가.*

"이제 읽을 거야. 이 기사는 진지하게 대해야 하네, 커비. 자네 글이 점점 좋아지고 있으니까. 더 세게 밀어붙여봐. 자네 친구들 몇 명과 애기를 좀 해보라고. 그 사람들이 혹시 뭔가를 더 토해낼지도 모르니까. 이렇게 하는 것도 좋을 거야. 퓰리처상을 탄 텍사스 홍수 시리즈는 비극이 일어나는 동안 고향으로 돌아올 일을 감상적으로 다룬 게 전부였잖아. 그래도 아주 잘 읽히는 기사였어. 친분이 있는 사람이나 맥주 몇 잔도 도움이 되겠지. 목소리를 들으니까 며칠 밤은 벌써 그랬을 것 같은데?"

"몇 밤 그랬지요."

"자네……. 자네가 회복되는 데 이 일이 좋지 않은 영향을 미치고 있는 것 같나?" 라이터가 켜지는 소리, 주방의 리놀륨 바닥에 의자가 끌리는 소리, 커리가 앉으면서 낮게 웅얼거리는 소리가 들렸다.

"아, 국장님이 걱정하실 일은 아니에요."

"걱정할 일이지. 사서 희생자 노릇을 하려고 하진 마, 커비. 그곳을 떠나야겠다고 해도 자넬 곤란하게 만들지는 않을 거야. 자기 몸은 자기가 잘 돌보아야 하는 거야. 집에 있는 게 자네에게 좋을지도 모른다고 생각했는데, 하지만…… 부모들이 늘…… 자기 아이에게 좋은 일만 하지는 않는다는 사실을 가끔 까먹곤 하지."

"이곳에 올 때마다" 정신줄을 잡으려고 애쓰며 내가 말했다. "그냥 여기 있으면 늘 내가 나쁜 사람이 된 것 같은 기분이 들어요." 나는 울기 시작했다. 전화선 저 끝에서 커리가 더듬거리는 동안 나는 숨죽여 흐느꼈다. 그가 놀라서 어쩔 줄 몰라 하며, 흐느끼는 이 여자를 처리해달라고 아일린을 손짓으로 부르고 있을 것이다. 하지만 아니었다.

"오오, 카밀." 그가 속삭였다. "자네는 내가 아는 가장 괜찮은 사람 중 하나야. 세상에 쓸 만한 사람이 그리 많지 않다는 거 알고 있지? 우리

부모님이 돌아가신 후로 내 주위에 쓸 만한 사람이라고는 자네와 아일린만 남았단 말일세."

"저, 쓸 만한 사람 아니에요."펜 끝이 내 허벅지에 새겨진 단어들을 깊숙이 찌르고 있었다. *잘못된, 여자, 이빨.*

"카밀, 자네는 충분히 쓸 만한 사람이야. 자네가 사람들을, 내가 생각할 수 있는 가장 시답잖은 인간들마저 어떻게 대하는지 내가 알아. 자네는 그들에게 뭐랄까…… 가치를 두지. 이해해준다고. 내가 왜 자네를 계속 곁에 둔다고 생각하지? 자네가 단순히 훌륭한 기자여서만은 아니란 얘기야."침묵, 그리고 내 눈에서 굵은 눈물방울이 떨어져 내렸다. *잘못된, 여자, 이빨.*

"내 말 재미있지 않았어? 재미있으라고 한 말인데."

"재미없어요."

"우리 할아버지가 희극 극단에 있었는데 나한테는 그 유전자가 비켜갔나봐."

"그러셨어요?"

"그럼. 아일랜드에서 배를 타고 뉴욕으로 오자마자 곧장 극단에 들어가셨지. 할아버지는 아주 유쾌한 분이셨어. 악기를 네 개쯤 다루시고……"또 한 번 라이터가 켜지는 소리. 나는 얇은 이불을 위로 끌어당기고 눈을 감은 채 커리의 이야기를 들었다.

# 12장

리처드는 윈드 갭의 유일한 아파트에 묵고 있었다. 네 세대가 살 수 있는 인더스트리얼 스타일의 상자 같은 건물이었다. 그중 두 집에만 사람이 살고 있었다. 차고를 떠받친 땅딸막한 기둥 네 개에 빨간색 스프레이페인트로 연속해서 휘갈긴 글이 있었다. "민주당원들을 저지하라, 민주당원들을 저지하라, 민주당원들을 저지하라." 그리고 간간히 "난 루이가 좋아."

수요일 아침, 마을을 덮은 구름 속에 여전히 폭풍이 드리우고 있었다. 덥고 바람이 많이 부는 날, 오줌처럼 노란 햇빛. 나는 버번 병 귀퉁이를 잡고 그의 문을 두드렸다. 아무것도 뱉어낼 것이 없다면 선물이라도 들고 가야 하지 않겠는가. 나는 치마를 입지 않았다. 치마를 입으면 내 다리를 만지기가 너무 쉬울 것이다. 만약 그가 그럴 마음이 있다면 말이다.

그는 잠에 취한 냄새를 풍기며 문을 열었다. 사각트렁크에 셔츠를 바깥으로 내놓은 그가 머리를 마구 헝클어뜨렸다. 미소는 없었다. 그의 아파트는 추울 만큼 시원했다. 내가 서 있는 곳에서도 차가운 공기를 느낄 수 있었다.

"들어올래요, 아니면 내가 나갈까요?" 그가 턱을 긁으며 물었다. 그러고는 병을 알아보았다. "아, 들어와요. 진탕 취해보잔 말이죠?"

그의 아파트는 엉망이었다. 어쩐지 놀라운 기분이 들었다. 의자에는 바지들이 널려 있고 쓰레기통은 넘치기 일보직전이었으며, 신문 상자들이 복도 불편한 자리에 놓여 있는 바람에 지나가려면 옆으로 비켜서서 엉거주춤 걸어야 했다. 그는 갈라진 가죽소파를 가리키며 앉으라는 시늉을 했고, 얼음통과 잔 두 개를 가지고 와서 술을 가득 따랐다.

"지난밤에는 그렇게 무례하게 구는 게 아니었어요." 그가 말했다.

"그러게요. 말하자면 나는 당신한테 꽤 많은 정보를 주고, 당신은 나한테 아무것도 주지 않는다고 생각했는데 말이에요."

"나는 살인사건을 해결하려고 애쓰는 중이에요. 당신은 그것을 취재하려고 애쓰고 있고. 내 생각에는 나한테 우선권이 있는 것 같은데. 카밀, 있잖아요, 그런 게 있어요. 그냥 당신한테 말할 수 없는 게."

"피차 마찬가지예요. 나도 내 소식통을 보호할 권리가 있거든요."

"바꿔 말하면 그러다 이 살인을 저지른 사람을 보호하게 될 수도 있어요."

"리처드, 당신이 다 알아낼 수 있는 거예요. 내가 거의 모든 걸 알려줬잖아요. 참, 자기 힘으로도 좀 해보란 말이에요." 우리는 서로를 물끄러미 바라보았다.

"당신이 내게 그 대찬 기자 노릇을 하는 게 아주 맘에 들어요." 리처드가 빙긋 웃으며 머리를 흔들었다. 그가 맨발로 나를 콕콕 찔렀다. "사실은 그게 진짜 좋아요."

그가 술 한 잔을 자기 잔과 내 잔에 또 따랐다. 정오가 되기도 전에 우리는 고주망태가 될 것이었다. 그가 나를 끌어당기고 귓불에 키스를 하더니 귀에 혀를 밀어 넣었다.

"그래, 윈드 갭 아가씨, 얼마나 나쁜 짓을 하고 다녔는지 상세하게 말해봐요." 그가 속삭였다. "그걸 처음 한 게 언제였어요?" 처음과 두 번째와 세 번째와 네 번째가 다 같은 때였는데 어쩌나. 중학교 2학년 때 이루어진 그 교류 덕분에 나에게는 첫 경험이 네 번이었다. 나는 그때를 처음으로 남겨두기로 했다.

"열여섯 살 때요." 나는 거짓말을 했다. 이 분위기에는 나이가 많을수록 더 좋을 것 같았다. "파티에서 만난 풋볼 선수랑 욕실에서 했죠."

술에 대한 내성은 내가 리처드보다 나았다. 그는 벌써 취기를 보이고 있었다. 그가 셔츠 아래서 딱딱해진 내 젖꼭지를 빙글빙글 돌렸다.

"흠…… 오르가즘을 느꼈나요?"

나는 고개를 끄덕였다. 절정에 이른 척 연기했던 것이 기억났다. 오르가즘을 한 번 느끼긴 했는데, 그것은 세 번째 남자로 넘어갔을 때의 일이었다. 그가 내 귀에 대고 "이렇게 하는 거 괜찮아? 이렇게 하는 거 괜찮아?"라고 헐떡거리는 게 귀엽다고 생각했던 기억이 났다.

"지금도 절정에 이르고 싶어요? 나와 함께?" 리처드가 속삭였다.

그가 내 위로 올라왔을 때 나는 고개를 끄덕였다. 그의 손은 온갖 곳을 돌아다녔다. 내 셔츠를 벗기느라, 바지 단추를 풀고 끌어내리느라 낑낑댔다.

"잠깐만, 잠깐만요. 내 식으로 해요." 내가 속삭였다. "난 옷을 입은 채로 하는 게 좋아요."

"싫어요. 당신을 만지고 싶어요."

"안 돼요. 내 식으로요."

나는 바지를 아주 약간만 내리고 배는 셔츠로 계속 가린 채 정성들여 키스를 하면서 그의 주의를 돌렸다. 그러고는 내 안으로 인도해 섹스를 했다. 나는 완전히 옷을 입은 채였고, 갈라진 가죽소파가 내 엉덩이를 할퀴었다. *쓰레기, 음경, 작은, 소녀.* 남자와 몸을 섞은 건 10년 만이었다. *쓰레기, 음경, 작은, 소녀!* 곧 그의 신음소리가 내 살갗에 새겨진 단어들보다 더 커졌다. 그제야 나는 즐길 수 있었다. 최후의 달콤한 찌르기 몇 번.


일이 끝났을 때 그는 여전히 내 셔츠 뒷덜미를 주먹으로 쥔 채 숨을 몰아쉬며 뻗었다. 몸의 절반은 내 상반신에 걸친 채였다. 바깥은 암흑이 되었다. 우리는 뇌우의 가장자리에 서서 몸을 떨었다.

"누가 죽였을지 당신 생각을 말해줘요." 내 말에 그가 충격을 받은 것 같았다. "사랑해요"라는 말이라도 기대했던 것일까? 나는 1분 정도 머리카락을 꼬다가 그의 혀를 내 귀에 잡아넣었다. 남자들은 몸의 특정 부위에 접근하는 것을 거부당하면 귀에 집착한다. 지난 10년간 내가 배운 것이었다. 그는 내 가슴이나 엉덩이, 팔, 다리는 만질 수 없었지만 지금은 귀로 만족하는 것 같았다.

"우리 사이니까 터놓고 말한다면, 존 킨이에요. 그는 그다지 건전하지 못한 방식으로 여동생과 아주 가까웠어요. 알리바이도 없고요. 내 생각에는 그가 스스로 극복하려고 애를 쓰고는 있지만 어린 소녀들에게 끌리다 못해 결국 죽이고 나서 흥분을 느끼려고 이를 뽑는 거예요. 하지만 더 오래 버티지는 못할 거예요. 이런 일은 가속이 붙게 마련이니까. 우린 지금 필라델피아에서 그가 무슨 이상한 짓을 하고 다니지는 않았는지 확인하고 있어요. 그 가족이 이사한 이유가 꼭 내털리 문제 때문만은 아닐 수도 있죠."

"기사화할 수 있는 게 필요해요."

"아이들이 깨문다는 건 누가 말해줬어요? 아이들이 깨문 사람은 누구죠?" 그가 내 귀에 뜨거운 숨결을 내뿜으며 속삭였다. 바깥에서 누군가 오줌이라도 갈기는 듯 물줄기가 신작로를 두들겨대기 시작했다.

"메러디스 휠러요. 내털리가 자기 귓불을 물어뜯었다고요."

"또 뭐가 있죠?"

"앤이 우리 엄마를 물었대요. 손목을. 그게 전부예요."

"거봐요, 그렇게 어려운 일도 아니잖아요. 참 잘했어요." 그가 내 젖꼭지를 다시 주무르며 소곤거렸다.

"이제 기사화할 만한 걸 줘요."

"안 돼요." 그가 나에게 빙긋거렸다. "내 식으로 해요."


그날 오후 리처드는 나를 한 번 더 안았고, 사건의 결정적 단서가 될 만한 얘기와 검거할 가능성이 높은 사람에 대해 마지못해 이야기해주었다. 나는 침대에서 잠든 그를 내버려두고 빗속을 헤쳐 차까지 달려갔다. 느닷없는 생각이 머릿속을 어지러이 울렸다. 엠마라면 그에게서 더 많은 정보를 뽑아냈을 것이라는 생각이 들었다.

나는 개럿 공원까지 차를 몰고 가서 차 속에서 내리는 비를 바라보고 있었다. 집에는 가고 싶지 않았다. 공원은 내일이면 길고 나른한 여름을 시작하는 아이들로 가득 찰 것이다. 지금은 찐득찐득하고 바보 같다는 느낌에 사로잡힌 나밖에 없었다. 내가 아무렇게나 대접받은 것인지 알 수가 없었다. 리처드에게, 내 처녀성을 앗아간 그 소년들에게, 어떤 누구에게든 학대를 당한 것인지 판단할 수가 없었다. 나는 어떤 논쟁에서도 정말로 내 편을 든 적은 한 번도 없었다. 나는 구약성경에 나오는 *그녀는 자기가 받아 마땅한 것을 얻었다*라는 악의에 찬 구절을 좋아했다. 여자들은 때로 그런 걸 좋아하는 법이다.

고요함도 잠시, 이내 사라지고 말았다. 노란색 아이록이 덜거덕거리며 다가와 섰다. 앰마와 카일리가 조수석에 함께 앉아 있었다. 운전석에는 주유소의 유니폼 점퍼와 얼룩진 셔츠를 입은 더벅머리 소년이, 뒷자석에는 그의 깡마른 도플갱어가 앉아 있었다. 감귤 향이 나는 술 냄새와 연기가 차 바깥으로 흘러나왔다.

"언니, 이리 좀 와봐. 작은 파티를 벌이려고 하는데." 앰마가 말했다. 그녀는 오렌지 향이 나는 싸구려 보드카를 내게 내밀더니 혀를 쭉 빼고 빗방울을 맞았다. 머리카락과 탱크 탑에서 벌써 물이 뚝뚝 떨어지고 있었다.

"괜찮아. 고맙구나."

"안 괜찮아 보이는데. 그러지 말고 와. 경찰들이 공원을 순찰한단 말이야. 언니, 보니까 음주운전으로 딱 걸리겠다. 술 냄새가 나거든."

"빨리요, 언니." 카일리가 외쳤다. "이 남자애들이 선을 넘으면 어떻게 해요. 언니가 도와줘야죠."

내가 선택할 수 있는 것이 무엇인지 생각해보았다. 집에 가서 혼자 술을 마신다. 바에 가서 주변을 배회하는 아무 남자들과 술을 마신다. 이 아이들과 동행하면 적어도 흥미로운 뒷공론 하나 정도는 들을 수 있지 않을까. 딱 한 시간만. 그런 다음 집에 가서 자자. 게다가 엠마와 이 아이의 알 수 없는 친근함이 나를 향하고 있었다. 정말 인정하기 싫었지만, 나는 이 아이에게 점점 사로잡히고 있었다.

내가 뒷좌석에 타자 아이들이 환호성을 질렀다. 엠마가 다른 병을 내게 건넸다. 선탠로션 맛이 나는 뜨듯한 럼주였다. 아이들이 술을 사달라고 할까봐 찜찜했다. 사주고 싶지 않다는 뜻이 아니었다. 처량하게도, 나는 아이들이 그냥 나와 함께 있고 싶어서 불렀으면 싶었다. 다시 인기 있는 시절로 돌아간 것처럼. 변종이 아니라는 증거라도 되는 것처럼. 그렇게 생각해주기를 바랐다. 학교에서 가장 잘나가는 여자아이라고 인정받는 것. 당장 차에서 뛰쳐나가 집까지 걸어가게 만들기에 충분한 생각이었다. 그런데 엠마가 또 다른 술병을 넘겼다. 핑크색 립글로스가 주둥이 부분을 에워싸고 있었다.

자신을 놀런이라고 소개한 내 옆의 남자아이는 고개를 끄덕이고 윗입술에 맺힌 땀을 닦아냈다. 마른 팔은 상처 딱지로 뒤덮여 있고 얼굴에는 좌창이 있었다. 필로폰. 미주리는 미국에서 두 번째로 약물 중독이 심한 곳이다. 이곳 사람들은 심심하고, 화학제품이 될 수 있는 작물을 아주 많이 기르고 있다. 내가 자랄 때는 먹고 죽자는 식의 약물이 통했다. 지금은 즐기자 식의 파티용 마약이 주를 이루었다. 놀런은 제 앞의 운전석 의자 비닐에 생긴 이랑을 손가락으로 오르락내리락하다가 딱 자기가 얘기하는 순간에만 나를 쳐다보았다. "누난 우리 엄마라 해도 좋을 만큼 나이가 많네요. 마음에 들어요."

"너네 엄마 나이까지 될지는 잘 모르겠는데." "우리 엄마는 서른셋인가 서른넷인가 그래요." 충분히 비슷했다.

"엄마 이름이 어떻게 되시니?"

"캐시 레이번이요." 나는 그녀를 알았다. 나보다 몇 살 위로 공장 쪽 사람, 헤어젤을 떡칠하고 아칸소 주 경계선에 살면서 닭 도살자로 일하는 멕시코인들을 아주 좋아하던 여자였다. 성당에서 피정을 갔을 때 그녀는 자살을 기도한 적이 있다고 말했다. 그때부터 학교의 여자아이들은 그녀를 면도날 캐시라고 부르기 시작했다.

"우리 선배구나." 내가 말했다.

"자식아, 이 아가씨는 약에 쩐 너네 창녀 엄마랑 어울리기엔 너무 근사해." 기사가 말했다.

"엿 까." 놀런이 조용히 내뱉었다.

"카밀, 우리가 뭐 가져왔는지 봐." 앰마가 조수석 뒤로 몸을 빼며 말하는 바람에 그녀의 엉덩이가 카일리의 얼굴에 부딪혔다. 그녀가 알약이 든 약병을 내게 흔들었다. "옥시콘틴이야. 먹으면 기분이 끝내주게 좋아져." 그녀가 혀를 내밀고 그 위에 하얀색 단추처럼 알약 세 개를 일렬로 올려놓았다. 그녀는 그것을 잘근잘근 씹다가 보드카와 함께 꿀꺽 삼켰다. "먹어봐."

"고맙지만 사양할게, 앰마." 옥시콘틴은 좋았다. 하지만 여동생과 함께 약을 하는 것은 마음에 들지 않았다.

"에이, 그러지 말고, 밀. 딱 하나만." 앰마가 꼬드겼다. "몸이 가벼워지는 기분이 들 거야. 난 지금 너무 행복하고 기분이 좋아. 언니도 먹어 봐야 돼."

"나는 지금 이대로도 기분이 좋아, 앰마." 그녀가 밀이라고 부른 것이 나를 메리언에게 되돌아가게 했다. "진짜야."

그녀가 몸을 다시 돌리더니 마치 회복할 수 없다는 듯 낙담한 표정을 지었다.

"그러지 마, 앰마. 뭘 그렇게까지 속상할 게 있다고." 내가 그녀의 어깨를 만지며 말했다.

"정말로 언니가 먹길 바랐단 말이야." 더 이상 버틸 수가 없었다. 위태롭게도, 나는 누군가를 기쁘게 하기 위해 져줄 필요가 있었다. 딱 옛날처럼. 한 알쯤 먹는다고 죽지야 않겠지.

"좋아, 좋아, 한 알만 줘. 한 알만."

그녀의 얼굴이 눈 깜짝할 사이에 펴지더니, 내 쪽으로 몸을 돌렸다.

"혀 내밀어봐. 우리는 이제 공동체가 된 거야. 약 공동체."

내가 혀를 내밀자 그녀가 내 혀끝에 알약 한 알을 올려놓고는 비명을 질러댔다.

"착하기도 하지." 그녀가 웃음을 지었다. 오늘 하루 동안 나는 그 말에 점점 질려가고 있었다.


우리는 윈드 갭의 저 위대한 옛 빅토리아풍 저택들 중 한 곳에 차를 댔다. 싹 리노베이션을 했고, 파란색과 분홍색과 초록색으로 우스꽝스럽게 다시 페인트칠을 한 집이었다. 파격적으로 보이려고 그렇게 칠할 생각을 했겠지만, 집은 파격적으로 보이기는커녕 마치 화가 잔뜩 난 마약 밀매업자처럼 보였다. 웃옷을 입지 않은 한 소년이 집 옆 수풀 사이에서 구토를 하고 있었고, 꽃 정원의 잔재처럼 보이는 곳에서 두 소년이 레슬링을 하고 있었다. 어린 커플은 어린이용 그네 위에서 거미처럼 얽혀 있었다. 놀런은 차 안에 내버려져서 운전석 뒷등을 여전히 손가락으로 오르락내리락 훑고 있었다. 운전을 담당했던 데이먼이 그를 차 안에 가두었는데, "그래야 아무도 그를 건드리지 않을" 것이기 때문이다. 깜찍한 행동이라고 생각했다.

옥시콘틴에게 감사할 일이다. 나는 대담한 기분이 들었고, 저택으로 들어서면서 어느새 내 어린 시절의 얼굴들, 즉 삭발 수준으로 머리를 깎고 글자가 새겨진 운동부 재킷을 입은 소년들, 뽀글뽀글한 파마머리에 투박한 금 귀걸이를 한 소녀들을 찾고 있었다. 드라카 누와르와 조르조 아르마니 향수 냄새를 풍기던 그 시절의 풍경.

모두 가고 없었다. 스케이트보드 타는 애들이 입는 헐렁한 반바지와 스니커즈 차림을 한 이곳 남자아이들은 꼬맹이였고, 소녀들은 홀터네크 민소매와 미니스커트를 입고 배꼽에 피어싱을 하고 있었다. 내가 경찰이라도 되는 듯 그들의 눈길이 일제히 내게 쏠렸다. *아니야, 하지만 오늘 오후에 경찰과 자기는 했지.* 나는 미소를 짓고 고개를 끄덕였다. *나로 말할 것 같으면 끝내주게 잘 놀지,* 나는 떠오르는 대로 막 생각했다.

동굴 같은 주방으로 들어서니 식탁이 한쪽으로 치워져 있고, 춤을 추고 술을 마실 공간이 마련되어 있었다. 엠마가 장단을 맞추며 무리 속으로 들어가더니 한 소년의 목덜미가 벌겋게 될 때까지 그에게 이를 드러내고 웃어 보였다. 그녀가 그의 귀에 대고 속닥이자 그가 고개를 끄덕이고 쿨러를 열어 맥주 네 잔을 뽑아냈다. 젖은 가슴께로 술잔을 받아들고 감탄하는 소년 무리를 살랑거리며 지나칠 때, 그녀는 술잔 네 개를 다 들고 가기 힘들다는 시늉을 했다.

소녀들은 감탄하는 정도가 덜했다. 폭죽 하나가 공중으로 솟아오르듯, 파티장에 수군거림이 휩쓸고 지나가는 것이 보였다. 하지만 이 어린 금발소녀들에게는 내세울 만한 게 두 가지 있었다. 우선 이 지역 마약상들이 함께한다는 것. 마약상들은 확실히 영향력이 있다. 둘째로, 그들은 그곳에 있는 어떤 다른 여자아이들보다 예쁘다는 것. 소년들이 그들에게 사족을 못 쓴다는 뜻이었다. 그리고 거실 벽난로 선반에 놓인 사진으로 볼 때, 이 파티를 주최하는 쪽은 남자아이였다. 사진에는 짙은 색 머리에 무난하게 잘생긴 소년이 졸업가운과 모자를 쓰고 포즈를 취하고 있었다. 그 옆에는 뿌듯함에 흠뻑 취한 그의 부모님 사진이 놓여 있었다. 나는 그 엄마를 알아보았다. 그녀는 내 고등학교 친구의 언니였다. 그녀의 아들이 여는 파티에 와 있다는 것이 그날 내 신경을 요동치게 한 첫 번째 일이 되었다.

"이런, 이런, 몰라, 몰라, 어떡해, 어떡해." 개구리눈을 하고 갭이라고 적힌 티셔츠를 자랑스럽게 입은 검은 머리의 여자아이가 우리를 지나치더니 마치 양서류처럼 생긴 여자아이를 붙들었다. "걔네가 왔어, 걔들이 진짜로 왔다고."

"제길." 그녀의 친구가 응답했다. "뭐 이런 경우가 다 있어. 가서 인사해야 되나?"

"어떻게 할지 좀 지켜보면서 기다려야 할 것 같아. J. C가 걔네가 오는 걸 싫어하면 여길 빠져 나가는 거야."

"당연하지."

그들이 누구인지는 보기도 전에 알 수 있었다. 메러디스 휠러가 자기 뒤에 선 존 킨을 끌어당기며 들어서고 있었다. 몇몇 사내아이들이 그에게 고갯짓을 했고, 몇몇은 그의 어깨를 토닥여주었다. 존과 메러디스 둘 다 나를 알아보지 못한 덕분에 나는 안도의 한숨을 내쉬었다. 메러디스가 친구 몇 명이 주방문 옆에 서 있는 것을 발견했다. 그 아이들은 깡마르고 다리는 O자였는데 아마 치어리더 동료들일 것이라고 짐작했다. 그녀는 꺄악 소리를 지르며 그들에게 달려들었고, 존은 오도 가도 못하고 거실에 있었다. 여자아이들은 남자아이들보다 오히려 더 싸늘했다. "안녀어어엉," 한 소녀가 웃음기 없는 얼굴로 말했다. "못 온다고 하지 않았어?"

"그렇게 하려니까 바보 같은 기분이 들어서. 뇌가 있는 사람이라면 존에게 문제가 없다는 걸 알아. 이 모든 거짓말 때문에 지랄 맞은 귀양살이를 할 생각은 없어."

"안 좋은 생각 같은데, 메러디스. J. C가 가만히 있지 않을 거야." J. C의 여자 친구이거나 여자 친구가 되고 싶어 하거나 둘 중 하나일 것 같은 빨간 머리가 말했다.

"내가 말해볼게." 메러디스가 짜증을 냈다. "J. C가 어디 있는데? 내가 말한다니까."

"너희들 그냥 가는 게 좋겠어."

"그 사람들이 정말 존의 옷을 가져갔대?" 모성애적인 분위기를 풍기는 깡마른 세 번째 아이가 말했다. 친구들이 토할 때 그들의 머리카락을 붙들고 있어줄 운명의 아이, 그런 모습을 한 아이였다.

"맞아, 하지만 그건 존을 용의선상에서 완전히 제외시키기 위해서 야. 그에게 문제가 있다는 말이 아니란 뜻이지."

"아무렴." 빨간 머리가 말했다. 나는 그녀가 마음에 들지 않았다.

메러디스가 그들보다 한결 우호적인 사람을 찾기 위해 방 안을 훑다 가 나를 알아보고는 혼란스럽다는 표정을 지었다. 켈시를 알아보고는 분노에 찬 표정을 지었다.

그곳에 모인 아이들이 온통 뒷얘기로 수군거리는 동안, 시계를 보고 신발 끈을 묶으며 애써 태연한 척하던 존을 문 옆에 세워두고 메러디스 가 우리에게 한달음에 달려왔다.

"여긴 어쩐 일이에요?" 그녀의 눈에는 눈물이 그렁그렁하고, 이마에 는 구슬땀이 맺혀 있었다. 그 질문은 우리 중 누구에게도 하는 것이 아 닌 것 같았다. 아마 자기 자신에게 묻고 있는지도 몰랐다.

"데이먼이 우릴 데리고 왔어." 엠마가 못마땅한 듯 쏘아붙였다. 그녀 가 발끝으로 두 번 폴짝 뛰었다. "언니가 여기 오다니 기가 막히네. 그 놈이 여기 얼굴을 내민다는 건 말할 것도 없이 믿을 수가 없고."

"세상에, 너 조그만 게 진짜 못됐구나. 네가 뭘 안다고, 엿 같은 약쟁 이 년." 메러디스의 목소리가 빙빙 돌면서 테이블 가장자리로 밀려가 는 팽이처럼 바르르 떨렸다.

"언니가 엿 까는 것보단 낫네요." 엠마가 말했다. "안녀어엉, 살인자." 그녀가 존을 향해 손을 흔들었다. 그는 이제야 엠마를 알아보았는지, 갑자기 한 대 쥐어박힌 얼굴을 하고 있었다.

존이 막 우리 쪽으로 오려고 할 때 J. C가 다른 방에서 나와 존을 한 쪽으로 데려갔다. 키가 큰 두 소년이 죽음과 집에서 여는 파티에 관해

이야기하고 있었다. 거실 안이 낮은 속닥거림과 그들을 쳐다보는 아이들로 조용해졌다. J. C는 나가는 문을 안내하는 몸짓을 하며 존의 어깨를 토닥거렸다. 그러자 존이 메러디스에게 고갯짓을 하고 바깥으로 향했다. 그녀는 고개를 숙이고 두 손을 얼굴에 가져다댄 채 재빨리 그를 따라 나섰다. 존이 바로 문 앞에 이르기 직전에 어떤 남자아이가 조롱하는 목소리로 "아동살해범!"이라고 크게, 불쑥 말했다. 그곳에 있던 아이들이 신경질적으로 웃으며 함께 눈알을 부라렸다. 메러디스가 거칠게 꽥 비명을 지르더니 돌아서서 이를 드러내고 소리를 질렀다. "전부 엿 먹어." 그러고는 문을 쾅 닫고 나갔다.

그 소년이 엉덩이를 한쪽으로 쭉 빼고 앙띤 여자아이 같은 목소리로 그 자리에 모인 아이들을 향해 전부 엿 먹어라고 외치며 메러디스를 흉내 냈다. J. C가 음악을 다시 틀었다. 펠라티오를 조롱하는 십대 소녀의 전자음 같은 목소리가 흘러나왔다.

나는 존을 따라가 무턱대고 그의 어깨를 감싸주고 싶었다. 그렇게 외로워 보이는 사람은 누구도 본 적이 없었고, 메러디스는 위안이 될 것 같지 않았다. 그는 무엇을 할까, 홀로 텅 빈 마차 차고로 돌아갈까? 내가 그를 따라 달려 나가기 전에 엠마가 내 손을 붙들고 위층의 'VIP룸'으로 끌고 갔다. 그녀와 금발소녀들, 그리고 나란히 머리를 민 남고생 두 명이 J. C 엄마의 벽장을 뒤지더니 옷걸이에서 가장 좋은 옷들을 꺼내 둥지 모양을 만들었다. 아이들은 침대 위에 기어올라 공단과 모피 위에 둥그렇게 앉았고, 엠마는 나를 자기 옆에 끌어 앉히고는 브래지어에서 엑스터시를 끄집어냈다.

"롤링 룰렛이라는 게임 안 해봤지?" 그녀가 물었다. 나는 고개를 저었다. "이 엑스터시를 혀에서 혀로 전달하는 건데, 마지막에 엑스터시가 다 녹은 사람이 이기는 거야. 하지만 데이먼이 가진 약 중 가장 좋은 거니까 아주 조금만 할 거야."

"고맙지만 사양할게. 난 됐어." 내가 말했다. 겁먹은 소년들의 얼굴을 보기 전에는 하마터면 하겠다고 말할 뻔했다. 그들은 나를 보고 자신들의 엄마를 떠올린 것이 틀림없었다.

"에이, 그러지 말고, 카밀. 얘기 안 할게, 제길." 앰마가 손톱을 뜯으며 칭얼거렸다. "나랑 같이 해. 자, 자매들?"

"제에에발, 카밀!" 카일리와 켈시가 애걸했다. 조디스는 잠자코 나를 바라보았다.

옥시콘틴과 술, 그리고 낮에 했던 섹스와 아직도 바깥세상을 적시고 있는 폭풍우, 너덜너덜한 내 피부(아이스박스가 내 한쪽 팔에서 필사적으로 튀어 오르고 있었다). 그리고 어머니에 대한 어지러운 생각. 어느 것이 가장 큰 충격이었는지는 알 수 없지만, 나는 어느새 흥분한 앰마가 내 볼에 키스하는 것을 내버려두고 있었다. 나는 승낙한다는 뜻으로 고개를 끄덕였고 카일리가 한 소년을 덮쳤다. 그 아이는 떨면서 켈시의 혀에 약을 옮겼고, 켈시는 두 번째 남자아이를 핥았다. 늑대의 혀만큼 큰 그의 혀가 조디스에게 약을 쏟아냈으며, 조디스는 갈팡질팡 머뭇거리며 앰마에게 약을 넘겼다. 앰마가 알약을 혀로 말더니, 그 부드럽고 작고 뜨거운 혀로 엑스터시를 내 입 안으로 밀어 넣었다. 팔로 나를 잡고 약이 내 입 안에서 산산조각 나는 것이 느껴질 때까지. 약은 솜사탕처럼 녹아 없어져버렸다.

"물을 아주 많이 마셔야 돼." 그녀가 나에게 속삭이고는 커다랗게 깔깔거리다가 몸을 밍크 위로 던졌다.

"엿같이, 엠마. 게임은 시작도 안 했는데." 늑대 소년이 벌컥 화를 냈다. 그의 뺨이 빨갛게 달아오르고 있었다.

"카밀은 내 손님이잖아." 엠마가 건방을 떨며 조롱했다. "게다가 이 언닌 햇살이 좀 필요해. 왜냐, 꽤 엿 같은 인생을 살았거든. 우리한테도 존 킨처럼 죽은 자매가 있었어. 여기 계신 우리 언니는 그걸 극복하지 못했고." 그녀는 마치 칵테일파티에 참석한 손님들 사이에 감도는 서먹한 침묵을 깨겠다는 듯 발표했다. 데이비드가 포목상을 열었대. 제이미는 프랑스에서 일을 마치고 방금 전에 돌아왔어. 그리고 오 맞다, 카밀은 죽은 여동생 일을 결코 극복하지 못하고 있어. 술 새로 줄까?

"가야겠어." 나는 너무도 대뜸 자리에서 일어나며 말했고, 빨간 공단이 내 엉덩이 쪽으로 걸렸다. 완전히 핑글핑글 돌기까지는 15분이 걸렸다. 그리고 이곳은 그런 일이 일어날 때 내가 있고 싶은 곳이 아니었다. 하지만 이곳을 벗어난다고 해서 문제가 없는 것은 아니었다. 리처드, 술은 마시지만 그 이상으로 심각한 것은 눈감아줄 리가 없는 리처드가 있었다. 어머니의 얘기나 들으며 푹푹 찌는 내 방에서 혼자 약에 취해 있고 싶은 마음은 죽어도 없었다.

"나도 언니랑 같이 가야지." 엠마가 패딩을 마구 쑤셔 넣은 브래지어에 손을 집어넣더니 안쪽에서 알약 하나를 꺼내 입 안으로 넣었다. 그러고는 나머지 아이들에게 커다랗고 잔인한 미소를 지어 보였다. 아이들은 기대에 찼다가 풀이 죽고 말았다. 그들에게 돌아갈 몫은 없었다.

"수영하러 가자, 밀. 약에 취하기 시작하면 도저히 참을 수가 없어지거든." 완벽한 네모 모양의 이를 반짝이며 그녀가 웃었다. 나는 저항할 힘이 없었다. 그냥 하자는 대로 따르는 것이 쉬운 것 같았다. 우리는 계단을 내려가 주방으로 들어갔다. 복숭아빛 얼굴을 한 남자아이들이 뭐가 뭔지 모르겠다는 듯 우리를 훑어보았다. 하나는 너무 어리고, 하나는 너무 나이가 많아 보였다. 우리는 아이스박스(이 단어가 갑자기 내 피부에서 헐떡거렸다. 커다란 개를 발견한 강아지처럼)에서 물병을 꺼내들었다. 아이스박스는 주스와 캐서롤, 신선한 과일과 하얀 식빵으로 가득 차 있었고, 나는 순수하고 건강한 이 가족의 냉장고에 감동받았다. 이 집의 다른 곳에서 일어나는 방탕함과는 너무도 거리가 먼 냉장고가 감동이었다.

"가자. 수영하려고 했는데 너무 흥분했어." 앰마가 아이처럼 내 팔을 잡아당기며 말했다. 흥분은 했다. 열세 살짜리 동생과 약을 하다니, 나는 속으로 중얼거렸다. 하지만 10분가량이 지나자 그 생각은 오로지 행복한 떨림으로 바뀌었다. 그녀, 내 여동생은 재미있는 소녀이자 윈드 갭에서 가장 인기가 많으며, 지금 나와 어울려 놀고 싶어 한다. 이 아이는 메리언이 그랬던 것처럼 나를 사랑한다. 웃음이 배어 나왔다. 엑스터시가 처음으로 그렇게 낙관적으로 느낄 수 있도록 내 안에서 화학작용을 했고, 나는 그것이 내 안에서 커다란 풍선처럼 둥둥 떠다니면서 내 입천장에 기분 좋은 환각을 퍼뜨려 튀어 오르는 것을 느낄 수 있었다. 분홍색의 발포성 젤리처럼, 거의 맛으로 느낄 수 있을 정도였다.

켈시와 카일리가 우리를 따라 문 쪽으로 걸음을 옮기기 시작하자 앰마가 웃으며 팔을 휘저었다. "너네는 안 왔으면 좋겠어." 앰마가 떠들썩하게 말했다. "너희는 여기 남아 있어야 해. 조디스가 섹스를 하게 도와줘. 걔는 좋은 섹스가 필요해."

켈시가 아직 계단 위에 긴장한 표정으로 서 있는 조디스를 돌아보며 인상을 썼다. 카일리는 앰마의 팔이 내 허리를 감싸고 있는 것을 보았다. 그들이 서로를 힐끗 보았다. 켈시가 앰마에게 달라붙어 그녀 어깨에 머리를 부비며 말했다.

"우리 여기 있기 싫어. 너랑 같이 가고 싶어." 그녀가 칭얼거렸다. "제발."

앰마가 어깨를 빼며 그녀를 밀어내고는 마치 멍청한 조랑말을 보듯 그녀에게 미소를 지었다.

"귀찮게 굴지 말고 그냥 꺼져, 알았어?" 앰마가 말했다. "너네한테 완전 질려버렸어. 너무 지겹게 군다고들."

켈시가 혼란스러운 얼굴로 팔을 여전히 반쯤 벌린 채 망설이고 있었다. 카일리는 그녀에게 어깨를 으쓱하더니 무리로 돌아가 춤을 추면서, 자기보다 나이가 많은 한 소년의 손에서 맥주를 빼앗더니 입술로 그를 핥았다. 그러면서 앰마가 자신을 보는지 슬쩍 뒤를 돌아보았다. 앰마는 보고 있지 않았다.

대신 앰마는 정중한 데이트 상대처럼 나를 바깥으로 나가는 문으로 안내했다. 그러고는 바깥 계단을 내려가, 갈라진 틈 사이로 자잘한 노란색 괭이밥이 자라난 보도로 나를 끌고 갔다.

내가 괭이밥을 가리켰다. "예쁘네."

앰마가 나에게 손가락을 가리키더니 고개를 주억거렸다. "난 뿅 가 있을 때면 노란색이 좋아. 언니도 그런 거 느껴?" 나는 고개를 끄덕여 주었고, 가로등을 지날 때마다 그녀의 얼굴이 어두워졌다가 밝아졌다가를 반복했다. 수영은 잊혔고 아도라의 집으로 가는 자동항법장치가 켜졌다. 밤이 부드럽고 축축한 나이트가운처럼 내 몸에 매달려 있는 것이 느껴졌고, 일리노이의 병원에서 있었던 기억이 스쳐지나갔다. 땀에 흠뻑 젖은 채 맹렬한 휘파람 소리가 들리는 가운데 깨어나는 내 모습. 내 룸메이트였던 치어리더가 윈덱스 병 옆에서 퍼렇게 질린 채 비틀린 몸으로 누워 있다. 희극적인, 꺽꺽거리는 소리. 사후의 방귀. 지금 윈드 갭에 있는 내게서 걷잡을 수 없는 웃음이 터져 나왔다. 창백한 노란빛의 그 아침, 그 비참한 방에서 잃어버렸던 그 웃음이 되살아났다.

앰마가 내 손에 제 손을 올려놓았다. "어떻게 생각해…… 엄마에 대해서?"

나는 엄청난 동요가 밀려오는 것을 느꼈지만 다시 평정심을 찾았다.

"아주 불행한 여자라고 생각해." 내가 말했다. "그리고 문제가 많고."

"그 여자가 낮잠을 자면서 무슨 이름을 부르는 걸 들었어. 조야, 메리언…… 그리고 언니."

"내가 그 소리를 못 들었다니 다행이네." 앰마의 손을 어루만지며 내가 말했다. "하지만 너는 들었다니 안됐구나."

"그 여자는 날 돌보는 걸 좋아하지."

"훌륭하구나."

"이상한 게 있어." 앰마가 말했다. "그 여자가 날 챙겨준다고 뭔가 이것저것 해주고 나면 섹스를 하고 싶어진다는 거야."

그녀가 치마 뒤쪽을 홱 들어 올리자, 끈 팬티가 언뜻 드러났다.

"남자애들이 너한테 그런 짓을 하게 내버려둬서는 안 되지 않을까 싶어, 앰마. 왜냐하면 그냥 그렇게 해야 하기 때문이야. 네 나이에는 상호적인 관계를 맺지 못하니까."

"때론 사람들이 자기한테 그런 짓을 하게 내버려두는 것이 내가 그 사람들한테 그런 짓을 하는 셈이 되기도 해." 주머니에서 또 막대사탕 하나를 꺼내며 앰마가 말했다. 체리 맛 사탕이었다. "무슨 뜻인지 알겠어? 누가 언니한테 엿 같은 짓을 하고 싶어 할 때 그렇게 하게 내버려두면, 그게 그 사람들을 정말 엿 같은 인간이 되게 만드는 거야. 그럼 언니한테 지배력이 돌아가. 미치지만 않는다면."

"앰마, 난 그냥……." 하지만 그녀는 계속 재잘거렸다.

"난 우리 집이 좋아." 앰마가 내 말을 끊었다. "나는 엄마 방이 좋아. 그 마룻바닥은 아주 유명하잖아. 잡지에서 한 번 본 적이 있거든. 잡지에서 그걸 '상아빛 영광, 저 지난날의 남부식 거실'이라고 부르더라. 왜냐하면 지금은 당연히 상아색을 볼 수 없으니까. 정말 안타까운 일이야. 진짜로 너무 안타까운 일이야."

그녀가 막대사탕을 입에 넣은 채 허공에서 개똥벌레 하나를 잡아채더니 손가락 사이에 끼워 넣고 벌레의 몸통 뒤쪽을 뜯어냈다. 그녀의 손가락 주위로 빛이 퍼지면서 반짝거리는 반지모양이 생겼다. 그녀는 죽어가는 벌레를 풀밭에 떨어뜨리고 감탄에 젖어 제 손을 바라보았다.

"언니가 자랄 때 여자애들이 언니를 좋아했어?" 그녀가 물었다. "내 주변에 있는 여자애들은 절대로 나한테 잘해주지 않거든."

나는 건방지고 군림하려 들며 때로는 무시무시하기까지 한(공원에서 내 뒤꿈치를 밟았던 일을 생각했다. 어떤 열세 살짜리가 다 큰 어른을 그런 식으로 경멸하겠는가) 아이와, 만나는 누구에게나 대놓고 무례한 대접을 받는 소녀를 결합해보려고 애썼다. 그녀가 내 표정을 들여다보며 내 생각을 읽어냈다.

281

"나한테 친절하게 굴지 않아서 이런 말을 하는 게 아니야, 사실 사람들은 내가 하라는 대로 다 해. 하지만 나를 좋아하지는 않아. 내가 발을 헛딛는 순간, 뭔가 찌질한 짓을 하는 순간, 제일 먼저 나한테 벌떼처럼 몰려들 인간들이지. 가끔 난 잠자리에 들기 전에 그날 했던 말과 행동을 하나도 남김없이, 모조리 적어볼 때가 있어. 그러고는 거기에 점수를 매겨. 완벽한 행동에는 A, 못 견디게 찌질한 짓에는 자살이나 해야지 싶은 의미로 F."

고등학교에 다닐 때, 나는 그날 입었던 옷을 빠짐없이 기록하는 일지가 있었다. 한 달이 다 끝나기 전까지는 그 달에 입었던 옷을 다시 입지 않았다.

"오늘 밤만 해도 그래. 데이브 라드라고 엄청 멋진 고등학교 1학년짜리가 하나 있는데, 걔가 나한테 와서 자기가 1년이나, 그러니까 내가 고등학교에 들어갈 때까지 나를 차지하기 위해 기다릴 수 있을지 모르겠다고 말하는 거 있지? 그래서 내가 기다리지 말라 하고 자리를 떴어. 그러니깐 모든 남자애들이 '우우' 하는 거야. 그건 A야. 하지만 어제는 메인 스트리트에서 발이 걸려서 내가 데리고 다니는 애들 앞에서 넘어질 뻔했어. 그건 F지. 어쩌면 D쯤 되겠다. 왜냐하면 그날 나머지 시간 동안 켈시하고 카일리한테 아주 못되게 굴어서 울렸거든. 조디스야 날이면 날마다 우니까 별 일 아니고."

"사랑받는 사람보다 무서운 사람이 되는 것이 더 안전하다." 내가 말했다.

"마키아벨리." 그녀가 꺄악꺄악거리더니 웃으면서 쪼르르 내달렸다. 제 나이를 조롱하는 표현인지 그저 철모르는 아이의 활동적인 모습인지 분간이 되지 않았다.

"그런 건 어떻게 알았어?" 나는 감탄했고 매 분마다 이 아이가 점점 더 좋아졌다. 영리하지만 맛이 간 소녀. 익숙하게 들리는 말이었다.

"난 몰라도 되는 걸 엄청나게 많이 알고 있지." 그녀가 말했다. 나는 그녀 옆에서 함께 깡충깡충 뛰기 시작했다. 엑스터시가 나를 요상하게 만들었다. 말짱한 정신으로는 하지 않을 짓을 하게 만들었다. 그런 걸 신경 쓰기에는 나는 너무 행복했다. 내 근육들이 노래를 부르고 있었다.

"사실 난 대부분 선생들보다 똑똑해. 아이큐테스트를 한 적이 있는데 고등학교 1학년 수업을 들어야 할 정도야. 하지만 엄마는 내가 또래 아이들과 어울려야 한다고 생각하지. 그러거나 말거나. 난 고등학교는 어디든 다른 곳에서 다닐 거야. 뉴잉글랜드 쪽으로."

그녀는 사진으로만 그 지역을 알고 있는 사람 특유의 경이감이 살짝 깃든, 아이비리그에 입성한 소녀의 이미지를 가슴에 품고 말했다. 뉴잉글랜드는 똑똑한 사람들이 가는 곳이야. 이러쿵저러쿵 하려는 뜻이 아니다. 나도 그곳에 가본 적이 없기는 마찬가지였다.

"여기서 나가야 돼." 엄마가 응석받이 주부가 힘들어 못 살겠다며 짐짓 푸념을 늘어놓듯 말했다. "여기서는 하루하루가 지루해. 그래서 내가 그렇게 막 나가는 거야. 내가 좀 그런 편이라는 건 나도 알아."

"섹스 말이야?" 내가 걸음을 멈추었다. 내 심장이 룸바 박자로 쿵쿵대고 있었다. 공기 중에서 아이리스 냄새가 났고 그 향기가 내 코로 들어와 폐로, 혈관으로 흘러 들어가는 것을 느낄 수 있었다. 내 혈관은 보라색 냄새를 풍길 것이다.

"그냥, 알잖아. 터뜨려버리는 거. 언니도 알아. 언니가 안다는 걸 나도 안다고." 그녀가 내 손을 잡고 맑고 다정한 미소를 지어 보이며 내 손바닥을 쓰다듬었다. 내가 이제까지 만졌던 그 어떤 것보다 느낌이 좋은 것 같았다. 오, 왼쪽 종아리에서 변태가 불현듯 한숨을 내쉬었다.

"어떻게 터뜨리는데?" 우리는 이제 어머니의 집 근처에 다다랐고, 나의 환각 상태는 최고조에 이르렀다. 머리카락이 마치 따뜻한 물처럼 어깨를 훑었고, 나는 음악도 없는데 양 옆으로 건들거렸다. 달팽이 한 마리가 보도 가장자리에 누워 있었고 내 시선은 달팽이집의 소용돌이 모양에 꽂혀 있었다.

"알잖아, 가끔은 당할 필요가 있다는 거." 그녀는 마치 헤어제품을 파는 사람처럼 말했다.

"심심하고 답답한 걸 해결하는 데 다치는 것보다 더 좋은 방법이 있어." 내가 말했다. "넌 똑똑한 아이야. 너도 알잖아."

문득 정신을 차리고 보니 그녀의 손가락이 내 셔츠소매 속으로 들어와 솟아오른 흉터를 만지고 있었다. 나는 그녀를 막지 않았다.

"너도 칼을 대니, 앰마?"

"상처를 내지." 그녀가 까르르 웃더니 거리를 빙글빙글 돌면서 걸어갔다. 팔을 백조처럼 쭉 펼치고 목을 뒤로 젖힌 채 눈이 어지러워질 만큼 뱅뱅 돌았다. "그게 좋아!" 그녀가 외쳤다. 메아리가 거리를 타고 흘러 내려갔다. 그곳 구석에 어머니의 집이 우뚝 서서 우리를 내려다보고 있었다.

앰마는 길바닥에 기어이 넘어지고 말 때까지 계속 빙글빙글 돌았고, 그녀의 은고리 팔찌 하나가 떨어지더니 술에 취한 듯 빙글빙글 길바닥을 굴러갔다.

나는 앰마에게 어른이 된다는 것에 대해 얘기하고 싶었지만, 엑스터시의 기운이 다시 엄습하는 바람에 차도에서 그녀를 잡아당겼다(그녀는 팔꿈치가 벗겨져 피가 흐르는데도 깔깔 웃어대고 있었다). 우리는 어머니의 집으로 가는 길에 서로 그네를 타듯 흔들거리며 걸었다. 그녀의 얼굴이 미소와 함께 두 개로 보였다. 이가 촉촉하고 길쭉했다. 그리고 나는 그 모습이 문제의 살인자에게 얼마나 입맛 다시게 보일지 깨달았다. 반짝이는 뼈들의 사각형 조각, 앞니가 테이블에 붙일 모자이크 타일처럼 보일 정도였다.

"언니랑 있으면 너무 행복해." 앰마가 웃었다. 그녀의 숨결은 뜨거웠고 내 얼굴에 달콤한 술 냄새를 풍겼다. "언니는 내 영혼의 친구 같아."

"넌 내 동생이야." 내가 말했다. 불온? 그게 무슨 상관인가.

"사랑해." 앰마가 외쳤다.

어찌나 빨리 돌았던지 내 볼이 펄럭이며 나를 간질였다. 나는 어린아이처럼 웃어젖히고 있었다. *지금보다 행복했던 적은 없어*, 나는 생각했다. 가로등은 거의 장밋빛에 가까웠으며, 앰마의 긴 머리칼이 내 어깨를 간질였고, 그녀의 높은 광대뼈가 선탠한 피부 안에서 버터 한 스푼을 뜬 것처럼 볼록 올라와 있었다. 나는 그녀와 잡은 손을 풀고 그녀의 광대뼈를 만졌다. 손을 푼 덕에 우리는 바닥에서 더 맹렬하게 돌게 되었다.

갓돌에 발목뼈가 부딪치는 것이 느껴졌다. 피가 터지면서 다리 위로 튀어 올랐다. 앰마는 앰마대로 길바닥에 가슴이 긁혀서 빨간 핏방울을 떨어뜨리기 시작했다. 그녀는 아래를 내려다보고 나를 보았다. 온통 빛나는 푸른 눈으로 나를 보더니 가슴에 흘러내리는 핏줄기를 손가락으로 쓸고 나서 꺄악 비명을 한 번 질렀다. 그러고는 웃어대며 내 무릎위에 머리를 올려놓았다.

그녀가 또 손가락으로 가슴을 확 훑으며 손톱 끝에 피를 찍더니, 내가 막을 겨를도 없이 내 입술에 문질렀다. 피에서 꿀 바른 주석 같은 맛이 났다. 그녀가 나를 올려다보며 내 얼굴을 쓰다듬었고, 나는 그녀가 하는 대로 내버려두었다.

"엄마가 언니보다 나를 더 좋아한다고 생각하는 거 알아. 하지만 그건 사실이 아니야." 그녀가 말했다. 큐 사인이라도 난 듯 언덕 꼭대기에 있는 우리 집 현관에 불이 켜졌다.

"언니 오늘 내 방에서 같이 잘래?" 엠마가 약간 조용해진 목소리로 제안했다.

우리가 물방울무늬 이불을 나란히 덮고 누워 비밀을 속삭이며 서로 끌어안고 잠드는 모습을 머릿속에 그려보았다. 그러고 나서 내가 나와 메리언을 상상하고 있다는 걸 깨달았다. 병원에서 도망쳐 나온 메리언이 내 옆에서 잠드는 모습을. 몸을 구부려 내 배에 기대면서 뱉어내던, 뜨겁게 가르랑거리던 그 소리. 나는 아침에 어머니가 일어나기 전에 그녀를 다시 자기 방으로 데려다놓아야 했다. 고요한 집안에서 일어나는 그 조용한 난리법석. 그녀를 데리고 어머니 방 앞의 복도를 지나치는 바로 그 5초 남짓한 순간, 방문이 열릴까봐 조마조마하면서도 한편으로는 내심 그렇게 되기를 바라기도 했다. *애는 안 아파요, 엄마.* 걸리기라도 하면 내가 말하려고 준비해둔 말이었다. *별로 아프지 않으니까 이제 침대에서 나와도 돼요.* 내가 얼마나 절박하게, 긍정에 차서 그 사실을 믿었는지 잊고 있었다.

하지만 마약 덕분에 그 일은 이제 내가 행복하게 떠올릴 수 있는 유일한 기억이 되었다. 마치 어린이책의 한 페이지처럼, 뇌가 내 과거의 기억을 넘겨보는 것이었다. 이 추억 속에서 메리언은 토끼 가운, 흰 토끼 꼬리가 달린 옷을 입은 내 여동생으로 나왔다. 엄마의 머리카락이 내 다리를 위아래로 쓸어내리고 있는 것을 알고 정신이 들었을 때, 나는 메리언의 그 토끼털을 실제로 느끼다시피 하고 있었다.

"그럴 생각 있어?" 그녀가 물었다.

"오늘은 말고, 엄마. 죽도록 피곤해. 그냥 내 침대에서 자고 싶어." 사실이었다. 약은 빠르고 셌으며 바로 사라지고 있었다. 10분쯤 더 있으면 제정신으로 돌아올 것 같았다. 내가 쓰러질 때 엄마가 옆에 있는 것은 바라지 않았다.

"그럼 내가 언니 방에 가서 자면 안 돼?" 그녀가 가로등 불빛 아래서 몸을 일으켰다. 청치마가 작은 골반뼈에 걸려 있었고, 홀터네크 민소매는 구겨지고 찢어져 있었다. 핏자국이 그녀의 입술 근처로 번져 있었다. 기대에 찬 얼굴.

"아니. 그냥 따로 자고 내일 같이 놀자."

그녀는 아무 말도 하지 않고 몸을 돌리더니 집을 향해 전력으로 달렸다. 그녀는 만화 속 당나귀처럼 다리를 뒤로 차며 뛰었다.

"엄마!" 내가 뒤에 대고 불렀다. "기다려, 나랑 같이 자도 돼, 알겠니?" 나는 그녀를 따라 달리기 시작했다. 약과 어둠을 뚫고 그녀를 쫓자니 거울 속의 누군가를 따라잡으려고 하는 것 같았다. 나는 그녀의 커다랗게 출렁이는 그림자가 몸을 돌리고 다시 나를 향해 달려오는 것을 미처 알아채지 못했다. 나를 향해. 그녀는 나를 곤두박았고 머리로 내 턱을 들이받았으며, 우리는 또다시 넘어졌다. 이번에는 차도가 아니라 보도였다. 포장된 도로 쪽으로 떨어질 때 머리에서 뭔가가 날카롭게 갈라지는 소리가 났고, 아랫니는 불이 붙은 듯 고통스러웠다. 나는 앰마의 머리칼을 주먹으로 쥔 채 땅바닥에 잠깐 누워 있었고, 때마침 개똥벌레 한 마리가 내 머리 위에서 흐르는 피를 향해 다가왔다. 그때 앰마가 자두의 겉면처럼 이미 검푸르게 변해버린 이마를 쿡쿡 쑤셔대며 깔깔거리기 시작했다.

"젠장. 언니가 내 얼굴을 한 방 먹인 거 같아."

"내 생각에는 네가 내 뒤통수를 한 방 먹인 것 같네." 내가 말했다. 일어나 앉으니 머리가 띵했다. 보도에 흐르던 핏줄기가 이제는 목을 타고 흘러내렸다. "앰마, 세상에. 너 어쩜 그렇게 거칠 수가 있니."

"거친 걸 좋아할 줄 알았는데." 그녀가 손을 내밀어 나를 일으켰다. 일어서면서 고개를 숙이자 뒤통수에서 흐르던 피가 앞으로 흘러내렸다. 그녀는 옅은 초록색 감람석이 박힌 조그만 금반지를 가운데손가락에서 빼어 내 새끼손가락에 끼워주었다. "이거, 언니가 이거 가졌으면 좋겠어."

나는 고개를 저었다. "누가 줬는지는 모르겠지만 그 사람은 네가 간직하고 있기를 바랄 거야."

"말하자면 엄마가 줬다고 할 수 있지. 그분은 상관 안 해. 내 말 믿어. 원래 앤한테 주려고 했던 건데, 그런데…… 갠 이제 가버렸으니까, 그래서 나한테 준 거야. 나를 미워한다는 걸 생각하면 있을 법하지 않은 일이지만."

"엄만 널 미워하지 않아." 우리는 집을 향해 걷기 시작했고, 현관 불빛이 언덕 꼭대기에서 일렁였다.

"그 여잔 언니를 좋아하지 않아." 그녀가 뻔뻔스러운 태도로 말했다.

"그래, 좋아하지 않지."

"그런데 그분은 나도 안 좋아해. 방식은 좀 다르지만." 우리는 발밑에 밟히는 오디열매를 짓이기며 계단을 올랐다. 공기 중에서 어린아이의 생일 케이크에 올린 아이싱 같은 냄새가 났다.

"그분께서는 메리언이 죽고 나서 언니를 더 좋아했어, 아니면 덜 좋아했어?" 앰마가 자기 팔을 내 팔에 감고 물었다.

"덜."

"그럼 도움이 안 됐다는 거네."

"뭐가?"

"메리언이 죽은 게 언니한테 도움이 안 됐다고."

"안 됐지. 자, 이제 방에 갈 때까지 조용히 하는 거다, 알았지?"

우리는 계단을 밟고 올라갔다. 나는 바닥에 피가 흘러내리지 않게 뒷덜미를 붙잡았고, 앰마는 꽃병에 꽂힌 장미꽃 냄새를 맡으려고 멈추었다가 거울에 비친 제 모습에 끽끽 웃는 소리를 내며 위태위태하게 뒤를 따라왔다. 아도라의 침실은 여느 때와 다름없이 고요했다. 닫힌 문 뒤로 어둠 속에서 팬이 돌아가는 소리도 여전했다.

나는 방문을 닫고 비에 흠뻑 젖은 스니커즈(새로 자른 잔디 뭉치가 잔뜩 들어 있던)를 벗고 곤죽이 된 오디열매를 다리에서 닦아낸 다음, 셔츠를 벗으려다가 앰마가 응시하고 있다는 것을 알아차리고 다시 옷을 내렸다. 나는 옷 벗기도 힘들 만큼 지쳤다는 듯 침대에 몸을 풀썩 던지는 장면을 연출했다. 그런 다음 이불을 끌어올려 덮고 앰마에게서 등을 돌려 둥그렇게 몸을 말고는 잘 자라고 웅얼거렸다. 앰마가 바닥에 옷가지를 떨어뜨리는 소리가 들렸고 눈 깜짝할 사이에 불이 꺼졌다. 그녀가 내 뒤에서 팬티만 입은 벌거벗은 몸으로 누워 몸을 말았다. 나는 옷을 입지 않고 누군가의 옆에서 잘 수 있다는 생각에 울고 싶은 심정이 되었다. 소매나 바짓단 아래로 단어가 드러날지 모른다는 걱정을 하지 않고도 그렇게 잘 수 있다는 것에.

"언니?" 그녀의 목소리는 조용하고 아이 같았으며 불안했다. "자신을 해치는 이유가 그렇게 하지 않으면 아무것도 느끼지 못하게 될 만큼 무감각해져 있기 때문이라는 말 들어봤어?"

"흠."

"만약 그 반대라면 어때?" 앰마가 속삭였다. "상처를 내는 게 기분이 너무 좋아서라면? 누군가 언니 몸에 스위치를 달아놓은 것처럼 몸살이 나는 거야. 자기한테 상처를 내는 것 말고는 그 스위치를 끌 수 있는 게 아무것도 없다면 어때? 그게 무슨 뜻일까?"

나는 잠든 척했다. 그녀가 내 뒷덜미의 사라지다를 손가락으로 더듬고 또 더듬는 것을 못 느끼는 척했다.


꿈. 땀에 젖어 몸에 착 달라붙은 잠옷을 입고, 젖은 머리칼이 볼에 들러붙은 메리언. 그녀가 내 손을 잡고 침대에서 나를 끌어내려 한다. "여긴 안전하지 않아." 그녀가 속삭였다. "언니한테 안전하지 않아." 나는 그 아이에게 날 이대로 내버려두라고 말했다.

# 13장

　잠에서 깨어보니 두 시가 조금 넘었다. 위가 저절로 꼬였고 다섯 시간 연속으로 이를 갈아댄 탓에 턱이 쑤셔왔다. 옛 같은 엑스터시. 엄마도 문제가 있는 것 같았다. 그녀는 내 옆의 베개에 작은 속눈썹 더미를 남겨놓았다. 나는 그것을 손바닥으로 쓸어 담아 마구 흐트러보았다. 마스카라 탓에 뻣뻣해진 속눈썹들이 내 손바닥에 어두운 얼룩을 남겨놓았다. 나는 침대 옆 탁자에 놓인 접시에 눈썹을 담고는 욕실로 가서 속을 게워냈다. 토하는 것은 늘 아무렇지도 않았다. 어렸을 때 속이 안 좋으면 어머니가 내 머리카락을 뒤로 잡아주면서 달래던 것이 생각난다. 나쁜 건 전부 꺼내버려, 아가야. 전부 다 나올 때까지 멈추지 마. 알고 보니 나는 게우는 것과 힘이 없는 것과 뱉어내는 것을 좋아했다. 빤한 일이다. 나도 안다. 하지만 사실은 사실이다.

　나는 방문을 잠그고 옷을 전부 벗고는 침대로 돌아갔다. 왼쪽 귀 부분부터 아파오더니 목을 내려가 척추까지 통증이 퍼졌다. 장이 요동쳤고 통증 때문에 입을 움직일 수 없을 지경이 되었으며, 발목은 불이 난 것 같았다. 피가 계속 흘러 온 시트가 젖어 있었다. 앰마가 누웠던 자리에도 피가 묻어 있었다. 그녀가 가슴을 긁어내리던 자리, 베개의 진해진 부분에 조명이 빛을 뿌리고 있었다.

심장은 너무 빨리 뛰었고 숨을 고를 수가 없었다. 어머니가 이런 일이 터진 것을 알고 있는지 알아보아야 했다. 그녀는 앰마를 보았을까? 그랬다면 나는 말썽에 휘말리게 되는 건가? 안절부절못하느라 속이 다 쓰렸다. 뭔가 끔찍한 일이 벌어지려 하고 있었다. 편집증에 사로잡힌 나는 무슨 일이 벌어질지 알고 있었다. 전날 밤에 먹은 약 때문에 치솟았던 세로토닌 수치가 곤두박질쳐 나를 비관의 나락으로 빠뜨렸다. 나는 그 사실을 속으로 중얼거리고는 고개를 돌려 앰마가 누웠던 베개를 마주보며 흐느끼기 시작했다. 나는 그 소녀들을 잊고 있었다. 젠장, 사실은 그들에 대해 생각조차 해본 적이 없었다. 죽은 앤과 죽은 내털리. 더 나쁘게는 그 자리를 앰마로 대신하면서 메리언을 배신했다. 꿈에 나타난 아이를 무시했다. 대가가 따를 것이다. 나는 토할 때와 마찬가지로 속을 게우고 정화하는 방식으로 통곡을 했다. 베개가 젖어들고 얼굴은 주정뱅이처럼 부풀어 올랐다. 문고리가 흔들리는 소리가 들려왔다. 나는 조용히 입을 막고 볼을 두드리며 그 소리가 정적 속으로 사라지기를 바랐다.

"카밀, 문 열어봐." 어머니였다. 하지만 화난 목소리는 아니었다. 달래는, 심지어 친절한 목소리였다. 나는 잠자코 있었다. 다시 문고리를 돌리는 소리. 노크. 그러고는 멀어지는 그녀의 발소리에 이어 고요함이 찾아왔다.

*카밀, 문 열어봐.* 어머니가 내 침대 귀퉁이에 앉아 있는 모습, 쉰내 나는 시럽 냄새가 내 머리 위를 떠도는 듯했다. 그녀의 약은 늘 내 속을 전보다 더 쓰리게 만들었다. 허약한 위장. 메리언만큼 나쁘지는 않지만 그래도 허약하다.

손에 땀이 배기 시작했다. *제발, 돌아오지 않게 해주세요.* 커리에 대한 기억이 스쳐갔다. 배 근처에서 힘차게 왔다 갔다 하는 싸구려 넥타이, 그가 방으로 뛰쳐 들어와 나를 구해준다. 담배 냄새가 나는 포드 타우루스에 나를 태우고, 시카고로 돌아가는 중에 아일린이 내 머리칼을 쓸어내린다.

어머니가 열쇠를 자물쇠에 꽂아 넣었다. 그녀에게 열쇠가 있을 줄 전혀 모르고 있었다. 그녀는 언제나 그렇듯이 턱 끝을 올리고 당당하게 방으로 들어섰다. 열쇠가 긴 분홍색 리본 끝에 매달려 있었다. 그녀는 아주 옅은 하늘색 선드레스를 입고 있었고, 소독용 알코올 병과 티슈 상자, 새틴 재질의 빨간 화장품 가방을 들고 있었다.

"얘야, 아가야." 그녀가 한숨을 내쉬었다. "앰마가 너희 둘한테 무슨 일이 있었는지 말해줬다. 내 가련한 어린것들. 앰마는 아침 내내 씻고 닦았단다. 내가 맹세하는데, 어쩌면 잘난 척하는 것처럼 들리겠지만 요즘 우리 농장만 빼고는 믿을 만한 고기가 완전히 없어졌어. 앰마가 아마 닭 때문인 것 같다고 말하던데, 맞니?"

"그런 것 같아요." 내가 말했다. 뭐가 어찌 됐든 그저 앰마의 거짓말을 따라 움직일 수밖에 없었다. 앰마가 나보다 지략이 뛰어난 것은 분명했다.

"내가 집에서 버젓이 자고 있는데도 집 앞 계단에서 졸도를 하다니, 이게 어디 있을 수 있는 일이니. 정말 생각하기도 싫어." 아도라가 말했다. "그 멍이라니! 누가 보면 치고 박고 싸우기라도 한 줄 알겠어."

어머니가 절대 그 이야기를 믿었을 리 없다. 그녀는 병과 상처에 관해서는 대가였고 원해서 그러는 것이 아닌 이상 그 이야기를 믿지 않았을 것이다. 그녀가 나를 보살피려 하고 있고, 나는 너무도 힘이 없었으며 필사적으로 그녀에게서 벗어나고 싶은 심정이었다. 나는 울기 시작했고, 멈추지 못했다.

"아파요, 엄마."

"안다, 아가야." 그녀는 능숙한 손놀림으로 한 번에 이불을 벗겨 내 발가락 밑까지 걷어냈다. 그리고 내가 본능적으로 두 손을 들어 몸을 가리자 내 손을 잡아 옆으로 단단하게 내려놓았다.

"어디가 잘못됐는지 봐야겠다, 카밀." 그녀는 말을 살펴보듯 내 턱을 들어 좌우로 돌리고 내 아랫입술을 잡아 내렸다. 또 내 두 팔을 천천히 들어 올리고 겨드랑이를 응시하다가 그곳의 패인 부분을 손가락으로 눌러보고, 목이 부어오르지는 않았는지 문질렀다. 그 과정이 기억났다. 그녀는 재빠르고도 전문가다운 솜씨로 내 다리 사이에 손을 끼워 넣었다. 그것이 체온을 재기에 가장 좋은 방법이라고 그녀는 늘 말했다. 그러고 나서 그녀는 시원한 손가락으로 내 다리를 가볍고 부드럽게 훑어 내려가더니, 앰마에게 가격 당했던 발목의 벌어진 상처를 콕 찍어 눌렀다. 눈앞에서 환한 초록색 불빛이 튀었다. 나는 자동적으로 다리를 몸 아래로 집어넣으며 옆으로 돌아누웠다. 그녀는 그 순간을 이용해 내 머리를 쑤셨으며, 머리 꼭대기에 짓이겨진 과일을 만졌다.

"조금만 더 보면 돼, 카밀. 그럼 다 끝날 거야." 그녀는 알코올을 적신 티슈로 눈앞에 내가 흘린 눈물 콧물 말고는 아무것도 보이지 않을 때까지 내 발목을 문질렀다. 그러고는 화장품 가방에서 꺼낸 작은 전지가위로 거즈를 잘라 내 발목을 감았다. 상처에서 곧바로 피가 흘러나오더니, 거즈가 일본 국기처럼 되었다. 순백색에 도발적인 빨간색 동그라미. 다음으로 그녀가 내 머리를 아래로 기울였고, 머리카락을 휙 잡아당기는 것이 느껴졌다. 그녀는 상처 주변의 머리카락을 잘라냈다. 나는 몸을 뒤로 빼기 시작했다.

"그랬다가는 너를 벨 수도 있어. 다시 누워서 얌전하게 있어." 그녀가 차가운 손으로 내 뺨을 누르고 머리를 베개 위에 얹었다. 그러고는 싹둑, 싹둑, 싹둑, 내가 마침내 안도감을 느낄 때까지 머리카락이 잘려나간 자리를 왔다 갔다 했다. 머리거죽이 익숙하지 않은 공기에 섬뜩하게 노출되었다. 뒤로 손을 뻗어 만져보니 머리에 지폐 절반 크기만한 상처가 오톨도톨하게 만져졌다. 어머니가 내 손을 재빨리 빼내 몸 옆으로 쑤셔 넣었다. 그러고는 머리거죽에 알코올을 문지르기 시작했다. 다시, 그 고통이 너무 경악스러워서 숨이 쉬어지지 않았다.

그녀는 내 몸을 굴려 엎드리게 했고, 젖은 수건으로 내가 종일 누워 있는 환자라도 되는 듯 팔다리를 닦았다. 속눈썹을 뽑아낸 그녀의 눈이 불그스레했고 뺨은 소녀처럼 홍조를 띠고 있었다. 그녀가 화장품 가방을 끌어당겨 다양한 알약 통과 튜브를 고루 뒤지더니, 가방 밑바닥에서 반듯하게 접은 티슈를 발견했다. 약간 얼룩이 묻은 채 돌돌 뭉쳐진 티슈였다. 티슈 안에서 그녀가 청색 알약 하나를 집어 들었다.

"잠깐만, 아가야."

그녀가 황급히 계단을 밟는 소리가 들렸다. 주방으로 향하는 소리였다. 그리고 똑같이 빠른 발자국 소리를 내며 내 방으로 돌아왔다. 그녀는 손에 우유 한 잔을 들고 있었다.

"여기, 카밀. 이거랑 같이 마셔."

"이게 뭔데요?"

"약이지. 네가 먹었다는 음식으로 감염되는 것을 막고, 박테리아를 청소해줄 거란다."

"이게 뭐예요?" 내가 다시 물었다.

어머니의 가슴이 울긋불긋 분홍색으로 변했고, 그녀의 미소가 통풍 장치 앞의 촛불처럼 깜빡거리기 시작했다. 1초 사이에 켜졌다, 꺼졌다, 켜졌다, 꺼졌다가 반복되었다.

"카밀, 난 네 엄마다. 그리고 너는 내 집에 있고." 흐릿한 분홍색 눈. 나는 그녀에게서 고개를 돌리고 또 한 번의 공황이 밀어닥치는 것을 느꼈다. 뭔가 나쁜 것. 뭔가, 내가 저지른 일.

"카밀, 입 벌려라." 구슬리고 달래는 목소리. *간호사*가 내 왼쪽 겨드랑이 근처에서 술렁거리기 시작했다.

어렸을 때 그 모든 알약과 정제약을 거부하면서 그녀를 잃어가던 일을 기억했다. 그녀는 앰마와 엑스터시, 온갖 달콤한 말로 약을 먹으라고 닦달하던 앰마를 떠올리게 했다. 거역하는 것은 순순히 복종하는 것보다 훨씬 큰 대가를 불러온다. 내 살갗은 그녀가 닦아낸 자리부터 엄청난 화염에 휩싸이고 있었고, 그것은 칼로 긋고 난 다음의 만족스러운 열기처럼 느껴졌다. 나는 앰마를 생각했다. 깨질 것같이 연약하고 사랑스럽게 어머니의 팔에 감싸여, 그녀가 얼마나 만족스러워 보일지 생각했다.

　나는 몸을 돌렸고, 그녀가 내 혀 위에 약을 올려놓고 진한 우유를 내 목구멍으로 흘려보낸 다음 나에게 입을 맞추게 내버려두었다.

　몇 분이 지나지 않아 나는 잠에 빠져들었다. 내 숨결의 악취가 시큼한 안개처럼 꿈속을 떠다녔다. 어머니가 내 방으로 돌아와 내가 병이 들었다고 말했다. 그녀가 내 위에 올라타고는 자신의 입을 내 입 위에 올려놓았다. 그녀의 입에서 나는 냄새가 목구멍에서 느껴졌다. 그녀가 나를 쪼아대기 시작했다. 내게서 몸을 뗐을 때, 그녀는 나를 향해 미소 지으며 내 머리카락을 부드럽게 쓸어 넘겼다. 그리고 제 손에다가 내 이를 뱉어냈다.

　어지럽고 더웠다. 나는 땅거미가 질 무렵 잠에서 깼고, 바짝 마른 침이 목을 타고 흘러내려 있었다. 기운이 없었다. 나는 얇은 가운을 둘러 입고 내 뒤통수의 동그랗게 패인 모양을 기억해냈을 때 다시 울기 시작했다. 넌 그저 엑스터시에서 깨어나고 있을 뿐이야, 뺨을 어루만지며 나 자신에게 속삭였다. 머리를 괴상하게 잘랐다고 해서 세상이 끝난 건 아니야. 뒤로 묶어버리면 그만이지.

　나는 발을 끌며 복도를 걸어갔다. 관절이 삐걱거리는 소리를 냈고, 손가락마디가 알 수 없는 이유로 부풀어 있었다. 아래층에서는 어머니가 노래를 부르고 있었다. 나는 엠마의 방문을 두드렸다. 안에서 인사하는 소리가 흘러나왔다.

　그녀는 거대한 인형의 집 앞에 엄지손가락을 입에 넣은 채 벌거벗고 앉아 있었다. 눈 아래 동그라미는 이제 거의 보라색이 되었고, 어머니가 그녀의 이마와 가슴에 반창고를 붙여놓았다. 앰마가 자기가 가장 좋아하는 인형을 휴지에 싸고는 빨간색 매직으로 온통 점을 찍어 침대 위에 앉혀둔 것이 보였다.

"그분께서 언니한테 어떻게 했어?" 그녀가 반쯤 미소를 지으며 졸린 듯 말했다.

나는 뒤로 돌아 내 머리의 뻥 뚫린 자리에 난 상처를 보여주었다.

"그리고 진짜 초주검이 되어 아파지는 듯한 약을 줬어." 내가 말했다. "파란색?"

내가 고개를 끄덕였다.

"맞아, 그분이 그거 좋아하지." 그녀가 웅얼거리는 목소리로 말했다. "그걸 먹으면 완전히 덥고 침을 흘리면서 잠이 들지. 그러면 자기 친구들을 데려와서 그 모습을 보여주는 거야."

"너한테도 그 약을 준 적 있어?" 식은땀 아래서 오한이 났다. 내가 옳았다. 뭔가 끔찍한 일이 벌어지려 하고 있었다.

앰마가 어깨를 으쓱했다. "나야 뭐 상관 안 해. 어떨 땐 먹는 척만 하고 안 먹어. 그러면 우리 둘 다 행복해지거든. 인형을 가지고 놀거나 책을 읽다가 그녀가 오면 잠든 척하는 거야."

"앰마?" 그녀 옆에 앉아 그녀의 머리칼을 쓸어내렸다. 부드럽게 나갈 필요가 있었다. "엄마가 너한테 약이나 뭐 그런 걸 아주 많이 주니?"

"내가 아파지려고 할 때만."

"그러고 나서는 어떻게 되는데?"

"어쩔 땐 완전히 열이 나고 정신이 나가서 그녀가 찬물로 나를 목욕

시켜야 해. 어쩔 땐 토하기도 하고 어떨 땐 오들오들 떨리고, 기운이 없고, 피곤해서 그냥 잠만 자고 싶고 그래."

다시 그런 일이 벌어지고 있었다. 메리언 때와 마찬가지로. 목구멍을 타고 분노가 팽팽하게 조여드는 것이 느껴졌다. 다시 눈물이 흐르기 시작했고, 일어났다가 앉았다. 거품기를 돌리듯 위가 소용돌이쳤다. 나는 손으로 머리를 감싸 쥐었다. 앰마와 나는 메리언과 꼭 같은 방식으로 아픈 것이었다. 이제야 완전히 이해했지만 이전에도 이미 명백했던 일이었다. 거의 20년이나 늦은 깨달음. 나는 수치심에 소리를 지르고 싶었다.

"나랑 같이 인형놀이하자, 언니." 앰마는 내 눈물을 알아채지 못했거나, 아니면 무시했다.

"안 되겠어, 앰마. 일해야 해. 그녀가 다시 오면 잠자는 척하는 거 잊지 말고."

나는 쓰라린 살 위로 옷을 껴입고 거울에 비친 내 모습을 바라보았다. 넌 정신 나간 생각을 하고 있는 거야. 앞뒤를 가리지 못하고 있어. 아니야, 그런 게 아니야. 나의 어머니가 메리언을 죽였어. 나의 어머니가 그 어린 소녀들을 죽였어.

나는 비틀거리며 욕실로 가서 짠맛이 느껴지는 뜨거운 물 한 줄기를 토해냈다. 변기에서 튀어 오른 물이 무릎을 꿇은 나의 뺨에 튀었다. 꼬인 위가 펴질 무렵에야 그곳에 나 혼자가 아니란 것을 깨달았다. 어머니가 등 뒤에 서 있었다.

"가여운 것." 그녀가 누구에게랄 것도 없이 작게 중얼거렸다. 나는 노려보다가 팔다리를 다 써서 그녀를 피해 기어나갔다. 그러고는 몸을 벽에 기대고 그녀를 올려다보았다.

"왜 옷을 입고 있니, 아가야?" 그녀가 말했다. "넌 아무 데도 못 가."

"나가야 해요. 일을 좀 해야 해요. 신선한 공기도 쐬고요."

"카밀, 침대로 돌아가." 그녀의 목소리는 긴박하고 날카로웠다. 그녀는 침대로 진군하더니, 커버를 끌어내리고는 탁탁 두드려 폈다. "이리 와라, 애야. 건강을 챙기려면 좀 영리하게 굴어야지."

나는 비틀거리며 걸어가서 테이블 위의 자동차 열쇠를 쥐고, 그녀를 쏜살같이 지나쳤다.

"안 돼요, 엄마. 오래 걸리진 않을 거예요."

나는 앰마를 위층의 아픈 인형들과 함께 내버려두고, 진입로를 쿵쾅쿵쾅 뛰어 내려갔다. 어찌나 빨리 뛰었던지 차의 앞범퍼가 나와 부딪쳐 움푹 들어갈 정도였다. 내리막길이 평평해지면서 일어난 일이었다. 유모차를 밀고 가던 어느 뚱뚱한 여인이 나를 보고 고개를 저었다.

나는 차를 타고 목적지도 정하지 않은 채 아무 곳으로나 운전하면서 생각을 그러모으고, 윈드 갭에서 내가 아는 사람들의 얼굴을 떠올리려고 애썼다. 내가 알고 있는 아도라에 대해 틀렸다고 있는 그대로 말해줄 사람이 필요했다. 그게 아니면 내가 옳다는 뜻이 된다. 아도라를 아는 누군가, 어른의 눈으로 내 어린 시절을 보았던 사람, 내가 떠나 있는 동안에도 이곳에 있었던 누군가가 필요했다. 문득 재키 오닐과 그녀의 과일 향 껌, 술과 가십이 떠올랐다. 나에게 보여주던 살짝 맛이 간 모성

애 같은 따뜻함과 그녀가 했던 말이 이제는 경고처럼 들렸다. 너무나 많은 것이 잘못된 길로 갔어. 나는 재키가 필요했다. 아도라에게 거부당했기에 아무 숨길 것이 없는 여인, 평생 동안 내 어머니를 알아온 재키가 필요했다. 그녀는 뭔가 하고 싶은 말이 있음이 분명했다.

재키의 집은 우리 집에서 고작 몇 분 거리에 있었다. 그곳은 남북전쟁 이전 식민지풍 집의 현대판이었다. 피골이 상접하고 안색이 창백한 아이가 잔디 깎는 기계에 올라타서는 촘촘한 선을 따라 왔다 갔다 하며 담배를 피우고 있었다. 그의 등에는 여드름이 마치 화가 난 것처럼 툭 불거져 있었는데, 어찌나 큰지 무슨 상처처럼 보일 지경이었다. 필로폰을 하는 또 다른 아이. 재키는 중간상인을 건너뛰고 이 어린 딜러에게 곧바로 20달러를 쥐어줘도 좋을 터였다.

나는 문을 열어준 여자를 알고 있었다. 게리 실트, 칼룬 고등학교의 내 바로 1년 위 선배였다. 그녀는 게일라와 마찬가지로 풀을 먹인 빳빳한 간호사 복장을 하고 있었고, 볼에는 여전히 동그란 분홍색 구멍이 있었다. 나는 그것 때문에 늘 그녀를 동정했다. 게리를 보면서, 과거로부터 이어진 그토록 진부한 얼굴을 보면서, 나는 하마터면 발길을 돌려 차에 올라타고 내 모든 근심을 외면할 뻔했다. 나의 세계에서 이 정도로 평범한 사람을 보면 내가 하고 있는 생각에 의구심이 들게 된다. 하지만 나는 발길을 돌리지 않았다.

"안녕, 카밀. 뭘 도와줄까?" 그녀는 내가 왜 이곳에 왔는지는 전혀 관심이 없는 듯했다. 윈드 갭에 사는 다른 여인들과 그녀를 구별해주는 것이 호기심의 부재였다. 그러한 점은 이곳에서 유별난 특징이었다. 그녀는 같이 입방아를 찧을 여자 친구가 아무도 없을 것이다.

"안녕, 게리. 언니가 오닐의 집에서 일하는 줄은 몰랐어."

"알 이유가 없지." 그녀가 별 뜻 없이 말했다.

연년생으로 태어난 재키의 세 아들은 지금쯤 20대 초반일 것이다. 아마도 스무 살, 스물한 살, 스물두 살. 나는 그들이 살집 좋고 두터운 목에, 언제나 폴리에스테르 반바지를 입고 가운데 부분에 번쩍거리는 푸른 보석이 박힌 칼룬 고등학교 반지를 끼고 다니던 것을 기억했다. 그들은 재키의 이례적일 만큼 둥근 눈을 그대로 닮아 있었고, 반짝거리는 하얀 아랫니가 윗니를 덮고 있는 것도 재키와 같았다. 셋 중 적어도 두 명의 목소리가 집 뒤편에서 들려왔다. 방학을 맞아 집으로 돌아와서 뒷마당에서 풋볼 공을 가지고 노는 모양이었다. 게리의 공격적일 만큼 권태로운 표정을 보아, 그녀는 이들과 떨어져 있는 것이 아들들을 다루는 최선의 방법이라고 여기는 듯했다.

"돌아왔어……." 내가 말을 꺼내기 시작했다.

"여기 왜 왔는지는 나도 알아." 그녀가 말했다. 비난조도, 마음을 써 준다는 말투도 아니었다. 그저 말일 뿐. 나는 그저 그녀의 하루의 또 다른 장애물일 뿐이었다.

"우리 어머니가 재키 아줌마랑 친구고, 그리고 내 생각에……."

"재키의 친구들이 누군지는 나도 알아. 말 안 해도 안다고." 게리가 말했다.

그녀는 나를 들여보내줄 기색이 아니었다. 대신 나를 위아래로 훑더니 내 뒤로 보이는 차를 바라보았다.

"너희 어머니 친구들 중 많은 분이 재키의 친구이기도 하지." 게리가 덧붙였다.

"흠. 나는 요즘 이 주변에 친구가 그다지 많지 않아." 내가 뿌듯해하는 사실이었다. 하지만 나는 일부러 실망한 티를 내며 말했다. 그녀가 나를 꺼리지 않을수록 빨리 안으로 들어갈 수 있을 테니까. 내 스스로 말해버리기 전에, 빨리 재키를 만나 이야기해야 한다는 긴박한 욕구에 사로잡혔다. "사실 말인데, 여기서 살 때도 친구가 그렇게 많았단 생각은 안 들어."

"케이티 레이시네 엄마도 그 모든 친구들과 어울려 다니지."

닳아빠진 그 옛날의 케이티 레이시라니, 나를 '연민의 파티'에 끌고 갔다가 헌신짝처럼 저버린 케이티 레이시. SUV를 타고 동네를 휘젓고 다닐 그녀가 그려졌다. 뒷자리에는 완벽하게 차려입고 다른 유치원생들을 지배할 준비를 마친 예쁘장한 딸들을 태우고서 말이다. 그 아이들은 엄마에게서 특히 못생긴 여자아이, 가난한 여자아이, 그러니까 자기를 내버려두기만을 바라는 여자아이들을 잔인하게 다루는 법을 배울 것이다. 엄마에게 물을 것이 참으로 많을 것이다.

"케이티 레이시는 한때나마 친하게 지냈다는 게 부끄러운 애야."

"응, 뭐, 너는 괜찮았어." 게리가 말했다. 바로 그때 그녀에게 버터라는 말이 있었다는 게 기억났다. 당시 애들은 게리는 물론 게리가 키우는 애완동물마저 점점 살이 찐다며 농담을 했다.

"그렇지도 않아." 나는 아이들의 잔인한 행위에 직접 동참한 적은 한 번도 없었다. 하지만 그렇다고 그들을 말린 적도 없었다. 나는 항상 초조한 그림자처럼 옆에 늘어선 무리에 끼어 웃는 시늉을 했다.

게리는 계속 문 앞에 서서, 고무 밴드처럼 꽉 채운 값싼 손목시계를 들여다보았다. 그녀의 기억 속에서는 그 일이 사라진 게 분명했다. 나쁜 기억들.

그럼 그녀는 왜 계속 윈드 갭에 머무는 걸까? 나는 이곳으로 돌아온 후로 똑같은 표정을 한 얼굴을 너무 많이 마주쳤다. 나와 함께 자란 그녀들은 이곳을 떠날 힘을 영영 얻지 못했다. 이곳은 케이블 텔레비전과 편의점을 통해 자족감을 터득하는 곳이었다. 이곳에 남아 있는 사람들은 과거와 다름없이 구분된 인생을 살고 있었다. 우리 집에서 몇 블록 떨어진 곳의 리모델링한 빅토리안풍 집에 살면서 아도라와 마찬가지로 우드베리의 테니스 클럽에서 공을 치는 어여쁜 케이티 레이시는, 3개월마다 세인트루이스로 쇼핑 순례를 다녀오고 있었다. 괴롭힘을 당하던 못생긴 게리 실트 같은 여자는 예쁜 여자들의 뒤치다꺼리를 하고, 무뚝뚝하게 고개를 숙이고는 또다시 닥쳐올 괴롭힘을 기다리며 여전히 묶여 있었다. 상상력이 없는 여자들은 그리하여 윈드 갭을 떠나지 못하고 끝없는 올가미 속에서 십대 시절의 삶을 되풀이하고 있었다. 이제는 나 역시 빠져나갈 길을 찾지 못하고 그들과 함께 묶여버렸다.

"재키한테 네가 왔다고 전할게." 게리는 유리문 찬장이 달린 주방 쪽보다 거실을 돌아가는 긴 복도를 통해 뒤쪽 계단으로 올라갔다. 주방쪽으로 가면 재키의 아들들에게 자신의 모습을 들킬 것이다.

안내받아 들어간 방에는 짓궂은 아이가 손가락으로 칠해놓은 것처럼 번쩍이는 장식품들이 있었고, 기분 나쁠 만큼 하얀 색으로 칠해져 있었다. 빨간 장식용 쿠션, 노란색과 파란색이 뒤섞인 커튼, 광택 나는 초록색 꽃병에는 세라믹으로 만든 빨간 꽃이 꽂혀 있었다. 재키가 비스듬히 곁눈질을 하며 찍은 흑백사진은 우스꽝스러웠다. 벽난로 위에 걸려 있는 그 사진 속에서 재키는 머리칼은 지나치게 부풀리고 손을 턱

밑에 요염하게 괴고 있었다. 털을 과하게 다듬은 애완용 강아지 같았다. 몸에 힘이 다 빠진 상태에서도 웃음이 절로 나왔다.

"아가야, 카밀!" 재키가 팔을 쫙 벌린 채로 방을 가로질러 왔다. 그녀는 공단으로 만든 홈가운을 입고 벽돌같이 생긴 다이아몬드 귀걸이를 하고 있었다. "네가 왔구나. 얼굴이 말이 아니네. 게리, 블러디메리 좀 만들어 오렴, 어서!" 그녀는 나에게 문자 그대로 고함을 지르고, 게리에게도 똑같이 소리를 질렀다. 나는 그녀가 웃는다는 게 그만 그렇게 된 모양이라고 생각했다. 게리는 재키가 박수를 짝짝 치며 재촉할 때까지 문 쪽에서 서성거리고 있었다.

"농담하는 거 아니야, 게리. 이번에는 잔 주둥이에 소금 두르는 것 잊지 말고." 그녀가 다시 내 쪽으로 몸을 돌렸다. "요즘은 집안일 잘하는 사람을 구하기가 어찌나 힘든지 말이야." 그녀가 진지한 어조로 투덜거렸다. 그녀는 누가 텔레비전에 나오지 않는지 아무도 얘기하지 않는다는 것을 모르고 있었다. 나는 재키가 24시간 텔레비전을 끼고 살 것이라고 확신한다. 한 손에는 술을 들고 다른 손에는 리모컨을 쥐고 커튼을 닫은 채로, 아침 토크쇼가 소프 오페라에 자리를 내주고, 법정 텔레비전으로 이어졌다가 갖가지 재방송에 시트콤, 범죄 드라마를 거쳐 여자들이 강간이나 스토킹, 배신 혹은 죽임을 당하는 심야영화에 이르기까지 쉬지 않고 볼 것이다.

게리가 샐러리와 피클과 올리브를 담은 그릇과 블러디메리 칵테일이 담긴 쟁반을 가져왔고, 분부대로 커튼을 치고 자리를 떠났다. 재키와 나는 얼어붙을 것처럼 에어컨이 돌아가는 이 하얀 방, 어두침침한 조명의 하얀 방에 앉아 몇 초 동안 서로를 바라보았다. 재키가 휙 몸을 돌리더니 커피테이블 서랍을 열었다. 서랍에는 매니큐어 세 개와 닳아 빠진 성경, 그리고 여남은 개가 넘는 오렌지색 처방 약병이 들어 있었다. 나는 커리를 생각했고, 그가 병원에 가져왔던 가시 잘린 장미를 생각했다.

"진통제 좀 줄까? 나한테 좋은 게 있는데."

"약 없이 견뎌보려고요." 그녀가 진심으로 말하는 것인지 확신이 서지 않았다. "보니까 약국을 차리셔도 될 것 같아요."

"아, 그럼. 나야 끔찍하게 운이 좋지." 술을 탄 토마토 주스에서 그녀의 분노가 느껴졌다. "옥시콘틴, 페라코세트, 페르코단, 내가 최근에 만난 주치의가 쟁여놓은 새 약인데, 이걸로는 무엇이든 가져올 수 있어. 하지만 인정할 수밖에 없는 게, 이런 게 재밌거든." 그녀는 하얗고 동그란 알약 몇 개를 손에 부었다가 다시 병에 집어넣으며 나를 보고 웃었다.

"어디가 안 좋으신데요?" 돌아올 대답에 두려움을 느끼다시피 하며 물었다.

"그게 가장 좋은 부분이란다, 아가야. 빌어먹을, 아무도 몰라. 어떤 의사는 낭창이라 하고, 다른 의사는 관절염이라 하고, 또 다른 의사는 웬 자가면역증후군의 일종이라 하고, 네 번째와 다섯 번째 의사는 모든 게 내 머릿속에 들어 있다고 하네."

"아줌마는 어떻게 생각하시는데요?"

"내가 어떻게 생각하느냐고?" 그녀가 눈을 굴리며 반문했다. "약만 계속 처방해준다면 사실 별 상관없지." 그녀가 다시 웃었다. "진짜로 재미있거든. 약 먹는 건."

태연한 척 허세를 부리는 건지, 정말로 중독된 것인지 지금의 그녀를 보고는 알 수가 없었다.

"아도라가 이 환자의 경주에 동참하지 않는 게 놀라울 뿐이야." 그녀가 짓궂게 곁눈질을 했다. "한번 생각해봤는데, 너희 엄마는 지켜야 할 게 있으니까. 그렇지? 그 몹쓸 낭창 같은 건 걸리지도 않을 거야. 네 엄마는 그러니까 뭐냐…… 뇌종양에 걸리는 방법도 알아낼 사람이지. 안 그래?"

그녀가 블러디메리를 한 모금 또 마셨고, 윗입술이 붉은색과 소금으로 살짝 물들었다. 그 탓에 얼굴이 부어 보였다. 순간, 술을 목으로 넘긴 그녀가 차분해졌다. 그리고 내털리의 장례식에서 했던 것과 마찬가지로, 내 얼굴을 기억에 새겨두려고 애를 쓰듯 뚫어지게 바라보았다.

"이런, 세상에, 다 큰 너를 보는 게 이렇게 이상할 줄 몰랐구나." 그녀가 내 무릎을 쓰다듬으며 말했다. "어쩐 일로 온 거니? 집에는 별일 없고? 아마 아니겠지. 그게…… 엄마 때문이니?"

"그런 거 전혀 아니에요." 나는 그렇게 뻔해 보이는 것이 싫었다.

"아." 그녀는 당황한 듯 보였고, 흑백영화에서 튀어나온 장면처럼 손으로 가운자락을 펄럭거렸다. 내가 잘못 짚었다. 이 집이 공공연하게 가십을 즐기고 싶어 하는 열망으로 차 있는 곳임을 잊고 있었던 것이다.

"제 말은, 그러니까 죄송해요. 방금 한 말은 솔직하지 못했네요. 제 어머니에 대해서 얘기하고 싶은 게 맞아요."

재키는 곧바로 기분이 좋아졌다. "쉽게 파악할 수 없는 사람이지? 천사인지, 악마인지, 아니면 둘 다인지, 안 그래?" 재키가 초록색 새틴 쿠션을 작은 엉덩이 밑에 끼워 넣고 내 무릎 위에 발을 얹었다. "아가, 조금만 주물러줄래? 발은 깨끗해." 그녀는 소파 아래서 미니 초콜릿바를 꺼냈다. 할로윈 때 아이들에게 나눠주는 작은 초콜릿으로, 그것을 자기 배 위에 올려놓았다. "하느님, 나중에 이거 다 치워버려야지. 그래도 너무 맛있는 걸 어째."

나는 그녀가 한껏 즐거워하는 순간을 이용했다. "엄마가 늘…… 지금 같았나요?" 어색한 질문에 몸이 다 오그라들 지경이었다. 하지만 재키는 마녀처럼 깔깔 웃었다.

"무슨 말이니, 지금처럼 예뻤냐고? 매력적이었냐고? 사랑받았냐고? 사악했냐고?" 그녀는 초콜릿 포장을 뜯으면서 발가락을 꼼지락거렸다. "주물러봐." 나는 그녀의 차가운 발을 주무르기 시작했다. 발바닥이 거북이 등껍질처럼 거칠었다. "아도라라. 흠, 젠장. 아도라는 부자였고, 아름다웠고, 그리고 걔의 그 미치광이 부모님이 이 마을을 쥐락펴락했지. 그놈의 돼지농장을 윈드 갭에 들여놔서 일자리를 수백 개나 마련했어. 그때는 호두나무 공장도 있었지. 그들은 윈드 갭에서 가장 유력한 인사들이었고, 모든 사람들이 프리커네 사람들에게 아부를 떨었지."

"엄마의 생활……. 집에서는 어땠는데요?"

"아도라는…… 어머니에게 과잉보호를 받았지. 네 할머니 조야가 네 엄마를 보고 미소를 짓거나 사랑스럽게 어루만져주는 건 한 번도 못 봤지만, 그래도 그 양반은 네 엄마한테서 한시도 눈을 떼지 않았다. 언제나 머리를 만져주고 옷을 입히고, 그리고…… 아, 네 할머니는 아도라를 핥기도 했어. 그냥 걔 손을 잡고 핥는 거야. 아도라가 햇볕에 타서 살갗이 벗겨지니까. 우리 때는 다 그랬다. 너희 세대만큼 자외선 차단

지수에 대해 아는 게 많지 않았으니까. 아무튼 조야가 네 엄마 옆에 앉아서 셔츠를 벗기고 살갗에 길게 일어난 껍질을 벗기는 거야. 조야는 그걸 아주 좋아했어."

"재키 아줌마……."

"거짓말 아니야. 눈앞에서 친구가 옷이 벗긴 채…… 손질 받는 걸 봤던 것까지 뭐 말할 필요가 있겠냐만, 네 엄마는 늘 아팠단다. 튜브 용기와 바늘을 끼고 살고, 이런저런 것들에 매여 살고."

"매여 살아요?"

"모든 일에서 조금 조금씩. 조야와 살려면 해야 하는 일이 많거든. 매니큐어도 칠하지 않은 그 긴 손톱 하며, 남자처럼 말이다. 하얗게 새도록 내버려둔 채 허리까지 기른 머리도."

"우리 할아버지는 그런 일이 일어날 동안 어디서 뭘 하고 있었던 거예요?"

"모르겠다. 그분 이름은 생각조차 나지 않는걸. 허버트였나? 허먼이었나? 아무튼 그분은 절대 자기 모습을 드러내지 않았어. 설령 모습을 드러내도 그냥 조용히 있다가…… 사라졌지. 너도 그런 타입을 알잖니. 그러니까 앨런처럼."

그녀는 초콜릿 봉지를 또 하나 뜯었고, 내 손 안에서 발가락을 꼼지락거렸다. "있지, 너를 가졌던 게 네 엄마를 망가뜨린 것 같아." 그녀의 말투에는 마치 내가 간단한 심부름 하나 제대로 해내지 못했다는 듯 힐난하는 기운이 담겨 있었다. "다른 여자아이가 그 시절에 윈드 갭에서 결혼도 하기 전에 애를 뱄다면 인생이 끝장났지." 재키가 말을 이었다. "하지만 네 엄마는 항상 사람들이 자기 응석을 받아주게 만드는 방법을 알고 있었어. 사람들, 그것도 남자애들이 아니라 여자애들, 그 아이들의 엄마, 교사들이 자기를 귀하게 대하도록 만드는 능력이 있었던 거야."

"어떻게요?"

"우리 착한 카밀, 예쁜 여자아이는 잘만 행동하면 그 어떤 곤경에서도 벗어날 수 있어. 너도 분명히 알지 싶은데. 네가 그런 얼굴을 가지지 않았더라면 그동안 살아오면서 남이 대신 해주지 않았을 일들을 남자애들이 얼마나 많이 해주었는지 생각해보렴. 그리고 남자아이들이 착하면 여자아이들도 착하게 행동하지. 아도라는 너를 임신했던 시기를 아주 멋들어지게 넘겼어. 떳떳하지만 약간은 상처받은 것처럼, 그리고 아주 비밀스럽게 행동하면서. 네 아버지의 충격적인 방문 이후로 두 사람은 서로 다시는 보지 않았어. 네 엄마는 그 일에 대해서는 절대로 얘기하지 않았지. 넌 처음부터 온전히 그녀만의 것이었던 거야. 그게 조야를 죽인 거야. 자기는 결코 손대지 못할 뭔가를 딸이 마침내 갖게 된 거니까."

"할머니가 돌아가시고 나서 엄마가 더 이상 아프지 않았나요?"

"한동안은 좋지 않았어." 재키가 안경너머로 나를 보며 말했다. "하지만 얼마 있지 않아서 메리언이 태어났고, 그때부터는 아플 겨를이 별로 없었지."

"엄마가……." 목구멍에서 흐느낌이 쿨럭쿨럭 올라오는 것이 느껴졌다. 나는 물 탄 보드카를 삼켜 울음을 눌렀다. "엄마는…… 좋은 사람이었나요?"

재키가 다시 깔깔거렸다. 그녀는 초콜릿을 입에 던져 넣었다. 이에 누가가 들어붙어 있었다. "네가 알고 싶은 게 그거야? 그녀가 좋은 사람인지?" 그녀가 말을 멈추었다. "너는 어떻게 생각하는데?" 그녀가 덧붙였다. 나를 놀리고 있었다.

재키는 서랍을 다시 뒤지더니 세 개의 약병 뚜껑을 따서 각각 한 알씩 꺼내 왼손등 위에 큰 것부터 작은 것 순으로 늘어놓았다.

"모르겠어요. 엄마하고는 끝내 친해질 일이 없었으니까요."

"하지만 그녀 가까이에 있었잖니. 날 가지고 까불 생각은 말거라, 카밀. 그건 너무 불공평한 짓이야. 만약 네 엄마가 좋은 사람이었다고 생각했다면, 여기까지 와서 네 엄마의 가장 친한 친구에게 엄마가 좋은 사람이냐고 묻는 짓은 하지 않았을 거다."

재키는 알약을 큰 것부터 작은 것 순으로 집어서 초콜릿과 함께 으깨 삼켰다. 가슴에는 초콜릿 포장이 흩어졌고, 입술은 여전히 붉게 얼룩졌으며, 두툼한 초콜릿덩이가 이에 달라붙어 있었다. 내 손 안에 있는 그녀의 발에 땀이 배기 시작했다.

"죄송해요. 아줌마 말이 옳아요." 내가 말했다. "그냥, 아줌마가 생각하기에는 엄마가…… 아팠나요?"

재키가 씹던 것을 멈추고 자기 손을 내 손 위에 올리고서 한숨을 내쉬었다.

"이 얘기 좀 해보자. 왜냐하면 너무 오랫동안 생각해온 것이거든. 그리고 그 생각이 나한테는 좀 곤란한 것이 될 수도 있으니까, 너한테만 알리고 입 닫는 거다. 알지? 맨손으로 물고기를 잡으려고 하는 것만큼이나 곤란한 일이라." 그녀가 몸을 세워 내 팔을 움켜잡았다. "아도라가 널 집어삼키고 있어. 그리고 그렇게 하도록 내버려두지 않으면 너한테는 더 나쁜 일이 생길 거야. 앰마한테 벌어지고 있는 일을 보렴. 메리언한테 일어났던 일을 생각해보라고."

아무렴. 내 왼쪽가슴 바로 아래서 **다발**이 따끔거리기 시작했다.

"그러니까 아줌마 생각은요?" 나는 툭 내뱉었다. *말해버려요.*

"내 생각에 네 엄마는 아픈 사람이야. 그리고 그건 전염되는 것 같아." 재키가 속삭였다. 그녀의 손이 떨리는 바람에 유리잔에 담긴 얼음이 쨍그랑거렸다. "내 생각엔 이제 네가 갈 때가 온 것 같아, 아가야."

"죄송해요. 이렇게 오래 있으려던 게 아니었는데."

"윈드 갭에서 떠나란 말이야. 이곳에서는 네가 안전하지 못해."

1분이 채 지나기 전에 나는 재키를 방에 남겨두고 문을 닫았다. 재키는 벽난로 위에서 곁눈질을 하는 자신의 사진을 응시하고 있었다.

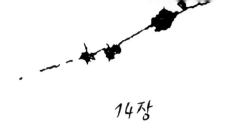

# 14장

거의 구르다시피 하며 재키의 집 계단을 내려오는데 다리가 한없이 후들거렸다. 뒤쪽에서 재키의 아들들이 칼룬 고등학교의 풋볼 팀 구호를 외치는 소리가 들려왔다. 나는 코너를 돌아 뽕나무 숲이 있는 곳에 차를 세우고, 머리를 핸들 위에 올려놓고 쉬었다.

어머니는 정말로 아팠을까? 메리언은 어땠을까? 엠마와 나는? 이따금씩 모든 여자들의 내면에는 병이 도사리며 만개할 때를 기다리고 있다는 생각이 든다. 나는 살면서 너무나 많은 아픈 여자들을 알아왔다. 만성적인 고통, 언제까지나 병으로 무르익어가는 그런 고통에 빠진 여자들. 어떤 증상이 있는 여자들. 남자로 말하자면 뼈가 부러지고, 허리 통증으로 한두 번쯤은 외과 수술을 하고, 편도선을 제거하고, 엉덩이에 반짝이는 플라스틱을 집어넣는 일을 한다. 여자들은 소모된다. 여자의 몸을 거쳐 가는 그 모든 것의 절대적인 교통량을 감안하면 놀라울 일도 아니다. 탐폰과 검경檢鏡. 다리 사이에, 엉덩이 뒤쪽으로, 입으로 들락거리는 음경과 손가락, 바이브레이터, 그밖에도 몇 가지 더. 남자들은 여자의 안에 뭘 집어넣기를 좋아한다. 그렇지 않은가? 오이와 바나나와 병, 진주목걸이, 매직 마커, 주먹 같은 것들 말이다. 어떤 남자는 나에게 워키토키를 쑤셔 넣으려고 한 적이 있었다. 물론 거절했지만.

아픈, 더 아픈, 가장 아픈. 무엇이 진짜고 무엇이 꾸며내는 것인가? 엠마는 정말로 아파서 어머니의 약이 필요한 것일까, 아니면 그 약이 엠마를 아프게 만드는 것일까? 나는 그 청색 알약 때문에 토했을까, 아니면 그 약 덕분에 그나마 더 아프지 않았던 것일까?

만약 아도라를 어머니로 두지 않았어도 메리언이 죽었을까?


리처드에게 전화를 걸어야 한다는 것은 알고 있었지만, 무슨 말을 해야 할지 아무 생각도 할 수 없었다. 겁이 났다. 내 생각이 들어맞았다. 죽고 싶었다. 나는 어머니의 집으로 돌아갔다가 그냥 지나치고, 동쪽으로 방향을 틀어 돼지농장에 갔다가 술집 힐라로 이동해 차를 세웠다. 농장 주인의 딸을 알아보고도 그녀가 자기 생각에 잠기도록 현명하게 내버려두는 일꾼들이 드나드는 곳, 편안하고 창문이 없는 술집으로 갔다.

그곳에선 돼지 피와 오줌이 뿜어내는 악취가 났다. 그릇에 담겨 나오는 팝콘마저 살 냄새를 풍겼다. 팔자수염에 인상이 험상궂고, 야구 모자를 눌러쓰고 가죽 재킷을 입은 사내 둘이 눈을 들어 올렸다가 다시 맥주로 시선을 돌렸다. 바텐더는 주문을 받지도 않고 내게 버번을 부어주었다. 스피커에서는 캐롤 킹의 노래가 웅웅거리고 있었다. 두 번째 잔을 마시고 있을 때 바텐더가 내게 눈짓을 하며 물었다. "혹시 저 사람 기다리고 있었던 거 아니에요?"

존 킨이 이 바에 있는 유일한 부스 자리에 앉아 술잔을 앞에 놓고 닳은 테이블 모서리를 만지작거리고 있었다. 그의 하얀 피부는 술 때문에 분홍색으로 얼룩덜룩해져 있었고, 젖은 입술과 혀를 다시는 품으로 보아 이미 한 차례 토한 것 같았다. 나는 내 잔을 들고 그의 앞에 가서 앉고는 아무 말도 하지 않았다. 그가 나를 향해 빙긋 웃어 보이며 탁자를 가로질러 내 손을 잡았다.

"안녕, 카밀. 어떻게 지냈어요? 기자님 아주 근사하고 깔끔해 보이네요." 그가 주위를 둘러보았다. "여기서는…… 더러워도 괜찮아요."

"잘 지내고 있어. 그런 것 같아. 존, 괜찮아?"

"아, 그럼요. 끝내주게 잘 지내요. 내 여동생이 살해됐고, 나는 이제 체포될 참이고, 이 썩어빠진 마을에 처음 이사 왔을 때부터 본드처럼 붙어서 떨어지지 않던 내 여자 친구는 내가 더 이상 전리품이 아니란 걸 깨닫는 중이에요. 그렇다고 크게 신경 쓰이는 것도 아니지만요. 걔는 착해요, 하지만……."

"놀랄 일도 아니지." 내가 대신 거들었다.

"맞아요, 맞아. 내털리 사건이 있기 전부터 헤어지려고 했어요. 지금은 그럴 수가 없네요."

지금 그런 행동을 하면 마을 전체, 그리고 리처드까지 별별 해석을 해댈 것이다. 둘이 헤어졌다는 게 무슨 뜻일까? 그것으로 그가 유죄라는 것을 증명할 수 있을까?

"부모님 집에는 돌아가지 않을 거예요." 그가 웅얼거렸다. "내털리의 모든 유품이 나를 노려보고 있는 곳으로 가느니, 그 엿 같은 숲에 가서 자살해버리고 말겠어요."

"누가 널 탓하겠니."

그가 소금 셰이커를 들어 테이블 주위로 빙글빙글 흔들었다.

"날 이해해주는 사람은 기자님이 유일한 것 같아요." 그가 말했다. "동생을 잃는다는 게 어떤 건지, 그저 이겨내라는 기대를 받는 게 어떤 건지. 그냥 잊고 새로 시작하라는 거죠. 이제 좀 살 만하니?" 그가 어찌나 쓰라리게 말을 내뱉던지, 그의 혀가 노란색으로 변하지는 않을까 하는 생각이 들었다.

"결코 극복하지 못할 거야." 내가 말했다. "그런 일은 널 망가뜨려. 그 일은 나까지 망쳐놓았어." 소리 내어 말하니 기분이 좋았다.

"왜 사람들은 내가 내털리 때문에 비탄에 빠진 걸 하나같이 이상하게 생각하는 거죠?" 존이 셰이커를 쓰러뜨렸고, 소금이 흘러나와 바닥을 더럽혔다. 바텐더가 언짢은 눈길을 보냈다. 나는 셰이커를 집어 들고 내 쪽으로 놓은 다음, 떨어진 소금을 약간 집어 우리 둘을 위하는 마음으로 내 어깨 뒤에 뿌렸다(누군가 흘린 소금을 왼쪽 어깨 뒤로 뿌리면 악마와 액운을 막아준다는 믿음에서 하는 행동-옮긴이).

"사람들은 나이가 어리면 그런 일을 좀 더 쉽게 받아들인다고 생각하는 것 같아." 내가 말했다. "그리고 넌 남자고. 남자들은 그런 말랑말랑한 감정 따위는 없다고 생각하는 거지."

그가 콧방귀를 뀌었다. "엄마 아빠가 뭐라더라, 죽음에 대처하는 방법을 다룬 책을 사다줬어요. 《애도하는 남자》라고. 그 책에서는 때로는 회피하래요. 그냥 부정하라는 거죠. 남자들한테는 부정하는 방법이 좋을 수도 있다고. 그래서 한 시간을 정해 그 시간만큼은 정말 아무것도 신경 쓰이지 않는 척해봤어요. 그랬더니 아주 약간은 정말로 아무렇지도 않더라고요. 메러디스의 집에 있는 내 방에 앉아서 생각했어요……. 그런 엿 같은 거짓말이라니. 그냥 창문 밖으로 보이는 네모난 파란 하늘을 보면서 계속 말했어요. 괜찮아, 괜찮아, 괜찮아. 다시 어린애가 된 것처럼. 그렇게 하고 나니 앞으로 괜찮을 일은 아무것도 없으리라는 것을 확실히 알았어요. 그 일을 저지른 작자를 잡는다 해도 괜찮지 않을 거예요. 사람들은 왜 하나같이 누군가 체포되면 기분이 나아질 거라고 말하는지 모르겠어요. 지금은 체포될 그 누군가가 나인 것 같지만요." 그가 쿨럭쿨럭 웃더니 머리를 흔들었다. "그냥 엿같이, 미친 짓이에요." 그가 느닷없이 딴 소리를 했다. "술 한 잔 더 할래요? 나랑 같이 한 잔 더 하실래요?"

그는 인사불성으로 취해 몸도 제대로 가누지 못했다. 하지만 나는 고통 받고 있는 동료에게 필름이 끊기는 안도감을 느낄 기회를 가로막는 짓은 결코 하지 않을 것이었다. 때로는 그것이 가장 논리적인 방법이다. 나는 늘 맑은 눈과 맨 정신은 더 단단한 심장을 가진 자의 것이라고 믿어왔다. 존과 보조를 맞추기 위해 바에서 한 샷 들이켜고는 버번 두 잔을 들고 자리로 들어왔다. 내 잔은 더블 샷이었다.

"범인은 윈드 갭에서 자기만의 세계를 가지고 있는 두 여자아이를 콕 집어 죽여버린 것 같아요." 존이 말했다. 그는 버번을 한 모금 홀짝거렸다. "기자님 동생하고 내 동생이 친구가 될 수 있을까요?"

그 상상의 장소, 그들 둘 다 살아 있고 메리언은 언제까지나 나이를 먹지 않는 그 상상의 장소에서.

"아니." 나는 대답했고, 갑자기 웃음이 터져 나왔다. 그도 따라 웃었다.

"그러니까, 내 동생이 상대하기에는 기자님의 죽은 동생이 너무 잘났다는 건가요?" 그가 말을 내던졌고 우리는 또다시 웃었다. 그러고는 이내 시들해져서 다시 술을 마셨다. 나는 벌써 멍해지고 있었다.

"난 내털리를 죽이지 않았어요." 그가 소곤거렸다.

"알아."

그가 내 손을 감싸 쥐었다.

"손톱에 매니큐어가 칠해져 있었어요. 사람들이 그 아이를 발견했을 때요. 누군가 내 동생 손톱에 칠한 거예요." 그가 중얼거렸다.

"자기가 한 건 아닐까?"

"내털리는 그런 짓을 아주 싫어했어요. 하물며 머리도 못 빗기게 할 정도였어요."

몇 분간 침묵이 흘렀다. 캐롤 킹에서 칼리 사이먼으로 음악이 바뀌었다. 도살자들을 위해 술집에서 흘러나오는 여성스럽고 스스럼없는 목소리.

"누나는 너무 아름다워요." 그가 말했다.

"너도 그래."


주차장으로 나간 존이 열쇠를 찾느라 더듬거렸고, 너무 취해서 운전은 못하겠다는 내 말에 순순히 열쇠를 내주었다. 내 상태도 많이 나은 것은 아니었지만 말이다. 몽롱한 상태로 그를 메러디스의 집까지 데려다주는데, 집이 가까워오자 그가 고개를 젓더니 마을 바깥의 모텔에 데려다주면 안 되겠느냐고 물었다. 내가 이곳에 오는 길에 들렀던 것 같은, 윈드 갭의 중압감에 대해 마음의 준비를 할 수 있는 작은 피난처 같은 곳.

우리는 창문을 내린 채 달렸고, 따뜻한 밤바람이 차 안으로 불어와 존의 티셔츠와 가슴을 스치고 내 소맷자락을 나풀거렸다. 숱 많은 머리를 빼고는 그의 몸에는 정말 털이 없었다. 심지어 팔에도 가는 솜털만 뽀송뽀송하게 나 있을 뿐이었다. 그는 거의 벌거벗은 것처럼, 뭔가로 덮어주어야 할 것처럼 보였다.

나는 9호실 방값을 치렀다. 존이 신용카드가 없었기 때문이다. 그를 방까지 데려가 침대에 앉히고, 플라스틱 컵에 미지근한 물을 따라주었다. 그는 자기 발만 바라보며 컵을 받으려 하지 않았다.

"존, 물을 좀 마셔두는 게 좋아."

그가 단숨에 물을 마시고는 컵을 그대로 침대 위로 떨어뜨렸다. 컵이 침대 위를 데굴데굴 굴렀다. 그가 내 손을 잡았다. 나는 어떤 다른 이유보다 본능적으로 손을 빼려고 했지만, 그는 더 세게 잡았다.

"지난번에도 이거 봤어요." 그가 내 왼쪽소매 바로 안쪽에 새겨진 비참한wretched의 d를 손가락으로 만지며 말했다. 이번에는 다른 손을 들어 올리더니 내 얼굴을 쓰다듬었다. "봐도 될까요?"

"안 돼." 나는 다시 그를 밀어내려 했다.

"보게 해주세요, 카밀." 그가 손을 놓지 않았다.

"안 돼, 존. 아무도 못 봐."

"나는 돼요."

그가 내 소매를 올리고 눈을 가늘게 떴다. 내 살 위에 새겨진 말을 알아보려고 애쓰고 있었다. 내가 왜 그를 내버려두었는지 알 수 없다. 그의 얼굴에 뭔가를 찾는 듯한 귀여운 표정이 떠올랐다. 나는 그날 겪은 일로 힘이 빠져 있었고, 뭔가를 숨기는 짓에는 신물이 나 있기도 했다. 뭔가를 은폐하는 데 바친 10년이 넘는 시간, 나는 친구, 소식통, 슈퍼마켓 계산대의 아가씨, 그 누구와도 그것을 나눈 적이 없었다. 그래야 어떤 흉터가 드러날지 예측하며 전전긍긍하지 않아도 되었기 때문이다. 존이 보게 내버려두자. 제발 그에게만은 보여주자. 나만큼이나 열렬히 잊히기를 갈구하는 이에게까지 숨길 필요는 없었다.

그가 다른 쪽 소매를 걷어 올리자 나의 맨 팔뚝이 드러났고, 어찌나 벌거벗은 것 같은 기분이 들던지 저절로 숨이 죽여졌다.

"아무도 안 봤다고요?"

안 봤다는 뜻으로 내가 고개를 저었다.

"얼마나 오랫동안 한 거예요?"

"오랫동안."

그가 내 팔을 뚫어져라 보다가 소매를 더 걷어 올렸다. 그러고는 *지쳐버린* 한가운데에 키스를 했다.

"이게 내가 느끼는 거예요." 그는 내가 소름이 돋아 오싹해질 때까지 손가락으로 흉터를 만지며 말했다. "전부 다 보여주세요."

내가 말 잘 듣는 아이처럼 앉아 있는 동안, 그가 내 셔츠를 머리 위로 빼냈다. 내 신발과 양말을 벗기고, 바지를 벗겨 내렸다. 나는 브래지어와 팬티만 입은 채로, 그 얼어붙을 것만큼 추운 방에서 몸서리를 쳤다. 에어컨이 내 머리 위에서 냉기를 훅훅 뿜어대고 있었다. 존이 침대 커버를 벗겨내더니 나에게 올라오라고 손짓했다. 나는 열기와 냉기를 동시에 느끼며 침대로 올라갔다.

그는 내 팔과 다리를 보고, 나를 돌려 뉘었다. 그는 나를 읽었다. 어떤 의미의 연결도 없는 그 단어들을 분노에 차서 큰 소리로 읽었다. *오 븐, 메스꺼움, 성*. 그는 마치 균형이 맞지 않다고 생각한 듯 자기 옷도 벗어 바닥에 공처럼 뭉쳐놓았다. 그러고는 단어를 계속 읽었다. *빵, 앙 심 품은, 엉킨, 솔질*. 그는 브래지어 앞쪽 훅을 재빠르게 풀고 벗겨 내렸다. *개화, 투약, 병, 소금*. 그는 단단해져 있었다. 그가 내 젖꼭지를 입에 넣었다. 본격적으로 칼질을 시작한 이래 남자가 그렇게 하도록 허락한 것은 처음이었다. 그 세월이 14년이었다.

그의 손이 내 온몸을 훑었고 나는 내버려두었다. 그의 손이 등, 가슴, 허벅지, 어깨를 쓸고 지나갔다. 그의 혀가 내 입 안으로 들어갔다가 목을 타고 내려가 젖꼭지에 머물고, 다리 사이로 갔다가 다시 입으로 돌아왔다. 나는 그에게서 나의 맛을 보고 있었다. 단어들이 잠잠해졌다. 엑소시즘을 한 것 같은 기분이 들었다.

나는 그를 내 안으로 인도했고, 빠르고 강하게 절정에 도달했으며, 그 일을 다시 한 번 반복했다. 그가 내 안에서 전율하는 동안 내 어깨로 눈물이 떨어지는 것이 느껴졌다. 우리는 다리 한쪽은 이쪽으로, 팔은 머리 뒤쪽으로 튀어나온 채 서로 뒤엉켜서 잠이 들었고, 단 한 개의 단어만이 딱 한 번 윙윙거렸다. *전조*. 좋은 전조인지 나쁜 전조인지는 알 수 없었다. 그때는 좋은 것이라고 생각하기로 했다. 어리석은 여자 같으니.


이른 아침, 여명이 비치면서 침실 창문 바깥으로 나뭇가지들이 수백 개의 아주 작은 손처럼 번뜩거렸다. 나는 벌거벗은 채 세면대로 가서 컵을 다시 채웠다. 우리 둘 다 숙취에 목이 말랐고, 약한 햇볕이 내 흉터들을 공격해 단어들이 다시 깜박거리며 살아나기 시작했다. 사면의 시간은 끝났다. 내 살을 보고는 윗입술이 혐오감에 제멋대로 말려 올라갔고, 나는 수건으로 몸을 두르고 침대로 돌아왔다.

존이 물을 조금 마시더니 내 머리를 괴고 내 입 안에 물을 약간 흘려 넣었다. 그러고는 나머지를 벌컥벌컥 마셨다. 그의 손가락이 수건 안을 파고들었다. 나는 수건을 꼭 붙들고 고개를 흔들었다.

"왜 그래요?" 그가 내 귀에 대고 속삭였다.

"아침의 가차 없는 빛이지." 나도 속삭였다. "이젠 환상을 내려놓을 시간이야."

"무슨 환상요?"

"어떤 것도 괜찮아." 내가 말하며 그의 뺨에 키스를 했다.

"아직은 내려놓지 말기로 해요." 그가 말하며 나에게 팔을 둘렀다. 그 가늘고 털 없는 팔, 소년의 팔. 나는 속으로 그 생각을 했지만, 안전하고 좋은 기분이 들었다. 내가 예쁘고 깨끗하다는 기분. 나는 그의 목에 얼굴을 박고 그의 냄새를 맡았다. 술과 코를 찌르는 면도로션 냄새, 초록색 스킨에서 날 법한 냄새였다. 다시 눈을 떴을 때, 창밖으로 빨간 불빛이 돌고 있는 것이 보였고, 경찰의 사이렌 소리가 들렸다.

쾅쾅쾅. 문이 금방이라도 부서질 것처럼 흔들거렸다.

"카밀 프리커, 비커리 서장이요. 안에 있으면 문 열어요."

우리는 뿔뿔이 흩어져 있는 옷가지를 움켜쥐었고, 존의 눈은 새처럼 놀라 있었다. 허리띠 버클이 부딪치는 소리와 셔츠가 사각거리는 소리 때문에 지금 당장은 들어오지 못할 것이다. 광란의, 죄책감이 깃든 그 소리. 나는 침대시트를 정리하고, 손가락으로 머리칼을 쓸어내린 다음, 존이 내 뒤에서 아무렇지 않은 척 어색하게 자리를 잡고 서서 벨트를 끼워 넣는 사이에 문을 열었다.

리처드였다. 잘 다린 하얀색 셔츠에 줄무늬가 있는 오톨도톨한 넥타이, 존을 보자마자 싹 달아난 미소. 그의 옆에 서 있던 비커리가 뾰루지라도 난 것처럼 콧수염을 문질러댔다. 그의 눈이 나와 존 사이를 빠르게 왔다 갔다 하더니 리처드에게 향했다.

리처드는 아무 말도 하지 않은 채 나를 쏘아보더니 팔짱을 끼고 깊게 숨을 들이마셨다. 방에서 섹스 냄새가 나리라는 걸 확신할 수 있었다.

"괜찮아 보이는군요." 그가 말했다. 그는 억지로 히죽히죽 웃고 있었다. 억지로 웃고 있다는 것을 안 것은, 셔츠칼라 위로 올라온 목이 만화책의 화가 난 캐릭터만큼 붉어져 있었기 때문이다. "어떻게 지내, 존? 잘 지내나?"

"잘 지내고 있어요. 감사합니다." 존이 말하고 내 옆으로 와서 섰다.

"프리커 양, 당신 어머니가 몇 시간 전에 당신이 집에 돌아오지 않았다며 우리에게 전화를 걸었습니다." 비커리가 중얼거리는 소리로 말했다. "어디에서 굴렀나 해서 당신이 약간 아팠다고 말씀하면서요. 아주 걱정하고 계세요. 정말로요. 게다가 이렇게 흉흉한 일이 벌어지고 있는데, 아무리 조심해도 충분하지가 않아요. 어머니가 당신이…… 여기 무사히 있는 걸 알면 기뻐하시겠지요."

마지막 부분은 질문의 뜻으로 물은 것이었고, 나는 대답할 생각이 없었다. 리처드에게는 설명을 빚졌지만 비커리에게는 아니었다.

"제가 어머니에게 전화 드리면 됩니다. 감사해요. 이렇게 저를 찾으러 다녀주시고, 감사드립니다."

리처드는 자기 발을 내려다보며 입술을 물고 있었고, 그가 그렇게 무안해하는 모습을 나는 처음 보았다. 내 배에 기름과 공포가 끼어가고 있었다. 그가 길고 세차게 숨을 한 번 내쉬더니 엉덩이에 손을 짚고 나를 응시한 다음 존을 응시했다. 우리는 영락없이 비행을 저지르다 걸린 아이들 꼴이었다.

"가자, 존. 우리가 집에 데려다줄게." 리처드가 말했다.

"카밀이 절 데려다줄 거예요. 감사합니다, 월리스 형사님."

"몇 살이지?" 비커리가 물었다.

"열여덟 살이에요." 리처드가 말했다.

"그럼 괜찮겠구먼. 둘이 좋은 하루 보내시오." 비커리는 기가 차다는 듯 리처드 쪽을 보고 웃고 나서, 속으로 곱씹듯 다시 웅얼거렸다. "뭐, 벌써 좋은 밤은 보내신 것 같지만."

"나중에 전화할게요, 리처드." 내가 말했다.

그가 등을 돌려 차로 가면서 손을 한번 휙 저었다.


존과 나는 그의 부모님 집으로 가는 내내 침묵을 지켰다. 그는 그곳 지하의 오락방에서 잠시라도 눈을 붙여보겠다고 했다. 그러고는 웬 1950년대 비밥 같은 노래를 흥얼거리며 손가락으로 문손잡이를 탁탁 두들겼다.

"얼마나 안 좋게 보였을까요?" 그가 마침내 물었다.

"아마 너한테는 나쁘지 않을 거야. 여자와 우발적으로 나누는 섹스에 건강한 관심을 보이는 착한 미국 소년이라는 걸 증명한 셈이니까."

"우발적인 거 아니었어요. 전혀 우발적인 게 아니었다고 생각해요. 누나는요?"

"아니야. 그래, 잘못 나온 말이야. 그거랑은 완전히 반대였지." 내가 말했다. "하지만 난 너보다 열 살 이상 나이가 많아. 그리고 범죄사건을 취재하고 있고…… 이해에 반하는 행동이었지. 나보다 우수한 기자들도 그런 일로 직장에서 잘리곤 해." 나는 얼굴에 쏟아지는 아침햇살을 느끼고 있었고 눈가의 주름을, 나의 나이를 인식하고 있었다. 밤새 술을 마시고 조금밖에 못 잔 존의 얼굴은 마치 꽃잎 같았다.

"지난밤 말이에요. 누나가 날 구해줬어요. 그 일이 날 구해줬어요. 만약 누나가 나와 같이 있어주지 않았다면 몹쓸 일을 저질렀을지도 몰라요. 그건 그냥 알 수 있어요, 카밀."

"네 덕분에 나도 참 안심할 수 있었어." 내가 말했다. 진심이었다. 그러나 그 말은 내 어머니같이 솔직하지 못한 어조로 흘러나왔다.


나는 존을 그의 집에서 한 블록 떨어진 곳에 내려주었고, 막판에 내가 몸을 확 빼는 바람에 그의 키스는 내 턱에 닿고 말았다. 무슨 일이 일어났는지 아무도 증명할 수 없어, 그 순간 나는 그런 생각을 하고 있었다.

나는 메인 스트리트로 다시 가서 경찰서 앞에 차를 세웠다. 새벽 5시 47분에 가로등 하나가 여전히 빛을 발하고 있었다. 로비에는 아직 접수계원이 나와 있지 않았기 때문에 야간용 벨을 눌렀다. 주변에 있던 탈취제가 내 어깨로 레몬 향을 분사하고 있었다. 나는 다시 벨을 울렸고, 잠시 후 사무실로 이어지는 무거운 유리문을 살짝 열고 리처드가 모습을 드러냈다. 그는 나를 바라보며 잠시 서 있었고, 나는 그가 내게서 등을 돌리기를 기다리고 있었다. 아니, 그가 그렇게 해주기를 거의 바라는 심정이었다. 하지만 그는 문을 열고 로비로 나왔다.

"어디서부터 얘기를 시작할까요, 카밀?" 그가 빵빵한 의자 가운데 하나를 골라 앉고는 턱을 괴었다. 그의 넥타이가 다리 사이로 축 쳐졌다.

"보이는 것 같은 그런 일이 아니에요, 리처드." 내가 말했다. "빤하게 들릴 거란 거 알지만, 사실이에요." 부정하라, 부정하라, 부정하라.

"카밀, 당신하고 섹스한 지 겨우 48시간 후에 난 내 살인사건의 주요 용의자와 당신이 모텔에 함께 있는 걸 봤어요. 보이는 것 같은 일이 벌어지지 않았다고 해도, 좋아 보이진 않아요."

"그가 한 짓이 아니에요, 리처드. 그가 하지 않았다는 걸 난 100퍼센트 알아요."

"정말요? 그놈 페니스가 당신 속에 들어가 있을 때 의논했던 게 그거요?"

좋아, 분노다, 나는 생각했다. 이건 내가 다룰 수 있는 거야. 머리를 감싸 쥐게 만드는 절망보다는 나아.

"그런 일 없었다니까요, 리처드. 힐라에서 그와 마주쳤는데 취해 있었어요. 아주 고주망태가 되어 있었다고요. 그 애가 자신을 해칠 거라는, 진짜 그런 생각이 들었어요. 그래서 모텔에 데려갔어요. 옆에 있어주고 싶었고, 그의 얘기를 듣고 싶었거든요. 기사 때문에 그 애가 필요했어요. 그리고 뭘 알게 된 줄 알아요? 당신의 수사가 그를 파멸시키고 있다는 거예요, 리처드. 그리고 더 나쁜 건, 내가 보기에 당신도 사실은 존이 그 일을 저질렀다고는 믿지 않는다는 거예요. 당신이 그가 저지른 짓이라고 믿는다는 생각은 전혀 들지 않는다는 거예요.”

오직 마지막 문장만이 전적으로 진실이었다. 그 말이 입에서 나오기 전까지는 깨닫지도 못했던 생각이었다. 리처드는 영리한 남자였고 훌륭한 경찰이었다. 분개한 지역사회 전체가 누군가를 체포하라고 발을 구르며 아우성을 치는 사건, 자신이 처음으로 맡은 대형사건을 해결하려는 야심에 가득 차 있는 사람이었다. 그리고 아직까지는 돌파구를 찾지 못하고 있었다. 만약 그가 자신이 바라는 것보다 존에 대해 더 많은 정보를 쥐고 있었다면, 이미 며칠 전에 그를 체포하고도 남았을 것이다.

“카밀, 당신이 생각하는 것과 달리 당신은 이 수사에 대해 모든 걸 알고 있지는 않아요.”

“리처드, 믿어줘요. 내가 다 알고 있다는 생각은 한 번도 해본 적 없어요. 나를 더할 나위 없이 쓸모없는 이방인 이상으로 느껴본 적도 없고요. 당신은 나를 침대에 눕히는 데까지 성공했으면서도 보안은 여전히 물 샐 틈 없이 지키고 있었죠. 당신에게서 새어나오는 건 없어요.”

“아, 그래, 아직도 그것 때문에 열이 받아 있단 말이죠? 나는 당신이 다 큰 어른인 줄 알고 있었는데요.”

침묵. 레몬 방향제가 슛슛거리는 소리만 났다. 리처드의 커다란 은 손목시계에서 나는 째깍째깍 소리가 거의 들리지 않을 정도였다.

“내가 얼마나 재미있는지 보여줄게요.” 내가 말했다. 나는 그 옛날과 마찬가지로 다시 자동항법장치를 발동하고 있었다. 그에게 복종하고 그의 기분을 풀어주려고, 그가 다시 나를 좋아하게 만들려고 필사적이었다. 지난 밤 몇 분 동안, 나는 너무도 편안했다. 그리고 리처드가 모텔 방 앞으로 온 행동은 아직 내 안에 남아 있던 그 잔잔한 여운을 박살내버렸다.

나는 무릎을 굽히고 그의 바지 지퍼를 내리기 시작했다. 그가 순간적으로 내 뒤통수에 손을 가져가 감싸려고 했다. 그러더니 내 어깨를 거칠게 움켜잡았다.

"카밀, 세상에. 뭐하는 짓이에요?" 그는 나를 얼마나 세게 잡았는지 깨닫고는 힘을 풀어 나를 일으켜 세웠다.

"그냥 우리 사이가 괜찮아지기를 바라는 마음뿐이었어요." 나는 그의 셔츠단추를 만지작거리며 그의 눈길을 피했다.

"이렇게 한다고 될 일이 아니에요, 카밀." 그가 말했다. 그는 거의 순결하다고 할 만한 느낌으로 내 입술에 입을 맞추었다. "우리가 더 멀리 가게 될지 모르겠지만, 그게 당신이 알아야 할 일이에요. 그냥 알아야 한다고요. 이 얘긴 이걸로 끝이에요."

그러고 나서 그는 나에게 떠나달라고 말했다.


나는 차 뒷좌석에 누워 화살같이 날아가는 몇 시간 동안 잠을 청했다. 차와 지나가는 기차 사이에 있는 신호판을 읽는 듯한 잠이었다. 나는 잔뜩 짜증이 난 채 끈적끈적해져서 잠에서 깼다. 편의점에서 칫솔 세트와 함께, 찾아낼 수 있었던 것 중 향이 가장 강한 로션과 헤어스프레이를 샀다. 나는 주유소 화장실 세면대에서 이를 닦고, 겨드랑이와 다리 사이에 로션을 문질러 바르고, 머리카락이 딱딱해지도록 스프레이를 뿌렸다. 그 결과, 부풀어가는 딸기와 알로에 구름 아래서 땀에 젖어 섹스를 한 것 같은 냄새가 났다.

　나는 집에 가서 어머니와 대면할 자신이 없었고, 대신 일이나 해야겠다는 생각으로 가득했다(마치 이 기사를 계속 쓰기라도 할 것처럼. 마치 이 기사가 골로 갈 일은 없을 거라는 듯이). 게리 실트가 케이티 레이시에 대해 한 말이 불현듯 떠올랐고, 나는 다시 그녀를 만나보기로 마음먹었다. 그녀는 학부모회에 있으면서 내털리와 앤이 속했던 두 개 반 모두에서 일했다. 어머니도 속해 있었던 그 봉사단은 직업이 없는 여자들만 가질 수 있는 지위이자 모든 어머니들이 탐내는 정예의 자리였다. 그들은 일주일에 두 번씩 교실을 방문해 미술과 공예, 음악수업을 도왔고, 목요일에는 여자아이들에게 바느질을 가르쳤다. 적어도 내가 학교를 다니던 시절에는 바느질이었다. 지금은 남녀 모두 활용할 수 있는 좀 더 무난하고 현대적인 프로그램으로 바뀌어 있을 테지만. 컴퓨터 사용법이나 초보자를 위한 오븐 사용법 같은 것.

　케이티는 내 어머니와 마찬가지로 큰 언덕 꼭대기에 살았다. 집을 오르는 날씬한 계단은 잔디밭 한가운데를 가로지르고 있었고, 해바라기로 경계가 쳐져 있었다. 개오동나무가 언덕 꼭대기에 날렵하고 우아하게 서 있었다. 오른편에 우람하게 서 있는 참나무의 여자 버전이라고나 할까. 아직 10시도 채 되지 않았는데 갈색으로 피부를 태운 날씬한 케이티가 바깥으로 나와 선풍기 바람을 맞으며 일광욕을 하고 있었다. 열기 없는 태양. 이제야 암에 걸릴 위험 없이 선탠하는 방법을 알아낸 것인지, 아니면 적어도 주름이 생기지 않게 선탠하는 법을 알아냈을지도 모른다. 그녀가 계단을 올라오는 나를, 자신의 멋진 잔디를 밟고 올라오는 짜증스러운 방문객을 보았고 12미터쯤 위에서 누구인지 알아보느라 눈 위로 손을 뻗어 그늘을 만들었다.

"누구세요?" 그녀가 외쳤다. 고등학생 때는 자연스러운 담황색 금발이었던 그녀의 머리가 이제는 포니테일 아래 놋쇠빛 백금색으로 퍼져 있었다.

"안녕, 케이티. 나 카밀이야."

"카미이이이이일! 세상에, 내가 내려갈게."

앤지가 준비한 연민의 파티 이후로 소식 하나 없었던 케이티의 인사라는 점을 감안하면, 기대했던 것보다 한층 인정 넘치는 환영이었다. 그녀의 앙심은 언제나 튀어나오다가도 산들바람처럼 사라졌다.

그녀가 문을 열고 급히 나왔고, 그녀의 밝은 푸른색 눈동자가 선탠한 얼굴에서 빛을 발하고 있었다. 갈색 팔뚝은 아이처럼 가늘었다. 앨런이 어느 겨울에 피우려고 가져왔던 프랑스산 엽궐련을 떠올리게 하는 팔이었다. 어머니는 앨런이 담배를 피우면 그를 지하실에 가두었고, 이름도 거창하게 그곳을 앨런의 흡연실이라고 불렀다. 앨런은 이내 그 엽궐련을 포기하고 위로 올라왔다.

케이티는 비키니 위로 네온기가 도는 분홍색 탱크 탑을 입고 있었다. 1980년대에 사우스 파드레의 여자아이들이 입었던 것 같은 탑, 봄방학 때 열린 젖은 티셔츠 콘테스트에서 받은 기념품 같은 탑이었다. 그녀는 코코아를 바른 듯한 팔을 내게 두르고는 안으로 인도했다. 어머니의 집과 마찬가지로 이 오래된 집에는 에어컨이 없다고 그녀가 설명했다. 하지만 부부 침실에는 한 대 놓았다고 했다. 아이들이야 땀으로 빼버리면 되나봐. 나는 생각했다. 그렇다고 아이들이 이 집에서 대접받지 못하고 지내는 것은 아니었다. 집의 동쪽 면 전체가 실내 놀이터로 꾸며져 있는 듯했다. 노란색 플라스틱 집, 미끄럼틀, 특수 제작한 흔들목마로 마무리되어 있었다. 그 어떤 것도 희미하게나마 갖고 논 흔적이 없었지만. 한쪽 벽면에는 색색의 글자가 붙어 있었다. 매킨지. 엠마. 금발에 퍼그 같은 코를 하고 유리 같은 눈망울에 어여쁜 입을 가진 소녀들이 웃고 있는 사진도 걸려 있었다. 클로즈업 사진은 하나도 없었고, 그들이 무슨 옷을 입었는지 포착하는 각도로 찍은 사진들만 있었다. 아이들은 데이지를 단 핑크색 오버롤, 물방울무늬의 빨간 블루머 드레스, 부활절 모자에 굽이 낮은 어린이용 구두를 신고 있었다. 귀여운 아이들, 정말로 귀여운 옷들이었다. 나는 이 윈드 갭의 어린 쇼퍼 shopper 들을 위해 캐치프레이즈라도 만들 수 있을 것 같았다.

케이티 레이시는 내가 왜 금요일 아침부터 자신을 찾아왔는지 신경도 쓰지 않는 것 같았다. 우리는 그녀가 읽고 있던 책, 유명 연예인이 모든 것을 말한다는 책에 대해, 그리고 왜 어린아이들을 위한 미인대회가 존 베넷 때문에 영원히 몹쓸 것이 되었는지에 대해 이야기를 나누었다. 매킨지는 그냥 모델이 되고 싶어서 죽거든. 자기 엄마만큼이나 예쁜 아이인데 아이를 탓할 수 있겠어? 웬일이야, 카밀. 네가 그런 말을 하다니, 정말 친절하구나. 네가 나를 예쁘다고 생각한다는 건 한 번도 느끼지 못했거든. 왜 아니야, 너 예뻐. 바보 같은 소리를 다 하는구나. 뭐 좀 마실래? 그럼, 그럼. 우리 집에는 술이 없어. 그럼, 나도 술 마시겠단 말 아니었어. 단 차 좀 마실래? 단 차 좋지, 시카고에서는 절대 찾을 수 없어. 왜 이 지역의 특별식 같은 거 있잖아, 그런 게 정말 그립거든. 네가 시카고 햄이 어떤지 봐야 하는데. 고향에 와 있으니 참 좋네.

케이티가 크리스털 피처에 홍차를 담아 가지고 돌아왔다. 신기한 일이었다. 그녀가 아이스박스에서 대용량 플라스틱 병을 꺼내는 것이 거실에서도 똑똑히 보였기 때문이다. 잘난 체하느라 그러나 보다 했지만, 그러고 보니 나 자신도 딱히 솔직하지는 않았다는 점이 떠올랐다. 사실 나도 나의 자연스러운 상태를 가짜 식물 냄새로 은폐했던 터니까. 알로에와 딸기뿐 아니라, 내 어깨 쪽에서 레몬향 방향제의 희미한 자욱이 느껴지고 있었다.

"이 차 근사하구나, 케이티. 식사 때마다 이 차를 마실 수 있겠다고 맹세라도 해야겠어."

"위쪽 동네에서는 햄을 어떻게 만들기에?" 그녀가 발을 다리 사이에 끼우고는 몸을 기울였다. 그 진지한 눈빛에 고등학교 시절이 떠올랐다. 상대방이 말하는 것을 기억하겠다고 다짐이라도 하는 듯한 눈빛이었다.

나는 어렸을 때 우리의 가업 현장을 방문한 이후로 햄을 먹지 않는다. 그날은 도살이 있는 날도 아니었는데 그곳에서 본 광경에 밤잠을 이룰 수가 없었다. 수백 마리 동물들이 우리 안에 빈틈없이 꼭꼭 끼어 있었는데, 심지어 몸을 돌리지도 못했다. 피와 똥이 달콤하게 늘어진 냄새라니. 우리를 집중해서 보던 앰마의 모습이 머릿속에 스쳐갔다.

"갈색 설탕이 충분하지 않네."

"흐으으으으음. 그 말을 들으니까 생각나는데, 샌드위치나 뭐라도 좀 만들어줄까? 너네 농장에서 가져온 햄이 있는데, 디컨네에서 가져온 소고기도 있고, 콘베이네에서 가져온 닭도 있어. 린 식료품점에서 사온 칠면조도 있고 말이야."

케이티는 주방 타일을 칫솔로 닦으며 하루 종일 분주히 움직이는 부류였다. 뭔가 편안하지 않은 주제로 많은 이야기를 늘어놓기 전에는 마룻바닥에서 실보무라지 같은 것을 이쑤시개로 빼내면서 말이다. 그녀는 적어도 술에 취하지 않았을 때는 입을 잘 열려고 하지 않았다. 그럼에도 나는 익명을 보장하며 앤과 내털리 얘기를 해달라고 설득하는 데 성공했고, 녹음기를 켰다. 그 소녀들은 착하고 귀엽고 사랑스러웠다, 그 의무적이고 과장된 칭찬의 변형판, 그리고,

"바느질의 날 있잖아, 그때 앤하고 일이 좀 있었지." 바느질의 날이 아직 있다니. 어쩐지 약간 위안이 되는 것 같았다. "걔가 바늘로 내털리의 뺨을 찌른 거야. 아마 눈을 노렸던 것 같아. 그러니까 내털리가 오하이오에서 그 여자아이에게 했던 것처럼 말이야." 오하이오가 아니라 필라델피아였다. "서로 옆에 앉아서 조용히 있던 아이들이, 참, 그 아이들은 친구 사이가 아니었어. 학년이 달랐으니까. 하지만 바느질 수업은 학년에 상관없이 하는 거거든. 여하튼 앤이 콧노래를 흥얼거리고 있는데 꼭 조그만 엄마 같은 모습이었지. 그리고 그 일이 일어난 거야."

"내털리는 얼마나 다쳤는데?"

"음, 그리 심하진 않았어. 나하고 2학년을 가르치는 레이 화이트카버가 그 수업에 함께 있었거든. 그녀의 원래 이름은 레이 리틀Little이었는데, 우리보다 몇 학년 아래였어…… 뭐 체구가 아주 작다고는 볼 수 없었지. 적어도 우리가 학교에 다닐 때는 그랬어. 지금은 몇 킬로그램 정도 살을 뺐지만. 어쨌든, 나하고 레이가 앤과 내털리를 떼어놓았는데 눈 바로 2센티미터쯤 아래에 바늘이 꽂혀 있지 않았겠어? 그런데 내털리는 울지도 않고 뭐 아무것도 안 하고 가만히 있기만 하는 거야. 그냥

화난 말처럼 씩씩거리기만 하더라고."

천에 바늘을 꽂고 손을 움직이다가, 내털리와 그 가위 이야기를 기억해낸 앤의 모습이 떠올랐다. 내털리를 완전히 다른 사람으로 만들어놓았던 그 사건. 그러고는 곰곰이 생각을 해보기도 전에 바늘이 살에 박힌다. 한 방의 찌르기로 뼈까지 타격하는 것은 사람들이 생각하는 것보다 쉽다. 아주 작은 작살 같은 쇳조각이 꽂힌 내털리의 모습.

"그렇게 한 무슨 특별한 이유가 있었던 것도 아니고?"

"내가 그 두 아이에 대해 알게 된 점이 뭐냐면, 그 아이들은 남을 공격하는 데 이유 같은 건 필요 없다는 거야."

"다른 아이들이 그 두 아이를 괴롭히는 일은 없었어? 그것 때문에 스트레스를 받거나 하지는 않았냐고."

"하하!" 그것은 정말로 꾸밈없이, 놀라서 내는 웃음이었다. 하지만 너무 완벽해서 어색했다. 그러니까 고양이가 당신을 쳐다보며 "야옹"이라고 소리내는 것 같은 상황.

"흠, 그 아이들이 학교 가는 날을 고대했을 거라고는 말 못하겠어." 케이티가 말했다. "하지만 그 문제에 관해서는 네 동생에게 물어보는 편이 낫겠다."

"앰마가 그 아이들을 못살게 굴었다고 했던 네 얘기는 기억하고 있어……."

"걔가 고등학교에 가면 하느님이 보우해주셔야 할 텐데."

나는 케이티 레이시 브루커가 준비를 끝내고 내 동생에 대해 이야기하기를 잠자코 기다렸다. 좋지 않은 이야기일 거라는 짐작이 갔다. 케이티가 나를 보고 왜 그렇게 좋아했는지 놀랄 일도 아니었다.

"우리가 칼룬을 어떻게 쥐락펴락했는지 기억나? 우리가 근사하다고 생각하는 건 근사한 게 됐고, 우리가 좋아하지 않는 애는 모든 애들이 좋아하지 않았던 거?" 그녀는 마치 아이스크림과 토끼의 섬을 떠올리듯, 동화를 얘기하듯 꿈을 꾸는 듯한 어조로 말했다. 나는 그저 고개만 끄덕였다. 내가 저질렀던 유난히 잔인했던 행동이 떠올랐다. 매사에 지나치게 열심인 리앤이라는 친구가 있었다. 초등학교 때부터 따돌림을 당하던 아이였는데, 내 정신상태에 지나치게 관심을 보이면서 내가 우울증에 걸렸을 거라고 말하곤 했다. 어느 날 아침 학교에 가는 길에 그녀가 내게 쪼르르 달려와 이야기하는 것을 내가 그만 따끔하게 면박을 주었다. 아직도 그녀가 기억난다. 책 꾸러미를 끼고 괴상하게 프린트된 치마를 입었는데 나를 마주볼 때면 언제나 머리를 약간 아래로 숙이고 있었다. 나는 그녀에게서 등을 돌렸고, 내가 함께 놀던 여자아이 무리에서 그 아이를 막고, 열성 신도의 복장 같은 그녀의 보수적인 차림새를 조롱하는 말을 했다. 다른 여자아이들도 나를 따라했다. 그 주의 나머지 기간 동안, 그녀는 신랄하게 조롱을 당하며 보냈다. 그녀는 고등학교의 남은 2년을 점심시간마다 교사들과 어울려 보냈다. 나는 말 한마디로 사태를 멈출 수 있었지만, 그러지 않았다. 나는 그녀와 거리를 두어야 했다.

"네 동생은 우리보다, 그러니까 세 배쯤 심한 것 같아. 그리고 굉장히 야비한 기질이 있지."

"어떤 식으로 야비하다는 거지?"

케이티가 작은 탁자 서랍에서 담배 한 갑을 꺼내 기다란 벽난로용 성냥으로 불을 붙였다. 아직 몰래 담배를 피우고 있었다.

"아, 그 애하고 그 세 여자아이 있잖아. 금발에다 벌써 가슴이 봉긋 솟아오른 아이들이 학교를 호령하고 있지. 그리고 앰마가 그 아이들을 호령하고 있고. 농담이 아니라 정말로 심해. 때로는 재미있기도 하고. 하지만 대부분은 나빠. 뚱뚱한 여자아이가 있는데 걔한테 매일 자기네 점심을 가져오게 해. 가져다주고 돌아가려고 하면 걜 붙잡아서 손을 안 쓰고 뭔가를 먹게 하는 거야. 그러니까 그냥 얼굴을 접시에 박으라고 시키는 거지." 그녀는 코를 찡그렸지만 그렇다고 자기가 하는 얘기가 거슬리는 것 같지는 않았다. "어떤 여자아이에게는 남자애들 앞에서 셔츠를 올리고 몸을 보여주라고 시킨 적도 있어. 그 아이 가슴이 납작하다는 이유로. 그러면서 뭔가 지저분한 말을 하도록 강요하기도 했지. 떠도는 소문 중에 로나 딜인가 하는 걔네보다 나이 많은 아이의 얘기도 있어. 한때 걔네와 같이 몰려다니다가 이젠 멀어진 아이인데, 그 아이를 어느 파티에 데려가서 취하도록 술을 먹이고……. 자기들보다 몇 살 많은 남자애들에게 일종의 공물로 바쳤대나. 남자아이들이 일을 끝낼 때까지 문 바깥에서 보초까지 섰다고 하더라."

"이제 겨우 열세 살인데," 내가 말했다. 나는 내가 그 나이 때 했던 일을 떠올렸다. 열세 살이 얼마나 비위에 거슬릴 만큼 어린 나이인지, 새삼 처음으로 깨달았다.

"조숙한 아이들이야. 우리도 걔들이랑 나이 차이가 그리 많이 나지 않았던 시절에 꽤 거친 행동들을 했지." 케이티가 담배 때문에 쉰 목소리로 말했다. 그녀는 담배연기를 내뿜고 우리 머리 위에서 맴도는 연기를 바라보았다.

"그렇게까지 잔인한 짓은 한 적 없어."

"우리도 거의 그 정도까지 갔어, 카밀." *네가 그랬지 나는 아니었어.* 우리는 우리의 힘겨루기 역사를 내심 머릿속에 그려보면서 서로를 쳐다보았다.

"어쨌거나 엠마가 앤과 내털리를 지랄맞게 골탕 먹였어." 케이티가 말을 이었다. "너희 엄마가 그 아이들에게 그렇게 관심을 쏟았던 건 참 친절한 일이었지만."

"엄마가 앤에게 공부를 가르쳤다는 건 알고 있어."

"아, 네 엄마가 해주셨지. 어머니 봉사단 활동 때 그 아이들을 돌봐주시고 방과 후에는 집에 데려가서 밥도 먹이고 하셨어. 심지어 쉬는 시간에 찾아가 울타리 바깥에서 그 아이들이 노는 모습을 바라보기도 하셨고."

순간 울타리에 손가락을 걸고 굶주린 듯 안을 들여다보는 어머니의 모습이 머릿속에 떠올랐다. 흰옷을 입은, 빛나도록 흰옷을 입은 그녀가 내털리의 팔을 붙잡고는 제임스 캐피시에게 입을 다물라고 자기 손가락을 입에 가져다대는 모습도.

"이제 다 된 거니?" 케이티가 말했다. "이런 걸 구구절절 말하려니 약간 피곤한 기분이 드는구나." 그녀가 녹음기를 껐다.

"그래, 너랑 그 잘생긴 형사 얘기는 들었어." 케이티가 미소를 지어 보였다. 그녀의 포니테일에서 머리카락 한 움큼이 밖으로 삐져나와 있었다. 그녀가 예전에 머리를 발 위로 푹 숙이고 발톱을 칠하면서 자기가 사귀고 싶어 하던 어떤 남자 농구선수와 나의 관계에 대해 묻던 일이 기억났다. 나는 리처드 얘기에 당황한 기색을 보이지 않으려고 애썼다.

"아, 헛소문이야, 헛소문." 내가 웃었다. "짝 없는 남자에 짝 없는 여자……. 내 사생활은 그렇게까지 흥미롭지 않아."

"존 킨은 다르게 말할 것 같은데." 그녀가 담배 한 개비를 또 꺼내 불을 붙이고, 그 도자기 같은 푸른 눈을 나에게 고정한 채 한 모금씩 빨아들였다가 뱉었다가 했다. 이번에는 얼굴에 웃음기가 없었다. 나는 두 가지 방향으로 가볼 수 있겠다고 생각했다. 먼저 몇 가지 가십거리를 주면서 그녀를 만족시키는 방법이 있다. 만약 그 이야기가 10시도 되기 전에 케이티의 귀에까지 들려왔다면, 정오에는 윈드 갭 사람들이 모두 알게 될 것이다. 아니면 사실을 부정해서 그녀의 화를 돋우고 그녀의 협조를 못 얻게 되는 위험을 무릅쓸 수도 있다. 인터뷰는 이미 했고, 그녀의 배려는 신경도 쓰이지 않았다.

"아, 헛소문이 더 있었네. 이곳 사람들에겐 좀 더 나은 취미가 필요하겠어."

"정말? 나한테는 더할 나위 없이 그럴싸하게 들리던데. 넌 좋은 시간을 보내는 데는 언제나 마음이 열려 있었잖아."

나는 일어섰고, 그야말로 제대로 떠날 준비가 되어 있었다. 케이티가 나를 따라오며 뺨 안쪽을 질근질근 씹었다.

"시간 내줘서 고마워, 케이티. 만나서 반가웠고."

"나도 마찬가지야, 카밀. 여기 머무는 동안 즐겁게 지내길 바랄게." 문 바깥을 나서 계단을 내려가는데 그녀가 다시 나를 불렀다.

"카밀?" 돌아보니 케이티가 왼쪽 다리를 안쪽으로 구부리고 서 있었다. 어린 여자아이들이 하는 몸짓으로, 고등학교 때까지 그녀가 지니고 있던 습관이었다. "친구로서 다정한 충고 하나 할게. 집에 가서 좀 씻어라. 너, 냄새 참 고약하다."

　나는 집으로 갔다. 머릿속은 어머니의 이런저런 이미지들 사이를 오
가느라 혼란 그 자체였다. 모두 불길한 것이었다. *전조*. 그 단어가 내
살을 다시 후려치기 시작했다. 머리카락을 거칠게 풀어헤치고 손톱을
길게 기른 깡마른 할머니 조야가 어머니의 피부를 벗겨내는 모습이 스
쳐갔다. 어머니와 그녀의 알약과 물약, 내 머리카락을 잘라내던 모습.
관 속에서 해골로 누워 있는 메리언이 드라이로 웨이브를 넣은 금발머
리에 하얀 공단 리본을 하고 있는, 마치 시든 꽃다발 같은 모습. 그 난
폭한 여자아이들을 돌보고 있는, 아니면 돌보려고 애쓰고 있는 어머니
의 모습. 내털리와 앤이 그런 걸 참고 있었을 리 없다. 아도라는 자신의
유별난 엄마 노릇에 복종하지 않는 어린 소녀들을 미워했다. 그녀는
내털리의 손톱을 목을 조르기 전에 칠했을까? 후에 칠했을까?

　*그런 생각을 하다니 넌 미친 거야, 그런 생각을 하지 않는다면 미친*
*거야.*

# 15장

분홍색 자전거 세 대가 현관 앞에 나란히 놓여 있었다. 나뭇가지를 엮어 만든 바구니가 달려 있고, 손잡이에는 리본이 달려 있었다. 바구니 하나를 들여다보니 커다란 립글로스와 샌드위치 백에 담긴 대마초가 있었다.

나는 옆문으로 슬그머니 들어가 계단을 밟고 올라갔다. 엠마의 방에서 소녀들이 커다랗게 깔깔거리며 좋다고 꽥꽥대고 있었다. 나는 노크하지 않고 방문을 열었다. 예의에 어긋나는 짓이었다. 하지만 나는 어른에게 천진난만한 포즈를 보이려고 갖은 부산을 떨며 야단법석을 피울 모습을 보고 싶은 마음을 가눌 수가 없었다. 세 금발 소녀가 엠마를 둘러싸고 동그랗게 서 있었다. 면도한 다리를 드러낸 짧은 반바지와 미니스커트. 엠마는 바닥에 앉아 인형의 집을 가지고 노닥거리고 있고, 옆에는 초강력 본드가 놓여 있었다. 머리는 꼭대기까지 치켜 올려 커다랗고 파란 리본으로 묶었다. 그들은 내가 들어서서 인사를 하자 놀란 새들처럼 미친 듯이 달려들어 방긋방긋 미소를 짓고는 또 꽥꽥거렸다.

"안녕, 밀." 앰마가 툭 던지듯 말했다. 반창고는 더 이상 없었지만, 여전히 멍하고 불안정해 보였다. "우리 인형놀이 하고 있었어. 이거 정말 세상에서 제일 예쁜 인형의 집이라고 생각하지 않아?" 그녀가 마치 1950년대 가족드라마에 나오는 아이 같은 달콤한 목소리를 냈다. 이 아이와 불과 이틀 전날 밤에 내게 마약을 건네주던 아이를 일치시키기란 어려운 일이었다. 재미 삼아 자기 친구를 나이 많은 남자아이들에게 내주며 포주 노릇을 하는 내 여동생과 이 아이를 일치시키기란 어려운 일이었다.

"맞아, 언니, 앰마의 인형의 집 진짜 좋지 않아요?" 허스키 보이스의 황동색 금발머리가 장단을 맞추었다. 조디스만 나를 바라보고 있지 않았다. 대신 그녀는 마치 그 안으로 들어가기라도 할 것처럼 인형의 집을 뚫어져라 응시했다.

"앰마, 좀 나아졌어?"

"응, 당연히 나아졌지. 내 사랑하는 언니." 그녀가 앵앵 콧소리를 냈다. "언니도 좀 나아졌으면 좋겠는데."

아이들이 경기를 하듯 다시 깔깔거렸다. 내가 이해하지 못할 것 같은 게임에 신경이 거슬려 방문을 닫았다. "조디스도 좀 데려가면 안 돼요?" 닫힌 문 안에서 그들 중 하나가 외쳤다. 조디스는 이 무리에 얼마 더 남아 있지 못할 것이다.

나는 이 더위에도 욕조에 따뜻한 물을 받고(욕조의 도자기 재질에서조차 장미향이 났다) 옷을 벗고 들어가 앉아서, 물이 일렁이며 천천히 몸을 감싸고 올라오는 동안 무릎을 턱에 괴었다. 욕실에서는 민트 비누와 달콤한, 여성스러움이 철철 넘치는 향기가 감돌았다. 내 살갗은 벗겨지고 나는 이용되었으며, 그 느낌이 좋았다. 눈을 감은 채 물 속으로 머리를 박고 물이 귀 속으로 흘러 들어와도 가만히 있었다. **혼자.** 나는 그 단어를 내 살에 새기고 싶었다. 여태 그 단어로 내 몸을 꾸미지 않았다니, 갑자기 놀라움이 밀려왔다. 아도라가 밀어버린 내 두피의 동그란 부분에 소름이 돋았다. 마치 그 숙제를 떠안겠다고 자진하는 것처럼. 얼굴도 서늘하게 식었다. 그리고 눈을 떴을 때, 욕조의 타원형 테두리 위로 얼굴을 금발로 둥그렇게 둘러싼 어머니가 서성이는 것이 보였다.

내가 허둥지둥 일어나 앉아서 가슴을 가리는 와중에 그녀의 분홍색 바둑판무늬 원피스에 물이 튀겼다.

"애야, 어디 갔었니? 나, 완전히 정신이 나가는 줄 알았어. 내가 직접 찾으러 다니려고 했는데, 앰마가 간밤에 상태가 너무 안 좋았지 뭐야."

"어디가 안 좋은 거예요?"

"어젯밤엔 어디에 있었니?"

"앰마 어디가 잘못된 거냐고요?"

그녀가 내 얼굴에 손을 뻗쳤고 나는 뒤로 움찔했다. 그녀가 인상을 찌푸리더니 다시 손을 뻗쳐 뺨을 어루만지고, 내 머리칼을 매만져 넘겼다. 손을 거둘 때 그녀는 마치 자기 피부가 상하기라도 한 듯, 축축한 습기에 화들짝 놀란 것 같았다.

"앰마를 보살펴야 했단다." 어머니는 그렇게 말할 뿐이었다. 팔에 소름이 돋았다. "춥니, 아가야? 젖꼭지가 딱딱해졌구나."

그녀가 손에 들고 있던 푸른빛이 도는 우유를 잠자코 내게 건넸다. 이 우유가 나를 아프게 만들면 내가 미치지 않았다는 걸 확인하게 되겠지. 아프게 만들지 않는다면 내가 증오에 찬 피조물인 거고. 내가 우유를 마시는 동안 어머니는 콧노래를 흥얼거리며 아랫입술을 혀로 핥았다. 어찌나 맹렬하게 핥던지 외설적으로 보일 지경이었다.

"넌 어렸을 때 결코 착하게 행동한 적이 없었지." 그녀가 말했다. "넌 항상 고집이 셌어. 그때보다는 고집이 좀 꺾인 것 같구나. 좋은 쪽으로 말이야. 꼭 필요한 쪽으로."

그녀가 자리를 떴고, 나는 무슨 일이 일어나기를 기다리며 욕조에 한 시간 더 앉아 있었다. 위가 꾸르륵거리거나 현기증이 나거나 열이라도 나겠지. 나는 비행기를 탔을 때처럼, 한 번의 요동으로도 비행기가 나선을 그리며 추락할지 모른다는 걱정에 사로잡혔을 때처럼 꼼짝도 하지 않고 앉아 있었다. 아무 일도 일어나지 않았다. 문을 여니 앰마가 내 침대에 앉아 있었다.

"언니 너무 징그럽잖아." 느슨하게 팔짱을 낀 그녀가 말했다. "아동살해범과 그 짓을 하다니, 너무 기가 막혀. 아도라가 말한 대로 순전히 고약하기 이를 데 없어."

"엄마가 하는 말 새겨듣지 마, 앰마. 믿을 만한 사람이 아니란 거 알잖아. 그리고 또 하지 마……." *뭐? 엄마한테서 아무것도 받아먹지 말라고? 그렇게 생각한다면 그렇게 말해, 카밀.* "나한테 등 돌리지 말라고, 앰마. 그러지 않아도 이 집에서는 우리 모두 서로에게 끔찍하게 상처를 입히고 있으니까."

"그놈 고추 얘기나 해보지 그래, 카밀. 좋았어?" 그녀는 아까처럼 그 진절머리 나고 가식적인 목소리로 말했지만, 더 이상 멍하지는 않았다. 그녀는 이불 아래서 꼼지락거리고 있었는데, 눈에는 약간 사나운 기운이 있고 얼굴이 붉어져 있었다.

"앰마, 너랑 그런 얘기 하고 싶지 않아."

"며칠 전 밤만 해도 언니도 그리 어른같이 굴지는 않았네요, 자매님. 이제 우리 더 이상 친구가 아닌 거야?"

"앰마, 나 이제 좀 누워야겠어."

"고된 밤을 보냈다 이거지, 응? 흠, 그냥 기다려보라고. 이제 모든 것이 더 나빠질 테니까." 그녀는 내게 입맞춤을 하고 침대에서 미끄러져 나와 커다란 플라스틱 샌들을 끌며 복도를 쿵쿵 걸어갔다.

20분이 지나자 구토가 시작되었다. 땀이 흠뻑 나고 몸이 비틀리면서 요동치는 바람에, 위가 잔뜩 쪼그라들고 심장발작이 올 것처럼 강한 충격이 느껴졌다. 나는 발작 사이사이에 잘 맞지 않는 티셔츠 하나만 걸친 채로 변기 옆쪽 벽에 기대어 앉아 있었다. 바깥에서 어치들이 지저귀는 소리가 들려왔다. 집 안에서 어머니가 게일라의 이름을 부르고 있었다. 한 시간 후에도 나는 여전히 구토를 하고 있었고, 초록색 음식에서 나왔을 것 같은 토사물이 천천히 그리고 꾸준하게, 시럽처럼 흘러나왔다.

나는 옷가지를 걸쳐 입고, 아주 조심스럽게 이를 닦았다. 칫솔을 입 안 너무 깊숙이 넣었다가는 또다시 구역질이 시작될 것이었다.

앨런이 현관 앞에 앉아 제목이 '말Horses'이라고 되어 있는 가죽 장정의 책을 읽고 있었다. 울퉁불퉁한 카니발 글라스로 만든 그릇이 그의 안락의자 팔걸이에 놓여 있었고, 그 한가운데에 초록색 푸딩덩어리가 놓여 있었다. 그는 파란색 시어커서(표면에 쪼글쪼글한 주름이 들어가고 주로 줄무늬가 있는 얇은 직물) 양복 차림에 머리에는 파나마모자를 쓰고 있었다. 그는 움직이지 않는 연못처럼 평온했다.

"너 나가는 거 어머니가 알고 있니?"

"곧 돌아올 거예요."

"요즘 너, 어머니와 훨씬 잘 지내더구나, 카밀. 그 점은 고맙게 생각한다. 그녀도 한결 나아진 것 같아. 심지어…… 앰마를 대하는 태도도 더 부드러워졌고." 그는 언제나 자기 친딸의 이름을 부르기 전에 잠시 멈추는 버릇이 있는 것 같았다. 마치 그 이름 속에 뭔가 살짝 지저분한 암시라도 들어 있는 듯이 말이다.

"좋아요, 앨런. 좋은 일이네요."

"너도 네 자신에 대해 좀 더 좋은 느낌을 가졌으면 좋겠구나, 카밀. 그건 중요한 일이야. 자기 자신을 좋아한다는 거 말이다. 나쁜 것만큼이나 큰 영향을 미칠 수 있는 게 긍정적인 태도란다."

"말이랑 재미있는 시간 보내세요."

"늘 그러고 있지."

비틀거리며 구석에 차를 세우고 토사물과 약간의 피를 게워내느라 우드베리로 가는 중간 중간 멈춰야 했다. 총 세 번을 멈췄는데, 문을 빨리 열 수가 없어서 차 바로 옆에다 속에 있는 것을 게워내야 했다. 그러고는 수통 속에서 녹아 뜨뜻미지근해진 딸기 아이스바와 보드카로 입을 헹궜다.

우드베리의 성 조지프 병원은 거대한 금빛 벽돌 건물이었고, 호박색으로 선팅한 창문으로 횡단 구획이 되어 있었다. 메리언은 그곳을 와플이라고 불렀다. 대체로 무난한 곳이었다. 훨씬 서쪽에 사는 사람들은 건강에 문제가 생겼을 때 포플라 블러프 시에 간다. 더 북쪽에 산다면 케이프 지라도로 간다. 미주리 주 개척지의 묘지 구역에 발이 묶여 있는 사람들만이 우드베리로 간다.

가슴이 만화같이 둥글고 뚱뚱한 여자가 안내데스크에 '방해하지 마시오'라는 표지판을 세워놓고 있었다. 나는 서서 기다렸다. 그녀는 열심히 책을 읽는 척했다. 내가 더 가까이 다가섰다. 그녀는 검지로 잡지의 한 줄 한 줄을 따라가며 읽는 것을 멈추지 않았다.

"실례합니다." 내가 말했다. 내 말투는 짜증과 거만함이 버무려져 있었고, 내 귀에조차 거슬리게 들렸다.

그녀의 코밑에는 수염이 나 있었고 손가락 끝이 담배로 노랗게 변색되어 있었다. 그것이 윗입술 쪽으로 튀어나온 갈색 송곳니와 쌍을 이루었다. *네가 세상에 어떤 얼굴을 드러내 보이느냐에 따라 세상도 널 어떻게 취급할지 결정할 거야*, 내가 손길을 거부할 때마다 어머니가 한 말이다. 이 여인은 제대로 된 대우를 받을 수 없는 사람이었다.

"의료기록을 좀 알아보려고요."

"환자분 주치의에게 요청해보세요."

"제 동생 거예요."

"동생 분이 직접 주치의에게 요청하라고 하세요." 그녀가 잡지 페이지를 넘겼다.

"제 동생은 죽었어요." 이 말을 더 부드럽게 표현할 길도 있었지만,

나는 이 여인이 확실히 주의를 돌려주기를 원했다. 그런데도 여자는 여전히 미적거리고 있었다.

"아, 명복을 빕니다. 이곳에서 세상을 떠났나요?" 내가 고개를 끄덕였다.

"병원에 도착했을 때 죽어 있었어요. 이곳에서 응급치료를 아주 많이 받았고, 주치의는 이 병원에 소속된 사람이었어요."

"사망 날짜가 어떻게 되는데요?"

"1988년 5월 1일이에요."

"이런. 한세월을 돌아가야겠네요. 참을성이 많으시길 바라요."


네 시간 후, 무관심한 간호사 두 명과 목청을 돋워 설전을 벌이고, 허옇고 펑퍼짐한 얼굴을 한 사무관의 필사적인 추파를 견뎌내고, 속을 게우려 화장실을 세 번 다녀온 후에야 메리언의 파일이 내 손에 건네졌다.

그녀가 살아 있었을 때 1년마다 하나씩 파일이 생겼고, 그것은 해마다 점점 더 두꺼워졌다. 의사들이 휘갈겨 쓴 내용의 절반은 이해할 수 없었다. 많은 부분이 지시를 받고 완수한 검사, 아무런 소용도 없었던 검사를 기록한 것이었다. 뇌와 가슴 정밀검사. 위에 방사능 염색물질을 넣고 목으로 카메라를 집어넣어 검사하는 과정도 있었다. 심장박동 모니터 결과도 있었다. 가능성이 있는 진단은 다음과 같았다. 당뇨병, 심장 잡음, 생목, 간질환, 폐고혈압, 우울증, 크론병, 루푸스. 다음으로 여성스러운 느낌의 분홍색 종이가 나타났다. 위 검사를 위해 메리언이 일주일 동안 입원했던 기록 위에 스테이플러로 박아둔 종이였다. 단정하고 둥글둥글한 필기체, 하지만 화가 난 듯한 글씨였다. 펜으로 단어

하나하나를 깊게 눌러 꾹꾹 새긴 것이었다. 내용은 다음과 같았다.

저는 이번 주에 메리언 크렐린의 검사에 참여한 간호사입니다. 그리고 예
전에 이 환자가 입원했을 때도 여러 번 그녀를 돌본 적이 있습니다. 저는 이
아이가 병이 전혀 없다는 의견을 매우 강력하게('매우 강력하게'에 밑줄이 두 번 그
어져 있었다) 말씀드리려고 합니다.

저는 환자의 어머니만 없다면, 환자가 완벽하게 건강할 것이라고 믿습니
다. 이 아이는 어머니와 단 둘이서 시간을 보낼 때 증상을 보이고 있습니다.
어머니가 방문하지 않을 때는 며칠이 넘게 건강이 좋을 때도 있었습니다. 어
머니는 메리언이 건강할 때는 아무런 관심도 보이지 않아서 마치 아이에게 벌
을 주고 있는 것처럼 보일 정도입니다. 이 어머니는 아이가 아프거나 울 때만
안아줍니다. 저와 정치적인 이유로 이 진술서에 서명하지 않기로 한 다른 여
러 간호사들은 더 상세히 관찰하기 위해 아이와 아이의 언니를 어머니에게서
떼어놓아야 한다고 믿습니다.

비벌리 밴 럼

정당한 분노였다. 우리는 예전에 그런 분노를 더 많이 표현했어야 했
다. 풍만한 가슴에 가늘고 단호한 입술, 머리를 뒤로 단단하게 모아 쪽
을 지고 이 편지를 썼을 비벌리 밴 럼을 떠올려보았다. 그녀는 축 늘어
진 메리언을 품에 안은 어머니에 의해 병실에서 쫓겨다니다시피 한 직
후에 이 쪽지를 썼을 것이다. 아도라가 간호사의 도움이 필요하다고
야단을 할 것은 오로지 시간 문제였을 것이다.

한 시간 뒤 나는 그 간호사를 소아과 병동에서 찾을 수 있었다. 그곳

은 하나의 큰 방으로, 네 개의 침대가 놓여 있었고 네 개의 침대 중 두 개만 사용되고 있었다. 한 어린 소녀가 차분히 책을 읽고 있었고, 옆에 있던 남자아이는 몸을 일으킨 상태로 잠을 자고 있었다. 그의 목은 철제 부목으로 고정되어 있었는데, 척추에 곧바로 나사 구멍을 뚫어 고정시켜놓은 것 같았다.

비벌리 밴 럼은 내가 상상했던 것과는 조금도 비슷하지 않았다. 그녀는 50대 후반쯤으로 보였는데, 아주 자그마한 체구에 짧게 쳐낸 은빛 머리를 하고 있었다. 꽃무늬 간호사 바지와 밝은 파란색 재킷을 입고 있었으며, 펜을 귀 뒤로 꽂고 있었다. 내 소개를 하자 곧바로 나를 알아보는 것 같았고 내가 마침내 자신 앞에 모습을 나타낸 것도 놀랍지 않은 듯했다.

"이렇게 세월이 지나고서야 다시 만나다니, 정말로 반갑네. 상황은 아주 마음에 들지 않지만." 그녀가 따스하고 깊은 목소리로 말했다. "때로 메리언이 어른이 돼서 아기 한둘쯤 안고 이곳에 오는 백일몽을 꾸지. 백일몽이란 참 위험할 수 있는 건데."

"간호사님이 쓴 메모를 읽고 오게 됐어요."

그녀가 콧김을 내뿜으며 펜 뚜껑을 닫았다.

"그 쪽지가 꽤 쓸모가 있었네. 만약 내가 그렇게 젊지 않았고, 이곳 의사선생님들 권위에 짓눌리지만 않았다면 달랑 메모 한 장 남기는 것으로 끝내지 않았을 거예요. 그 당시에는 그런 일로 아이 엄마에게 혐의를 씌우는 건 당연히 듣도 보도 못한 일이었거든. 그 일로 난 하마터면 병원에서 잘릴 뻔했어요. 정말로 믿고 싶지 않은 일 아닌가요. 그림형제 이야기에서 나온 것 같은 얘기. MBP."

"MBP요?"

"대리인에 의한 뮌하우젠Munchausen by Proxy 증후군 말이에요. 아이를 헌신적으로 보살피는 사람, 대체로 엄마들인데 그 사람들은 자기한테 관심이 쏠리게 하려고 아이를 아프게 만드는 거예요. 뮌하우젠 증후군은 관심을 얻으려고 자신을 아프게 만드는 거고 MBP는 자신이 얼마나 친절하고 맹목적으로 헌신하는 엄마인지 보여주려고 자기 아이를 아프게 하는 거죠. 그림형제, 무슨 말인지 알겠지요? 동화 속에 나오는 사악한 여왕이나 할 짓이란 말이죠. 그런 얘기를 들어본 적이 없다니 놀랍네요."

"들어본 적은 있어요." 내가 말했다.

"지금은 제법 잘 알려진 질병이에요. 인기가 많아졌지. 사람들은 새롭고 오싹한 걸 좋아하니까. 거식증이 1980년대를 강타하던 게 기억나네요. 거식증 얘기가 영화에 많이 나올수록 더 많은 소녀들이 굶었죠. 하지만 당신은 항상 괜찮아 보였어요. 다행이지."

"대체로 괜찮지요. 저한테 동생이 하나 더 있어요. 메리언이 떠난 후에 태어난 아이예요. 그 아이가 걱정돼요."

"그래야지. MBP 엄마에게 대처하는 거, 그 병이란 게 가장 사랑받는 아이에게는 도움이 안 되는 병이거든. 당신 어머니가 당신한테 관심을 더 주지 않은 걸 행운으로 여겨야 해요."

진한 초록색 수술복을 입은 남자가 휠체어를 타고 복도를 지나가고 있었고, 비슷한 복장을 한 뚱뚱한 두 남자가 웃으면서 그 뒤를 따르고 있었다.

"의대생들이에요." 비벌리가 눈을 굴리면서 말했다.

"간호사님 보고서를 살펴보고 조치를 취한 의사가 있기는 했나요?"

"나나 그걸 보고서라고 불렀지, 그 사람들은 아이 없고 시기심에 가득 찬 간호사가 쓴 하찮은 종이쪼가리로 봤어요. 아까도 말했지만, 그때는 지금하고는 시절이 달랐어요. 지금은 간호사들이 좀 더 존중을 받지. 아주 약간만 말이야. 그리고 공정하게 말하자면 카밀, 내가 그 일을 더 밀어붙인 것도 아니에요. 그때 난 이혼한 직후였고 직장에서 살아남아야 했거든요. 근저에는 누군가 내가 틀렸다는 걸 증명해주었으면 좋겠다는 생각도 들었어요. 때로는 자신이 틀렸다고 믿어야 하는 때가 있는 거잖아요. 메리언이 죽었을 때 사흘 내리 술을 퍼마셨어요. 내가 사람들에게 그 일을 다시 넌지시 알리고 소아과 과장에게 내 메모를 읽었느냐고 묻기도 전에 메리언은 땅에 묻혔죠. 병원에서는 나보고 그 주에 출근하지 말고 쉬라고 했고. 난 그러니까 그 뭐냐, 히스테리에 걸린 여자일 뿐이었던 거야."

눈이 갑자기 따가워지더니 눈물이 맺혔다. 그녀가 내 손을 잡고 흔들었다.

"참 안됐어, 카밀."

"세상에, 진짜 화가 나서 미치겠어요." 눈물이 뺨으로 쏟아져 내렸고, 비벌리가 티슈 상자를 건네주기 전까지 나는 손등으로 눈물을 문질러 닦았다. "그런 일이 일어났다는 것 자체가요. 그걸 생각해내기까지 이렇게 오랜 시간이 걸렸다는 게요."

"흠, 아가씨. 그녀는 당신 어머니잖아요. 당신 입장에서 그 일에 어떻게 대처해야 할지 나로서는 상상조차 할 수 없어요. 적어도 이제는 정의가 실현될 것처럼 보이네요. 그 형사 양반이 이 사건에 손을 댄 지가 얼마나 됐더라?"

"형사요?"

"윌리스던가, 맞죠? 잘생긴 청년, 샤프하게 생긴 청년 말이에요. 그가 메리언의 파일을 하나도 남김없이 복사하고는 내 몸속에 채워 넣은 충전재 때문에 통증이 올 때까지 실컷 질문을 해댔거든요. 또 다른 소녀가 연관되어 있다는 소리는 하지 않았어요. 그래도 그가 당신이 괜찮게 지낸다는 말은 해줬죠. 내 생각엔 그 청년이 당신한테 반한 것 같았어요. 카밀 얘기를 꺼낼 때 온통 우물쭈물하고 부끄러워서 당황하는 기색이 역력했거든요."

나는 울음을 멈추고 티슈를 뭉쳐서 책 읽는 간호사 옆에 놓여 있던 휴지통에 던져 넣었다. 그녀는 마치 방금 전에 배달 온 우편물이라도 된다는 듯, 호기심에 차서 휴지통 안을 들여다보았다. 나는 비벌리에게 감사의 뜻을 전하고, 푸른 하늘을 보아야겠다고 느끼면서 정신없이 발걸음을 돌렸다.

엘리베이터 앞에 서 있는데 비벌리가 황급히 쫓아와 내 두 손을 부여잡고 말했다. "동생을 그 집에서 빼내야 해요, 카밀. 아이가 안전하지 않아요."


우드베리와 윈드 갭 사이, 고속도로 5번 출구쯤에 바이크족을 위한 바가 있었다. 신분증을 보여주지 않아도 식스팩 맥주를 살 수 있는 곳이었다. 고등학생 때 무던히도 많이 갔던 곳. 다트판 옆에 공중전화가 있었다. 나는 25센트짜리 동전을 한 움큼 쥐고 커리에게 전화를 걸었다. 평소대로 아일린이 수화기를 들었는데, 그 목소리는 부드럽고 언덕처럼 변함없이 견실했다. 나는 내 이름을 말하고 나서 흐느끼기 시작했다.

"카밀, 어쩐 일이야? 괜찮아? 괜찮을 리가 없지. 이를 어째. 프랭크한테 너를 그곳에서 빼내야 한다고 말했는데, 지난번 마지막으로 통화한 다음에 말이야. 무슨 일이야?"

나는 계속 흐느꼈고 무슨 말을 해야 할지 생각조차 나지 않았다. 다트가 날아와 판에 단단하게 박혔다.

"너…… 또 자해하고 있는 건 아니겠지? 카밀? 이 아가씨야, 너 때문에 내가 다 겁이 나잖아."

"제 어머니요……." 다시 무너져 내리기 전에 내가 말했다. 배 깊숙한 곳부터 정화가 이루어지듯, 나는 거의 허리를 꺾다시피 하며 격렬하게 울었다.

"너희 어머님? 괜찮으셔?"

"아니오오오." 아이처럼 길게 늘어지는 울음. 한 손을 전화기에 올려놓고 있는데 아일린이 프랭크를 다급하게 부르는 소리가 들렸다. 무슨 일이 터졌어……. 뭔가 끔찍한 일이라는 말이 들려왔고 잠시 동안의 침묵, 그리고 잔이 산산조각 나는 소리가 들려왔다. 테이블에서 너무 급하게 일어난 커리, 그의 큰 위스키 잔이 바닥으로 떨어져 내린다. 그렇게 짐작할 뿐이었다.

"카밀, 나한테 얘기해봐. 뭐가 잘못됐는지." 커리의 목소리가 어찌나 걸걸하고 놀라 있던지, 두 손으로 내 팔을 잡고 흔드는 것만 같았다.

"누가 저질렀는지 알아요, 국장님." 내가 내뱉었다. "그걸 안다고요."

"아니, 그럼 울 이유가 없잖아. 경찰이 체포했어?"

"아직 아니에요. 누가 저지른 짓인지 전 알아요." 다트가 보드에 날아
와 꽂히는 소리.

"누군데? 카밀, 말해봐."

내가 수화기를 입에 바짝 가져다대고 속삭였다. "저희 엄마요."

"누구? 카밀, 좀 더 크게 말해야겠어. 술집에 있는 거야?"

"제 엄마가 그랬다고요." 나는 전화기에 대고 짖어댔다. 단어들이 흙
탕물을 철벅거리듯 튀어 나왔다.

침묵은 너무도 길었다. "카밀, 자네 스트레스가 너무 심해. 내가 자네
를 그곳에 너무 일찍, 그런 일이 있고 나서……. 너무 일찍 보낸 거야.
자, 곧장 이곳으로 돌아와. 옷도 챙기지 말고, 차도 놔두고 그냥 돌아
와. 모든 건 나중에 해결하자고. 일단 비행기 표를 사고, 돌아오면 내가
돈을 줄게. 어쨌거나 지금 집으로 돌아와야 해."

집, 집, 집. 그가 내게 최면을 거는 것 같았다.

"나한테 집 같은 건 영원히 없을 거예요." 나는 눈물 섞인 목소리로 말
하다가 다시 울음을 터뜨렸다. "이 일을 처리해야 해요, 국장님." 그가
그래서는 안 된다고 지시를 내리려는 차에, 나는 전화를 끊어버렸다.


나는 리처드를 찾으러 그리티에 갔고, 그는 늦은 저녁을 먹고 있었
다. 그는 내털리의 가위습격사건을 다룬 필라델피아 신문 기사조각을
들여다보고 있었다. 그가 맞은편에 와서 앉는 나를 향해 마지못해 고
개를 까딱했고, 기름기가 좔좔 흐르는 치즈 요리로 눈길을 돌렸다. 그
러더니 내 부어오른 얼굴을 찬찬히 살폈다.

"당신, 괜찮아요?"

"내 생각에는 내 어머니가 메리언을 죽였어. 내 생각에는 그녀가 앤과 내털리도 죽였어. 그리고 당신도 그렇게 생각하고 있다는 거 알아. 방금 우드베리에서 돌아오는 길이야. 당신 나쁜 인간이야."

고속도로 5번 출구와 2번 출구 사이에서 비통함이 다시 난폭하게 돌아온 터였다. "나와 노닥거렸던 시간 내내, 당신이 어머니에 관한 정보를 빼내려 했다는 게 믿을 수 없어. 당신 도대체 어떤 정신병자이기에 이런 짓을 하지?" 나는 몸을 떨고 있었고, 말이 입 안에서 씹어져 나오듯 더듬거렸다.

리처드가 지갑에서 10달러짜리를 꺼내 접시 아래에 끼워 넣고, 내쪽으로 다가와 내 팔을 잡았다. "나랑 밖으로 나갑시다, 카밀. 여기서 이럴 일이 아니에요." 그가 문을 열고 나를 차 조수석으로 안내했다. 그의 손이 여전히 나를 잡고 있었다. 나를 자신의 팔 안에 담고 있었다.

그는 아무 말 없이 예의 그 절벽으로 운전을 했고, 내가 무슨 말을 하려고 할 때마다 손사래를 쳤다. 나는 끝내 그에게서 고개를 돌리고 창 쪽으로 돌아 앉아 청록색 숲이 빠르게 스쳐 지나가는 광경을 바라보았다.

우리는 몇 주 전 함께 왔던, 발 아래로 강이 굽어보이는 바로 이 자리에 차를 댔다. 강은 우리 아래에서 어둡게, 물결을 따라 일렁이는 달빛을 품고 흐르고 있었다. 마치 딱정벌레가 낙엽 사이를 휘젓고 다니는 것 같았다.

"이제 내가 뻔한 소리 할 차례예요." 리처드가 옆모습을 보이며 말했다. "맞아요, 내가 애초에 당신한테 관심을 가지게 된 건 당신 어머니에게 관심이 있었기 때문이에요. 하지만 난 당신에게 그냥 순수하게 빠져버리고 말았어요. 당신도 나를 밀어내려 할수록 더 나에게 빠져들었잖아요. 물론 왜 그랬는지는 알고 있겠죠. 처음에는 형식적으로 당신에게 질문하는 것이라고 생각했어요. 하지만 당신과 아도라 사이가 어느 정도로 친밀한지 몰랐기 때문에 당신에게서 그녀의 단서를 빼내려는 생각은 결코 없었어요. 그녀가 범인이라는 확신이 든 것도 아니었고요, 카밀. 단지 그녀를 좀 더 조사하고 싶었어요. 그냥 육감으로요. 순전히 육감밖에 없었어요. 당신에 대해, 메리언에 대해, 앰마에 대해, 그리고 당신 어머니에 대해 여기저기서 주워들은 가십으로 생긴 육감이요. 하지만 여자들이 이런 류의 범죄 프로필에 맞지 않는 건 사실이에요. 아동 연쇄살인범 같은 것 말이에요. 그런데 다른 방향에서 바라보기 시작한 거예요."

"어떻게요?" 목소리가 고철덩어리처럼 무지근하게 흘러 나왔다.

"그 아이 때문이었어요, 제임스 캐피시. 계속 그 아이에게 되돌아가게 되지 않겠어요? 그 동화 속 사악한 마녀 이야기로 말이에요." 비벌리의 메아리, 그림형제. "나는 아직도 그 아이가 당신 어머니를 실제로 보았다고는 생각하지 않아요. 하지만 그 아이가 뭔가를 기억하고 있다는 생각은 들어요. 어떤 느낌이나 무의식적인 공포가 그 사람 쪽을 향하게 한 거죠. 나는 어떤 여자가 그 어린 여자아이들을 죽이고 치아를 훔치려 할까 생각하기 시작했어요. 내가 찾은 답은 궁극의 통제력을 가지려고 하는 여자였죠. 자식을 돌보려는 본능이 비뚤어진 여자. 앤과 내털리 둘 다…… 죽기 전에 보살핌을 받았어요. 당신 어머니한테. 양쪽 부모 모두 사체에서 아이의 특성과 맞지 않는 점을 발견했어요. 내털리의 손톱은 밝은 분홍색으로 칠해져 있었고, 앤의 다리는 면도가 되어 있었어요. 입술도 언제인지는 알 수 없지만 립스틱으로 칠해져 있었고요."

"치아는 어떻게 된 거예요?"

"어린 소녀들이 가질 수 있는 최고의 무기가 미소 아니던가요?" 리처드가 말했다. 마침내 그가 내 쪽으로 자세를 돌려 앉았다. "그리고 이 두 소녀의 경우 문자 그대로 치아가 무기였어요. 사람들을 깨물고 다닌다는 당신 이야기 덕분에 몇 가지에 정말로 집중하게 되었죠. 살인범은 여자가 가진 특유의 힘을 아주 못마땅하게 여기는 사람이에요. 그걸 천박한 것으로 여기는 사람이죠. 그녀는 어린 소녀들에게 엄마 노릇을 하려 했고, 그들을 지배하려 했고, 자신의 뜻대로 아이들을 바꾸어놓으려고 했어요. 아이들이 그걸 거부하고 저항하자 격분한 거예요. 그래서 죽어야 했지요. 목을 조르는 건 지배의 뜻을 아주 명백히 드러내주는 행동이에요. 서서히 이루어지는 살인이죠. 어느 날인가 이 범죄의 특성을 적고 나서 사무실에 눈을 감고 앉아 있었는데, 문득 당신 어머니의 얼굴이 보였어요. 그 갑작스러운 난폭함, 죽은 아이들과의 밀접한 관계. 사건이 일어난 두 밤 다 그녀에게는 알리바이가 없어요. 메리언에 대한 비벌리 밴 럼의 직감도 보태졌고요. 더 확실한 증거를 얻기 위해서는 메리언의 시신을 발굴해봐야 해요. 독이나 뭐 다른 흔적이 없는지 찾아봐야 하니까요."

"내 동생은 내버려둬요."

"그럴 수 없어요, 카밀. 그게 해야 할 일이라는 거 당신도 알잖아요. 정중하게 다룰게요." 그가 내 허벅지에 손을 올렸다. 손이나 어깨가 아니라, 허벅지에.

"존이 정말로 용의자였던 적이 있기는 한가요?" 그가 손을 치웠다.

"그의 이름은 언제나 용의선상에 올라 있었어요. 비커리가 일종의 집착 같은 걸 보였거든요. 내털리가 약간 폭력적이었던 걸 알고, 아마 존도 그렇지 않을까 생각했던 거예요. 게다가 그 아이는 이 마을 출신도 아니고, 외지에서 온 사람들이 얼마나 수상해 보이는지는 당신도 알거예요."

"리처드, 내 어머니에 대해서 실제로 쓸 만한 증거가 있긴 해요? 아니면 이 모든 것이 추측일 뿐인가요?"

"내일 당신 집을 수색할 거예요. 그 치아들이 어딘가 있을 테니까요. 예우하는 차원에서 미리 말해주는 거예요. 왜냐하면 난 당신을 존중하고 믿으니까요."

"그렇군요." 내가 말했다. *추락*이 내 왼쪽 무릎에서 불을 켰다. "엄마를 그곳에서 *빼내야* 해요."

"오늘 밤에는 어떤 일도 일어나지 않을 거예요. 집에 가서 평소처럼 지내요. 최대한 자연스럽게 행동하고요. 당신 진술은 내일 받으면 돼요. 당신 진술이 사건 해결에 큰 도움이 될 거예요."

"그 여자는 나와 엄마를 해치려 하고 있어요. 우리에게 약을 먹이고 독을 줬어요. 뭔가를 줬다고요." 또다시 속이 메스꺼워지는 것이 느껴졌다.

리처드가 내 허벅지에 올려놓았던 손을 뗐다.

"카밀, 왜 진작 말하지 않았죠? 당신이 검사를 받게 할 수 있었을 텐데요. 사건 해결에 아주 좋은 계기가 됐을 거예요. 젠장."

"걱정해줘서 고맙네요, 리처드."

"당신이 지나치게 예민하다고 얘기해주는 사람이 이제까지 아무도 없었나요?"

"그런 말은 한 번도 못 들어봤어요."

게일라가 문 옆에 서 있었다. 언덕 꼭대기의 우리 집에 사는 주의 깊은 유령. 눈을 한 번 깜빡이는 사이에 그녀가 사라졌고, 내가 차고 앞에 주차하는 동안 주방의 불이 켜졌다.

햄. 문에 당도하기도 전에 나는 그 냄새를 맡았다. 거기에 케일과 옥수수. 그것들이 전부 커튼이 열리기 전의 배우들처럼 우두커니 자리하고 있었다. 장면. 만찬 시간. 어머니가 식탁의 우두머리 자리에 앉아 있고 앨런과 앰마가 양옆에 앉아 있다. 내 자리는 어머니의 맞은편 끝에 마련되어 있다. 간호사 옷을 입은 게일라가 나를 위해 의자를 뒤로 빼주고는, 주방으로 돌아가며 뭐라고 중얼거렸다. 나는 간호사를 보는 데는 진력이 나 있었다. 마룻바닥 아래로 세탁기가 덜커덕거리는 소리가 났다. 그 소리는 영원했다.

"안녕, 아가야. 좋은 하루였니?" 어머니가 지나치게 큰 소리로 물었다. "앉아라. 너 기다리느라 저녁식사를 미루고 있었단다. 네가 곧 떠날 테니 가족끼리 저녁 한 번 함께하는 게 좋겠다고 생각했어."

"제가 금방 떠나나요?"

"경찰이 네 어린 친구를 체포할 준비를 마쳤단다. 내가 기자보다 정보력이 좋다는 말은 하지 마렴." 그녀는 고개를 돌려 앨런과 앰마에게 번갈아 웃음을 지어 보였고, 사람 좋은 여주인처럼 전채요리를 건넸다. 그녀가 작은 종을 울리자 게일라가 은쟁반 위에 출렁이는 햄, 그 젤라틴덩어리를 들고 들어왔다. 자른 파인애플이 햄 옆에 찐득하게 놓여 있었다.

"당신이 자르구려, 아도라." 앨런이 눈썹을 올리며 말했다.

그녀가 손가락 두께 정도로 햄을 썰어 우리 접시에 돌리는 동안, 그녀의 머리카락이 한 움큼 나부꼈다. 나는 햄을 건네는 앰마에게 고개를 저었고 앰마는 그것을 앨런에게 건넸다.

"햄은 아니라는 거지." 어머니가 웅얼거렸다. "아직도 그 단계를 벗어나지 못했구나, 카밀."

"햄을 좋아하지 않는 단계요? 그래요, 그렇네요."

"존이 사형당할 거라고 생각해?" 앰마가 나에게 물었다. "언니의 존이 사형대에 서는 거야?" 앰마는 분홍색 리본이 달린 하얀 원피스를 입고 머리를 양 갈래로 땋아 바짝 묶고 있었다. 그녀에게서 악취처럼 분노가 새어나왔다.

"미주리에는 사형제도가 있어. 그리고 이런 살인은 사형시켜달라고 애걸하는 꼴이나 다름없지. 이런 사건보다 사형판결이 마땅한 범죄가 또 있을까." 내가 말했다.

"우리 주에 아직 전기의자가 있나?" 앰마가 물었다.

"아니야." 앨런이 말했다. "이제 밥 먹으렴."

"주사를 놓지." 내 어머니가 중얼거렸다. "고양이를 재우듯이."

나는 끈에 묶여 주사가 꽂히기 전에 의사에게 의례적인 인사를 건네는 어머니의 모습을 상상했다. 독이 든 주사로 죽다니, 그녀에게는 적격이었다.

"언니, 언니가 동화 속 인물이 될 수 있다면 누가 되고 싶어?"

"잠자는 공주." 인생을 꿈속에서 산다. 아주 멋진 얘기처럼 들린다.

"나는 페르세포네가 되겠어."

"누군지 모르겠는데." 내가 말했다. 게일라가 내 접시에 케일 약간과 신선한 옥수수를 척척 내려놓았다. 나는 어떻게든 먹어보기로 했다. 한 번에 한 알씩 먹는데도 씹을 때마다 구역질이 올라왔다.

"사자死者 세계의 여왕이야." 앰마가 반짝 빛이 나서 말했다. "그녀는 너무나 아름다웠대. 그래서 하데스가 그녀를 훔쳐서 지하세계로 데려가 아내로 삼았어. 하지만 그녀의 어머니가 워낙 가차 없는 사람이라 하데스가 페르세포네를 돌려주게 만들었지. 하지만 페르세포네는 1년에 6개월만 땅 위로 올라올 수 있었어. 그래서 그녀는 인생의 반은 죽은 자들과, 인생의 반은 산 자들과 살았어."

"앰마, 왜 그런 인물에 마음이 끌리는 거니?" 앨런이 말했다. "넌 어떨 때 보면 참 모골이 송연한 말을 하는구나."

"페르세포네가 안됐다는 생각이 들어. 왜냐하면 산 자들의 세계에 돌아왔을 때는 사람들이 그녀를 무서워하잖아. 그녀가 지하세계에 있었기 때문에." 앰마가 말했다. "그리고 어머니인 데메테르 여신과 있을 때조차 진정으로 행복하지는 않아. 왜냐하면 다시 지하세계로 돌아가야 한다는 걸 알고 있으니까." 앰마는 아도라에게 이를 드러내며 웃음을 보인 다음, 햄 한 조각을 쿡 찍어 입 안에 넣더니 까르르 웃었다.

"게일라, 설탕 좀 줘!" 앰마가 문을 향해 소리쳤다.

"종을 이용해야지, 앰마." 어머니가 말했다. 그녀 역시 음식을 입에 대지 않고 있었다.

게일라가 설탕 그릇을 들고 들어와 햄 위에 한 수저 듬뿍 뿌렸고, 자른 토마토도 얹어주었다.

"내가 할게." 앰마가 칭얼거렸다.

"게일라가 하게 두렴. 넌 너무 많이 뿌리잖니." 어머니가 말했다.

"존이 죽으면 슬플 거 같아, 카밀?" 햄 조각을 삼키며 앰마가 말했다.

"존이 죽는 게 더 슬프겠어, 내가 죽는 게 더 슬프겠어?"

"난 아무도 죽는 걸 바라지 않아. 내 생각에 윈드 갭은 이미 너무 많은 죽음을 목격했어." 내가 말했다.

"맞지, 맞아." 앨런이 말했다. 기이하게 들뜬 말투.

"어떤 사람들은 죽어야 해. 존은 죽어야 한다고." 앰마가 지지 않고 말했다. "심지어 그 애들을 죽이지 않았다고 해도 그는 죽어야 해. 동생이 죽었다는 것 때문에 완전히 망가졌으니까."

"그런 논리라면 같은 원리로 나도 죽어야겠네. 왜냐하면 내 동생이 죽었고, 나도 망가졌으니까." 내가 말했다. 옥수수 한 알을 또 씹었다. 앰마가 내 기색을 살폈다.

"그럴지도. 하지만 난 언니가 죽지 않았으면 좋겠어. 어떻게 생각해요?" 앰마가 아도라 쪽으로 고개를 돌렸다. 그 모습을 보자 앰마가 그녀를 어떤 이름으로도, 어머니, 엄마, 하물며 아도라라고도 부른 적이 없다는 사실이 새삼 떠올랐다. 그저 당신$_{you}$으로만 불렀다. 마치 그녀의 이름을 모른다는 사실이 들통 나지 않게 조심하는 것처럼.

"메리언은 아주 오래전에 죽었고 그 아이와의 관계는 이제 우리 모두 마무리 지어야겠다는 생각이 드는구나." 어머니가 지친 기색이 역력한 목소리로 말했다. 그러더니 문득 환하게 밝아졌다. "하지만 그러질 못했잖아. 그냥 이대로 새 삶을 사는 거야. 그렇지 않니?" 종이 울리고, 게일라가 노쇠한 늑대처럼 접시를 모으며 식탁 주위를 맴돌았다.

붉은 오렌지 셔벗이 디저트로 나왔다. 어머니가 조심스럽게 찬방에 들어갔다가 또다시 분홍색 눈을 하고는 얇은 크리스털 잔 두 개를 가지고 나왔다. 위가 뒤틀렸다.

"카밀이랑 나는 내 방에서 한 잔 할 거예요." 그녀가 다른 사람들에게 말하고 나서 찬장에 달린 거울을 보며 머리를 고쳤다. 그녀는 나와 한 잔 하려는 옷차림을 하고 있었다. 나이트가운으로 이미 갈아입었던 것이다. 어렸을 때 그녀의 부름을 받았을 때와 마찬가지로 나는 그녀의 뒤꽁무니를 따라 계단을 올라갔다.

그리고 나는 그 방에 들어갔다. 어렸을 때 언제나 들어가고 싶었던 방. 그 육중한 침대에 베개들이 바닷가 바위의 조개삿갓들처럼 놓여 있었다. 벽에는 천장부터 바닥까지 이어진 거울이 붙어 있었다. 그리고 저 유명한 상아 바닥, 마치 달빛 비치는 눈밭 풍경 안에 있는 듯 모든 것을 비추는 그 바닥이 있었다. 그녀는 베개들을 바닥에 던져버리고 커버를 끌어올린 다음 나에게 침대에 와서 앉으라는 손짓을 했다. 그러고는 내 옆에 앉았다. 메리언이 죽은 뒤 그녀가 메리언의 방을 그대로 두고 나를 거부했던 그 모든 시간 동안, 나는 그 침대에 내 어머니와 웅크리고 앉는 일을 꿈도 꾸지 못했다. 15년도 더 지나, 이제 내가 이곳에 있었다.

그녀가 내 머리칼을 손가락으로 쓸어내리더니 내게 술잔을 건넸다. 냄새를 들이마시자 갈색 사과 같은 냄새가 났다. 나는 잔을 뻣뻣하게 들고 마시지는 않았다.

"내가 어렸을 때 내 어머니가 나를 북쪽 숲에 데려갔다가 내버려두고 온 적이 있었다." 아도라가 말했다. "어머니는 화가 나거나 언짢은 것 같지는 않았어. 무관심, 거의 지루해했다고 해야 하나. 왜 숲으로 가는

지는 설명해주지 않았어. 사실, 한마디도 하지 않았지. 그저 차 안에 가 있으라고 하더구나. 나는 맨발이었어. 숲에 도착했을 때, 그녀가 내 손을 잡고 아주 능숙하게 산길로 이끌었어. 길로 가다가 길을 벗어났다가 하더니, 내 손을 놓고는 자기를 따라오지 말라고 했지. 그때 나는 그저 어린 여덟 살 아이였어. 집에 다다랐을 무렵엔 발이 갈가리 벗겨져 있었고. 네 할머니는 석간신문을 보다가 눈을 들어 나를 흘깃 보더니, 당신 방으로 들어갔어. 바로 이 방이었지."

"그 얘기를 하시는 이유가 뭐예요?"

"어린아이가 그렇게 어려서부터 엄마가 자기한테 관심이 없다는 걸 알면 좋지 않은 일이 생기는 법이야."

"그게 어떤 느낌인지는 내가 잘 알아요. 내 말 믿으셔도 돼요." 내가 말했다. 그녀의 손이 여전히 내 머리칼을 오르내리더니, 손가락 하나가 내 머리거죽의 텅 빈 부분을 토닥거렸다.

"난 너를 사랑하고 싶었단다, 카밀. 하지만 넌 너무 힘들었어. 메리언은 너무 쉬웠고."

"그만해요, 엄마." 내가 말했다.

"아니야. 그만 못해. 내가 널 돌봐줄게, 카밀. 그냥 딱 한 번만 내가 필요하다고 해줘."

*끝내자, 이 모든 걸 끝내자.*

"그럼, 그렇게 해요." 내가 말했다. 나는 술을 단숨에 삼키고 나서 그녀의 손을 내 머리에서 떼어내고, 단호한 목소리로 말하려고 애썼다.

"이제까지 내내 엄마가 필요했어요. 진짜, 실제로요. 엄마가 내킬 때만 전기처럼 껐다 켰다 하는 그런 필요가 아니라요. 그리고 난 메리언

일에 대해서는 엄마를 영원히 용서할 수 없을 거예요. 그 아이는 그냥 아기나 다름없었어요."

"그 아이는 언제까지나 내 아기일 거야." 내 어머니가 말했다.

# 16장

팬을 켜지 않고 잠이 들었다가 일어나니 시트에 몸이 착 달라붙어 있었다. 땀과 오줌. 이가 딸깍딸깍 부딪쳤고, 심장박동이 안구 위까지 올라와 방망이질을 해대고 있었다. 나는 침대 옆에 놓인 쓰레기통을 부여잡고 구토를 했다. 옥수수 네 알이 둥둥 떠다니는 뜨거운 액체.

몸을 추슬러 침대에 다시 눕기도 전에 어머니가 방으로 들어왔다. 내가 아프기를 기다리며 복도에 있는 의자, 메리언의 사진 옆에 놓인 그 의자에 앉아 양말을 꿰매고 있었을 어머니의 모습이 떠올랐다.

"이리 와라, 아가야. 욕조에 들어가야겠구나." 그녀가 중얼거렸다. 그녀는 내 셔츠를 머리 위로 벗겨냈고, 잠옷 바지를 끌어내렸다. 그녀의 눈이 내 목과 가슴, 엉덩이, 다리를 그 날카롭도록 푸른 시선으로 훑는 것이 느껴졌다.

욕조로 들어가면서 나는 또 한 번 토했고, 그녀가 균형을 잡아주느라 내 손을 잡았다. 뜨거운 액체가 좀 더 내 몸 앞으로, 도자기로 만든 욕조로 흘러내렸다. 아도라가 수건걸이에서 수건을 홱 채더니 알코올을 묻히고 마치 창문닦이가 창문을 닦는 것처럼 내 몸을 닦아냈다. 그녀가 열을 내리기 위해 내 머리 위에 찬물을 붓는 동안 욕조에 앉아 있었다. 그녀는 내게 알약 두 알을 더 먹였고 옅은 하늘색 우유를 또 주었다. 나는 이틀 내내 쓰라린 복수심으로 그것을 전부 받아먹었다. 이 정도로 쓰러지지 않아. 또 뭐가 있지? 나는 사악해지고 싶었다. 메리언에게 그 정도의 빚은 지고 있었다.

욕조에 토를 하고 하수구로 그것을 흘려보내고, 토하고, 흘려보내고. 얼음팩이 내 어깨와 다리 사이에 얹어졌다. 이마와 머리에는 뜨거운 팩이 얹어졌다. 발목에 닿는 족집게, 알코올을 붓고 문지르기. 물이 분홍색으로 물들었다. *사라지다, 사라지다, 사라지다*, 내 목에서 그 단어가 애걸하고 있었다.

아도라의 속눈썹은 깨끗하게 다 뽑혀 있었고, 왼쪽 눈에서는 눈물방울이 질금질금 흘러나오고 있었으며, 혀로 끊임없이 윗입술을 적시고 있었다. 그리고 나는 의식을 잃어가고 있었다. 그러면서 든 생각. 나는 보살핌을 받고 있어. 내 어머니가 땀을 뻘뻘 흘리며 나를 돌봐주고 있어. 기쁨. 나한테 이렇게 해주는 사람은 누구도 없었어. 메리언, 메리언에게 질투가 나.


비명소리에 잠을 깼을 때, 나는 미지근한 물이 반쯤 채워진 욕조에 둥둥 떠 있었다. 힘이 없고 열이 나는 채로, 나는 욕조에서 몸을 빼고 면 가운으로 몸을 감쌌다. 어머니의 높다란 비명소리가 내 귀를 쩽강

쨍강 울렸다. 그리고 문을 열었을 때 리처드가 막 뛰어 들어오려 하고 있었다.

"카밀, 괜찮아요?" 어머니가 울부짖는 소리가 거칠고 너덜너덜하게, 그의 뒤편 허공을 가르며 들려왔다.

그의 입이 떡 벌어졌다. 그가 내 머리를 한쪽으로 기울이고는 내 목에 있는 칼에 벤 상처를 보았다. 그리고 가운을 벗기더니 움찔했다.

"하느님 맙소사." 심장을 강타하는 충격, 그는 미소와 공포 사이에서 동요하고 있었다.

"엄마가 잘못된 거예요?"

"당신이야말로 어디가 잘못된 거예요? 몸을 그어왔던 거예요?"

"단어를 새겨요." 그렇게 말하면 뭐가 달라지기라도 하듯 내가 웅얼거렸다.

"단어, 그건 알겠군요."

"엄마가 왜 소리를 지르는 거예요?" 나는 머리가 띵해서 바닥에 세차게 주저앉았다.

"카밀, 어디 아파요?"

나는 고개를 끄덕였다. "뭐 발견한 거 있어요?"

비커리와 경찰관 몇 명이 내 방을 지나 우르르 몰려갔다. 몇 초 후에 어머니가 손으로 머리를 감싸고는 그들에게 나가라고, 자기에게 존경심을 보이라고, 나중에 후회하게 될 줄 알라고 고래고래 소리를 지르며 휘청거리고 있었다.

"아직요. 얼마나 안 좋아요?" 그가 내 이마를 만지고 가운을 동여맨 다음, 더 이상 내 얼굴을 보려 하지 않았다.

나는 골난 아이처럼 어깨를 움츠렸다.

"전부 이 집에서 나가야 됩니다, 카밀. 옷을 입어요. 의사한테 데려다 줄 테니까."

"그래요, 당신은 증거가 필요하죠. 내 몸 안에 독이 충분히 남아 있었 으면 좋겠네요."


저녁 무렵에 어머니의 속옷 서랍에서 다음과 같은 물건들이 압수되 었다.

말라리아 예방약 여덟 병, 그 커다란 파란색 알약은 고열과 시야를 흐리게 하는 부작용 때문에 시판이 중단된 외국 약이었다. 내 독극물 테스트에서 이 약의 흔적이 검출되었다.

산업용 관장약 72알, 주로 농장에서 키우는 동물의 장을 늘이려고 사용되는 것인데, 내 독극물 테스트에서 이 약의 성분이 검출되었다.

40알쯤 되는 항발작 알약, 오용했을 때 현기증과 구토를 유발할 수 있다. 내 독극물 테스트에서 이 약의 성분이 검출되었다.

토근제 시럽 세 병, 독에 중독되었을 때 구토를 유발하려고 쓰는 물 질. 내 독극물 테스트에서 이 약물의 성분이 발견되었다.

말에 쓰는 진정제 161알. 이 약의 성분이 내 독극물 테스트에서 검출 되었다.

간호사용 도구함에는 포장이 벗겨진 이름 모를 알약들과 약병, 주사 기가 들어 있었다. 그중 어떤 것도 아도라로서는, 좋게 말하면 쓸 일이 없는 것이었다.

어머니의 모자 상자에서 꽃무늬 다이어리가 나왔다. 장차 법정에 자료로 제출될 구절이 쓰여 있었다.


1982년 9월 14일

나는 오늘 카밀을 보살피는 일을 중단하고 메리언에게만 집중하기로 했다. 카밀은 좋은 환자가 되어준 적이 한 번도 없다. 아픔은 그녀를 화나고 심술궂게 만들 뿐이다. 그 아이는 내가 자기를 만지는 것을 싫어한다. 그런 일은 들어본 적조차 없다. 그녀는 조야의 심술을 그대로 닮았다. 나는 그녀를 증오한다. 메리언은 아플 때 그렇게 인형일 수가 없다. 나에게 엄청나게 안기고, 언제나 함께하기를 원한다. 그 아이의 눈물을 닦아내는 일을 사랑한다.


1985년 3월 23일

메리언이 또다시 우드베리에 가게 되었다. "아침부터 호흡곤란이 오고 배가 아프다." 나는 노란색 센존 정장을 입었지만 마음에 들지 않았다. 내 금발에 그 옷을 입으면 지쳐빠져 보이진 않을까 걱정이 되었다. 아니면 걸어 다니는 파인애플처럼 보이면 어쩌지! 제임슨 박사는 솜씨가 아주 좋고 친절하지만 주제넘게 잘난 척하지는 않는다. 그는 내게 꽤 감명을 받은 것 같다. 그는 내가 천사라며, 모든 아이가 나 같은 엄마를 두어야 한다고 말했다. 우리는 각자 결혼반지를 끼고 있으면서도 서로 아주 약간의 추파를 던졌다. 간호사들이 어딘가 불편해한다. 아마 질투하는 것이겠지. 다음 방문 땐 정말로 마음껏 대접해주리라(수술할 가능성이 높다)! 게일라에게 저민 고기 요리를 시켜야겠다. 간호사들은 약간 대접해주면서 숨 쉴 틈을 주면 아주 좋아하니까. 병에 커다란 초록색 리본을 두르면 어떨까? 다음 응급실 방문 전에 머리를 해야 할 텐데…… 제임스 박사가 당번이면 좋겠다…….

1988년 5월 10일
메리언이 죽었다. 어떻게 막을 도리가 없었다. 나는 5킬로그램이 빠졌고, 뼈에는 살가죽만 붙어 있다. 모든 사람이 믿을 수 없을 만큼 다정하게 대해주고 있다. 사람들은 정말 착할 수도 있는 법이다.


가장 중요한 증거가 아도라 방의 문직으로 둘러싼 노란 소파쿠션 아래에서 발견되었다. 얼룩덜룩해진 펜치, 작고 여성스러운 펜치였다. 그 도구에 묻어 있던 피의 DNA가 앤 내시와 내털리 킨의 것과 들어맞았다.

치아는 집에서 발견되지 않았다. 나는 몇 주 동안 치아가 어디에 있을지 상상해보았다. 옅은 푸른색 컨버터블, 평소처럼 뚜껑을 연 그 차에서 여자의 손이 창밖으로 뻗어 나와, 치아들을 북쪽 숲길 근처의 덤불숲으로 던진다. 진흙이 묻은 우아한 슬리퍼 세트가 폴스 강가에 있다. 치아들이 자갈처럼 물속으로 떨어진다. 분홍색 나이트가운이 아도라의 장미정원에 걸쳐져 있고, 손으로 땅을 파고 치아들을 자잘한 뼈처럼 땅에 묻는다.

그 어떤 장소에서도 치아는 발견되지 않았다. 나는 경찰에게 그곳들을 살펴보라고 했다.

# 17장

5월 28일, 아도라 크렐린이 앤 내시와 내털리 킨, 그리고 메리언 크렐린을 살해한 혐의로 체포되었다. 앨런은 곧바로 보석금을 내고 그녀가 재판 때까지 집에서 안락하게 기다릴 수 있게 해주었다. 법원은 상황을 감안해 내가 후견인으로서 이복동생을 데리고 있는 것이 최선이라고 판단했다. 이틀 후, 시카고로 돌아갈 때 내 옆에는 앰마가 앉아 있었다.

앰마는 나를 녹초로 만들었다. 말도 못하게 이것저것 해달라고 요구했고, 불안감에 불타오르고, 분노에 차서 질문을 퍼부어댈 때면 우리에 갇힌 길고양이처럼 가만히 있지 못했다(왜 이렇게 시끄러워? 이렇게 코딱지만한 집에서 어떻게 살란 말이야? 밖에 위험하지 않아?). 그리고 나에게 사랑을 확인해달라고 요구했다. 그녀는 한 달에 몇 번씩 침대에 누워 있지 않아도 되면서 생긴 여분의 에너지를 모조리 불태우고 있었다.

8월이 되자 앰마는 여자 살인자들에게 집착에 가까운 관심을 보이기에 이르렀다. 루크레시아 보기아나 플로리다에서 신경쇠약에 걸린 채 자신의 세 딸을 익사시킨 리지 보든 같은 사람들. "그 사람들은 특별한 것 같아." 앰마가 도도하게 말했다. 어머니를 용서할 방법을 찾으려는 것이라고 그녀의 심리치료사가 말했다. 앰마는 그 여자 치료사를 두 번 만났고, 세 번째로 데려가려 했을 때 문자 그대로 바닥에 누워 소리를 질러댔다. 그녀는 상담을 받는 대신 하루의 대부분을 아도라의 인형의 집을 꾸미면서 보냈다. 내가 연락하자 치료사는 그것이 앰마가 그곳에서 일어난 흉측한 일에 대처하는 방법이라고 말했다. 나는 그렇다면 그 물건을 때려 부셔도 시원찮을 텐데요, 하고 대답했다. 앰마는 인형의 집 침대에 쓸 파란색 천을 사오라고 했는데, 색깔이 딱 맞지 않자 내게 따귀를 날렸고 진짜 호두나무로 만든 장난감 소파를 사겠다고 60달러를 요구했지만 내가 주지 않자 바닥에 침을 뱉었다. 포옹 요법도 시도했다. 아이를 끌어안고 사랑해 사랑해 사랑해라고 반복하는 어이없는 프로그램으로, 앰마는 몸부림을 쳤다. 네 번째로 사랑한다고 말했을 때 그녀가 내게서 몸을 빼는 데 성공했고, 나에게 개 같은 년이라고 욕을 하며 문을 쾅 닫았다. 다섯 번째로 얘기했을 때 우리는 서로를 노려보며 웃었다.


앨런이 현금을 조금 풀어, 내 집에서 아홉 블록 떨어진 벨 학교에 앰마를 집어넣었다. 1년 학비가 2만 2,000달러인 곳으로, 교과서와 기타 비용은 거기에 포함되지 않았다. 앰마는 금세 친구들을 사귀었다. 예뻔 소녀 무리가 생겼고, 그들은 미주리에 관한 모든 것을 알고 싶어 안달이 나 있었다. 내가 정말로 좋아한 아이가 있었는데, 이름이 릴리 버크였다. 그녀는 앰마만큼 영리한 아이였는데 한층 긍정적인 가치관을 갖고 있었다. 그녀의 얼굴에는 주근깨가 흩뿌려져 있었고 몹시 큰 앞니에 머리는 초콜릿색이었다. 앰마는 내 예전 침실에 깔려 있던 러그 색깔과 그녀의 머리색이 똑같다고 지적했다. 어쨌거나 나는 그 아이가 마음에 들었다.

그녀는 우리 아파트에 살다시피 하면서 내가 저녁에 요리하는 것을 도와주고 숙제에 대해 묻고 남자아이들의 이야기를 들려주었다. 앰마는 릴리가 우리 집을 방문할 때마다 점점 더 말수가 줄어들었다. 10월이 되었을 무렵에는 릴리가 우리 집에 오면 자기 방문을 신경질적으로 닫고 들어갈 지경이었다.


어느 날 밤 잠에서 깬 나는 내 침대 위로 나를 바라보는 앰마를 발견했다.

"언니는 나보다 릴리를 더 좋아해." 그녀가 속삭였다. 그녀는 안절부절못하고 있었고, 잠옷은 땀에 달라붙어 있었으며, 이를 덜덜 떨고 있었다. 나는 앰마를 욕실로 데려가 변기 위에 앉혀놓고 세면대에서 쇳덩이처럼 차가운 물을 수건에 적셔 이마를 닦아주었다. 그러고 나서 서로를 바라보았다. 그녀의 푸른 두 눈은 아도라의 그것과 똑같았다. 텅 빈, 마치 겨울 연못처럼.

나는 아스피린 두 알을 손바닥에 부었다가 다시 병에 집어넣고, 다시 손바닥에 부었다. 하나 또는 두 개의 알약. 그 정도는 주기 쉬웠다. 하나 더, 하나 더 주고 싶어질까? 나도 병에 걸린 어린 여자아이를 돌보고 싶은 걸까? 새삼 그런 생각이 몰아치는 와중에 그녀가 나를 올려다 보았다. 몸을 떨며 아픈 모습으로. 엄마가 여기에 있단다.

나는 앰마에게 아스피린 두 알을 주었다. 그 냄새에 침이 고였다. 나는 나머지를 변기에 버리고 물을 내려버렸다.

"이제 욕조에 나를 넣고 씻어줄 차례야." 그녀가 칭얼댔다.

나는 그녀의 잠옷을 머리 위로 벗겨냈다. 벌거숭이가 된 아이의 몸은 놀라웠다. 어린 소녀의 가는 다리, 병뚜껑처럼 톱니 모양을 한 엉덩이의 둥근 흉터, 다리 사이에 살짝 난 털은 가늘디가는 솜털 같았다. 완전히 자란, 관능적인 가슴. 열세 살.

그녀는 욕조로 들어가 다리를 턱까지 끌어당겼다.

"알코올로 나를 문질러야지." 그녀가 낑낑대는 목소리로 말했다.

"아냐, 앰마. 넌 그냥 쉬는 거야."

앰마의 얼굴이 분홍색으로 변했고, 울음을 터뜨리기 시작했다.

"그게 그 여자의 방식이란 말이야." 그녀가 울먹였다. 눈물은 흐느낌으로, 비통한 울부짖음으로 변해갔다.

"우린 이제 그녀가 하던 식으로는 더 이상 하지 않을 거야." 내가 말했다.


10월 12일, 릴리 버크가 학교에서 돌아오는 길에 실종되었다. 그녀의 시신은 네 시간 후 우리 아파트에서 세 블록 떨어진 대형 쓰레기통 옆에서 세심하게 묶인 채 발견되었다. 이는 여섯 개만 뽑혀 있었다. 커다란 앞니 두 개와 아랫니 네 개.

나는 윈드 갭에 전화를 걸었고, 수화기를 12분간 들고 기다린 끝에 경찰이 그때 내 어머니는 집에 있었다는 사실을 확인해주었다.

내가 먼저 발견했다. 경찰에 알리긴 했지만, 경찰보다 내가 먼저 발견했다. 나는 아파트를 뒤집어엎었다. 의자 쿠션을 엎고, 서랍들을 파헤쳤다. 도대체 무슨 짓을 한 거야, 앰마? 그녀의 방으로 들어갔을 때, 그녀는 차분하게 있었다. 거들먹거림. 나는 채집하듯 그녀의 속옷 사이를 뒤졌고, 수납함을 쏟아 엎고, 매트리스를 뒤집었다.

책상을 이 잡듯 뒤졌지만 연필과 스티커, 표백제 냄새가 나는 컵 외에는 발견된 게 없었다.

나는 인형의 집의 내용물을 방마다 뜯어내기 시작했다. 다리가 네 개 달린 내 작은 침대를 무너뜨리고, 앰마의 낮잠용 침대, 레몬빛 노란 러브시트를 무너뜨렸다. 어머니의 커다란 황동빛 캐노피 침대를 걷어내고 허영심 가득한 탁자를 뒤집었을 때, 앰마인가 나인가 둘 중 하나가 비명을 질렀다. 아마 둘 다 질렀을 것이다. 어머니 방의 바닥. 아름다운 상아 타일. 인간의 치아로 만들어진 그 바닥. 56개의 자잘한 치아, 닦이고 표백된 치아가 바닥에서 반짝거리고 있었다.

윈드 갭의 아동 살해사건에는 다른 아이들도 연루되어 있었다. 세 금발머리가 정신병원에 입원하는 형 정도로 감형을 받는 조건으로 자기들이 앰마가 앤과 내털리를 죽이는 데 공조했다고 자백했다. 그들은 아도라의 골프카트를 몰고 나가 앤의 집 근처에서 노닥거리다가 앤에게 드라이브를 하자고 꾀었다. *우리 엄마가 너한테 인사하고 싶대.*

아이들은 무슨 티파티 같은 것을 벌이는 것처럼 꾸미고 북쪽 숲으로 향했다. 그들은 앤을 꾸며주고 잠시 놀다가 몇 시간이 지나자 심심해졌다. 그들은 앤을 데리고 강으로 걸어가기 시작했다. 어린 소녀는 불길한 기운이 감도는 걸 느꼈고, 도망치려고 했다. 하지만 앰마가 아이를 따라잡아 꽉 붙들었다. 그리고 돌로 앤을 쳤다. 아이가 앰마를 물어뜯었다. 나는 그녀의 엉덩이에서 상처를 보았다. 하지만 톱니 모양 반달이 무엇을 뜻하는지 깨닫는 데는 실패했다.

세 금발머리는 앰마가 이웃집 공구 창고에서 훔친 빨랫줄로 앤의 목을 조르는 동안 앤을 내리누르고 있었다. 조디스를 진정시키는 데 한 시간이 걸렸고, 앰마가 치아를 뽑아내는 데 또 한 시간이 걸렸다. 조디스는 내내 울고 있었다. 그러고 나서 네 소녀는 시신을 강에 내다버렸다. 그들은 켈시의 집으로 달려가 뒷마당 마차 차고에서 몸을 씻고 영화를 보았다. 무슨 영화였는지는 모두 다르게 기억했다. 캔털루프 멜론을 먹고, 켈시의 엄마에게 걸릴 것을 대비해 백포도주를 스프라이트 병에 담아 마신 것은 모두 기억하고 있었다.

제임스 캐피시는 그 유령 같은 여자에 대해 거짓말을 한 것이 아니었다. 앰마가 집에 있는 뽀송뽀송한 하얀 시트를 훔쳐 그리스풍 드레스처럼 꾸미고, 밝은 금발머리를 묶고 하얀 빛을 발할 때까지 분칠을 했던 것이다. 그녀는 아르테미스, 피의 사냥꾼이었다. 내털리는 앰마가 귀에 대고 속삭일 때 처음에는 어찌할 바를 몰랐다. *게임하는 거야, 나랑 같이 가자, 같이 놀자.* 그녀는 숲 안쪽으로 내털리를 꾀어냈고, 다시 켈시의 마차 차고로 돌아왔다. 그곳에서 그들은 48시간 동안 온전히 내털리를 돌보았다. 아이의 다리를 면도하고, 예쁜 옷을 입히고, 돌아가며 밥을 먹이는 동안 점점 커져가는 비명을 즐겼다. 14일 자정을 넘긴 직후, 앰마가 내털리의 목을 조르는 동안 이 친구들은 그녀의 몸을 내리눌렀다. 또다시 앰마는 스스로 치아를 뽑아냈다. 아이들의 이는 펜치에 힘만 제대로 주면 뽑는 게 그리 어렵지 않았다. 어떤 모습으로 뽑힐지 상관하지 않는다면 말이다(앰마의 인형의 집이 떠올랐다. 톱니 같은 모양으로 깨진 이들, 그저 무슨 파편처럼 보이는 이들).

소녀들은 아도라의 골프카트를 타고 새벽 4시에 메인 스트리트 뒤편으로 갔다. 철물점과 미용실 사이에는 앰마와 켈시가 내털리의 손과 발을 들고 옮기기에, 골목 반대편에서 한 줄로 끼워 들어가기에 딱 맞는 틈이 있었다. 그곳에서 그들은 내털리를 일으켜 세워 눈에 잘 띄도록 벽에 기대어놓았다. 조디스가 또다시 울었다. 아이들은 산통을 깰까 염려해 후에 조디스를 죽일 것을 의논했고, 어머니가 체포되기 직전에 그 계획이 거의 실행 직전이었다.

릴리는 오롯이 앰마 혼자 죽였다. 돌멩이로 뒤통수를 가격하고 맨손으로 목을 조른 후 이 여섯 개를 뽑고 머리카락을 잘랐다. 그러고는 골목으로 끌고 내려가 대형 쓰레기통 옆에 시신을 남겨두었다. 그녀는 내가 사준 진한 분홍색 배낭에 돌멩이와 펜치, 가위를 챙겨 간 터였다.

앰마는 인형의 집에 있는 내 방에 릴리 버크의 초콜릿색 머리카락을 꼬아 러그를 만들어 넣었다.

# 에필로그

아도라는 메리언에게 한 짓으로 1급 살인죄 유죄판결을 받았다. 그녀의 변호사는 이미 항소를 준비하고 있고, 어머니를 위한 웹사이트 freeadora.org를 운영하는 단체가 열성적으로 그 사실을 사이트에 기재하고 있다. 앨런은 윈드 갭에 있는 집을 두고 미주리 주 반델리아에 있는 그녀의 교도소 근처에 아파트를 얻어 들어갔다.

우리의 살인자 가족 이야기를 급조한 책들이 페이퍼백으로 출간되었다. 나는 책 출간 제안을 소나기로 맞고 있었다. 커리는 한 건만 수락하고 빨리 손을 떼라고 나를 몰아세웠고, 존은 다정하면서도 고통으로 가득 찬 편지를 보냈다. 존은 내내 범인이 앰마였다고 생각했으며 '계속 지켜보기' 위해 메러디스의 집으로 이사한 것이라고 썼다. 내가 우연히 듣게 된 얘기, 그와 앰마 사이에 오고 간 얘기가 그로써 설명이 되었다. 앰마는 그의 비탄을 장난삼아 즐기고 있었다. 수작을 거는 방식으로 상처를 주는 것이었다. 어머니가 족집게로 내 상처를 찌르는 것처럼, 친밀함을 표현하는 방식으로 고통을 주는 것. 윈드 갭에서 나누었던 다른 로맨스 얘기를 하자면 리처드 소식은 이후로 다시는 듣지 못했다. 단어들이 새겨진 내 몸을 바라보던 그의 눈빛을 본 후로, 나는 그의 소식을 듣지 못하리라는 것을 이미 알고 있었다.

앰마는 열여덟 살 생일이 될 때까지 감옥에 갇혀 있을 것이지만, 그보다 더 오래 갇혀 있을 가능성이 높다. 면회는 한 달에 두 번 허용되었다. 나는 그녀를 한 번 찾아가서 삐죽삐죽한 철조망이 둘러진 활기 넘치는 운동장에서 앰마 옆에 앉았다. 죄수복을 입은 소녀들이 뚱뚱하고 화난 표정을 한 여자 간수들이 지켜보는 가운데 구름다리와 체조용 링에 매달려 있었다. 소녀 세 명이 구불구불한 미끄럼틀에서 와당탕 내려오는가 싶더니, 사다리를 타고 올라가 다시 미끄러져 내려왔다. 다시, 또다시, 내가 있는 동안 아이들은 말도 하지 않고 그렇게 미끄럼틀을 탔다.

앰마는 머리거죽이 거의 드러날 정도로 머리칼을 짧게 쳐낸 상태였다. 강하게 보이려는 노력의 일환인 것 같았는데, 그보다는 이 세상 사람이 아닌 듯한 느낌, 엘프의 아우라를 풍기는 머리스타일이었다. 그녀의 손을 잡으니 땀으로 젖어 있었다. 그녀가 내게서 손을 뺐다.

나는 면회가 가능한 한 가벼운 분위기로 흘러갈 수 있도록, 그 살인들에 대해서는 묻지 않겠다고 스스로 다짐했다. 하지만 그 대신 거의 곧바로 질문이 터져 나왔다. 왜 이를 다 뽑았는지? 왜 그 아이들이었는지? 왜 그토록 영리하고 흥미로운 아이들이었는지? 그 아이들이 어떻게 앰마의 기분을 상하게 했는지? 어떻게 그런 짓을 저지를 수 있었는지? 마지막 문장은 내가 집에 없을 때 파티를 연 것을 훈계하듯, 꾸지람하는 투로 흘러나왔다.

앰마는 매서운 눈빛으로 미끄럼틀을 타는 세 소녀를 응시하면서, 이곳에 있는 모든 사람들을 증오한다고 말했다. 그녀는 아이들이 전부 미쳤거나 멍청하다고 말했다. 그녀는 빨래를 하고 다른 사람들의 물건을 만져야 하는 게 죽기보다 싫었다. 그러더니 한동안 입을 다물었고, 나는 그녀가 내 질문을 무시하고 넘어가려 한다고 생각했다.

"그 애들하곤 한때 친구로 지냈어." 그녀가 고개를 가슴까지 숙이고 마침내 입을 열었다. "재미있었어. 숲을 같이 쏘다니고. 막나가게 놀고. 함께 물건을 망가뜨리기도 하고. 한번은 고양이도 같이 죽였어. 그런데, 어느 날 그 여자가(늘 그렇듯 아도라의 이름은 불리지 않았다) 그 애들한테 갑자기 온 관심을 쏟기 시작했어. 나만 가질 수 있는 게 하나도 남지 않게 되는 거야. 걔들은 이제 더 이상 나만의 비밀이 아니게 됐어. 걔들은 시도 때도 없이 집에 왔어. 그리고 내가 병에 걸린 것에 대해 질문하기 시작했지. 걔네가 모든 것을 다 망쳐놓으려는 참이었어. 그 여자는 그걸 깨닫지도 못했고." 앰마가 짧게 친 머리를 거칠게 문질렀다. "그리고 왜 앤은…… 그 여자를 깨물어야 했을까? 그 생각을 멈출 수가 없었어. 왜 앤은 그 여자를 물 수 있었는데 나는 그렇게 하지 못했을까."

그녀는 더 이상 말하기를 거부했다. 그저 한숨과 기침으로 대답을 대신할 뿐이었다. 치아에 대해서는 그저 그것이 필요했기 때문에 뽑았다고 했다. 앰마가 사랑하는 모든 것과 마찬가지로 인형의 집은 완벽해야 했다.

나는 그보다 더한 이유가 있을 것이라고 생각한다. 앤과 내털리는 아도라가 관심을 보였기 때문에 죽었다. 앰마는 그것이 가혹한 일이라고 생각할 수밖에 없었다. 앰마, 너무도 오랫동안 어머니가 자기를 아프게 만들도록 내버려둔 앰마에게는 그랬다. *때로는 사람들이 나한테 무슨 짓을 저지르도록 내버려두는 게 정말 내가 그 사람들한테 나쁜 짓을 저지르는 셈이 되는 거야.* 앰마는 아도라가 자기를 아프게 만들도록 내버려둠으로써 아도라를 조종했다. 그 대가로 그녀는 경쟁 없는 사랑과 헌신을 요구했다. 다른 어린 소녀들을 허용해서는 안 됐다. 그와 똑같은 이유로 그녀는 릴리 버크를 살해했다. 앰마는 내가 그녀를 자기보다 좋아한다고 의심했다.

앰마가 왜 그런 짓을 저질렀는지를 놓고 수천 가지의 다른 추측을 해볼 수는 있다. 하지만 마지막에는 사실만 남는다. 앰마는 누군가를 해치는 것을 즐겼다. *나는 폭력이 좋아.* 앰마가 새된 소리로 외쳤었다. 어머니 탓이다. 독 맛을 본 아이는 남을 해치는 일이 위안이라 여긴다.

앰마가 체포된 날, 사건의 실타래가 마침내 완전히 풀린 날, 커리와 아일린은 걱정에 빠진 소금과 후추셰이커 세트처럼 내 집 소파에 몸을 부리고 앉아 있었다. 나는 소매 속에 칼을 슬그머니 넣고 욕실로 들어가 셔츠를 벗었다. 그리고 내 뒤통수에 있는 완벽한 동그라미 모양에 대고 깊숙이 찔렀다. 앞뒤로 칼을 왔다 갔다 하는 동안, 피부가 너덜너덜한 조각으로 떨어져 내렸다. 커리는 내가 얼굴로 손을 옮겨가기 직전에 욕실로 뛰어 들어왔다.

커리와 아일린은 내 짐을 싸고, 나를 자신들의 집으로 데려갔다. 나는 한때는 지하실 오락방이었던 곳에 침대와 개인 공간을 얻었다. 모든 날카로운 물건은 어딘가에 넣어져 잠겼다. 하지만 그것들을 꺼내려고 딱히 노력을 기울이지는 않았다.

나는 보살핌을 받는 법을 배우고 있다. 나는 양육을 받는 법을 배우고 있다. 나는 내 어린 시절로, 범죄 현장으로 되돌아갔다 왔다. 아일린과 커리는 아침에 나를 깨워주고 키스와 함께 내 잠자리를 살펴준다(커리는 턱을 부드럽게 어루만져주기도 한다). 나는 커리가 좋아하는 포도 탄산음료 이상으로 강한 음료는 마시지 않는다. 아일린이 욕조에 물을 받아주고, 가끔은 머리카락을 빗겨준다. 그렇게 해도 오싹하지 않은 것, 우리는 그것을 좋은 신호로 여기고 있다.

지금은 5월 12일이 얼마 남지 않은 때, 윈드 갭으로 돌아간 지 정확히 1년이 되는 때다. 그리고 그날은 올해의 어머니의 날이기도 하다. 우연의 일치라 하기엔 절묘했다. 나는 때로 엄마를 보살폈던 그날 밤을 생각한다. 그녀를 달래고 진정시키는 데 내가 얼마나 뛰어난 수완을 발휘했는지도 생각한다. 나는 엄마를 씻겨주고 그녀의 머리를 말려주는 꿈을 꾼다. 그러고는 위가 뒤틀리고 윗입술이 땀에 밴 채 깨어난다. 내가 다정한 사람이라 엄마를 잘 돌볼 수 있었던 것일까? 아니면 아도라처럼 아픈 것을 좋아해서 엄마를 돌보는 것을 좋아했던 것일까? 나는 이 둘 사이에서, 특히 밤마다 갈팡질팡한다. 내 살갗이 고동치기 시작하는 밤이면.

최근에는 다정한 사람이라는 쪽으로 기울고 있다.

**옮긴이 문은실**

홍익대학교 불문학과를 졸업하고 현재 번역가와 기고가로 활동하고 있다. 옮긴 책으로 《수비의 기술》《야구장에 간 소크라테스》《냉동인간》《빅 퀘스천》《야구 교과서》《즐거운 양육혁명》《언더베리의 마녀들》《뼈 모으는 소녀》외 다수가 있으며, 지은 책으로 《미드 100배 즐기기》《위트 상식사전 프라임》이 있다.

# 몸을 긋는 소녀

첫판 1쇄 펴낸날 2014년 8월 28일
8쇄 펴낸날 2022년 5월 25일

지은이 길리언 플린
옮긴이 문은실
발행인 김혜경
편집인 김수진
편집기획 김교석 조한나 김단희 유승연 임지원 곽세라 전하연
디자인 한승연 성윤정
경영지원국 안정숙
마케팅 문창운 백윤진 박희원
회계 임옥희 양여진 김주연

펴낸곳 (주)도서출판 푸른숲
출판등록 2003년 12월 17일 제2003-000032호
주소 경기도 파주시 심학산로 10(서패동) 3층. 우편번호 10881
전화 031)955-9005(마케팅부), 031)955-9010(편집부)
팩스 031)955-9015(마케팅부), 031)955-9017(편집부)
홈페이지 www.prunsoop.co.kr
페이스북 www.facebook.com/prunsoop    인스타그램 @prunsoop

ⓒ푸른숲, 2014
ISBN 979-11-5675-522-7 (03840)